ज्ञान गरिमा के
72 वर्ष

भारतीय
ज्ञानपीठ

णाणं
पयासयं
वीर नि. सं. 2470
ई. सन् 1944
भारतीय ज्ञानपीठ

प्रवहमान गंगा

(उपन्यास)

प्रवहमान गंगा

चंचल कुमार घोष

अनुवाद
प्रेम कपूर

भारतीय ज्ञानपीठ

लोकोदय ग्रन्थमाला : ग्रन्थांक 1315

ISBN 978-93-263-5573-5

प्रवहमान गंगा

(उपन्यास)

चंचल कुमार घोष

अनुवादक : प्रेम कपूर

प्रकाशक : **भारतीय ज्ञानपीठ**
18, इन्स्टीट्यूशनल एरिया, लोदी रोड, नयी दिल्ली-110 003

मुद्रक : विकास कम्प्यूटर्स ऐंड प्रिन्टर्स, दिल्ली-32

आवरण चित्र : लीलाधर मंडलोई
आवरण : महेश्वर

PRAVAHMAN GANGA
(Bangla Novel)
By Chanchal Kumar Ghosh
Translated by : Prem Kapoor

Published by
Bharatiya Jnanpith
18, Institutional Area, Lodi Road, New Delhi-110 003
Ph. : 011-24698417, 24626467; 23241619 (Daryaganj)
Mob. : 9350536020; e-mail : bjnanpith@gmail.com
sales@jnanpith.net; website : www.jnanpith.net

First Edition : 2017
Price : Rs. 360

जीवनदायिनी गंगा भक्तों को सप्रेम

एक

गंगा के घाट पर बैठा था शाक्य।

ऋषिकेश का लक्ष्मणझूला पार कर थोड़ा-सा उत्तर में छोटा-सा एक घाट है। हिमालय से समतल में यहीं उतरी है गंगा। कंकरीले पत्थरों के ऊपर से होकर बह रही है जलधारा। गंगा के दोनों ओर पहाड़ हैं। बहुत कम हैं पेड़-पौधे। पत्थरों के बीच के खुले हिस्सों से झाँकती हरीतिमा। छोटे-छोटे पौधों पर खिले हैं असंख्य लाल फूल, जो हलकी हवा के झोंकों में झूल रहे हैं।

दिन ढल चुका है। शिवालिक पहाड़ की ओट में काफी पहले ही डूब चुका है सूर्य। अभी भी पूरे आसमान में गंगा की छाती पर, पहाड़ के गात पर, वृक्षों के पत्तों पर दिनान्त सूचित करती रोशनी की आभा है और हवा में वन-तुलसी की सुगन्ध। नदी के कल-कल शब्द के अतिरिक्त निर्जनता का साम्राज्य फैला हुआ है चारों ओर।

घाट पर मनुष्य नहीं हैं। एक ओर है छोटा मन्दिर, पक्का चबूतरा और पास ही है बड़ा-सा पीपल का पेड़। उसी के नीचे पत्थर की बेदी पर बैठा सामने बह रही गंगा की ओर ताक रहा था शाक्य। अभी हाल ही में तो सत्ताईस पार कर उम्र के अट्ठाइसवें साल में कदम रखा है उसने। गोरा नहीं, तो काला भी नहीं है। अस्त-व्यस्त बड़े बाल हैं। उज्ज्वल, किन्तु उदासीन हैं आँखें। दुबला-पतला चेहरा, पर उसमें कहीं कुछ गम्भीर आकर्षण है, जो पहली नज़र में ही स्पष्ट दिखाई देता है। गोद में है धर्म व विज्ञान की एक किताब। पढ़ने की कोशिश की थी। दो-चार पन्ने पढ़ने के बाद रुचिकर नहीं लगी। उसे लगा था कि किताब पढ़ने से कहीं अधिक चारों ओर फैली प्रकृति की शोभा और गंगा की कल-कल ध्वनि ने उसे आबद्ध कर रखा है।

उठकर खड़ा हो गया शाक्य। होटल लौटना होगा। वह जिस होटल में है, वह यहाँ से पैदल आधे घंटे की दूरी पर है। दो घाट वहाँ भी हैं, किन्तु वहाँ लोगों की भीड़ बहुत है। वह चलकर नदी के सामने उतर आया। पानी कुछ गन्दला है।

हाथ डुबाता है शाक्य। बर्फ़ीला स्पर्श। सारे शरीर में एक अद्भुत-सी अनुभूति जाग उठती है, जो शायद युग-युगान्तरों का संस्कार है या फिर विश्वास।

हठात् कानों में पदचाप सुनाई देती है। शायद पीछे कोई आ रहा है। मुँह घुमाता है शाक्य। एक वयस्क साधु हैं। गेरुआ पोशाक, सिर पर टोपी। उन्हें वह पहले भी देख चुका है। सामनेवाले आश्रम में रहते हैं। बड़ी-सी दाढ़ी, गोरा रंग, चेहरे पर प्रफुल्लता। साधु मृदु स्वर में बोले-"हरिओम।

अनायास प्रत्युत्तर में बोल उठा शाक्य "हरिओम"। यहाँ आकर इस बात की उसे आदत-सी हो गयी है। सम्बोधन के इन दो शब्दों में आन्तरिकता और श्रद्धा की छुअन है।

साधु ने और कोई बात नहीं की। शाक्य समझ रहा था कि अब साधु के ध्यान का समय हो गया है, इसलिए वे अपनी एकाग्रता वार्तालाप में नष्ट नहीं करना चाहते। नि:शब्द घाट की एकदम निचली सीढ़ी पर एक पत्थर पर जाकर बैठ गये साधु। पिछले दिन भी शाक्य यहाँ जितनी देर रहा, उसने साधु को इसी प्रकार बैठे देखा था। कोई हलचल नहीं, बिलकुल एक पत्थर की मूर्ति की तरह।

आज यहाँ आये उसे पाँच दिन हो गये। पहले दो दिन वह हरिद्वार में था। उसे अच्छा नहीं लगा, वहाँ लोगों की बहुत भीड़ थी। दो दिन में ही उकता गया। वहाँ से ऋषिकेश का यह शान्त और निर्जन वातावरण मन को बहुत गहराई तक छू गया है।

घड़ी की ओर देखा शाक्य ने। छः बज रहे हैं। ध्यान में बैठे हैं साधु महाराज, एकदम स्थिर। केवल हवा में काँप रही है उनकी गेरुआ चादर। निकटवर्ती कुछ भी उनके मन को स्पर्श नहीं कर पा रहा था। शाक्य को बड़ा आश्चर्य हो रहा था। इन लोगों का मन सामने बह रही गंगा के समान है। कोई फूल डाल रहा है, तो कोई कूड़ा-करकट, कोई चिता-भस्म बहा रहा है, तो कोई सायंकाल दोने में दीया जलाकर बहा रहा है और बड़े निर्विकार भाव से सब कुछ बहाकर ले जाती है गंगा।

फीकी हो चली है रोशनी। चारों ओर है छाया। हालाँकि अँधेरा कहीं नहीं है। सामने की ओर आगे बढ़ते ही एकाएक रुक गया शाक्य। एक लड़की है बाईस-तेईस से अधिक की नहीं होगी। हलके नीले रंग का चूड़ीदार पहन रखा था उसने। पीठ से होती हुई कमर तक उतरती लम्बी चोटी। दोहरा बदन। गोरा रंग। कुछ गोल-सा चेहरा। आँखों और चेहरे पर कुछ थकान की छाप।

पलक भर देखते ही शाक्य को लगा कि आमतौर पर रास्ते में आते-जाते जो लड़कियाँ नज़र आती हैं उनकी तुलना में यह लड़की अत्यधिक सुन्दर है। बरबस आँखों को आकर्षित करनेवाला चेहरा है इसका, किन्तु कितना दुखी और उदास। धीमे कदमों से वह लड़की उतर आयी। वह कोई टूरिस्ट है या कि कोई स्थानीय

लड़की, समझ नहीं पा रहा था शाक्य। कुछ सीढ़ियाँ उतरकर लड़की एकाएक रुक गयी। घाट पर साधु और शाक्य के अतिरिक्त कोई नहीं है। उसने शाक्य की ओर देखा, कुछ सोचा। फिर उससे कतरा कर धीमे कदमों से साधु की ओर बढ़ गयी। लौटने को उद्धत होकर भी रुक गया शाक्य। एक अनजाना कौतूहल। उस लड़की का साधु से क्या प्रयोजन। चेहरे और पहनावे से स्थानीय तो नहीं लगती। हो सकता है, साधु की शिष्या हो। साधु के पास जाकर कुछ क्षण वह खड़ी रही। लगा जैसे कुछ कहना चाह रही हो। ज़रा-सा झुककर उसने हाथ जोड़े।

आँखें मुँदी थीं, इसलिए साधु ने ध्यान नहीं दिया। इस बार उसने कुछ और झुककर उन्हें प्रणाम किया–''प्रणाम महाराज।''

मुख ऊँचा कर साधु ने देखा। कुछ क्षण लड़की की ओर देखकर दाहिना हाथ तनिक ऊँचा किया और बोले–''हरिओम।''

लड़की धीमे स्वर में बोली–''महाराज, मैं एक बंगाली साधु को खोज रही हूँ।''

जिज्ञासु दृष्टि से देखते हुए साधु कुछ क्षण चुप रहे। फिर बोले–''साधु तो बंगाली, हिन्दुस्तानी या उड़िया जैसा कुछ नहीं होता। साधु का तो एक ही परिचय होता है कि वह साधु है।''

कुछ दूरी पर खड़ा शाक्य अब तक चुपचाप सुन रहा था। वे हिन्दी में ही बात कर रहे थे। बंगाली साधु का ज़िक्र होते ही उसकी उत्सुकता जागी। लड़की देखने में तो आधुनिक ही लग रही थी। चेहरे और पहनावे में ग्रामीणपन नहीं था। ऐसी आधुनिका लड़की एक साधु को ढूँढती फिर रही है। बड़ा अद्‌भुत लग रहा था सारा मामला। उनकी बातें ठीक से सुन पाने के लिए शाक्य कुछ और आगे बढ़ आया।

लड़की घुटनों के बल बैठ गयी और बोली–''महाराज, मैं जिन्हें ढूँढ रही हूँ, सन्यास ग्रहण करने से पहले वह बंगाली थे।''

साधु ने प्रश्न किया–''क्या नाम है उनका?''

''हेमनाथ मुखोपाध्याय।''

''उहूँ, मैं पूर्वाश्रम का नाम नहीं, बल्कि उनके संन्यास जीवन का नाम जानना चाहता हूँ।''

लड़की के चेहरे पर दुविधा का भाव उभर आया, बोली–''मुझे ठीक से मालूम नहीं।

साधु ने कुछ देर सोचा फिर पहले की ही तरह शान्त भाव से प्रश्न किया–''तुम जिन्हें ढूँढ रही हो, वे किसके शिष्य हैं, कुछ मालूम है?''

शाक्य ने लड़की के चेहरे पर असमर्थता की छाप स्पष्ट देखी। बस कुछ क्षणों के लिए। फिर उस असमर्थता भाव से उबरकर सहज भाव से उसने कहा–''महाराज,

मैं जिन्हें ढूँढ रही हूँ उनकी बाबत बहुत कम जानती हूँ। अनुमानतः उनकी उम्र सत्तर के आस-पास होगी। गोरा रंग है। जवानी के दिनों में बहुत सुन्दर थे। साल भर पहले इसी ऋषिकेश में उन्हें किसी ने देखा था। वे गंगा-किनारे किसी आश्रम में रहते हैं।''

सामान्य मुस्कराये साधु। बोले-''इस देवभूमि में तो सर्वत्र साधुओं का वास है। यहाँ कितने ही आश्रम और कितने ही साधु-निवास हैं, सब जाने बिना किसी को ढूँढ पाना असम्भव है। इसके अलावा तुम्हारी बातों से लगता है कि जिन्हें तुम ढूँढ रही हो उन्हें देखने का सौभाग्य तुम्हें नहीं मिला।''

लड़की का मुख और भी मलिन हो उठा। बड़े शान्त भाव से बोली-''आपका अनुमान सही है। मैं जिन्हें ढूँढ़ती फिर रही हूँ उन्हें मैंने कभी देखा ही नहीं।''

साधु ने गंगा की ओर मुख घुमाया। पीपल के वृक्ष पर पंछियों का झुंड चहचहा रहा था। आश्रम में संध्या-आरती शुरू हो गयी थी; घंटा-ध्वनि सुनाई दे रही थी। चारों ओर पहाड़ों पर अँधेरा गहरा रहा था। एक बार फिर साधु ने लड़की की ओर देखा और बोले-''एक बात पूछूँ बेटी, तुम जिन्हें ढूँढ रही हो क्या वे तुम्हारे कुछ लगते हैं?''

''मेरे दादाजी!'' मृदु स्वर में लड़की ने उत्तर दिया।

''उनकी कोई तस्वीर है तुम्हारे पास?''

''नहीं, महाराज।''

साधु ने विस्मित स्वर में पूछा-''तो तुम उन्हें किस प्रकार ढूँढ निकालोगी? इसके अलावा वे अभी जीवित भी हैं या नहीं, क्या इसकी कोई खोज-खबर है तुम्हारे पास?''

लड़की ने कोई जवाब नहीं दिया। उसे अनुमान था कि उसके प्रश्न का उत्तर मिलना कितना कठिन है। वह बोली-''महाराज, मैं सचमुच कुछ नहीं जानती। मैं उन्हें ढूँढ पाऊँगी भी या नहीं, पता नहीं। मैं तो केवल कोशिश कर रही हूँ।...इस तरफ क्या और भी कोई आश्रम है? एक बार वहाँ भी खोज लेती।''

साधु ने हाथ उठाकर कहा-''सामने है हमारा ओंकार आश्रम। इस ओर और कोई भी आश्रम नहीं है।''

''चलती हूँ महाराज! प्रणाम।''

शाक्य के पास से होती हुई धीर और क्लान्त कदमों से वह लड़की चली गयी। उसके हर कदम से उभर रही थी उम्मीदों के टूटने की वेदना।

स्थिर खड़ा रहा शाक्य। वह अनुभव कर रहा था कि आँखों के सामने घटी इस छोटी-सी घटना ने उसे कितना विचलित कर दिया है। एक बार उसके जी में आया कि लड़की को बुलाकर पूछे। पर वह तो सीढ़ियाँ चढ़ती लौट गयी। और

बुलाना चाहते हुए भी चुप रहा शाक्य। अपनी ओर से चलाकर कुछ सवाल न करना ही शायद सही था। लड़की असन्तुष्ट हो सकती थी, क्योंकि विषय उसका अत्यन्त व्यक्तिगत था। इसके अतिरिक्त वह स्वयं यहाँ कितना अपरिचित है। कोई मदद कर पाना भी उसे सम्भव नहीं लगा।

साधु महाराज फिर से ध्यान में बैठ गये हैं। पेड़ के नीचे, पहाड़ की गोद में उतर रहा है अँधेरा और गंगा के सीने पर है छाया। पंछियों का एक झुंड उड़ा जा रहा है, लौट रहे हैं वे अपने घोंसलों को। शाक्य की भी लौटने की इच्छा हुई। उसने और प्रतीक्षा नहीं की। चलते-चलते उसे महसूस हुआ कि सिर्फ़ चाय की तलब ही नहीं, उसे भूख भी लग आयी थी। लड़की सामने चली जा रही थी, कुछ तेज कदमों से। और कुछ दूर जाते ही दुकानें, लोगों की भीड़...। कुछ पिछड़ गया था शाक्य। और भीड़ में गुम हो गयी थी वह लड़की।

दो

रास्ते के किनारे ही थी चाय की दुकान। आस-पास में इक्का-दुक्का मकान। लोगों की भीड़ नहीं के बराबर। एक अधेड़ दुकानदार। कल इस दुकान में चाय पीते हुए काफी देर गप्प-शप्प की थी हमने। एकदम ही सहज, सरल और व्यक्ति बिना किसी झिझक के बतिया रहा था। सिर्फ़ अपनी बात ही नहीं, घर की बात, बहू की बात, यहाँ के लोगों की बात। बड़ी अच्छी लग रही थीं उसकी बातें। पहाड़ों पर बसने वाले शायद ऐसे ही सहज, सरल होते हैं। हो सकता है यह यहाँ के परिवेश का प्रभाव हो। इस देवभूमि का माहात्म्य भी हो सकता है। इन दो दिनों में स्वयं में भी परिवर्तन की अनुभूति की है मैंने।

शाक्य को सामने खड़ा देख दुकानदार मुस्कराया और बोला, ''बैठिए बाबू।''

दुकान के सामने ही लगी हुई बेंच पर शाक्य बैठ गया। छोटी-सी दुकान। सम्मुख ही एक ऊँचा चबूतरा। स्टोव पर गरम होता दूध। एक के बाद एक काँच के मर्तबान। बिस्कुट, लड्डू, केक से सजे हुए। लकड़ी के तख्ते पर एक किनारे में रखे हुए बीड़ी-सिगरेट। शाक्य ने कहा-''बहुत देर से चाय पीने की इच्छा हो रही थी, इसलिए चला आया।''

गरम जल से चाय की प्याली को धोते-धोते दुकानदार ने पूछा-''कहाँ गये थे, बाबू?''

काँच के मर्तबान से दो बिस्कुट निकालते हुए शाक्य ने कहा-''गंगा के घाट पर बैठा हुआ था। लोगों की भीड़-भड़क्का से दूर। खूब अच्छा लग रहा था।''

दुकानदार हँसा, "आपने ठीक ही कहा बाबू। उस ओर लोगों की भीड़ कम ही रहती है। पहले साल में सिर्फ़ दो-तीन महीने ही यहाँ भीड़-भाड़ दिखाई पड़ती थी। अधिकतर समय फाका ही रहता था। अब तो प्राय: सब समय ही लोगबाग आते रहते हैं। पहले कितने लोग आते ही थे। पहाड़ी व्यक्तियों के दुख और कष्ट का कोई अन्त नहीं था। बाहर से आनेवाले दो दिन घूम-फिरकर लौट जाते। किसे फुर्सत है हम जैसों के बारे में सोचे। अलग राज्य भी बना। कुछ नहीं हुआ ऐसा नहीं कहूँगा। कहाँ, गढ़वाल के दूर-दूर के गाँवों में हजारों-हजारों व्यक्तियों का जीवन अभी भी वैसा का वैसा ही रह गया है, पहले की तरह। एक बात तो सत्य है, लोगबाग आ रहे हैं इसी कारण दो वेला दो मुट्ठी भोजन का जुगाड़ हो जाता है। सब गंगा मैया की कृपा है, बाबू।"

दुकानदार ने चाय की प्याली आगे बढ़ा दी, शाक्य की ओर। दुकानदार की बात शाक्य को बहुत ही युक्तिपूर्ण लगी। बाहर से लोग आ रहे हैं तभी तो इनकी रोजी-रोजगार चल रहा है। इस वक़्त दुकान में कोई खुद्दर नहीं था, अत: दुकानदार ने बीड़ी सुलगाई और दिवाल से पीठ टिकाकर बैठ गया। दिनभर दुकानदारी के बाद थोड़ा विश्राम। चाय की चुस्की लेते हुए शाक्य ने पूछा-"आपका घर कहाँ है?

"इस पहाड़ी के पीछे।"

दुकान से ठीक सटी हुई थी पहाड़ी। पहाड़ी के पीछे किधर से जाया जा सकता है, नहीं समझ पा रहा था शाक्य। "पूछा, रास्ता किधर से हैं?"

"थोड़ा घूमकर जाना पड़ता है। एक घंटा लगता है।"

दुकानदार के घर के रास्ते की मन ही मन कल्पना करने लगा शाक्य। पहाड़ी से सटा हुआ टेढ़े-बाँके कदमोंवाला रास्ता। बीच-बीच में झाड़ियाँ। अँधेरे में झींगुर की आवाज़। पहाड़ी से सटकर बहता हुआ झरना का पानी नीचे गिर रहा था। दूर से ही सुनाई पड़ रही थी पानी के गिरने की आवाज़।

"घर क्या रास्ते के किनारे हैं?" शाक्य ने प्रश्न किया।

"ऐसा कुछ नहीं है। बीच में कई-एक छोटे-छोटे गाँव हैं। पहले यहाँ कभी जंगल हुआ करता था, अब सब साफ हो गया है। हमारे गाँव में बीस परिवार हैं। पहले सभी खेत जोता करते थे। अब लड़के-बच्चे इधर-उधर कामकाज करने लगे हैं। लड़कियाँ खेतों की देखभाल करती हैं। बाबूजी, आपका घर कहाँ है?"

"मेरा घर?" सुस्त आवाज़ में शाक्य ने कहा-"कलकत्ता में।"

"कलकत्ता तो बहुत बड़ा शहर है, है न बाबू?"

"हाँ, बहुत बड़ा। इसीलिए लोगों की बड़ी भीड़ है वहाँ। कुछेक दिन रहने पर आपको लगेगा कि आपका दम घुट रहा है। बचपन वहीं बिताकर बड़ा हुआ हूँ,

इसीलिए अब वहाँ मन नहीं लगता है। ऋषिकेश आकर ऐसा लग रहा है कि अब यहीं बस जाऊँ।''

दुकानदार हँसने लगा। सहज भाव से बोला, ''नयी जगह पर जाने से ऐसा ही लगता है बाबू। जिसे रोज़ देखते हैं, देखते-देखते वह पुराना-सा लगने लगता है। मन नया की ओर दौड़ता है, लेकिन दो दिन बाद आप देखेंगे कि वही पुराना घर, मित्र-परिजन आपको टान रहे हैं।''

बुझा-बुझा-सा शाक्य कहने लगा-''घर का मतलब सिर्फ़ चार दीवारें तो नहीं होती न। उसके लिए चाहिए व्यक्ति का प्रेम। विश्वास। अपनापन।

''ठीक कह रहे हैं, बाबू! प्रेम! मैं दिन भर काम करके जब घर लौटता हूँ, तो मेरी पत्नी खाना गरम करके मेरे पास बैठकर मुझे खिलाती है। तब मेरी दिन भर की थकान पलभर में गायब हो जाती है।...आपने शादी नहीं की है बाबू?''

सिर हिलाते हुए शाक्य ने कहा-''नहीं भाई।''

दुकानदार थोड़ा उत्साहित हुआ। एकदम सहजता से बोला, ''एक बात बोलूँ बाबूजी! अब आप शादी कर लीजिए। तब देखेंगे कि घर कितना अच्छा लगने लगा है, सचमुच। इस दुनिया में प्रेम करने के लिए पात्र की कमी है क्या? किसी को अपना बनाइए।''

ठठाकर हँस पड़ा शाक्य। बोला, ''आपकी बात याद रहेगी भाई।''

दो ग्राहक आ जाते हैं। दुकानदार उन्हें चाय देते हुए शाक्य से पूछ बैठता है-''कल आएँगे तो?''

''आऊँगा।''

पैसे चुकाकर शाक्य होटल की ओर बढ़ने लगा। रास्ते के किनारे की दुकानों में बत्तियाँ जल रही थीं। प्रायः फाका ही था। ग्राहकों की भीड़ नहीं थी। यहाँ की तुलना में हरिद्वार में अधिक भीड़ थी। शाम के बाद भी लोगों के चहल-पहल के कारण दुकानें जगमग करती रहतीं। इतने में दो-एक दुकानदार चिल्ला-चिल्लाकर बुलाने लगे-''इधर आइए बाबू! हमसे सस्ता कहीं नहीं पाइएगा।''

शाक्य ने उनमें कोई दिलचस्पी नहीं दिखाई। इन सब दुकानों में जो कुछ भी था, उसकी उसे कोई ज़रूरत नहीं थी। किसी मन्दिर में घंटा बजने लगा। सन्ध्या-आरती शुरू हुई थी। सँकरे रास्ते से होकर शाक्य मुख्य रास्ते पर आ गया था। थोड़ी दूर जाकर ही होटल का रास्ता मुड़ गया था। इस रास्ते पर दो-तीन होटल थे। शाक्य का होटल सबसे अन्त में था। सामने बड़े-बड़े अक्षरों में लिखा था, ''गंगा लॉज। हरिद्वार और ऋषिकेश, ये दोनों शहर, यहाँ के मन्दिर, धर्मशाला, व्यवसाय-वाणिज्य सब कुछ गंगा से ही जुड़े हुए हैं। गंगा! ही इनकी प्राणसत्ता है, प्रेरणाशक्ति है।

तिमंजिला होटल। ऊपर के तल्ले पर था शाक्य का कमरा। कमरे में आकर

बिजली जलाई शाक्य ने। बड़ा कक्ष। डबल बेडवाला। बिस्तर के एक ओर बदले हुए कपड़े बिखरे पड़े थे। कमरे में एक प्रकार की घुटन-सी थी। खिड़की खोल दी उसने। ठंडी हवा का एक झोंका कमरे में प्रवेश किया। बाथरूम में चला गया शाक्य। दिन भर धूप में भटकने से शरीर निढाल-सा हो गया था। नहाकर वह बाहर निकला। टिफिन खाकर बिस्तर पर पसर गया। नींद आ रही थी। काफी देर तक सोता रहा। अचानक नींद खुलते ही घड़ी पर नज़र पड़ी। साढ़े नौ बज रहे थे। एक छलाँग लगाते हुए उठ बैठा वह। नीचे जाना होगा। बड़ा डाइनिंग रूम। एक बुजुर्ग सज्जन, उनकी पत्नी और स्वयं शाक्य के अलावा वहाँ और कोई नहीं था। शाक्य के बाद वाली मेज़ पर वह सज्जन बैठ गये। शाक्य पर नज़र पड़ते ही उन्होंने मुस्करा दिया। सुबह ही परिचय हुआ था। हावड़ा के रहने वाले थे। बुजुर्ग सज्जन ने शाक्य की ओर देखते हुए पूछा-''आज कहाँ गये थे?''

कोई-कोई व्यक्ति होते हैं, जो बातचीत करने के लिए हर पल उतावले रहते हैं। शाक्य ने उस सज्जन की ओर देखते हुए कहा-''यहीं आस-पास ही थोड़ा घूम-फिर रहा था।''

''अकेले आये हैं?''

''हाँ।'' अत्यन्त ही संक्षिप्त-सा उत्तर दिया शाक्य ने।

सज्जन और भी उत्साहित होते हुए बोले-''कल सुबह हम मसूरी जा रहे हैं। कोई असुविधा न हो, तो चलिए हमारे साथ।''

फिलहाल घूमने-फिरने की कोई इच्छा नहीं थी शाक्य की। यहाँ आया है कुछेक दिन एकान्तवास की इच्छा लेकर। सीधे-सीधे कहना ठीक नहीं लग रहा था। थोड़ हिचकिचाते हुए उसने कहा-''दरअसल कल मुझे एक जगह जाना है, पहले से ही तय कर रखा है। नहीं तो आपके साथ अवश्य चलता।''

सज्जन ने कहा-''कोई बात नहीं। हम यहाँ कुछेक दिन और हैं। बाद में किसी दिन और कहीं चलेंगे। यहाँ पहले कभी आये हैं?''

बैरा खाना लेकर आ गया था। उसने थाली शाक्य के सामने परोस दी। खाने की तरफ हाथ बढ़ाते हुए शाक्य ने कहा-''नहीं, यह पहला अवसर है।''

सज्जन की पत्नी धीमी आवाज़ में उनसे कुछ बोलीं। तुरन्त ही वे सकुचा-से गये और सिर झुकाकर चुपचाप खाने लगे। फिर उन्होंने कोई बात नहीं की।

भोजन समाप्त कर शाक्य उठ पड़ा। दूसरे रूम के लोग आ गये थे। वह अपने कमरे में लौट आया। काफी सो चुका था। अब नींद आएगी नहीं। अत: अन्दर का दरवाज़ा खोलकर बरामदे में आ खड़ा हुआ। उसे प्रतीत हुआ जैसे सन्मुख आकाश को किसी ने काले अन्धकार से लीप दिया हो। वहाँ अनगिनत नक्षत्र टिमटिमा रहे थे। पहाड़ी के पसरे बदन पर कहीं-कहीं दीपक की तरह बत्तियाँ जल रही थीं। वे

वहाँ के बाशिन्दों के घर थे। शाक्य ने कल ही पूछताछ कर जानकारी कर ली थी। शाक्य के मन में आया "काश! वैसा ही एक घर उसके पास भी होता।"

अभी तो अच्छी-खासी ठंड लग रही है-"घर में घुसकर दरवाज़े को बन्द कर लिया शाक्य ने। घड़ी की छोटी सुई ग्यारह पर पहुँचने ही वाली थी।

तीन

जब शाक्य की नींद टूटी, तो बाहर धूप छिटकी पड़ रही थी। बहुत कोशिशों के बावजूद अन्य आदतों के समान इस आदत से भी छुटकारा न पा सका था शाक्य। हमेशा से दिन चढ़ने के बाद ही वह बिस्तर छोड़ पाता था। सिर के पास रखी घड़ी पर नज़र डाली, तो देखा आठ बज रहे हैं। इतना दिन चढ़ आया है, वह अनुमान ही नहीं लगा पाया था। एक छलाँग में बिस्तर छोड़ वह बाथरूम में घुस गया। नहाने के बाद उसे लगा जैसे मन हलका हो गया हो। यहाँ आने के बाद पहली बार उसे अच्छा महसूस हो रहा था। कौन जाने यह देव स्थान का माहात्म्य हो। ये नदी, पहाड़, साधु, निर्जनता आदि सब मिलकर मन के अँधेरे में थोड़ी-थोड़ी रोशनी डाल रहे थे।

ताला लगाकर नीचे उतर आया शाक्य। डाइनिंग रूम खाली था। किचेन में भी कई विशेष व्यस्तता नहीं थी। होटल के ही एक व्यक्ति ने बताया था कि इस समय यहाँ लोगों की भीड़ नहीं रहती। महीने भर बाद आये, तो पैर रखने की जगह नहीं मिलेगी। शाक्य को देखकर एक बेयरा आगे आया "बैठिए सर। अभी लाता हूँ आपकी चाय और ब्रेकफास्ट।"

नाश्ता खत्म कर रिसेप्शन काउंटर पर आया शाक्य और पूछा-"त्रिवेणी घाट जाऊँगा, रास्ता किस ओर है?"

रिसेप्शन पर बैठा लड़का कुछ लिख रहा था। मुँह ऊँचा किये बिना ही बोला, "सामने रास्ते से एक ऑटो कर लें। पाँच रुपया किराया है। रास्ता बिलकुल सीधा। वहाँ शाम को जाएँ तो ज्यादा अच्छा लगेगा। रोज आरती होती है।"

"अभी एक बार घूम आता हूँ। अच्छा लगा, तो शाम को भी जाया जा सकता है।"

रिसेप्शन से निकलकर बाहर बड़ी सड़क पर आकर वह खड़ा हुआ। सामने से एक ऑटो आ रहा था। हाथ दिखाते ही रुक गया। लगभग भरा हुआ था, उसी में कुछ ठेल-ठालकर उसने शाक्य को बैठा लिया। इस ओर की सड़कों पर यान-वाहनों की वैसी भीड़-भाड़ नहीं है। सड़क के दोनों ओर होटलें और दुकानें हैं।

बायीं ओर है गंगा, हालाँकि सड़क से वह नज़र नहीं आती। कुछ आगे जाकर ही बस-स्टैंड है। शाक्य वहाँ उतर गया। ऑटो वाले ने हाथ के इशारे से बताया, "सामने का रास्ता पकड़ लीजिए, कुछ दूर आगे जाते ही त्रिवेणी घाट है।"

पतली-सी सड़क। दोनों ओर दुकानें। साइकिल, ऑटो और लोगों की भीड़। शाक्य को कुछ अच्छा नहीं लगा। पहले पता होता कि ऐसी जगह घाट है, तो वह आता ही नहीं, पर अब जब इतना करीब आ ही गया है तो लौट जाने में कोई तुक नहीं। शाक्य भीड़ से बचकर चलना चाहता है, पर रास्ता बीच बाजार से है। स्कूली बच्चों का एक समूह शोर मचाता, बातें करता आगे चल रहा है। नीली और सफेद स्कूली पोशाक पहने बच्चों में अनन्त उच्छवास और आनन्द है। शाक्य के मन में विचार आया कि यह दृश्य शायद पृथ्वी पर सर्वत्र एक-सा है, हालाँकि वह कलकत्ता के बाहर एक बार पुरी और दिल्ली के अतिरिक्त कहीं नहीं गया। बच्चों के बगल से होता हुआ जब वह कुछ दूर आगे गया, तो भीड़ कम हो गयी। दो-एक लोग स्नान कर लौट रहे थे। एक मोड़ घूमते ही सामने थी गंगा। एकाएक रुक गया शाक्य, लगा जैसे जादू की छड़ी के स्पर्श से आँखों के सामने प्रकट हो गया हो एक आश्चर्यजनक।

प्रशस्त है गंगा की जलधार। कोई उत्ताल तरंग नहीं। छोटी-छोटी लहरें। बीच में रेतीला टापू। यहाँ-वहाँ बिखरे बड़े-बड़े शिलाखंड मानो कोई जलचर पानी में आधा शरीर डुबाये सतह पर तैर रहा हो। उस पार है जंगल। घना नहीं, हलके-हलके पत्रहीन वृक्ष, जिनकी पतली-पतली अद्‌भुत आकार वाली डालियाँ फैली हुई हैं। अद्‌भुत आकृति। बाद में पता चला वे शीशम के पेड़ हैं। जहाँ तक नज़र आती है, खुला मैदान नज़र आता है। एक असीम, अनन्त स्वप्निल जगत। नीचे है पानी और सिर के ऊपर नीला आसमान, जिसकी परछाईं पड़ रही है गंगा के बहते पानी पर। छोटे-छोटे सफ़ेद बादल के टुकड़े हैं बीच-बीच में। लगता है जैसे किसी ने फटा हुआ शामियाना बहा दिया हो।

विस्मय विमुग्ध है शाक्य। गंगा का ऐसा सम्मोहक रूप जो यहाँ है, पहले कहीं और नहीं देखा। कुछ देर वह स्थिर व मौन खड़ा रहता है। गंगा-घाट का चौड़ा चबूतरा काफी दूर तक चला गया है। चबूतरे के एक ओर है मन्दिर। एक सफ़ेद भवन। देखकर समझ में आता है कि नया बना है। सामने बढ़ते ही गंगा के किनारे सफ़ेद पत्थर की एक बड़ी-सी मूर्ति है। भगीरथ गंगा को मर्त्यलोक में लेकर आ रहे हैं। चबूतरा पार करते ही घाट है। कुछ सीढ़ियाँ हैं। घाट पर कोई विशेष भीड़ नहीं है, मात्र कुछेक स्नानार्थी हैं। माइक पर कहीं भजन हो रहा है। घाट के एक किनारे पेड़ के नीचे कुछ लोग उद्‌देश्यहीन बैठे हैं। निस्तब्ध है पूरा अंचल और वातावरण में प्रशान्ति व्याप्त है।

पैदल आगे बढ़ गया शाक्य। एक छोटा-सा छज्जा है, जिसके नीचे बैठकर एक साधु भागवत पाठ कर रहे हैं। काफी उम्र है, बड़े-बड़े बाल और दाढ़ी है। लाल कपड़े पहन रखे हैं और गले में है मालाओं का एक गुच्छा। सिर के बाल मैले हैं। सामने है एक थाली। धूपदानी पर कुछ धूपबत्तियाँ सुलग रही हैं। साधु की गोद में लाल कपड़े में लिपटी एक पुस्तक है। सामने कुछ गँवई-से दिखते लोग हैं, जो उकड़ूँ बैठे पाठ सुन रहे हैं। शाक्य रुक गया। साधु गंगा के जन्म की कथा कह रहे हैं।

''एक दिन देवर्षि नारद विश्व-परिक्रमा पर जा रहे थे। चलते-चलते एक विशाल उद्यान में पहुँचे। चारों ओर मनोरम दृश्य। पंछी गा रहे हैं। पेड़ों पर फूल खिले हैं, हवा में फैली है उनकी सुगन्ध। देवर्षि भी आनन्दित हो वीणा बजा कर गाने लगे। अचानक अत्यन्त करुण स्वर में उन्हें किसी का आर्न्तनाद सुनाई दिया। एकाएक रुक गये नारद। इतने सुन्दर वातावरण में कौन कर रहा है ऐसा आर्न्तनाद। गायन रोककर इधर-उधर नज़र दौड़ाते ही देखा कि तनिक दूरी पर कुछ लोग बैठे हैं। शीघ्रता से उस ओर बढ़े नारद। पास जाकर खड़े होते ही चौंक उठे, देखा एक विकलांग नज़र-नारियों का समूह है। हाथ-पैर टेढ़े हो गये हैं, देह विकृत हो गयी है और यन्त्रणा से वे छटपटा रहे हैं। नारद का मन करुणा से भर उठा। हर दुविधा व संकोच का परित्याग कर उन्होंने पूछा-''कौन हो तुम लोग?''

उन विकलांगों में से एक ने उत्तर दिया, ''हम संगीत के छः राग और छत्तीस रागिनियाँ हैं।''

संगीत की राग-रागिनियाँ! अवाक् रह गये नारद। वे दिन-रात जिन राग-रागिनियों की सेवा करते आ रहे हैं। जिन्हें सुनकर मनुष्य मुग्ध हो जाता है, उनकी यह दुरावस्था! बोले-''किस कारण से है तुम्हारी यह दुरावस्था?''

समवेत स्वर में सभी राग-रागिनियों ने कहा-''एक व्यक्ति है, जो दिन-रात विकृत सुरों में गाता है। उन विकृत सुरों की यन्त्रणा हम और नहीं सह पा रहे।''

मन ही मन व्यथित हुए नारद, पूछा-''कौन है वह गायक, जो ऐसे विकृत सुरों में गाता है, जिसके कारण तुम्हारी ऐसी दुर्दशा हुई है?''

करुण कंठ से एक ने उत्तर दिया, ''नारद नाम के एक ऋषि हैं, जो हर समय अशुद्ध सुरों में गाते हैं। उन्हीं के कारण हमारी यह अवस्था है।''

नारद को अपने ही कानों पर विश्वास न हुआ। स्वयं को संगीत-विशारद मानकर जिन्हें गर्व था, वही नारद इतने दिनों से गलत सुरों में गा रहे थे। वेदना से आहत स्वर में वह बोले-''वह अभागा ऋषि नारद मैं ही हूँ, जिसके कारण आपकी यह दुरावस्था है। बताएँ, मैं क्या करूँ कि आप सबको मुक्ति मिले?''

''एकमात्र देवाधिदेव महादेव हमें इस दुर्भाग्य से मुक्ति दिला सकते हैं। वही समस्त सुरों के आदि, मध्य और अन्त हैं। उनके ही संगीत पर सृष्टि की स्थिति में

लयबद्धता आती है। वे यदि गायन करें, तो हमें फिर से अपनी पुरानी देह प्राप्त होगी। इस यन्त्रणा से मुक्ति मिलेगी।''

हाथ जोड़कर नारद ने कहा–''मैं अभी देवाधिदेव के पास जाकर प्रार्थना करूँगा कि वे आप सबकी मुक्ति के लिए गायन करें।''

बिना प्रतीक्षा किये कैलाश पर जाकर नारद ने भगवान महादेव को राग-रागिनियों की दुरावस्था की बात बताई और प्रार्थना की, ''प्रभु! आप उनकी मुक्ति का उपाय करें।''

समस्त विवरण सुनकर महादेव बोले–''वे गायन तो करेंगे, परन्तु उपयुक्त श्रोता कहाँ हैं?''

अब नारद और अधिक विस्मित हुए। पहले उन्होंने सुना कि वे उपयुक्त गायक नहीं हैं, और अब सुन रहे हैं कि वे उपयुक्त श्रोता भी नहीं हैं।

''तो फिर आप ही बताएँ प्रभु! कि आपके संगीत के उपयुक्त श्रोता कौन हो सकते हैं?''

महादेव बोले–''भगवान विष्णु ही एकमात्र उपयुक्त श्रोता हैं, किन्तु तुम ब्रह्मा जी को भी ला सकते हो।

नारद पहले भगवान विष्णु फिर ब्रह्मा जी के पास गये। दोनों ने ही स्वीकृति दे दी। कहा–''हम आएँगे। स्वयं महादेव गाएँगे। ऐसा गायन सुनने का सौभाग्य क्या हर समय होता है?''

विष्णु और ब्रह्मा आये। महादेव ने गायन शुरू किया। विचित्र राग-रागिनियाँ थीं। अपूर्व था उनका सम्मोहन। धरती-आकाश-हवा सब भर उठे एक सुमधुर आवेश से। महाओंकार ध्वनि के सम्मोहन में काँप उठा सारा विश्व-ब्रह्मांड। एक समय ऐसा आया जब विकलांग राग-रागिनियाँ, सभी स्वस्थ हो उठीं और महादेव की अपूर्व राग-रागिनियों को सुनते-सुनते विमुग्ध विष्णु की समस्त देह से आनन्दाश्रु झरने लगे। वह पवित्र धारा कहीं मिट्टी पर गिरकर नष्ट न हो जाए, इसलिए ब्रह्मा ने उसी समय उसे अपने कमंडल में भर लिया।....गायन शेष हुआ। सभी के चेतना-जगत में लौटते ही ब्रह्मा ने कहा–''हे नारायण! आपकी देह से झरी इस जलधारा का क्या हो?'' प्रसन्न मन से नारायण बोले–''मेरी देह से झरी है, इसलिए इस जलधारा का नाम होगा गंगा।''

इतना कहकर साधु तनिक रुके।

उपस्थित लोगों ने हाथ जोड़कर ललाट से छुआए और समवेत स्वर में बोल उठे, ''जय गंगा मैया की जय।'' एक व्यक्ति ने वहाँ रखी थाली में कुछ खुदरा पैसे चढ़ाये। देखादेखी और भी कईयों ने पैसे चढ़ाये और साधु महाराज को प्रणाम कर उठ गये।

सभी चले गये, तो साधु ने थाली में रखे पैसे बटोरकर बगल में रखे थैले में डाल लिए। अब वहाँ साधु और शाक्य के अतिरिक्त और कोई नहीं था। शाक्य की साधु से बात करने की इच्छा हुई। फिर अगले ही क्षण सोचा, "क्या लाभ। साधु का ज्ञान, बुद्धि सब तो उस थाली में कुछ प्राप्त करने के लिए था। कम से कम इस क्षण जो उसका मानसिक क्षोभ है, उसे शान्त करने की शक्ति साधु में नहीं है। और प्रतीक्षा न कर वह कदम-दर-कदम गंगा की ओर बढ़ गया। चबूतरे से दो सीढ़ियाँ नीचे पानी बह रहा है, जिसका स्रोत प्रबल है। घाट के पत्थरों से टकराकर लहरों से 'छलात्-छलात्' आवाज़ उठ रही है। हठात् शाक्य ने देखा कि पानी के प्रबल स्रोत में तैरते हुए दो-तीन लड़के मानो कुछ खोज रहे हों। प्रत्येक की कमर से मोटी ट्यूब बँधी है। फिर हठात् एक को कुछ मिला, तो वह उल्लास में हाथ उठाकर चीख पड़ा। किसी पेड़ की मोटी-सी डाल पानी में बहकर आयी है। नदी के बीच में जो लम्बी-सी बालुई द्वीप जैसी जगह है, तैरते हुए वहाँ जाकर उसने डाल को रखा। और भी कुछ जगहों पर वैसी डालियाँ जमाकर रखी हुई हैं। जो तैर रहे हैं शायद उन्हीं के हिस्से की हैं। डाली को ठीक ठिकाने रखकर वह लड़का फिर पानी में कूद गया। मछली की तरह पानी को खँगाल रहे हैं वे लड़के।

आश्चर्य हो रहा था शाक्य को। इस धरती पर कितने तरह की जीविकाएँ हैं। ये लड़के महाजन को लकड़ियाँ बेचेंगे, तो कुछ पैसे मिलेंगे और गृहस्थी का खर्च पूरा होगा। वह साधु, जो सुबह-शाम पाठ करता है, कथा सुनाता है उसे उस काम से कुछ पैसे मिलते हैं, तो दो वक़्त की रोटी जुटती है। यह सब कुछ होता है गंगा के तीर पर। टुकड़ों-टुकड़ों में ऐसे कितने ही चित्र हैं। इन दिनों तक जैसे अनजाना यह सब कुछ। एक गोल-सा घेरा है और उसी में मानो आबद्ध है जीवन। स्वामी जी के कुएँ के मेढक-सा जीवन। दो बहुएँ आती हैं, हाथों में कपड़ों की पोटली है। शायद स्नान करेंगी। खुला घाट है, यहाँ स्त्रियों और पुरुषों के स्नान की कोई अलग व्यवस्था नहीं है। सहज भाव से सभी एक साथ स्नान करते हैं। फिर भी शाक्य वहाँ से हट गया। संकोच व दुविधा तो मनुष्य के अपने अन्दर होती हैं।

मन्दिर की ओर कुछ कदम बढ़ाकर वह रुक गया। वही लड़की आ रही है। हालाँकि वह दूर है, पर एक नज़र देखते ही वह उसे पहचान गया। वही कल वाली पोशाक पहन रखी थी उसने। घाट के प्राय: बीचोबीच आकर वह रुक गयी। उसने चारों ओर नज़र दौड़ाई मानो किसी को खोज रही हो। हठात् चबूतरे के नीचे बैठे साधु पर दृष्टि पड़ते ही वह उस ओर बढ़ गयी। यहाँ भी क्या वह अपने दादा हेमनाथ को ढूँढ़ रही है? एक तरुणी अपने दादा जी को इस प्रकार क्यों ढूँढ रही है? लगता है, वह यहाँ अकेली ही आयी है। साथ में अन्य कोई नहीं है क्या? देखकर खराब लगने लायक कोई कारण नहीं। वह लड़की साधु की ओर बढ़ी जा रही है। शाक्य

ने भी और प्रतीक्षा नहीं की। उसे एक तीव्र कौतूहल था, किन्तु लड़की को कुछ सन्देह न हो, इसलिए उद्देश्यहीन की तरह वह चलता रहा। लड़की साधु के पास जाकर खड़ी हो गयी और बोली–"प्रणाम साधु बाबा।"

मुँह उठाकर साधु ने देखा और हाथ उठाकर आशीर्वाद दिया।

"आप क्या यहाँ रहते हैं?" थोड़ा सा झुककर उसने प्रश्न किया।

"दिन में यहाँ रहता हूँ। रात होते ही उधर मेरी कुटिया है, वहाँ चला जाता हूँ।"

लड़की कुछ देर चुप रही। शाक्य हालाँकि वहाँ से काफी दूर था, फिर भी मानो सब सुन पा रहा था।

"आप यहाँ हेमनाथ मुखोपाध्याय नाम के किसी साधु को जानते हैं?"

साधु कुछ देर चुप रहे, फिर स्वगतोक्ति की तरह कुछेक बार हेमनाथ नाम का उच्चारण किया मानो स्मरण करने की कोशिश कर रहे हों कि उक्त नाम का कोई परिचित है या नहीं। लड़की स्थिर खड़ी थी। शाक्य भी तीव्र उत्कंठा में था। साधु ने सिर हिलाया और कहा–"नहीं, मैं नहीं जानता।"

लड़की के चेहरे पर हताशा उभर आयी। वह बोली–"मैं चलती हूँ साधु बाबा।"

लड़की और रुकी नहीं। चेहरा घुमाते ही उसकी शाक्य से आँखें चार हुईं। शाक्य के मन में आया कि लड़की को बुलाकर पूछे कि वह इस प्रकार अपने दादा जी को क्यों ढूँढ रही है, पर बुलाते–बुलाते वह रुक गया। लड़की गुस्सा कर सकती है, या असन्तुष्ट हो सकती है। इसके अतिरिक्त दूसरों के मामले में अकारण कौतूहल प्रदर्शन क्या उचित है?

दो बहुएँ, जो स्नान कर रही थीं, अब भीगे कपड़ों में साधु के पास आ गयीं। दोनों युवतियाँ हैं, बदन पर केवल भीगी साड़ी लिपटी है। देह की रेखाएँ स्पष्ट दिख रही हैं, फिर भी कोई संकोच नहीं। सहज व सरल।

एक पेड़ की छाया में जाकर बैठ गया शाक्य। कुछ देर बैठा रहा। धूप की तेजी बढ़ गयी है। कुछ पुरुष व स्त्रियाँ आती हैं, जिन्हें देखकर लगता है कि वे दक्षिण भारत से हैं। स्त्रियों ने लाँग देकर साड़ी पहनी है और पुरुषों ने लुंगी की तरह धोती। वे एक जगह अपना सामान रखते हैं और आपस में कुछ बातें करते हैं, जिसका एक शब्द भी समझ में नहीं आन्ता। बस इतना समझ में आता है कि वे गंगा–स्नान करने आये हैं। कभी–कभी यह देखकर बड़ा आश्चर्य लगत है कि भारत के सुदूर दक्षिण से लोग उत्तर भारत की ओर चले आ रहे हैं केवल गंगा–स्नान कर पवित्र होने के लिए। पता नहीं, इसका कोई वैज्ञानिक सत्य है भी या नहीं। अनन्तकाल से चला आ रहा यह विश्वास ही तो है, जिसकी न कोई युक्ति है न तर्क। बस

केवल विश्वास है और शायद उस विश्वास की ही शक्ति है, जो मनुष्य को पवित्र करती है।

चार

घाट की ओर बढ़ते ही शाक्य ने देखा रंग-बिरंगी साड़ियों में तरुण-वधुओं का एक झुंड। सभी के शरीर गहनों से लदे हुए। माथे पर बिन्दी, हाथों में पूजा की थाली। कमर से झूलती कमरधनियों से उठती रुनझुन की आवाज़। पीछे थोड़े ही फासले पर पुरोहित। साथ में एक और प्रौढ़ व्यक्ति।

शाक्य ने अनुमान लगाया किसी अनुष्ठान में जा रहे हैं वे सब। दिन चढ़ने लगा था। रास्ते में लोगों की उतनी चहल-पहल नहीं थी। घाट के सामने बने राधा-कृष्ण के मन्दिर में आकर रुक गये वे सब। उनमें से एक की गोद में एक छोटे-से बच्चे को अब देख पाया शाक्य। लाल मखमल का कुर्ता पहने हुए। सिर पर झालर वाली टोपी। कुछ लोग फटाफट गंगा तट पर उतर गये। अंजुरि भर गंगा जल लाकर चबूतरे पर छिड़क दिया उन्होंने और उस पर शतरंजी बिछाकर वे सभी बैठ गये। समूह की सबसे उम्रदराज महिला ने बच्चे को अपनी गोद में ले लिया। फल-फूल-लड्डू से सजाकर एक थाली सामने रख दी गयी। पुरोहित के कुछ पढ़ते ही वे युवतियाँ गीत गाने लगीं। वह प्रौढ़ व्यक्ति थोड़ी दूरी पर खड़े थे। धीमे कदमों से शाक्य उनके समीप जा खड़ा हुआ। नमस्कार! प्रत्युत्तर में जल्दी से हाथ जोड़कर उस सज्जन ने भी कहा-''नमस्कार!

''कैसा अनुष्ठान है? शाक्य ने पूछा।''

''आज मेरे नाती का पहला जन्मदिन है। इसीलिए गंगा मैया की पूजा करने आये हैं। परिवार की सभी महिलाओं के साथ-साथ पंडित जी भी आये हैं।''

शाक्य ने पुनः प्रश्न किया-''क्या सभी के जन्मदिन पर आप यहाँ आते हैं, ''पूजा देने?''

''जो दूर-दराज में रहते हैं, उनके लिए तो सम्भव नहीं होता। जो गंगा के नज़दीक में रहते हैं। उनके लिए आते हैं। गंगा मैया की पूजा के बिना हमारे यहाँ कोई भी कार्य आरम्भ नहीं होता।''

शाक्य ने महसूस किया-''यहाँ आने के बाद यहाँ के लोगों का जीवन उसने प्रत्यक्ष रूप से बार-बार देखा है। उसने देखा कि गंगा के साथ उनका जीवन एकात्म हो चुका है। जन्म से लेकर मृत्यु तक सब कर्म में गंगा। युवतियों का गीत-गायन रुक गया है। पुरोहित मन्त्र-पाठ करने लगे हैं। वह प्रौढ़ व्यक्ति बोले-''क्या आप बंगाली हैं?''

शाक्य हँस पड़ा, ''कैसे समझे?''

''आपकी हिन्दी सुनकर और आपमें जानने की उत्सुकता देखकर। मैंने देखा कि यहाँ जितने भी लोग आते हैं, उनमें सबसे अधिक जिज्ञासा बंगालियों में ही होती है।''

शाक्य को उनकी बातें सुखद लगीं। दोनों परस्पर आस-पास बैठ गये। शाक्य ने पूछा-''क्या आप यही रहते हैं?''

''हाँ। दो पीढ़ी बीत गयी यहाँ रहते हुए। दादा जी राजस्थान से आये थे यहाँ, व्यवसाय करने। तब घर की दशा बहुत ही खराब थी। माँ गंगा की कृपा से कुछ ही दिनों में व्यवसाय बढ़ने लगा।''

''किस चीज़ का व्यवसाय?''

''कपड़े का। पहले एक दुकान थी, अब तीन हो गये। मेरे तीन बेटे हैं। तीनों के नाम अलग-अलग दुकान कर दी है। अभी तो सभी मिलजुलकर रह रहे हैं। आगे क्या होगा नहीं जानता।''

युवतियों में से एक ने आवाज़ दी। वह प्रौढ़ व्यक्ति हड़बड़ाकर बोले-''आ रहा हूँ।''

युवतियाँ मन्दिर से नीचे उतरीं और घाट पार कर गंगा की तट पर जा खड़ी हुईं। पुरोहित ने पुनः मन्त्र पढ़ना शुरू किया। वे भी गीत गाने लगीं। शाक्य समझ गया गंगा का गीत है। उत्सुकता से सुनने लगा।

''ब्यूटीफुल।''

शाक्य ने मुड़कर देखा। उससे कई-एक हाथ पीछे एक साहब खड़े थे। कृश चेहरा। बड़े-बड़े बाल। लम्बोतरा मुख। ललाई युक्त दाढ़ी। एकदम कम उम्र। शाक्य को लगा कि उससे वह साहब दो-एक वर्ष छोटा ही होगा, बड़ा नहीं। कन्धे से झूलता बैग। हाथ में कैमरा। वह साहब कब उसके पीछे आकर खड़े हो गये, वह जान ही नहीं सका। चेहरा घुमाते ही अँग्रेजी में पूछा साहब ने, ''वहाँ क्या हो रहा है?''

''बच्चे का एक साल पूरा हुआ है, इसीलिए पूजा दी जा रही है।''

एक व्यक्ति ने बच्चे को दोनों हाथों से पकड़कर गोद में ले रखा है। पुरोहित उसके पूरे बदन पर गंगाजल लेकर छिड़क देते हैं। अचानक वह साहब अस्थिर हो उठते हैं।

''क्या मैं फोटो ले सकता हूँ?''

थोड़ी दुविधा में पड़ गया शाक्य। दूसरे ही क्षण उसने उस प्रौढ़ व्यक्ति की ओर देखते हुए कहा-''यह साहब इस अनुष्ठान का फोटो लेना चाहते हैं।''

उस व्यक्ति ने जैसे ही अपना सिर हिलाकर सहमति दी, वह साहब जल्दी

से सामने चला आया और अलग-अलग दिशाओं से तस्वीर खींचने लगा। पूजा-कार्य सम्पन्न होते ही शिशु को नया कपड़ा पहना दिया गया। पुन: गीत गाते-गाते वे सभी लौटने लगते हैं। युवतियों के चले जाने के बाद शाक्य की नज़र नीचे घाट पर खड़े-खड़े कुछ लिखते हुए साहब पर पड़ी। लिखना समाप्त कर सामने आते ही शाक्य ने जिज्ञासावश पूछा-"कहाँ से आ रहे हो?"

"जर्मनी।"

"क्या नाम?"

"डेविड ह्यूमर।"

"तुम्हारा क्या नाम है?"

"शाक्य।"

"ब्यूटीफुल।"

"पहले कभी भारत आना हुआ?" शाक्य ने जिज्ञासा की।

"दो वर्ष पहले आया था। हरिद्वार के कुम्भ मेला में। आश्चर्यचकित रह गया था। लाखों-लाख मनुष्य। कितने साधु-सन्त। सभी गंगा में स्नान करते हुए। मैंने भी स्नान किया था।"

"और भी किसी देश में गये हो?"

एक अव्यक्त खुशी से साहब का चेहरा चमक उठा। बोला, "मुझे नदियों से प्रेम है। देश-देश में नदियों के दर्शन करता रहता हूँ। लन्दन में टेम्स, मेरे अपने देश में राइन, रशिया में बोल्गा, पैलेस्टाइन में जॉर्डन, मिस्र में नाइल, अमेरिका में मिसिसिपी, पाकिस्तान में सिन्धु। मैं नौ महीने नौकरी कर पैसा इकट्ठा करता हूँ, तीन महीने भ्रमण करता हूँ। इच्छा है कि नदी पर एक पुस्तक लिखूँ।"

"इसके पहले कहाँ गये थे?"

"इजरायल की जॉर्डन नदी को देखने, जहाँ प्रभु ईशु दीक्षित हुए थे। पृथ्वी के समस्त खिस्तानियों के लिए जॉर्डन नदी का जल बहुत ही पवित्र है।

"उस नदी में लोग स्नान करते हैं?

पलभर में एक प्रकार की विषण्णता फैल गयी ह्यूमर के चेहरे पर। कुछ क्षण चुप रहा, फिर कहने लगा-"मैं जॉर्डन गया था। उस नदी में स्नान करने की इच्छा थी, लेकिन बहुत दुख हुआ उसे देखकर। एक तो असंख्य बाँध, दूसरे शहर की गन्दगी से शनैः-शनैः लुप्त होती जा रही है पवित्र जॉर्डन नदी भारत की गंगा की तरह ही है ख्रिस्तानियों की जॉर्डन। वैसे, गंगा ग्रेट है। ऐसी नदी और कहीं नहीं है। पूरा भारतवर्ष ही इसकी अभ्यर्थना करता है। जितना इसके दर्शन करता हूँ, उतना ही मुग्ध हो जाता हूँ।"

शाक्य चुपचाप था। सूर्य बहुत पहले ही अस्त हो चुका था। पहले दिन वाले

साधु बाबा गंगा घाट पर धूनी रमा चुके थे। हठात् ह्यूमर को कुछ याद आ गया। घड़ी देखी। कहा–''मुझे जाना है।'' शाक्य को अच्छा लग रहा था ह्यूमर का साथ। पूछा–''कहाँ जाना है?''

''त्रिवेणी घाट पर। वहाँ संध्या वेला आरती होती है। बहुत ही सुन्दर। कल ही मैंने देखा।''

शाक्य को याद आ गया, सुबह ही होटल के उस लड़के ने त्रिवेणी घाट की आरती के बारे में बताया था। अभी होटल में लौटने की कोई जल्दी नहीं थी। अकेले चुपचाप बैठे रहना। उससे अच्छा है इस व्यक्ति का साथ जितना मिल जाए। बोला, ''चलो, मैं भी चलूँगा।''

चाय की दुकान के सामने आते ही शाक्य रुक गया। दुकानदार ने देख लिया था।

''आइए बाबू। चाय पीकर जाइए।''

''दो कप, अच्छे से बनाइए भाई।''

खाली बेंच पर दोनों आस-पास बैठ गये। दुकानदार ने चाय बनाते-बनाते पूछा–''साहब, हमारा देश कैसा लग रहा है?''

''ब्यूटीफुल ह्यूमर की आँखों में और चेहरे पर एक प्रसन्नता मिश्रित आभा फूट-फूट पड़ी थी।

शाक्य ने पूछा–''यहाँ आने से पहले कहाँ गये थे?''

''दिल्ली, आगरा।''

''ताजमहल देखा?''

हाँ मैं सिर हिलाते हुए ह्यूमर ने कहा–''ब्यूटीफुल। लेकिन यह ऋषिकेश देवभूमि है। प्लेसेस ऑफ लॉर्ड। सब कुछ कितना सुन्दर। यहाँ आकर मन तृप्त हो जाता है।''

मुग्ध दृष्टि से शाक्य साहब को देखता रह जाता है। कुछ देर बाद पूछा–''यहाँ से कहाँ जाना है?

''गंगोत्री। माँ गंगा का जहाँ से जन्म हुआ है। मेरा एक भाई लास्ट ईयर आया था। कहा था, ''मोस्ट ब्यूटीफुल प्लेस ऑफ द वर्ल्ड।''

शाक्य विह्वल हो उठा। विदेशागत इस व्यक्ति ने उसकी अपेक्षा आश्चर्यजनक रूप से कितनी सुन्दर और अर्थपूर्ण आँखों से देखा था भारतवर्ष को। बोला, ''तुम्हारा देश भी बहुत सुन्दर है। मैंने राइन नदी का एक दृश्य देखा था। बहुत ही खूबसूरत लगा था।''

मुहूर्त मात्र में ह्यूमर की दोनों आँखों में एक विचित्र आभा-सी फूट पड़ी। आवेश मिश्रित स्वर में बोल उठा, ''राइन के तट पर ही मेरा घर है। मेरे गाँव का

नाम है–ऐस्तेनिया। जन्म से ही राइन के साथ मेरा लगाव रहा है। घर की खिड़की पर बैठा राइन के रूप को निहारा करता था। मेरे दादा मल्लाह थे। राइन के वक्ष पर नौकायन करते। उन्हीं के मुँह से बचपन में राइन की अनेक गाथाएँ सुनी हैं। दादाजी कहा करते थे कि नदी बातें भी करती हैं। निस्तब्ध रात्रि में नदी की ओर कान लगाकर सुनने से उसकी बात सुनाई पड़ती है।''

शाक्य को साहब की प्रत्येक बात उसके अन्तर से निकलती प्रतीत हो रही है। पूछा–''तुमने कभी नदी को बात करते सुना है?''

''नदी की बातें सबको सुनाई नहीं पड़तीं। तुम यदि नदी को सचमुच प्यार करोगे, तो नदी भी तुमसे प्यार करेगी। अपनी बात बताएगी। अपने दादा जी से सुना है कि नदी ने कई बार उन्हें सावधान कर दिया था कि सामने खतरा है, और आगे न बढ़ें।''

कुछ और कहने जा ही रहा था ह्यूमर कि रुक गया। शोर करते लोगों का एक झुंड चाय की दुकान में घुस गया। वे गाँव से आये तीर्थयात्री थे। पैसा चुकाकर शाक्य और ह्यूमर दुकान से बाहर आ गये। आरती शुरू होने से पहले त्रिवेणी घाट पहुँचना था। चलते–चलते ही शाक्य बोला, ''तुम्हारी बातें अधूरी रह गयीं ह्यूमर।''

''मैं परमार्थ आश्रम में ठहरा हूँ। इस रास्ते से सीधा जाने पर दस मिनट। आ सकते हो। सुबह थोड़ा बाहर चला जाता हूँ। दोपहर में तो बिलकुल फाका रहता हूँ।

मुख्य सड़क पर पहुँच चुके थे दोनों। गुजरते हुए एक ऑटो को रुकने का इशारा किया और उस पर बैठ गये। त्रिवेणी घाट पर उस समय आरती आरम्भ नहीं हुई थी। दिवसावसान का धूमिल आलोक धीरे–धीरे धरती पर पसर रहा था। घाट पर कुछ ही लोग बैठे हुए थे। गंगा की धारा को स्पर्श कर रहे चबूतरे पर दोनों बैठ गये। माइक पर भजन चल रहा था। गंगा की ओर निहारते हुए मूर्तिवत–सा हो गया था ह्यूमर। अचानक शाक्य की ओर देखते हुए पूछ बैठा, ''तुम सब गंगा को माँ क्यों कहते हो?''

शाक्य सोचने लगा। उसे लगा जैसे जन्म से ही माँ गंगा शब्द से परिचित है वह। उसकी तरह ही करोड़ों करोड़ों नर–नारी गहरी आस्था के साथ माँ गंगा के नाम की माला जपते हैं, पर यह जिज्ञासा तो उसके मन में पहले कभी जाग्रत नहीं हुई, ''गंगा को माँ क्यों कहते हैं? हजारों वर्षों से भारतवर्ष के लोग एक नदी के पादप्रान्त में आकर उन्हें शीश नवाते हैं, माँ के रूप में पूजते हैं। क्या है इनकी भीतरी शक्ति का मर्म?

सहसा चिन्तन का क्रम टूट जाता है। नदी तीर पर एक साथ कांस्य–घंटों की गुरु–ध्वनि गूँज उठती है। शुक्लपक्ष की रात्रि। चारों तरफ शाम का धुँधलका गहराने

लगा था। चार पुजारी तट पर आ खड़े हुए। सिल्क के लाल कपड़े पहने हुए। सभी के हाथों में आरती थी। माइक में आरती-गीत बजने के साथ ही गंगा-आरती आरम्भ हुई। और भी कई लोगों के हाथों में दीपक जल रहे थे। रह-रहकर हवा से दीये की लौ काँप उठती थी। शाक्य की दृष्टि ह्यूमर की ओर गयी। स्थिर, शान्त। भाषा का व्यवधान मिट गया है। वह भी सभी दर्शकों के सुर में सुर मिलाकर आरती-वन्दना करने लगा।

शाक्य को गहरा आश्चर्य हुआ। यह आरती, वन्दना, यह स्तव, व्यक्ति का भक्ति-आवेग सब कुछ गंगा के लिए। इन कई एक दिनों में हरिद्वार एवं ऋषिकेश घूमते-घूमते एक ही बात बार-बार मन में उमड़ रही थी कि यहाँ और कोई देवता नहीं, सिर्फ़ गंगा की ही महत्ता है। सभी व्यक्ति गंगा के चरणों में ही अपना प्रणाम अर्पित करते हैं। गंगा की आराधना-वन्दना में समर्पित हैं। गंगा के तट पर ही है साधुओं का आश्रम, सर्व-साधनाओं की तपस्या स्थली।

आरती सम्पन्न होते ही महिलाएँ दीपक जलाकर गंगा में प्रवाहित करने लगीं। पानी के हिलकोरे से वे दीपक आन्दोलित हो रहे थे। दीप प्रज्वलित कर लोग अपनी आन्तरिक श्रद्धा निवेदन करते हैं अपने उन प्रियजनों के प्रति, जो कभी उनके साथ थे, आज मृत्यु को प्राप्त हो, न जाने कहाँ विचरण कर रहे होंगे। एक छोटा-सा लड़का हाथों में दीपक लिए शाक्य के पास आया और बोला, ''दीपक लेंगे बाबू? पाँच रुपये में दो।''

शाक्य कुछ देर सोचता रहा। उसने भी अपने दो परम प्रिय को खोया था। अस्फुट स्वर में बोला, दो दीया जला दो। एक-एक कर उस दीपक को प्रवाहित कर दिया शाक्य ने। उठती-गिरती लहरों की ताल में बहते हुए वे दीये बहुत दूर चले गये। आस-पास और भी दीये प्रवाहित हो रहे थे। कुछ देख नहीं पा रहा था शाक्य। उसकी आँखों से प्रवाहित अश्रुजल में सब कुछ धुँधला-सा हो गया था।

पाँच

''भरत मन्दिर किस ओर है भाई?'' एक राहगीर से शाक्य ने पूछा।

वह राहगीर रुका नहीं। चलते-चलते ही कुछ कहा। शाक्य समझ नहीं पाया। सामने का रास्ता दो भागों में बँटा हुआ था। रह-रहकर इधर-उधर उसे नज़र दौड़ाते देख पीछे से एक व्यक्ति ने उससे कहा-''आइए, मैं भरत मन्दिर ही जा रहा हूँ।''

पीछे मुड़कर शाक्य ने देखा, ''एक बुजुर्ग-सा व्यक्ति। लगभग छः फुट लम्बा। गंजा सिर, बदन पर मटमैली पंजाबी। घुटने से ऊपर धोती। रबड़ का चप्पल। कन्धे

पर कपड़े का थैला। पूरे चेहरे पर फैली हुई दाढ़ी। साथ में एक स्त्री, रंगीन साड़ी. रूखे-रूखे केश। माथे पर एक बड़ी-सी बिन्दी। कलाई में एक गुच्छा रंगीन चूड़ी। पैरों में हवाई चप्पल। सिर से पैर तक बिलकुल देहाती ग्रामीण जैसी छटा। कोई बातचीत नहीं। शाक्य मौन होकर उस व्यक्ति के साथ-साथ चलने लगा।

पिछली रात होटल के मैनेजर ने भरत मन्दिर के विषय में बताया था, ''ऋषिकेश का सबसे प्राचीन मन्दिर देखकर अच्छा लगेगा। सुबह का नाश्ता कर शाक्य निकल पड़ा भरत मन्दिर के लिए। आकाश हलके-हलके बादलों से आच्छन्न। तापरहित कोमल धूप। पैदल चलना अच्छा लग रहा था। रास्ते के दोनों ओर घर-मकान। देखने से ही पुराना लग रहा था अधिकांश घर-मकान। आगे-आगे वह बुजुर्ग सज्जन और उनकी स्त्री। उनके पीछे-पीछे शाक्य। आपस में कोई भी बातचीत नहीं। बात करने का कोई प्रयोजन भी नहीं दिख रहा था शाक्य को। शायद देहाती होने के कारण ही था यह अनाग्रह। थोड़ा-सा आगे बढ़ते ही सामने खड़ा था एक बड़ा-सा मन्दिर। कुछ पूछने से पहले ही उस सज्जन ने कहा-''यही है भरत मन्दिर।

बड़ा-सा प्रवेश द्वार। भीतर काफी बड़ी जगह लिए हुए था वह मन्दिर। काफी चौड़ा प्रांगण। सामने की सीढ़ी पार कर ऊपर उजले पत्थरों से बना मन्दिर। विशेष रूप से आकृष्ट करनेवाली कोई बात नहीं दिखी। शाक्य बरामदे में आ गया। पीछे वे वरिष्ठ सज्जन और उनकी स्त्री भी। चारों तरफ निर्निमेष, नज़रों से देखा शाक्य ने। उन तीन प्राणियों को छोड़कर वहाँ और कोई भी नहीं था। सामने वृहद् काष्ठ-दरवाज़े को पार कर सबने मन्दिर में प्रवेश किया।

जमीन पर गलीचा बिछा हुआ था। एक बुजुर्ग पुरोहित वहाँ बैठे अत्यन्त धीमे स्वर में कोई पुस्तक पढ़ रहे थे।

मन्दिर के गर्भगृह में स्थापित थी एक काले पत्थर की मूर्ति। सिर पर मुकुट। बदन के अतिरिक्त पूरा बदन वस्त्राच्छादित था। दोनों ओर कुछ और भी मूर्तियाँ परिलक्षित हो रही थीं। चेहरे से स्पष्ट नहीं हो रहा था किनकी मूर्तियाँ हैं। कुछ क्षण शाक्य चुपचाप खड़ा रहा। उसकी बगल में ही खड़े थे वे सज्जन और उनकी स्त्री। कुछ देर रुककर शाक्य वापस लौटने लगा। तभी उस बुजुर्ग पुरोहित ने मृदुल स्वर में आवाज़ दी। जजमान, प्रसाद लेकर जाएँ।

मिश्री का भोग। उसे चम्मच से उठाकर हथेली पर धर दिया पुरोहित ने। शाक्य को मैनेजर का कहा याद आ गया। यहाँ देखने से अधिक जानने की बातें हैं। यहाँ जानने को क्या है, समझ नहीं पा रहा था शाक्य। वह बुजुर्ग सज्जन मूर्तियों को प्रणाम कर खड़े हो गये। प्रसाद लेकर बोले-''एक बात पूछनी है पंडित जी?''

''हाँ, हाँ, पूछिए।''

''इस मन्दिर के देवता क्या रामायण में उल्लिखित भरत हैं?''

पुरोहित ने हाथ में पकड़ी हुई किताब को बन्द कर दिया। सामने गर्भगृह की ओर देखते हुए बोले–''वे हैं ऋषिकेश नारायण।''

''क्या इस देवता ऋषिकेश के नाम पर ही इस शहर का नाम ऋषिकेश रखा गया है?''

शाक्य के प्रश्न से पुरोहित के चेहरे पर प्रसन्नता की आभा प्रस्फुटित हो गयी।

''आपने ठीक कहा। पुराण में वर्णित है–''बहुत दिनों पहले यहाँ एक ऋषि रहते थे। उनका नाम था रामाभ्या। गंगा के तीर पर उन्होंने कई युगों तक तपस्या की। अन्ततः उनकी साधना से प्रसन्न होकर भगवान विष्णु प्रकट हुए। परम प्रसन्न भाव से उन्होंने कहा–''रायाभ्या, तुमने संसार की सभी कामनाओं पर विजय प्राप्त कर ली है, अतः तुम मेरी ही तरह सभी जीवों में श्रेष्ठ हो, तुम प्रभु हो। तुम ऋषिकेश हो (ऋषिक शब्द का अर्थ है चेतना, ईश शब्द का अर्थ है प्रभु)। तुम्हारे नाम पर ही इस पवित्र क्षेत्र का नाम होगा ऋषिकेश।

दीर्घ समय तक चर्चा-परिचर्चा के बाद पुरोहित महाशय थोड़ी देर रुके। बुजुर्ग सज्जन ने कहा–''मेरा एक प्रश्न है, यदि आपको कोई असुविधा न हो तो।''

''नहीं, नहीं, असुविधा कैसी। मुझे जितनी जानक ारी है, मैं अवश्य बताऊँगा।''

शाक्य के चेहरे पर स्मित की रेखा तैर रही थी, पुरोहित को बहुत दिनों बाद हम जैसा जिज्ञासु मिला है। बुजुर्ग सज्जन सात रखे बोतल से थोड़ा पानी पीकर बोले–''यह मन्दिर कितना प्राचीन है?''

''मन्दिर कितना प्राचीन है, ठीक-ठीक बताना सम्भव नहीं है, फिर भी महाभारत में उल्लेख है पांडव इसी पथ से जब महाप्रस्थान को जा रहे थे, तब उन्होंने ऋषिकेश नारायण की पूजा की थी। बाद में जब सम्पूर्ण उत्तर भारत में बौद्ध धर्म का प्रसार शुरू हुआ, तब यह विग्रह कहाँ था, वह नहीं जाना जा सका। शंकराचार्य ने जब हिन्दू धर्म की पुनर्स्थापना की, तब उन्होंने इस छः फुट की काली कसौटी पत्थर की कसौटी पत्थर की प्रतिमा का उद्धार कर वसन्त पंचमी को इनकी नये ढंग से स्थापना की। महाभारत कालीन उस मन्दिर का अवश्य ही ध्वंस हो गया होगा। अतः बाद में नये ढंग से नये मन्दिर का निर्माण हुआ। आज भी वसन्त पंचमी को यहाँ उत्सव मनाया जाता है।''

बाहर कहीं घंटा बजने की ध्वनि सुनाई पड़ी। पुरोहित ने कहा–''भोजन का समय हो गया है। मुझे जाना होगा।''

शाक्य खड़ा हो गया, ''बहुत-बहुत धन्यवाद। आपकी बातें सुनते-सुनते समय कैसे बीत गया पता ही नहीं चला।''

पुरोहित ने कहा–''चलिए, दोपहर का प्रसाद ले लीजिए।''

शाक्य ने घड़ी की ओर देखा, बारह बज रहा था। भूख भी लगी थी। दोपहर

का भोजन यदि मन्दिर में ही मिल जाए, तो इस वक़्त होटल जाने से बच जाएँगे। उसने उस बुजुर्ग दम्पती की ओर देखा। उनके चेहरे से लगा, उनकी भी यही इच्छा है।

गंगा घाट पर एक पेड़ के नीचे बैठे थे तीनों। मन्दिर का प्रसाद ग्रहण कर बुजुर्ग व्यक्ति ने इच्छा व्यक्त की थी, ''चलो गंगा के किनारे बैठते हैं।''

शाक्य ने कोई विरोध नहीं किया। दोपहर में लोगों की चहल-पहल कम थी। गंगा में इक्के-दुक्के लोग स्नान कर रहे थे। एक ओर दो साधु कपड़े बिछाकर उदास आँखों से आकाश की ओर टकटकी लगाये हुए पता नहीं क्या सोच रहे थे कि अचानक बुजुर्ग व्यक्ति शाक्य की ओर देखकर पूछ बैठे-''तुम्हारा घर कहाँ है?''

उदासीन भाव से शाक्य ने कहा-''कोलकाता में।''

''तुम क्या यहाँ घूमने आये हो?'' पुनः प्रश्न किया उस सज्जन ने।

सिर हिलाते हुए शाक्य ने कहा-''किसी खास उद्देश्य से नहीं आया हूँ। मन लगा, तो कुछ दिन रहूँगा, नहीं तो कोलकाता लौट जाऊँगा।''

सज्जन ने चेहरा ऊपर किया और नम्र आवाज़ में बोले-''मैं कई बार कोलकाता गया हूँ। मुझे खूब अच्छा नहीं लगा। हम गाँव में रहनेवाले हैं। आदमियों की इतनी भीड़, बस-गाड़ी की आवाज़ाही, मेरे लिए तकलीफदायक होती। काम के सिलसिले में जितने दिन ज़रूरत थी, उतने ही दिन रहा।''

शाक्य के मन में हुआ सज्जन ने ठीक ही कहा था, कोलकाता शहर काम-काज तक के लिए ठीक है। उसने यूँ ही पूछ लिया-''कोलकाता में कहाँ गये थे?''

''बसु विज्ञान मन्दिर में।''

थोड़ा आश्चर्यचकित हुआ शाक्य। बसु विज्ञान मन्दिर में विज्ञान पर गवेषणा होती है; जहाँ न जाने कितने महान-महान वैज्ञानिकों ने साधना की थी, वहाँ यह ग्रामीण व्यक्ति किस कारण गया होगा। हो सकता है काम की तलाश में गया हो। दरवानी या चपरासी का काम। वह स्वयं ही स्वयं के प्रश्नों का उत्तर ढूँढ लेता है। फिर भी उसके मन का संशय नहीं मिटता। वह सज्जन दोनों हाथ जोड़े गंगा को निहार रहे थे। शाक्य ने पुनः प्रश्न किया-''बसु विज्ञान मन्दिर में किसी काम से गये थे?''

उस सज्जन ने शाक्य की ओर देखा और बोले-''हाँ, दो बार वहाँ, एक बार विज्ञान कॉलेज में विज्ञान सेमिनार था।''

हत्प्रभ रह गया शाक्य। यह आदमी विज्ञान कॉलेज के सेमिनार में सहभागिता करने गया था। अपनी सोच के साथ स्वयं सामंजस्य नहीं बैठा पाया। पूछा-''आप

क्या शिक्षक हैं?''

वह सज्जन जैसे चकित हुए। बोले-''हाँ। बाहर कुछ दिन पढ़ाया हूँ। रुचिकर नहीं लगा। उसके बाद बनारस हिन्दू विश्वविद्यालय में गणित का प्राध्यापक रहा। दस वर्ष हो गये रिटायर हुए। बिहार के एक गाँव में मेरा मकान है। समीप के ही एक आश्रम में छात्र-छात्राओं को पढ़ाता हूँ। और जब इच्छा होती है इसी तरह भ्रमण पर निकल पड़ता हूँ। हिमालय के एक तीर्थ से दूसरे तीर्थ। यहाँ आने पर दर्शन करता हूँ पाँच हजार वर्ष के भारत का। चारों तरफ कितने परिवर्तन हुए हैं, फिर भी यहाँ अतीत की अक्षय प्राणधारा कितनी निस्तब्धता से प्रवाहित हो रही है।''

संकोच विह्वल हो उठा शाक्य। अब तक इस व्यक्ति को उसने कितनी उपेक्षापूर्ण आँखों से देखा था। सही तरीके से बात भी नहीं की थी उसने। हो सकता है यही आज के युग की शिक्षा हो, बाहरी वेश-भूषा और चकचिक्य देखकर मनुष्य की पहचान करना। उसके भीतर के मनुष्य की अवज्ञा करना। ''क्या नाम है आपका?'' कुंठित भाव से शाक्य ने पूछा।

''अमरनाथ झा।'' अचानक उठ खड़े हुए अमरनाथ। बैग से गमछा निकाला। पत्नी की ओर देखा और बोले-''गंगाघाट पर आये हैं। स्नान करके जाना चाहिए।'' उसके बाद शाक्य की ओर देखकर उन्होंने पूछा-''तुम स्नान करोगे?''

ना में सिर हिलाया शाक्य ने, ''मैंने सुबह स्नान कर लिया था।''

कपड़े उतारकर कमरे में गमछा लपेट गंगा में उतर गये अमरनाथ। अंजलि भर-भर कर कई बार माथा पर जल दिया। स्नान करने के बाद कपड़े पहनकर अमरनाथ ने शाक्य की ओर देखा और हौले से मुस्कराये। कहा-''आज तीन बार गंगा स्नान हुआ। जितनी बार गंगा में नहाता हूँ, मन को बड़ा सुकून चैन मिलता है। हमारा शास्त्र कहता है-''जो नित्य गंगा में स्नान करते हैं, उनके सब पाप कट जाते हैं।''

शाक्य हँस पड़ा। बोला, ''आप भी इसमें विश्वास करते हैं? मनुष्य अन्याय-अत्याचार करेगा, कुकर्म करेगा, पाप करेगा, और प्रत्येक बार वह गंगा में डुबकी लगा लेगा तो क्या उसके पाप क्षय हो जाएँगे?

कुछ क्षण चुप रहे अमरनाथ। फिर बोले-''हमारे देश के ऋषि-मुनि, शास्त्रकार दूरदर्शी और ज्ञानी थे। वे जानते थे, ''मनुष्य पाप करता है, अन्याय करता है। यही मनुष्य जीवन का स्वाभाव है। हमारे शास्त्रकारों का उद्देश्य था, ''मनुष्य को कुपथ से सत्पथ की ओर ले जाना। उन्हें यह ज्ञात था, ''मात्र उपदेश देने से बात नहीं बनती। अतः कुछ ऐसा मार्ग निकाला था, जिसे व्यक्ति सहजता से ग्रहण कर सके। इसके लिए उन्होंने शास्त्र और पुराणों की कथाओं का आश्रय लिया; उन्हें धर्म से जोड़ा। युग-युगान्तर से मनुष्य का यह विश्वास है कि गंगा सब पापों को विनष्ट करती है। एक पापी मनुष्य जब गंगा स्नान करता है, एक मुहूर्त के लिए ही सही,

उसके मन में पाप बोध जन्म लेता है। इसी पाप बोध से आती है अनुशोचना। और अनुशोचना की अग्नि में जलकर ही पाप का क्षय होता है, मनुष्य पापमुक्त होता है। जैसे, ''रत्नाकर डाकू। उसके जैसा पापी भी मरा-मरा बोलते-बोलते राम-राम बोलने लग गया।''

चुप हो गये अमरनाथ। शाक्य अचम्भित था; एक सामान्य बात, उसी से समझ में आ जाती है विचारों की गम्भीरता। उसने सिर्फ़ बाहरी वेश-भूषा देखकर ही उनके प्रति अपनी धारणा बना ली थी। वरना इस तरह के व्यक्ति का सान्निध्य उसने जीवन में कम ही पाया था।

''तुम क्या करते हो?'' अचानक पूछ बैठे अमरनाथ।

थोड़ी देर चुप रहने के बाद शाक्य ने उत्तर दिया, ''कुछ महीने हुए एक कॉलेज में पढ़ा रहा हूँ, केमिस्ट्री।''

''तुम कॉलेज के प्राध्यापक हो!'' और कुछ कहने जा ही रहे थे कि खामोश हो गये अमरनाथ। उनकी दोनों आँखें छलछला उठीं। थोड़ी देर निर्मिमेष-से देखते रहे शाक्य की ओर। उसके बाद उसके हाथों को अपने हाथों में लेकर बोले-''तुम्हें देखकर बहुत अच्छा लगा। मेरा बेटा भी तुम्हारी ही उम्र का है। अमेरिका गया है, पढ़ने के लिए। वहीं रह गया। क्यों रह गया, मालूम है? सिर्फ़ चन्द रुपयों के लिए। अपना देश, परिवार, परिजन सब तुच्छ हो गये, अर्थ-प्रलोभन के सामने।''

मुहूर्त मात्र में ही शाक्य समझ गया एक वृद्ध पिता की अन्तर्वेदना की भीषण ज्वाला को।

कुछ क्षणों बाद सामान्य हुए अमरनाथ। बोले-''तुम भगीरथ की कथा जानते हो? रामायण में पढ़ा है तुमने वह प्रसंग?''

शाक्य लज्जित-सा हो गया। बीस वर्ष का समय उसने नौकरी और परीक्षा के लिए सिर्फ़ इधर-उधर की किताबें पढ़कर बिता दिया था, और जो शाश्वत था, उन्हें ही नहीं पढ़ पाया।

अमरनाथ समझ गये। हलके हाथों से शाक्य के कन्धे को थपथपाते हुए कहा- ''इस बार घर लौटकर पढ़ लेना। मेरा दावा है कि एक बार आरम्भ करने पर, उसे पूरा पढ़कर ही छोड़ोगे।''

अमरनाथ की पत्नी एक तरफ चुपचाप बैठी थीं। उन्होंने अपने पति की ओर देखा। बोली-''भगीरथ की कथा बहुत दिनों पहले सुनी थी। आप बबुआ को बचपन में सुनाया करते थे।''

शाक्य ने लजाते हुए कहा-''बहुत छोटी अवस्था में माँ से गंगा की कहानी सुनी थी। सभी बातें याद भी नहीं रहीं।''

हठात् अनमने-से हो गये अमरनाथ। सम्मुख ही प्रवाहित गंगा की ओर निर्निमेष

दृष्टि से देखते रहे, फिर बोले–"भगीरथ की बात बता रहा था। एक ऐसा व्यक्ति, जिसके त्याग, निष्ठा, मनुष्य की मुक्ति के लिए प्राणपण साधना देवता के देवत्व को भी पीछे छोड़ देता है।"

"भगीरथ का प्रसंग कहाँ पर है?" शाक्य के मन में कौतूहल का उद्रेक हुआ।

"भगीरथ की कथा किसी इतिहास में नहीं हैं। यह है गल्प में, कहानियों में, मनुष्य के अन्तःप्रदेश में। भगीरथ की कथा प्रथमतः रामायण से ज्ञात होती है। बहुत ही आश्चर्यजनक और सुन्दर, रुचिकर है वह कथा। बहुत दिन हुए, अयोध्या नगरी में इक्ष्वाकु वंश में सगर नामक एक राजा थे। उनकी दो पत्नियाँ थीं। बड़ी का नाम केशिनी और छोटी का नाम सुमति। केशिनी के पुत्र का नाम था असमंज। सुमति की साठ हजार सन्तानें थीं। एक समय राजा सगर के मन में अश्वमेध यज्ञ करने का विचार आया। जो यह यज्ञ करेंगे वही होंगे इस पृथ्वी पर सर्वश्रेष्ठ राजा। यज्ञ के आरम्भ में एक अश्व के मस्तक पर चन्दन तिलक लगाकर छोड़ दिया गया। विभिन्न देशों की परिक्रमा कर एक वर्ष बाद यज्ञ में इस अश्व की बलि देनी होगी। देवराज इन्द्र राजा सगर के इस यज्ञ को खंडित करने के लिए वह अश्व चुरा लिए। जब तक अश्व नहीं मिलेगा, यज्ञ नहीं हो सकता। राजा सगर के साठ हजार पुत्र अश्व की सन्धान में निकल पड़े। खोजते-खोजते वे पाताल में महर्षि कपिल मुनि के आश्रम में पहुँच गये। देवराज इन्द्र यज्ञ का घोड़ा वहीं लाकर रख दिए थे। सगर के पुत्र चोर के सन्देह में कपिल मुनि को ही अपशब्द कहने लगे। कपिल मुनि का ध्यान भंग हुआ। क्रुद्ध कपिल मुनि के श्राप से मुहूर्त मात्र में राजा सगर के साठ हजार पुत्र मर गये। दीर्घ दिनों तक पुत्रों के न लौटने से चिन्तित राजा सगर ने असमंज के पुत्र अंशुमान को उनकी खोज में भेजा। खोजते-खोजते वह भी कपिल मुनि के आश्रम में आये। वहाँ उनकी मुलाकात पक्षीराज गरुड़ से हुई। उनसे सारी घटनाओं को सुनने के बाद इन साठ हजार सगर-सन्तानों की श्राप-मुक्ति का उपाय पूछने लगे। गरुड़ ने कहा–"यदि स्वर्ग से पवित्र गंगा की जलधारा को मृत्युलोक में लायी जा सके, तो उस जल के स्पर्श से ये सगर-सन्तानें पापमुक्त होकर फिर से जीवित हो जाएँगे।"

थोड़ी देर रुके अमरनाथ। शायद उन्हें अपनी सन्तान की याद आ रही थी। पुनः कहने लगे–"पुत्रों की मुक्ति के इनमें से कोई भी गंगा को मृत्युलोक में नहीं ला सके। अन्त में दिलीप के पुत्र भगीरथ की एकनिष्ठ तपस्या से प्रसन्न हुई गंगा। पूछीं, "तुम्हारी क्या प्रार्थना है? भगीरथ बोले–"एकमात्र आपकी पवित्र धारा से ही सगर-पुत्र पाप-मुक्त होंगे। देवी गंगा ने कहा–"किन्तु मैं किस प्रकार पृथ्वी पर अवतरण कर सकती हूँ? एकमात्र महादेव को छोड़कर कोई भी मेरे प्रबल वेग को धारण नहीं कर पाएगा। तब भगीरथ ने तपस्या कर महादेव को प्रसन्न किया। उन्होंने

अपनी विशाल जटा फैला दी। गंगा ने सोचा उनका विशाल जलस्रोत महादेव को डुबो देगा, किन्तु महादेव से कुछ भी छिपा हुआ नहीं था। गंगा के अहंकार को तोड़ने के लिए उन्होंने उन्हें अपने जटा-जाल में बाँध लिया। पुनः तपस्यालीन हुए भगीरथ। तब महादेव ने गंगा को मुक्त किया। मुक्त स्वर्गगंगा ने एक विशाल सरोवर में शरण ली। वहाँ से वह तीन धाराओं में तीन दिशाओं में बहने लगीं एक धारा पश्चिम दिशा में गयी, और दूसरी पूर्व दिशा में। तीसरी धारा को भगीरथ ले आये दक्षिण में। इसीलिए गंगा को त्रिपथगामिनी भी कहा गया है। गंगा की इस पवित्र धारा के स्पर्श से सगर की साठ हजार सन्तानें मुक्ति को प्राप्त हुईं।

गंगा की कथा को कहते-कहते आत्मलीन-से हो गये थे अमरनाथ। बैग से बोतल निकालकर थोड़ा-सा जल पिया। शाक्य ने देखा कुछ हाथ की दूरी पर अमरनाथजी की पत्नी निर्निमेष आँखों से गंगा को देखे जा रही हैं। शायद राजा भगीरथ की कथा पर चिन्तन कर रही थीं। दो साधु गंगा में खड़े भीगे वस्त्रों में गंगा स्तव कर रहे थे। अमरनाथ बोले-''स्वर्ग से मृत्युलोक में उतरते समय गंगा का मन बहुत दुखी था। पृथ्वी का मतलब ही है दुख, लोभ, पाप, घृणा। गंगा ने तब नारायण से पूछा-''प्रभु, पृथ्वी पर युग-युग से लाखों-करोड़ों पापी मनुष्य मेरे जल में स्नान कर मुक्ति प्राप्त करेंगे। इतने पापों का भार मैं कैसे वहन कर पाऊँगी? नारायण ने मुस्कराते हुए कहा-''सिर्फ़ पापी ही नहीं, अनेक पुनीत साधु एवं भक्तजन भी तुम्हारे जल में स्नान करेंगे। उनके स्पर्श से तुम्हारा समस्त पाप-भर दूर हो जाएगा। इसी प्रकार युग-युगान्तर तक तुम पवित्रता धारण कर प्रवाहित होती रहोगी।''

शाक्य सोचने लगा-''कितना गहरा है यह विश्वास, तभी इतने लोग यहाँ आते हैं। भारतवर्ष के पूरब से पश्चिम, उत्तर से दक्षिण चतुर्दिक प्रान्तों से लोगों का प्रवाह यहाँ पहुँचता है, दीन, दरिद्र, भिक्षु से लेकर कोटिपति तक। अनपढ़ गँवार से लेकर महापंडित, ज्ञानी तक। पतिता से लेकर सर्वत्यागी साधु-सन्यासी तक, ''सभी गंगा की पवित्र धारा में एकाकार हो जाते हैं।

अमरनाथ जी की पत्नी ने चेहरा घुमाया। काफी देर बाद बोलीं, ''चलो, अब हमें लौटना चाहिए।''

अमरनात ने हाँ में गर्दन हिलाई और कहा-''रास्ता लम्बा है, दिन भी ढल रहा है।'' शाक्य ने पूछा-''आप लोग कहाँ जाएँगे?''

''हरिद्वार जाना है। वहाँ से रात की ट्रेन पकड़नी है, कल सुबह पटना पहुँचाएगी। पटना से हमारे गाँव का सफर पाँच घंटे का है। बहुत ही दीन-हीन ग्राम है। चेष्टा कर रहे हैं कुछ करने की। कभी-कभी लगता है कि मेरे जैसे वृद्धों के पास कुछ और करने के लिए है ही क्या? वहाँ तो तुम्हारे जैसे युवक की आवश्यकता है।'' आवेगग्रस्त-से हो गये थे अमरनाथ। उनकी पत्नी आगे बढ़ीं। जमीन पर रखे बैग

को उठा लिया। पति के हाथ को अपने हाथ में थामे हुए बोली–''चलो, देर हो रही है।''

शाक्य के चेहरे पर नज़र डाली। इतनी देर बाद उससे बोली–''चलती हूँ, आज का दिन तुम्हारे साथ बहुत ही अच्छा बीता। गाँव लौटने पर तुम्हारा साथ याद आएगा।''

एक आश्चर्यजनक सुखद अनुभूति हुई शाक्य को। उसने झुककर उन दोनों को प्रणाम किया।

छह

गेट के ऊपर ही सुनहरे अक्षरों में लिखा हुआ था परमार्थ आश्रम। सम्मुख ही था श्वेत पत्थरों से बना एक बड़ा-सा मन्दिर। मन्दिर के चारों ओर बगीचा। दाहिनी ओर एक के बाद एक घर। सामने बारामदा। दरवान जैसा ही एक व्यक्ति वहाँ खड़ा था। उसी से पूछा शाक्य ने, जर्मनी से आये हैं डेविड ह्यूमर। कौन से कमरे में ठहरे हैं? दरबान ने कमरा दिखा दिया। बन्द दरवाज़े पर कई दस्तक देने के बाद ह्यूमर ने दरवाज़ा खोला। कुछ पल शाक्य की ओर देखा और भरपूर हँसी बिखेरते हुए बोला, ''एक किताब पढ़ रहा था, ब्यूटीज आफ राइन।''

थोड़ी देर चुप रहा शाक्य, फिर पूछा–''तुम्हारी राइन नदी क्या हमारी गंगा से भी बड़ी है?''

शाक्य की ओर विचित्र नज़रों से देखा ह्यूमर ने। तुमने यह कैसा बच्चों जैसा प्रश्न किया। थोड़ा गम्भीर होते हुए पूछा–''बड़ी कहने से तुम्हारा तात्पर्य क्या है? तुम क्या जानना चाहते हो?''

ऐसा कुछ सोचकर शाक्य ने प्रश्न नहीं किया था, फिर भी बोला, ''मेरा तात्पर्य उसकी लम्बाई-चौड़ाई से नहीं है, बल्कि उसकी श्रेष्ठता, महत्ता से है।

थोड़ी देर सोचते हुए ह्यूमर ने कहा–''पूरी पृथ्वी पर न जाने कितने हजार नद-नदी हैं उनकी संख्या बताना मुश्किल है। कोई तीन हजार मील लम्बी है, तो कोई तीन सौ मील। कोई मन्द प्रवाहमयी है, तो कोई तीव्र। किसी के दोनों किनारों पर पर्वत, पठार हैं, तो किसी के तीर पर नगर, ग्राम, शहर स्थापित हैं। फिर भी श्रेष्ठता की श्रेणी में सब नहीं आते।''

शाक्य ने सहमति में अपना सिर हिलाते हुए कहा–''तुम ठीक कह रहे हो। हमारे देश में ही देखो ना, कितनी सारी नदियाँ हैं, फिर भी सभी नदियों की एक जैसी महत्ता नहीं है।''

कुछ देर खामोश रहा ह्यूमर, फिर कुछ सोचते हुए बोला, "दरअसल कुछ ऐसी भी नदियाँ हैं, जिसके किनारे व्यक्ति ने अपना बसेरा जमाया था। क्यों जमाया था जानते हो, क्योंकि नदी उनके जीने का सहारा बनी थी। उसने उन्हें पीने को जल, खेतीबाड़ी के लिए जल, फसलों के लिए प्राण रस, उपजाऊ मिट्टी आदि प्रदान किये थे। इन नदियों के वक्ष पर से होकर लोग दूसरे देशों में माल ले जाते, व्यापार करते। इसके तीर पर ही ज्ञानी-गुणी मनस्वियों ने शास्त्र-चर्चा की थी, काव्य दर्शन की रचना की थी। जैसें "नील, इयांग टिसिक्यांग, टाइग्रीस, यूक्रेटिस, मिसीसिपी, जॉर्डन, राइन, बोल्गा, तुम्हारी गंगा, पाकिस्तान की सिन्धु। इन्हीं सब नदियों ने मानव-सभ्यता की धारा का लालन-पालन किया है, धारण किया है, अतएव ये ही मनुष्य जाति के धात्री देवता हैं।"

शाक्य ने कहा-"इसी कारण इन सब नदियों के किनारे प्राचीन सभ्यता ने जन्म लिया और नगर, शहर, बन्दरगाह बसते गये।

प्राचीन सभ्यता पृथ्वी पर आज भी क्यों दिखाई देती है? मिसीसिपी, जॉर्डन, राइन, बोल्गा, तुम्हारी गंगा, नर्मदा इन सब नदियों से जीवन-रक्षा के लिए जो मिला उससे भी बड़ी बात है, आत्मिक क्या मिला। तुम यदि किसी नदी के सम्मुख खड़े हो जाओ, तो तुम्हें लगेगा कि मन में विचित्र अनुभूतियाँ जन्म ले रही हैं। बन्धनहीन मुक्त चेतना। अपने ही वेग में बहती हुई। कोई संकीर्णता नहीं, कोई क्षुद्रता नहीं। एक महती चेतना का पूर्ण आलोक। थोड़ा रुककर पूछा ह्यूमर ने, "तुम जानते हो राइन की गाथा?"

शाक्य चुपचाप रहा। मन ही मन बोला, "तुम्हारा देश तो दूर की बात है, अपने ही देश के विषय में कितना क्या जानते हैं। जैसाकि कल तुमने पूछा था हम लोग गंगा को माँ क्यों कहते हैं। इसका उत्तर भी मैं नहीं जानता। सम्भवतः इधर-उधर से जोड़-जोड़कर बोला हूँ, पर उससे ज्यादा तुम जानते होंगे। धीमे-धीमे बोला, "तुम्हारे देश के विषय में, देखा जाए तो मैं कुछ भी नहीं जानता। स्कूल में भूगोल की किताब में जो कुछ पढ़ा था, अब वह भी याद नहीं रहा।

शाक्य के हाथों को थामकर ह्यूमर कह उठता है, वैसा कुछ नहीं है। राइन, स्विटजरलैंड के आल्पस पर्वत के एक ग्लेशियर से जन्म लेकर छह देशों से गुजरती हुई उत्तरी सागर में गिरती है। हालाँकि दुनिया राइन को जर्मन नदी बताती है। तुम यदि इस नदी-पथ से गुजरे, तो देखोगे इसके दोनों तरफ पहाड़ हैं। पहाड़ से सटे हुए हैं कदम-कदम पर अंगूर के खेत। बीच-बीच में प्राचीन दुर्ग। भग्न प्रासाद। एक के बाद एक गाँव। नदी के किनारे से ही रास्ता गया हुआ है। सरपत के पेड़ों की पंक्तियाँ। नदी का कहीं-कहीं मुड़ना। वहाँ प्रबल जलस्रोत का होना। विभिन्न देशों के वक्ष पर से राइन का गुजरना और उन देशों के मध्य झगड़ा-विवाद। राजनैतिक

आवागमन, सीमा पर चौकसी, लोगों का भेदभाव। जाति, धर्म, वर्ण की संकीर्णता. नदी का कोई भेद नहीं है। मनुष्य द्वारा गढ़े गये विभाजन को वह नहीं मानती। मनुष्य-मनुष्य में भेद नहीं करती। वह उदारचित्ता सबकी सेवा में स्वयं को उत्सर्ग कर देती है। यहीं उसका श्रेष्ठत्व, यहीं उसका विराटत्व परिलक्षित होता है।

शाक्य को अच्छा लग रहा था, "एक नया जीवन दर्शन। उसने पूछा–"तुमने पृथ्वी पर कहाँ-कहाँ की नदियाँ देखी हैं?"

"मैं कहाँ उतनी नदियाँ देखा हूँ। नदी को देखने का अर्थ कुछेक घंटा नौका पर चढ़कर घूम आना ही नहीं है बल्कि उसे जानना है, समझना है। उसकी प्राण-चेतना को स्पर्श करना है। तुम्हारे यहाँ आने से पहले पाकिस्तान गया था, सिन्धु नदी देखने। वहाँ इन्डस कहा जाता है। नदी क्या है एक आश्चर्य है। जिस नदी के नाम से तुम्हारे देश का नाम हुआ हिन्दुस्तान। जिसके तीर पर भारतीय सभ्यता का उदय हुआ था।"

"सिन्धु की उत्पत्ति कहाँ से हुई है, जानते हो?"

"जानता हूँ। तिब्बत से। वहाँ से भारत होती हुई पाकिस्तान।"

इसके तीर पर कितने मनुष्य! कितनी भाषा! विभिन्न लोग विभिन्न भाषा में सिन्धु को बुलाते हैं। वालिट इसे जेमुत्सु कहते हैं अर्थात महा प्लावन। कभी उसका नाम त्सू-फो अर्थात पुरुष नदी हो जाता है। लद्दाख में इसे सेंगे कहते हैं यानी सिंह, तो अफगानी इसे शेर-ए-दरिया कहते हैं। एक नदी, पर कितने नाम, कितनी चाहत, कितना प्रेम!

दुख की बात क्या है जानते हो? सिन्धु के दोनों तटों पर लोगों के मध्य एक सीमा रेखा बना दी गयी है। कितना झगड़ा, विवाद, युद्ध। सिन्धु के सीने पर जितनी जलधारा है, उससे कहीं अधिक रक्तधारा बही है इस प्रान्त में। सिर्फ़ सिन्धु सब सीमाओं की बेड़ियों को तोड़कर आगे बढ़ रही है। यह नदी सिर्फ़ दोनों तटों के लोगों की तृष्णा को जल देकर उपशान्त ही नहीं करती, बल्कि यहाँ के खेतों में उपज़ी फसल को प्राणधारा भी प्रदान करती है। तभी तो चारों तरफ की विश्रृंखलताओं के बीच भी हिन्दू-मुस्लिम जाति से ऊपर, धर्म से ऊपर, एक जीवनस्रोत के रूप में प्रवाहित है सिन्धु।

अकस्मात ह्यूमर के गले का स्वर विषण्ण हो उठता है। कहने लगा–"सिन्धु नदी के तट पर खड़े होकर मेरे मन में हुआ जिस नदी ने हजार-हजार वर्षों से मानव सभ्यता को इतना कुछ दिया, आज के मानव ने अपनी चार दिन की ज़िन्दगी के लिए उस नदी के पैरों में बेड़ियाँ डाल दी हैं, उसे बाँध दिया है। कितनी करुण दशा है आज सिन्धु की। अनेक लुप्त हो गयी सभ्यताओं की भाँति एक दिन सिन्धु नदी भी इतिहास के पन्नों में न को जाए।

''कहाँ देखा था सिन्धु को?''

''सुक्कुर में। वहाँ बाँध बना दिया गया है। नदी का जलस्रोत स्तब्ध हो गया है। आश्चर्यजनक सुन्दर गल्प सुना था वहाँ के एक जेलर के मुख से। नाम था जावेद. बड़ा सज्जन व्यक्ति। उसका घर सिन्धु किनारे था। यहाँ दोनों किनारों पर पत्थरों की जमीन है। बहुत ही सँकरी जलधारा। पैदल चलकर ही नदी को पार किया जा सकता है। यहाँ नदी के पार ही है जिन्दापीर की मजार। जिन्दापीर बहुत ही धार्मिक थे। पूरी सुक्कुर के निवासी आज भी उनका आदाब बजाते हैं। जावेद बताते थे, ''सिन्धु के जल में पहले एक विशेष प्रकार की मछली दिखाई पड़ती थी, ''नाम था पाल्ला मछली। चमकती हुई। धूप में जैसे रोशनी निकल रही हो उससे। वे मछलियाँ जब मजार के सामने से बहती तो उछलकर सलाम टोंकतीं जिन्दापीर को।''

''अद्‍भुत घटना।''

''उससे भी अद्‍भुत क्या है जानते हो? बाँध बना, बन्द हो गया जलस्रोत। और उसके साथ ही लुप्त हो गयी पाल्ला मछली। जो न जाने कितने हज़ार वर्षों से सिन्धु के वक्ष पर विचरण कर रही थीं। आज वे हमेशा-हमेशा के लिए पृथ्वी का परित्याग कर गयीं।'' कहते-कहते अचानक हँसने लगा ह्यूमर। ''मुझे लगता है शायद मैंने तुम्हें बहुत ज्यादा ज्ञान की बातें बता दीं।''

शाक्य ने जल्दी से कहा-''नहीं, नहीं। तुम्हारे साथ बातें करके बहुत ही अच्छा लग रहा है। तुम जहाँ गये थे, वहाँ कभी भी पहुँच नहीं पाऊँगा। तुम्हारी जुबानी जितनी जानकारी पा लूँ तो अच्छा ही है न।''

उठ खड़ा हुआ ह्यूमर। शाम का धुँधलका बढ़ने लगा था। एक नज़र बाहर डाली और बोला, ''चलो गंगा किनारे बैठते हैं।''

दोनों बाहर आ गये। सूर्यास्त हो चुका था। रास्ता पार कर आश्रम के सामने ही था गंगा घाट। इधर एक के बाद एक आश्रम हैं। आकार और आयतन में अधिकतर आश्रम प्रचुरता लिए हुए। विदेशी भक्तों की भीड़। कुछेक लोगों से बात कर शाक्य को प्रतीत हुआ कि कुछ पाने की कामना से ही यहाँ उनका आना हुआ है। हजारों हजार डॉलर खर्च कर। गुरु के निर्देश का शत-प्रतिशत पालन करते हुए। शेष पर्यन्त क्या पाएँगे क्या मालूम। घाट पर लोगों की भीड़-भाड़ नहीं थी। इक्के-दुक्के लोग इधर-उधर बैठे थे। ये दोनों एक जगह बैठ गये। वृन्दावन घाट की गंगा दो पहाड़ियों के बीच से उतरती है। अप्रशस्त। यहाँ गंगा काफी विस्तृत है। चायवाला आ जाता है। दोनों चाय लेते हैं। चाय पीते-पीते शाक्य कहता है-''तुम्हारी राइन की बात नहीं बताई तुमने।''

राइन का वर्णन करते हुए हठात् विचलित हो उठता है ह्यूमर। कहने लगा- ''मैंने जितनी भी नदियाँ देखी हैं, लगता है राइन सबसे सुन्दर है। तुम यदि वहाँ

जाओ, तो तुम्हारा मन तृप्त हो जाएगा। शीतकालीन राइन वसन्तकालीन राइन, समय-समय पर उसका अलग-अलग रूप। हमारे देश में राइन को क्या कहते हैं जानते हो? रोमांटिक नदी। इस नदी को परिवेष्टित किये हैं अनेकों प्रेम कहानियाँ।''

शाक्य हँस पड़ा। तो तुम्हारी राइन प्रेम की नदी है।''

''कह सकते हो। जहाँ हमारा गाँव है वहाँ से थोड़ी ही दूरी पर है लोरेली पहाड़ी। तुमने लोरेली की कहानियाँ पढ़ी हैं?

सफेद वस्त्र पहने एक व्यक्ति बगल में आकर खड़े हो गये। ब्रह्मचारी। तरुण। गोरा। आँखों में और चेहरे पर प्रफुल्लता की आभा। शीघ्रता से उठ खड़ा हुआ ह्यूमर। हरिओम्।

''हरि ओम्। ब्रह्मचारी के मुख पर मृदु हास्य। मैंने आकर आपके वार्तालाप में विघ्न तो नहीं पैदा कर दिया?''

शाक्य ने तत्क्षण ही कहा-''नहीं, नहीं। ह्यूमर अपने देश की राइन नदी की कहानी कह रहा था।''

ब्रह्मचारी ने कहा-''कहिये ह्यूमर जी।''

ह्यूमर की आँखों में और चेहरे पर आनन्द का भाव झलकने लगा। बोला, ''मैं तो राइन की बात बताऊँगा, आपने तो गंगा की कथा कही। कल आपकी गंगा की कथा सुन रहा था, बहुत ही अच्छा लगा था।''

''ठीक है, वही होगा। कहिये राइन की कथा।''

''हमारा गाँव लोरेली पहाड़ी के समीप ऐस्तेनिया में है। जन्म से ही लोरेली की कहानी सुनता आ रहा हूँ। हमारे गाँव को पार करते ही राइन आश्चर्यजनक रूप से मुड़ती हुई दिखाई पड़ती है। वह जगह जितनी मनोरम है उतनी ही विपज्जनक। भयंकर नदी स्रोत में पहले न जाने कितनी नौकाएँ, जहाज डूब चुके हैं उसका कोई हिसाब नहीं। नदी की लहरें लोरेली पहाड़ी से टकराकर एक अद्भुत प्रतिध्वनि की सृष्टि करती हैं। रात्रि के सुनसान अन्धकार में वह ध्वनि ऐसी प्रतीत होती है मानो किसी नारी का क्रन्दन हो। उसी से सृष्ट हुई हैं लोरेल की नाना कहानियाँ।''

शाक्य ने कहा-''एक कहानी सुनाओ भी।''

ह्यूमर सुनाने लगा-''ग्राम बाला थी लोरेल। जैसा रूप वैसी ही मधुर आवाज़। नदी किनारे घूमते-फिरते गीत गाती रहती। उसके सुर और रूप पर मुग्ध होकर, नदी पथ से जाने वाले, दिशा भूल जाते। गिर पड़ते एक सौ बत्तीस मीटर ऊँची एकदम खड़ी पहाड़ी की तलहटी में और नदी की धारा में समा जाते। एक दिन दूर एक गाँव के जमींदार के लड़के ने लोरेल के विषय में सुना। उस अलौकिक रूप को देखने वह एक दिन नौका पर निकल पड़ा। मन में मिलन के मचलते तरंगों को लिए हुए। जब वह लोरेली पहाड़ी के सम्मुख पहुँचा दिन समाप्ति पर था...कि अचानक ज़मींदार

के लड़के की नज़र पहाड़ी की गोद में खड़ी लोरेल पर पड़ी। उसके बिखरे बाल हवा में उड़ रहे थे। उसके मुख पर विराजमान हो रही थी दिवसावसान की सुनहरी आभा। जमींदार पुत्र को ऐसा लगा मानो स्वर्ग से उतरी हुई कोई परी हो लोरेल। चिल्ला उठा, माझी, और तेज चलाओ। नदी के प्रबल स्रोत को चीर कर माझी आगे बढ़ नहीं सका। जमींदार पुत्र धैर्य खो चुका था। चीत्कार उठा, लोरेल, मैं आ रहा हूँ। लोरेल ने सुनी वह आवाज़। जमींदार-पुत्र पर उसकी नज़र पड़ी. उसका हृदय पागल हो उठा। दूसरे ही क्षण; उस धैर्यहीन जमींदार-पुत्र ने राइन की उफनती नदी में छलाँग लगा दी यह सोचकर कि "तैरकर अपनी प्रियतमा तक पहुँच जाएगा, पर भयंकर जल-स्रोत ने उसे पहाड़ी चट्टानों पर फेंक दिया। छिन्न-भिन्न हो गया वह तरुण प्राण। एक भीषण अन्तर्वेदना से हाहाकार कर उठा लोरेल का हृदय। क्षुब्ध ग्रामवासियों ने लोरेल को डायन घोषित कर दिया। रो-रोकर बेहाल हो उठी लोरेल। सोचने लगी, "मैंने तो किसी के लिए मृत्यु नहीं चाही थी, फिर भी मेरे कारण ही इतने लोगों की जान गयी। सबसे छिपकर पहाड़ी के शीर्ष पर पहुँच गयी लोरेल। अपने दोनों हाथों को प्रसारित कर आकाश की ओर देखती हुई लोरेल आर्त स्वर में पुकारने लगी, "हे पिता, मुझे स्वीकार करो। मुहूर्त मात्र में ही प्रबल जलावेग आरम्भ हुआ। राइन का जल फुँफकार उठा। बढ़ते-बढ़ते पहाड़ी की चूड़ा तक पहुँच गया...और एक ही पल में अपने अन्दर समाहित कर लिया लोरेल को। तब से आज तक निस्तब्ध रात्रि में माझियों को सुनाई पड़ते हैं लोरेल पहाड़ी से तैरकर आते हुए लोरेल के गीतों के मीठे सुर।"

ह्यूमर से यह कथा सुनते-सुनते एक विचित्र तन्मयता में डूब गया था शाक्य। अन्त में आर्द्र स्वर में कह उठा शाक्य, "बहुत ही करुण कथा।"

"तुम्हारी गंगा की ऐसी कोई कथा है?" ह्यूमर ने जानना चाहा।

थोड़ी देर सोचता रहा शाक्य। निस्तब्धता को भंग करते हुए ब्रह्मचारी बोले- "हमारी गंगा की अनेक कथाएँ हैं, किन्तु तुम्हारी राइन की कथा से हमारी गंगा की कथा में क्या अन्तर है, जानते हो? तुम्हारी कहानी में है प्रेम, मोहब्बत, युद्ध, विनाश और हमारी गंगा में है श्रद्धा, भक्ति और त्याग।"

"राइन तुम्हारे लिए प्रेमिका है, गंगा हमारे लिए माँ है।"

"किसी प्रसंग का वर्णन करें।" ह्यूमर की आँखों में प्रबल जिज्ञासा तैर रही थी।

ब्रह्मचारी कहने लगे-"यह प्रसंग हमने गुरुजी से सुना था। अनेक कथाएँ मैंने सुनी हैं उनसे। एक बहुत ही रोचक कथा है-"एक वृद्ध ब्राह्मण की कथा। गंगा से बहुत दूर थी उनकी कुटिया। उनकी एकमात्र इच्छा थी कि उनका अन्तिम श्वास गंगा के तट पर ही निकले। हमारे देश के साधु-सन्तों का ऐसा विश्वास है

कि गंगा तट पर मृत्यु होने से जीवन के सभी पाप क्षय हो जाते हैं और व्यक्ति सीधे भगवान के पास पहुँच जाता है। एक दिन वह वृद्ध गम्भीर रूप से अस्वस्थ हो गये। समझ गये, अब अन्तिम समय आ गया है। उन्होंने गाँव के कई युवकों को बुलाया और उन्हें अर्थ देते हुए अनुरोध किया कि उस पैसे से अर्थी बनाकर वे उनकी मृत्यु के पूर्व पूर्व उन्हें अपने कन्धे पर उठाकर गंगा घाट पर पहुँचा दे, ताकि जीवन के इस शेष मुहूर्त में गंगा के दर्शन कर वह अपनी आँखें अन्तिम बार बन्द कर सकें। ग्रीष्म के दिन थे। समस्त रात्रि वे युवक उस वृद्ध को ढोते रहे। सुबह हुई। दिन चढ़ने लगा। थोड़ी ही देर में सूर्य की किरणें आग उगलने लगीं। क्लान्त युवक अब चलने में असमर्थ थे। वृद्ध ने अनुनय किया–''बस थोड़ी दूर और, और उसके बाद ही है गंगा, पर उस वृद्ध का भार अब और ढोने की क्षमता उन युवकों में नहीं रही। बीच राह में उन्हें उतारकर वे भाग गये। सुदूर एक धुँधली-सी लकीर की तरह गंगा दिखाई पड़ रही थी। एक कदम भी चलने की शक्ति नहीं थी वृद्ध में; अत: उनका हृदय हाहाकार कर उठा। इतना समीप आकर भी गंगा का स्पर्श नहीं कर पाया। कुछ क्षणों तक वे रोते रहे, फिर आत्माभिमान से कहने लगे–''माँ, मैं अपनी इस जीर्ण-जर्जर काया लेकर इतने दूर से तुम्हारे पास आया, और तुम इतनी छोटी-सी दूरी तय कर मेरे पास ना आ सकीं। कैसी माँ हो तुम! वृद्ध का रुदन जारी था। मुहूर्त मात्र में गंगा का हृदय विदीर्ण हो गया और उसका जल उन्मत्त हो उठा। सन्तान की पुकार सुनकर माँ कभी शान्त रह ही नहीं सकती। पूरे वेग से गंगा का जलस्रोत वृद्ध की ओर बढ़ने लगा...और कुछ ही क्षणों में उन्हें अपनी गोद में समा लिया।

शाक्य अवाक् था। वह आश्चर्यचकित था कि ऐसा भी हो सकता है! पृथ्वी पर ना जाने कितनी अलौकिक घटनाएँ घटती रहती हैं, शायद वैसा ही।

सात

दिन चढ़ आया है। पहाड़ की चोटी को स्पर्श कर रहा है सूर्य। सामने का रास्ता थोड़ी दूर चढ़ाई है, फिर सीधा नीचे की ओर उतर गया है। पूरा रास्ता गंगा के बगल से गया है। मकान, घर, दुकान आदि के बीच से गंगा नज़र आती है। कुछ दूर जाने के बाद मकान, घर नहीं हैं। दोनों ओर हैं पेड़, पौधे और बगीचे। इस ओर काफी निर्जन है। बीच-बीच में योग और मेडिटेशन केन्द्रों के साइनबोर्ड टँगे हैं।

हरिद्वार से आते समय बस में एक व्यक्ति बता रहा था कि यहाँ अब रोज एक योग और मेडिटेशन सेंटर खुल रहा है। रोज एक योग गुरु या योगबाबा का जन्म हो रहा है। विदेशी लोग भी यहाँ आकर डॉलर उलीच रहे हैं। बगल से किसी ने पूछा–

''महेश योगी का नाम सुना है?''

जो सज्जन पहले बोल रहे थे उन्होंने साथ ही साथ जबाव दिया, ''अरे, इस मामले में महेश योगी ने ही तो रास्ता दिखाया है। वे समझ गये कि इस देश में योग सिखा कर पैसा नहीं आएगा। इसीलिए अमेरिका जाकर सेंटर खोला। वहाँ गोरे साहबों को भी कुछ नया मिला। विशाल सेंटर तैयार हुआ वहाँ और हू-हू कर डॉलर आना शुरू हुआ। कुछ लोगों ने सोचा पैसा कमाने का ऐसा सहज रास्ता और कोई नहीं, लिहाजा पैंट-शर्ट छोड़कर गेरुआ पहन लिया और अपने आश्रम के सामने लिख दिया योग-निकेतन या योगाश्रम। हाव-भाव कुछ ऐसा कि 'योग' का नाम सुनते ही विदेशियों की भीड़ जुट जाएगी। साहब और मेमों से भर उठेगा आश्रम। धन भी आएगा और ख्याति भी। धर्म-कर्म जाए चूल्हे-भाड़ में।''

''तो हम भी गेरुआ पहनकर बन जाएँ योग-गुरु।''

''असुविधा किस बात की बस लम्बे केस-दाढ़ी चाहिए और चाहिए वेद, उपनिषद्, गीता, कामशास्त्र आदि के प्रवचन का अभ्यास।''

आस-पास के सभी लोग खिल-खिलाकर हँस पड़े।

कुछ अनमना-सा हो गया था शाक्य। किसी उद्देश्यहीन की तरह चल रहा था। इस ओर पहले कभी नहीं आया था। राह चलते-चलते एक व्यक्ति से पूछा-''यह रास्ता कहाँ जाता है?''

''राम झूला।''

''कितनी दूर है?''

''कोई एक किलोमीटर और। पन्द्रह मिनट लगेंगे।''

शाक्य ने कहा-''उधर लक्ष्मण झूला, इधर राम झूला। दोनों भाई एक साथ हैं।''

उस व्यक्ति ने हँसते-हँसते जवाब दिया, ''वह रामायण का युग था। अब दोनों में दो मील की दूरी है।''

''क्या खूब कहा है। शाक्य भी हँस पड़ा।''

राम झूला के सामने आते ही फिर दुकानें और लोगों की भीड़। पर लक्ष्मण झूला जैसी भीड़ नहीं। कुछ आगे बढ़ते ही राम झूला पर नज़र पड़ी। लक्ष्मण झूला की ही तरह गंगा के ऊपर झूलता ब्रिज यानी पुल। गंगा के दोनों ओर विराट ऊँचे खम्भे, मोटी-मोटी तारों ने ब्रिज को जकड़ रखा है। शाक्य को कुछ आश्चर्य लग रहा था। जब यह पुल नहीं था तब लोग इस पार से उस पार जाना-आना कैसे करते होंगे। क्या पता। ब्रिज के बगल में गंगा के किनारे है चौड़ा-सा चबूतरा, साफ-सुथरा। छितरे हुए हैं यहाँ-वहाँ कुछ लोग। सामने एक साधु बैठे गाँजा पी रहे हैं। उनके बगल से कुछ कदम आगे जाते ही चौंक गया शाक्य।

सीढ़ी के एकदम निचली पायदान पर बैठी है वही लड़की जिसे सुबह देखा था। जितना उस लड़की को देखता है, उतना ही आश्चर्य-चकित होता है शाक्य। कोई एक सिनेमा देखा था नाम याद नहीं आ रहा। ठीक ऐसे ही एक लड़की घूमती-फिरती थी। अन्त में नायक को पता चला कि वह लड़की उसकी पिछले जन्म की प्रेमिका थी। इस लड़की के बारे में हालाँकि वैसा कोई विचार नहीं आता। कॉलेज-विश्वविद्यालय में पढ़ते समय अनेक लड़कियों के साथ उसका परिचय हुआ था। किसी के प्रति भी उसने आकर्षण महसूस नहीं किया। वास्तव में महिलाओं के प्रति शाक्य कुछ उदासीन था, किन्तु इस लड़की के अद्‌भुत आचरण के कारण शाक्य को कौतूहल का अनुभव हो रहा था। मन की दुविधा को त्याग कर धीमे कदमों से शाक्य उस लड़की के पास जाकर खड़ा हुआ। कदमों की आहट सुन लड़की ने मुख घुमाया। आप!

शाक्य को लड़की में कुछ असहिष्णुता का भाव नज़र आया। उसने सहज होने की कोशिश की। बोला, "एक आश्रम में आया था। इसी रास्ते लौट रहा था। कल से हम तीन बार मिल चुके हैं। इसीलिए रुक गया।"

कुछ पल लड़की शाक्य की ओर देखती रही। शायद उसकी बातों की सच्चाई जाँचने के लिए उसने पूछा-"कौन से आश्रम में?"

"परमार्थ आश्रम में। विदेशियों को वहाँ योग सिखाते हैं।"

लड़की के चेहरे पर कौतूहल उभर आया। "आप क्या यहाँ योग सीखने आये हैं?"

"नहीं।" छोटा-सा उत्तर दिया शाक्य ने।

कुछ क्षण किसी ने कोई बात नहीं की। वातावरण शान्त। क्या कहे, कुछ समझ नहीं पा रहा था शाक्य।

"बैठिए!"

लड़की उसे बैठने को कहेगी, शाक्य ने सोचा ही नहीं था। फिर भी उसने संकोच नहीं किया। फूँक मार कर थोड़ी सी जगह साफ की और बैठ गया। कुछ देर चुप रहने के बाद बोला, "आज किसी साधु के पास गयी थीं?"

गंगा की ओर स्थिर दृष्टि से ताक रही थी लड़की। बिना मुँह घुमाये बोली, "हाँ, गयी थी। बहुत खराब व्यवहार किया। साधु ऐसे होते हैं, सोचा नहीं था।"

शाक्य को लगा कि लड़की तकलीफ़ में है। शान्त स्वर में बोला, "साधु अच्छे ही होते हैं, यह किसने कहा। साधु के नाम से जो छवि हमारे मन में उभरती है, वैसे साधु अब नहीं रहे। दरअसल, साधु भी तो मनुष्य हैं।"

"वास्तव में इन कुछ दिनों में ऐसा व्यवहार किसी ने नहीं किया।"

शाक्य ने अनुभव किया कि साधु का व्यवहार वह लड़की भूल नहीं पा रही

थी। प्रसंग से उसका ध्यान हटाने के लिए उसने पूछा–"क्या नाम है आपका?"

"शरण्या।"

"शरण्या!" नाम का कुछेक बार उच्चारण किया शाक्य ने। इस प्रकार का नाम उसने पहले कभी सुना था, याद नहीं आया।

"शरण्या माने दुर्गा। पिताजी ने रखा था यह नाम।"

कुछ देर चुप रहा शाक्य। उस लड़की का सब कुछ कैसा आश्चर्यजनक लग रहा था। पूछा–"आप ऋषिकेश में कितने दिनों से हैं?"

"आये हुए तीन दिन हो गये। चार दिन हरिद्वार में थी।"

"घर कहाँ हैं आपका?"

"कानपुर।"

कुछ अजीब-सा लगा शाक्य को। कानपुर से एक लड़की यहाँ आयी है। शाक्य का कौतूहल बढ़ रहा था। पूछा–"आप जिन्हें खोज रही हैं, वे क्या आपके अपने दादा हैं?"

"हाँ, मेरे पिताजी के पिताजी।"

"आप इस प्रकार अकेली दादाजी को खोजती फिर रही हैं, आपके माता-पिता कुछ नहीं कहते?"

शरण्या ने सिर उठाकर आसमान की ओर देखा। दिन के अवसान की रोशनी फीकी पड़ रही थी। थोड़ी ही देर में उतर आएगी साँझ। कुछ देर चुप रही शरण्या फिर लम्बी साँस लेकर बोली–"मेरा कोई नहीं है।"

शाक्य को शब्दों की मार चाबुक-सी लगी। अनजाने में ही बोल उठा–"कैसा अद्भुत मेल है, आपकी ही तरह मेरा भी कोई नहीं, न पिता न माता।"

"इसीलिए क्या घर छोड़कर यहाँ चले आये हैं?" शरण्या ने प्रश्नाकुल दृष्टि से शाक्य की ओर देखा।

अपने बारे में कुछ कहना नहीं चाहता शाक्य। फिर भी उसने कहा–"मनुष्य के लोभ-लालसा को देखकर घिन आती है। कलकत्ता में रहना अच्छा नहीं लगा इसलिए चला आया। जब तक मन चाहेगा, रहूँगा।"

शान्त स्वर में शरण्या ने कहा, "पलायन कर क्या जिया जा सकता है?"

चौंक उठा शाक्य। शरण्या के मुँह से ऐसी बात सुनेगा, उसने सोचा भी नहीं था। वह स्वयं अनुभव कर रहा है कि पलायन कर मनुष्य कभी जी नहीं सकता। जीवन के हर क्षण में उसे संघर्ष कर जीना होता है। हार का मतलब ही सब कुछ खत्म हो जाना नहीं है, नये सिरे से लड़ने की तैयारी करनी होती है। उजाला और कम हो गया है। कई घरों में बत्तियाँ जल गयी हैं। मन्दिर में घंटा बज रहा है।

शाक्य ने कहा–"औरों के बारे में मेरा कौतूहल हमेशा से ही कम रहा, किन्तु

पता नहीं क्यों आपके बारे में जानने की बड़ी इच्छा हो रही है।''

हठात् मानो नींद से जाग उठी हो, शरण्या बोली–''चलती हूँ। शाम हो गयी। होटल लौटना होगा।''

भौंचक्का सा रह गया शाक्य। लड़की ने क्या कुछ गलत सोच लिया उसके बारे में? पर उसने तो किसी गलत इरादे से प्रश्न नहीं किया था।

कुछ कदम चलकर लड़की ने मुँह घुमाया और बोली–''आप क्या होटल जाएँगे?''

''हाँ, जाऊँगा।''

''तो फिर आइए। होटल के सामने का रास्ता बड़ा अँधेरा है।''

''आप किस होटल में हैं?'' झिझकते हुए शाक्य ने पूछा।

''आप जिस होटल में हैं। गंगालॉज। सुबह बरामदे से आपको निकलते देखा था।''

''चलिए। उठ खड़ा हुआ शाक्य।''

सारे रास्ते शरण्या चुप ही रही। होटल के बरामदे में आकर बोली–''चलिए, थोड़ी सी चाय पी ली जाए।''

कोई आपत्ति नहीं की शाक्य ने। काफी घूमने–फिरने के कारण कुछ थकावट लग रही थी। दोनों आमने–सामने बैठ गये।

''अब क्या करेंगे?'' प्रश्न किया शरण्या ने।

अलसाये स्वर में शाक्य ने उत्तर दिया, ''कुछ किताबें लाया हूँ। पढ़ने की चेष्टा कर रहा हूँ परन्तु पढ़ नहीं पा रहा।''

धीर स्वर में शरण्या ने कहा–''मैं चुपचाप कुछ देर टीवी देखती हूँ फिर वक़्त काटने के लिए बरामदे में बैठी रहती हूँ। और तो कोई काम है नहीं।''

चाय आती है।...फिर दोनों निःशब्द अपने–अपने कमरे में चले जाते हैं।

आठ

बिस्तर पर लेटे–लेटे सोच रहा था शाक्य। और कितने दिन उद्देश्यहीन की तरह उसे घूमते रहना होगा। उसकी जो उम्र है, कुछ साल तो बिना कुछ किये भी गुज़र जाएँगे। परन्तु वह तो जीवन नहीं है। उसे शरण्या की बात याद आती है–''पलायन कर क्या जिया जा सकता है। नहीं, ऐसे नहीं जिया जा सकता। अपना उसे कोई फ़िक्र नहीं, पर माँ के बारे में सोचकर उसे बड़ी तकलीफ़ होती है। माँ ने काफी कुछ चाहा था।''

उसका माथा भन्ना उठा। उठकर आँख-मुँह पर पानी के छींटे दिए। बरामदे का दरवाज़ा खोलकर कुछ क्षण चुपचाप खड़ा रहा। गंगा के उस पार पहाड़ कैसा धुँधला-सा लग रहा है। तारों की तरह दो-एक बत्तियाँ टिमटिमा रही हैं। कमरे का दरवाज़ा किसी ने खटखटाया। हो सकता है होटल का बैरा हो। शाक्य सिर्फ़ गंजी में था। उसने कुरता पहन लिया। दरवाज़ा खोलते ही कुछ अप्रत्याशित रूप से सामने शरण्या पर नज़र पड़ी। क्षण मात्र को शाक्य को लगा कि वह मन ही मन में उसी की प्रतीक्षा कर रहा था। बोला, ''भीतर आइए।'' बड़ी आन्तरिकता से शाक्य ने बुलाया।

''आपको कोई असुविधा तो न होगी?''

''असुविधा कैसी। मैं तो अकेला ही कमरे में बैठा था।''

भीतर प्रवेश करती है शरण्या। बिस्तर पर बिखरी किताबों की ओर देखकर पूछती है-''आप क्या लिखते-पढ़ते हैं?'' किताबों को एक तरफ सरकाकर शाक्य जवाब देता है-''पढ़ता हूँ, पढ़ाता हूँ।''

''कहाँ पढ़ाते हैं?''

''कोलकाता के पास में ही एक कॉलेज में।''

''आप कॉलेज के प्रोफेसर हैं! शरण्या की आँखों में विस्मय हैं। आपको देख कर तो ऐसा नहीं लगता।''

हँस दिया है शाक्य। फिर गम्भीर स्वर में बोला, ''बाहर से देखकर क्या किसी के बारे में जानना सम्भव है। ऐसे लोग भी देखे हैं जो बाहर से देवता लगते हैं पर भीतर से शैतान होते हैं।''

शरण्या ने कोई जवाब नहीं दिया। शाक्य ने देखा कि उदास दृष्टि से शरण्या खुले दरवाज़े से बाहर देख रही है।

''किसी के बारे में सोच रही हैं?'' शाक्य ने पूछा।

शरण्या ने मुँह घुमाया। उसकी दोनों आँखों में गहरी वेदना की छाया थी। शाक्य को लगा जैसे अनजाने में ही शरण्या ने अपनी अन्तरवेदना का कोई सुर इस छोटे से कमरे में छेड़ दिया हो। शान्त स्वर में बोला, ''आप दुखी लग रही हैं। कभी-कभी दुख को किसी के साथ बाँट लेना चाहिए। इससे और कुछ हो या न हो दिल का बोझ कुछ हलका होगा।''

कुछ बोलना चाहती है शरण्या, पर बोल नहीं पाती। सिर्फ़ होंठ काँप कर रह जाते हैं। फिर दोनों हाथों से मुँह ढँककर फूट-फूट कर रो पड़ती है वह। स्वयं को असहाय-सा पाता है शाक्य। कोई दरवाज़े के सामने से चला जाता है। सम्भवत: कोई अन्य बोर्डर होगा या कोई बैरा। इस अवस्था में उसके कमरे में शरण्या को देखकर कोई जाने क्या सोचे, इसलिए शाक्य ने उठकर दरवाज़ा बन्द कर दिया।

शरण्या तब भी रोये जा रही थी। सान्त्वना देने जाते-जाते रुक गया शाक्य। सोचा, अभी जितना रोना चाहे रो ले, इससे दिल में जमा दर्द का गुबार कुछ कम होगा। उसने उसे रोने दिया।

कुछ समय बाद हठात् खुद ही शाक्य की ओर देखकर उसने मुँह उठाया और बोली, "कैसे बच्चों की तरह रो रही थी मैं...।"

शाक्य के होंठों के किनारे से हँसी फूटी, बोला, "जाइए, बाथरूम में मुँह धो आइए।"

उठ जाती है शरण्या। फिर लौटकर आकर बोली-"बड़ा आश्चर्य लग रहा है न मुझे देखकर?"

"नहीं, आश्चर्य नहीं लग रहा। स्वयं को आपकी जगह रखकर देख रहा हूँ। समझ रहा हूँ कि आप बहुत दुखी हैं। इसीलिए बीच-बीच में आपका दुख आपकी आँखों से बह निकलता है।"

"दरअसल मैं कुछ व्याकुल-सी हुई जा रही हूँ। क्या करूँ, समझ नहीं पाती।"

शाक्य को अनुभव होता है कि लड़की में तीव्र असहायता बोध है। ठीक वैसे ही जैसे कोई डूब रहा व्यक्ति किसी को भी जकड़ कर बचना चाहता है। यही तो मानव जीवन का धर्म है। गहरे आन्तरिक स्वर में उसने कहा, यदि चाहें तो निःसंकोच अपनी सारी बात मुझे बता सकती हैं। वचन देता हूँ, आपके विश्वास की मर्यादा रखूँगा।"

बरामदे के खुले दरवाज़े से गंगा की हवा बहकर आ रही है। शरण्या ने मुँह उठाकर देखा फिर धीर स्वर में बोली, "मैं कानपुर में जन्मी। वहीं बड़ी हुई। पिताजी एक दवा की कम्पनी में काम करते थे। घर-गृहस्थी के काम के अलावा माँ को कभी कहीं बाहर जाते नहीं देखा। पिता-माता की मैं अकेली सन्तान थी। पिता-माता की तरफ से मेरा कोई आत्मीय है, मैं नहीं जानती थी। कभी किसी को देखा भी नहीं।"

"किसी दिन आपने पूछा भी नहीं?"

"दो-एक बार पूछा था। पिताजी ने कहा था कि हमारा कोई नहीं है। मुझे किन्तु लगता है कि पिताजी कुछ छिपा रहे हैं। माँ ने भी कभी कुछ नहीं बताया। मैं उन दिनों दसवीं में पढ़ती थी जब माँ की मृत्यु हो गयी। पिताजी यों भी कम बोलते थे, माँ की मृत्यु के बाद वे और भी गम्भीर और गुपचुप हो गये। बिना ज़रूरत के कुछ बोलते ही नहीं थे। मैं बीच-बीच में देखती कि वे चुपचाप जैसे कुछ सोच रहे हैं। कई रातों को नींद टूटती तो देखती वे बरामदे में अकेले खड़े हैं। मुझे अनुभव होता कि माँ से बिछुड़ने के दुख ने उन्हें कितना निःसंग कर दिया है। पिछले साल बी.ए. पास कर मैं एम.ए. में भर्ती होने की चेष्टा कर रही थी कि पिताजी हठात्

बीमार हो गये। मैं एम.ए. में भर्ती न हो पायी। चार महीनों बाद पिताजी भी चल बसे। मृत्यु से पूर्व अकसर पिताजी एक ही बात कहते, ''सब मेरा पाप है। मैं उनसे पूछती भी कि आपका कैसा पाप, पर उनसे कोई उत्तर नहीं मिला। मरने के कुछ दिन पूर्व पिताजी ने मुझे एक लिफाफा देकर कहा, मेरी मृत्यु के बाद खोलना।''

''उस वक़्त लिफाफा खोलकर देखने की आपकी इच्छा नहीं हुई?'' शान्त स्वरों में शाक्य ने पूछा।

''दरअसल पिताजी उस वक़्त इतने बीमार थे कि और कुछ देखने की मानसिक अवस्था ही नहीं थी। घर में ही पिताजी की मृत्यु हुई। मुहल्ले के लोगों के साथ हमारा कोई मेल-जोल नहीं था, परन्तु विपत्ति के समय वे ही मेरे साथ खड़े हुए। पिताजी के ऑफिस के सभी ने मेरी बहुत मदद की। पिताजी के ऑफिस में ही मेरी नौकरी लग गयी। महीने भर के बाद अलमारी खोलते समय लिफाफे पर नज़र पड़ी। उसमें हाथ से लिखी एक चिट्ठी थी। मैं समझ गयी कि ज़रूर उसमें पिताजी के जीवन की कोई गुप्त बात होगी। खूब दुविधा में मैंने पढ़ना शुरू किया। पिताजी ने लिखा है–''हमारा घर कृष्णनगर में है। मेरे पिता हेमनाथ मुखोपाध्याय वहाँ के एक स्कूल में संस्कृत पढ़ाते थे। अत्यन्त निष्ठावान व्यक्ति। मैं पिताजी की अकेली सन्तान था। जब मैं सोलह वर्ष का था, माता का निधन हो गया और सच कहा जाए तो पिताजी के हाथों ही मैं मनुष्य बना। कृष्णनगर कॉलेज से बी.एस.सी. पास करते ही मुझे नौकरी मिल गयी। मुझे भेज दिया गया कानपुर। मैं उस वक़्त तेइस वर्ष का था। जिस मकान में मैं किरायेदार था, उसी में रहती थीं तुम्हारी माँ। उनके माता-पिता, कोई नहीं था। वृद्ध दादा के पास वह रहती थीं। वे लोग मुसलमान थे। धर्म तो भिन्न था परन्तु जवानी के धर्म में कब हम एक-दूसरे के करीब आ गये, पता ही नहीं चला। हठात् उनके दादा की मृत्यु हो गयी और वह निराश्रय हो गयीं। मैं उनका साथ न छोड़ पाया। किसी को कुछ बताये बिना हम दोनों ने शादी कर ली। जानता था कि पिताजी कभी इस विवाह को स्वीकृति नहीं देंगे। पूरा एक वर्ष हमने इस विवाह को गुप्त रखा। फिर किसी तरह पिताजी को पता चला कि ब्राह्मण का बेटा होते हुए भी मैंने एक मुसलमान लड़की से विवाह किया है। पिताजी इस विवाह को स्वीकार नहीं कर पाये। मेरे साथ उन्होंने सारे सम्बन्ध तोड़ दिए। मुझे भी बहुत गुस्सा आया और मैंने भी उनसे कोई सम्बन्ध नहीं रखा।...शरण्या चुप हो गयी। कमरे की हवा भी सायं-सायं कर रही थी।

शाक्य ने पूछा–''दादाजी ने संन्यास लिया है, यह क्या आपके पिताजी जानते थे?''

''नहीं, दादाजी के बारे में कुछ नहीं जानते थे पिताजी। कोई मेल-मुलाक़ात ही नहीं थी। पिताजी तो यह भी नहीं जानते थे कि दादाजी जिन्दा हैं या नहीं।

दरअसल दादाजी की कोई खबर पिताजी के पास नहीं थी। माँ की मृत्यु के बाद इसीलिए पिताजी को कुछ कष्ट हुआ! गाँव में जाकर दादाजी से मिलने का साहस वे जुटा पाये। इसीलिए दादाजी का नाम-पता लिखकर पिताजी ने और एक बात लिखी थी कि यदि हो सके तो गाँव जाकर मैं दादाजी की तलाश करूँ, पिताजी की ओर से उनसे क्षमा माँगूँ।''

''वास्तव में आपके पिताजी जो काम स्वयं न कर पाये, वही आपसे कराना चाहते थे।''

''चिट्ठी पढ़ने के बाद से ही पता नहीं मुझे क्या हो गया। क्या करूँ, मैं समझ नहीं पा रही थी। पिताजी की असहाय नीरव यन्त्रणा बार-बार आँखों के सामने आ रही थी। अन्ततः तय किया कि मैं दादाजी की खोज लगाऊँगी। साहस कर मैं निकल पड़ी। कानपुर के बाहर मैं पहली बार कदम रख रही थी और कृष्णनगर का नाम भी मैंने कभी सुना नहीं था। पिताजी के ऑफिस के एक व्यक्ति का घर है कोलकाता में। उन्होंने मुझे सब बता दिया था। अपनी एक दीदी का ठिकाना भी उन्होंने दे दिया था। बहुत भली हैं वह दीदी। कोलकाता में उन्हीं के घर में ठहरी थी। दो दिन .वहाँ रही फिर वहाँ से चली गयी कृष्णनगर। गाँव का नाम कुमारडूबी। स्टेशन से घंटे भर का रास्ता।''

''पहचानने में असुविधा नहीं हुई?''

''नहीं, पिताजी की चिट्ठी में मोटे तौर पर पूरा ठिकाना लिखा था। पहली बार मैंने अपने गाँव को देखा, कितना सुन्दर। दादाजी का नाम कहूँ तो कोई पहचाने ही नहीं। अन्त में एक व्यक्ति ने पहचाना, वह दादाजी के एक भाई थे। मुझे अपने घर ले गये।''

''और आप लोगों का घर?''

''वहाँ अब कोई और रहता है। दादाजी के भाई ने बताया कि पिताजी ने मुसलमान लड़की से विवाह किया है यह जानकर दादाजी इतने दुखी हुए कि घर-द्वार छोड़कर कहीं चले गये और फिर कभी गाँव नहीं लौटे। बहुत दिनों तक उनकी कोई खोज-खबर नहीं मिली। फिर साल भर पहले दादाजी के स्कूल के एक मित्र हैं अनादि बाबू उन्होंने इसी ऋषिकेश में उन्हें देखकर पहचाना। दादाजी ने संन्यास ले लिया है। बड़े-बड़े केश व दाढ़ी। गेरुआ पोशाक। दादाजी ने बताया था कि गंगा-किनारे ही किसी आश्रम में रहते हैं।''

क्षण भर में शाक्य के सामने सब कुछ स्पष्ट हो गया कि ऋषिकेश में हर तरफ दादाजी को क्यों खोज रही है शरण्या। इसी को कहते हैं खून का खिंचाव।

''जिस मित्र के साथ दादाजी की बात हुई थी, क्या उसका पता मिला था आपको?'' शाक्य ने प्रश्न किया।

"हाँ, कुछ गाँवों के बाद ही वह रहते हैं। दादाजी के भाई मुझे वहाँ ले गये थे। मेरा परिचय पाकर अनादि बाबू आश्चर्यचकित रह गये थे, फिर बोले, बड़े सच्चे और धार्मिक व्यक्ति थे दादाजी। गरीबों और दुखियों को कभी खाली हाथ नहीं लौटाते थे, किन्तु हाँ, पुराने दिनों के व्यक्ति थे इसलिए जात-पात मानते थे। अनादि बाबू घूमने-फिरने आये थे ऋषिकेश। और भी कई लोग थे उनके साथ। लक्ष्मण झूला पार कर उस पार एक मन्दिर के सामने खड़े थे। अचानक बारिश शुरू हो गयी। सभी सिर छिपाने के लिए मन्दिर के चबूतरे पर आकर खड़े हुए। उनमें एक साधु भी थे। हठात् उन पर अनादि बाबू की नज़र पड़ी। हरिद्वार-ऋषिकेश में किसी साधु के होने में कोई नयी बात नहीं। पहले तो अनादि बाबू ने कोई विशेष ध्यान नहीं दिया, पर सामना होते ही साधु ने उन्हें उनका नाम लेकर पुकारा। उन्होंने साधु को ध्यान से देखा। बहुत चेष्टा करने पर भी उन्हें याद नहीं आया कि उनके परिचितों में कौन साधु हुआ है। दाढ़ी-मूँछ में चेहरा पहचान में नहीं आ रहा किन्तु आँखें कुछ पहचानी सी लग रही थीं। अन्ततः दादाजी ने स्वयं ही अपना परिचय दिया। कुमारडूबी हाई स्कूल के हेमनाथ का स्मरण है? फौरन दादाजी को पहचान गये अनादि बाबू।"

"और कुछ बात नहीं हुई?"

"असल में अनादि बाबू तो और बात करना चाहते थे, पर इसी बीच बारिश रुक गयी थी। और उनके साथ के लोग दूसरी ओर चले जा रहे थे, इसलिए वह रुक नहीं पाये। चलने से पहले कुछेक बातें अनादि बाबू ने दादाजी से पूछी थीं। संन्यास लेकर तुम्हें क्या मिला? दादाजी का जवाब था, "अपार शान्ति और ईश्वर की करुणा।"

"अनादि बाबू ने पूछा नहीं कि दादाजी रहते कहाँ हैं?" शाक्य ने पूछा।

"हाँ।" उठकर बोतल से शरण्या ने थोड़ा पानी पिया। सीने में दबी सारी बातें ज्वालामुखी के लावे की तरह वह निकाल देना चाहती है।

"दादाजी ने जवाब दिया था कि संन्यासी का कोई आश्रय नहीं होता। फिर भी गंगा माता के किनारे एक आश्रम है, अधिकतर समय वहीं रहता हूँ। अनादि बाबू ने जानना चाहा था कि उन्होंने अपना कोई आश्रम बनाया कि नहीं। दादाजी ने जवाब दिया था कि अपना माने फिर से वही बन्धन। दूसरों का आश्रम है। जब इच्छा होती है, रहता हूँ और बाकी समय हिमालय के तीर्थों में घूमता-फिरता रहता हूँ। अनादि बाबू के साथी हड़बड़ी मचा रहे थे इसलिए अनादि बाबू ने उनसे आखिरी प्रश्न किया था कि क्या गाँव की याद आती है। चलते-चलते दादाजी ने उत्तर दिया था कि संन्यासी अतीत को याद नहीं करते, संन्यासी का काम है आगे बढ़ते जाना।

"अद्‌भुत!" मन ही मन स्वगतोक्ति की शाक्य ने। फिर कुछ बोलते-बोलते रुक गया। सामने घड़ी पर नज़र पड़ी। नौ बज रहे थे। उठकर खड़ा हुआ और बोला, "चलिए, खाने चलते हैं।"

नौ

भोजन-कक्ष में दोनों आमने-सामने बैठे। थोड़ी सी दूर पर बैठे एक बुजुर्ग पति-पत्नी ने नज़र चुराकर उन्हें देखा। शाक्य की दृष्टि से यह छिपा न रहा। लगता है, यह मनुष्य की जन्मगत प्रवृत्ति है। दो लड़के-लड़की एक जगह बैठकर बातें कर रहे हों, तो उनके बारे में खराब धारणा ही बना लेंगे। होटल का बैरा खाना लेकर आया। निःशब्द खाती रही शरण्या। शाक्य को लगा कि शरण्या ने फिर से स्वयं को अपने खोल में समेट लिया है। अपरिचित की तरह भोजन कर वह उठ खड़ी हुई।

''मैं चलती हूँ।''

बड़ा आश्चर्य हुआ शाक्य को। थोड़ी देर पहले उसने जिस लड़की को देखा था, उसमें और इसमें कहीं कोई मेल नहीं। चुपचाप बैठा रहता है शाक्य। टीवी पर खेल चल रहा है।

सभी जा चुके हैं। शाक्य को चुपचाप बैठा देख होटल का मैनेजर पास आकर खड़ा होता है। उम्र लगभग पचास वर्ष, गढ़वाली, हँसमुख चेहरा। कई बार बात हुई है। यह सज्जन खुद ही चलकर पूछते हैं, कोई असुविधा तो नहीं हो रही।

''सर, आप बैठे हैं। कुछ चाहिए?''

शरमा जाता है शाक्य। जानता है, वह नहीं जाएगा तो भोजन-कक्ष बन्द नहीं होगा। हड़बड़ाकर बोला, ''सॉरी मैं कुछ और सोच रहा था। ऐनीवे, मैं चला जाता हूँ।''

''नहीं, नहीं, मैं जाने को नहीं कह रहा। आप बैठें। भरत मन्दिर गये थे क्या?'' मैनेजर ने पूछा।

''जी, गया था। बहुत अच्छा लगा। एक आश्चर्यजनक व्यक्ति से मिला भी। आप न बताते तो मुलाकात न होती।''

''पता है, अधिकांश लोग यहाँ घूमने-फिरने आते हैं, कुछ देखने या जानने नहीं। और कई जो होटल के कमरे में बैठकर केवल दारू पीते हैं, मौज-मस्ती करते हैं फिर होटल से ही लौट जाते हैं।

''ये लोग वास्तव में घूमने नहीं आते। आते हैं लौटकर लोगों को यह बताने कि मैं यहाँ गया था, वहाँ गया था, इतने रुपये खर्च किये। वे इसी में खुश हैं।'' शाक्य बोला।

मैनेजर ने स्वीकारोक्ति में सिर हिलाया और एक कुर्सी खींचकर बैठते हुए बोला, ''आपने सही कहा। जैसे-जैसे समय बदल रहा है, वैसे-वैसे मनुष्य की पसन्द-नापसन्द, रुचि, सोच भी बदलता जा रहा है। कभी-कभी लगता है कि आधुनिकता के नाम पर हमें जो कुछ मिल रहा है, उससे कहीं अधिक हम खोते जा

रहे हैं।"

शाक्य को लगा कि मैनेजर की बात है तो सही। किसी किताब में उसने पढ़ा भी था कि मनुष्य के रूप में हम क्रमश: नीचे की ओर जा रहे हैं। जैसे-जैसे भोग-विलास की नयी-नयी, वस्तुएँ आ रही हैं, श्रम बचाने के नये-नये यन्त्र आ रहे हैं, वैसे-वैसे मनुष्य मनुष्यत्व से दूर होता जा रहा है। यन्त्र की तरह मनुष्य केवल धन उपार्जन कर रहा है और स्वस्थ चिन्तन शक्ति खोता जा रहा है।

मैनेजर सामने बैठे हैं। शाक्य कुछ सोचता है फिर कहता है-"आपका शायद सोने का समय हो गया।"

"बारह बजे से पहले कभी मुझे नींद आती ही नहीं। इतना काम रहता है दिन भर कि समय ही नहीं मिलता। रात में थोड़ी देर जाकर चुपचाप गंगा किनारे बैठता हूँ। उस वक़्त लोगों का कोलाहल नहीं होता। मन को अच्छा लगता है। सारे दिन के काम-काज के बाद, वह समय मेरा अपना है।"

शाक्य को महसूस हुआ कि दिन के कामकाजी मनुष्य के भीतर से जैसे एक सच्चा इनसान निकल आया हो। पूछा-"कितने दिन से हैं यहाँ?"

"देखते-देखते तीस वर्ष हो गये। पहली बार जब मैं यहाँ आया था तो यहाँ एक काठ का गोदाम था और मैं था उसका केयरटेकर। माल आता, माल जाता और मैं उसका हिसाब रखता। जिनका गोदाम था, एक दिन उनकी मृत्यु हो गयी। उनके बेटे ने गोदाम की जगह होटल खोल ली। अब मालिक की तीन होटलें हैं। ये पहली है। दो और उत्तरकाशी और गंगोत्री में हैं।"

"आपका घर क्या यहीं हैं?"

"नहीं, गांग्नानी में है। ऋषिकेश से जो रास्ता गंगोत्री गया है, उसी पर बीच में उत्तरकाशी है और कुछ आगे जाकरा गांग्नानी है। लगभग सात हजार फुट ऊपर।"

"वहाँ कौन रहता है?"

"पिता, माँ, भाई, पत्नी, दो बेटियाँ। महीने में एक बार जाता हूँ।"

मैनेजर से बात करना अच्छा लग रहा था शाक्य को। उसने अनुभव किया कि औरों के साथ तो दिन भर लेन-देन का सम्बन्ध है। मन की बात मन में ही रह जाती है, कहे भी तो किसको। इसके अतिरिक्त मनुष्य अपने में ही इतना व्यस्त है कि औरों के बारे में सोचने का वक़्त ही कहाँ है उसके पास। शाक्य ने पूछा-"आपका नाम?"

"वीरेन्द्र।"

"मेरा नाम शाक्य सेन है, घर कोलकाता में है, यहाँ कुछ दिन रहने की इच्छा है।"

"ज़रूर रहिए, अच्छा लगेगा। यदि और निर्जन प्रकृति के बीच रहना चाहें तो

मैं एक सुन्दर जगह बता सकता हूँ।''

उत्सुक हो उठता है शाक्य। पूछता है–''आपका होटल है?''

''नहीं, नहीं कोई होटल नहीं। एक साधु बाबा का आश्रम है। उत्तरकाशी पार कर दस किलोमीटर जाने पर है नैताल। गंगा के किनारे। वहाँ एक बंगाली साधु का आश्रम है। मैं कई बार गया हूँ।''

बंगाली साधु! कहीं वे शरण्या के दादाजी तो नहीं। मन ही मन सोचता है शाक्य। असम्भव कुछ भी नहीं। पूछता है–''साधु की उम्र कितनी है?''

''उम्र तो बहुत हो गयी किन्तु अभी भी प्रतिदिन दस किलोमीटर पैदल चलते हैं।''

आँखों के सामने एक तस्वीर उभर आयी। गेरुआ पहनावे में एक साधु धीरे-धीरे पहाड़ के रास्ते पर चल रहा है। धरती पर कितना कुछ असम्भव घटता है शाक्य बोला, ''मैं वहाँ जाऊँगा। रहने की जगह है तो वहाँ?''

''आश्रम में कमरे हैं। रास्ता तैयार होने के समय वहाँ लोगों के रहने के लिए कमरे बने थे।। अब वहाँ कोई नहीं रहता। स्वामीजी ने वहीं आश्रम बनवाया है। मैं रविवार को घर जाऊँगा। इच्छा हो तो मेरे साथ चल सकते हैं।''

''आपका घर क्या वहीं है?''

''नहीं, कुछ दूर और आगे जाना पड़ता है। मैं आपको नैताल में उतार दूँगा।

बोलते-बोलते उठ पड़े वीरेन्द्र। शाक्य सोच रहा था, बातों में कितना समय कट गया।

''आपका कमरा कहाँ है?''

''तीसरी मंज़िल की छत पर। किन्तु आप लोगों जैसी सुव्यवस्था नहीं है। यहाँ के जितने भी कामगार हैं, सभी के कमरे वहाँ हैं। टीन की छतवाले। गर्मियों में जैसी गर्मी, सर्दियों में उतनी ही ठंड। हम उन्हें कबूतर का दड़बा कहते हैं। केवल रात बिताने के लिए। मुफ़्त के कमरे हैं इसलिए मालिक ने अधिक कुछ नहीं किया।''

शाक्य ने उनकी बातों में छिपे क्षोभ को लक्ष्य किया। श्रमिकों के खून-पसीने की मेहनत से मालिक का तो मुनाफ़ा बढ़ता है परन्तु मजदूर का दुख जस का तस रहता है। अब क्या आप अपने कमरे में जाएँगे, ''पूछता है शाक्य।''

''नहीं, गंगा घाट जाकर कुछ देर बैठूँगा।'' दिन भर समय ही नहीं मिला।

''क्या मैं आपके साथ चल सकता हूँ?'' पूछ बैठा शाक्य।

''असुविधा कैसी, आइए ना।'' सहज स्वर में वीरेन्द्र ने उत्तर दिया।

होटल के सामने का दरवाज़ा बन्द हो गया है। रसोई के बगल से एक छोटे दरवाज़े से निकल आते हैं दोनों। वीरेन्द्र ने बाहर से ताला लगा दिया। हाथों में एक

बड़ी-सी टॉर्च। होटल और बस्ती की मुंडेर के बीच सँकरा-सा रास्ता। टॉर्च जलाकर आगे-आगे चल रहे हैं वीरेन्द्र। कुछ दूर आगे जाकर होटल के बगल से एक रास्ता मुड़ता है। वे ठीक कहाँ जा रहे हैं, शाक्य समझ नहीं पा रहा था। प्रश्न करते-करते रुक गया। रास्ता इतना अँधियारा था कि टॉर्च की रोशनी के बिना एक कदम चलना भी मुश्किल था। गंगा के जलस्रोत का शब्द सुनाई दे रहा था। एक छोटे-से मन्दिर के सामने आकर रास्ता खत्म हो गया। पत्थर का मन्दिर है। चारों ओर पत्थर का चौड़ा चबूतरा, रास्ते से काफी ऊँचा। मन्दिर का द्वार बन्द था। द्वार के ऊपर ट्यूबलाइट जल रही थी और उसी की रोशनी चारों ओर छिटकी पड़ रही थी। वीरेन्द्र ने शाक्य की ओर देखा।

"दिन के समय यहाँ इतनी भीड़ होती है और जब मैं रात को यहाँ आता हूँ तो एकदम निस्तब्ध। मन को कुछ अलग ही अहसास होता है।"

सब कुछ शाक्य को अद्‌भुत लग रहा था। गहन अन्धकार की ही तरह गहरी निस्तब्धता। सामने गंगा है, उसकी अविरल धारा है। पानी का कल-कल शब्द सुनाई दे रहा है। चबूतरा पकड़कर वह मन्दिर के पीछे की ओर आता है। सामने सीढ़ी गंगा के किनारे जाकर खत्म हो गयी है।

"गंगा के किनारे बैठेंगे?" कुछ अस्फुट स्वर में वीरेन्द्र ने पूछा।

शाक्य को सीने में कुछ सिहरन-सी महसूस हुई। गंगा की लहरों का शब्द अब काफी स्पष्ट हो गया था। कैसा भयंकर-सा लग रहा था, मानो सब बहा ले जाएगा। किनारे तक जाने की हिम्मत नहीं हुई। बोला, "यहीं बैठता हूँ।"

दस

स्नान व खाना-पीना कर लेटा था शाक्य। कुछ नींद-सी आ रही थी। किसी ने दरवाज़ा खटखटाया। वह उठा और जाकर दरवाज़ा खोल दिया। सामने शरण्या खड़ी थी। कुछ दबे से स्वर में बोली-"आपको परेशानी तो नहीं हुई?"

"परेशानी कैसी? आइए न, भीतर आइए।"

शरण्या के कमरे में प्रवेश करते ही शाक्य ने दरवाज़ा बन्द कर दिया। दिन ढल रहा है। बरामदे में दो कुर्सियाँ बिछी हैं। आमने-सामने बैठते हैं दोनों। शरण्या ही बात शुरू करती है-"कल मैं जा रही हूँ।"

"कहाँ?"

"देवप्रयाग।"

क्षण भर के लिए विचित्र शून्यता का अनुभव हुआ शाक्य को। यह लड़की

उसकी क्या लगती है? सामान्य दो दिनों का तो परिचय है फिर भी कहीं कोई आत्मिक खिंचाव है। वह बहुत धीमे स्वर में बोला, ''दादाजी की कोई खोज-खबर मिली?''

''हाँ, इस होटल के वीरेन्द्र बाबू ने बताया है कि राम बाबा के आश्रम में एक बंगाली साधु बाबा हैं। काफी उम्र हो गयी है। और भी एक व्यक्ति के बारे में बताया है, जो बहुत दूर रहते हैं।''

''उत्तरकाशी के भी आगे नैताल में। वीरेन्द्र ने मुझे भी बताया। आप क्या अकेली जाएँगी?''

कुछ देर चुप रही शरण्या, फिर बोली-''इस धरती पर मेरा कोई नहीं है।''

''ऐसे आप कब तक दादाजी को ढूँढती फिरेंगी?''

''पता नहीं। फिर भी वीरेन्द्र बाबू ने जिनके बारे में बताया है, एक बार उनके पास जाकर देखूँ तो सही। दादाजी न भी मिले तो यह सान्त्वना तो रहेगी कि मैंने उन्हें ढूँढने की चेष्टा की थी। पिताजी भी ऊपर से देखेंगे कि मैंने उनकी अन्तिम इच्छा पूरी करना चाहा था।''

चुप रह जाता है शाक्य। उसे लगा कि उसके सामने बैठी लड़की मानो किसी और ही दुनिया की हो। पूछा-''कल कितने बजे निकलेंगी?''

''सुबह छः बजे से बसें छूटती हैं। पहली बस ही मिल जाए तो बेहतर। वीरेन्द्र बाबू ने बताया है कि यहाँ के लोग बहुत भले हैं, कोई असुविधा नहीं होगी। पहले कभी गयी नहीं हूँ न इसीलिए कुछ डर लग रहा है।''

शाक्य ने कोई जवाब नहीं दिया। शरण्या उठ खड़ी हुई। दिन ढल आया है। चली जाती है शरण्या। बैठा रहता है शाक्य। आज बाहर कहीं जाने का मन नहीं हो रहा। कुछ लिख रहे हैं वीरेन्द्र। उनके पास जाकर बैठा शाक्य और बोला, ''सोचता हूँ, अब यहाँ से किसी और जगह जाऊँ। कोई अच्छी जगह बताइए न।''

हाथ का खाता बन्द किया वीरेन्द्र बाबू ने और बोले-''मैंने आपको बताया तो था नैताल। वहाँ से आप गंगोत्री जा सकते हैं। बड़ी सुन्दर और पवित्र जगह है।''

''वो तो बहुत दूर है।''

''दूर कहाँ। सुबह निकलेंगे तो शाम तक पहुँच जाएँगे। दूर तो पहले था जब तीर्थयात्री इस रास्ते पर पैदल जाते थे। महीने भर से भी अधिक समय लगता था। आज तो आवागमन कितना सहज हो गया है। मैंने अपने दादाजी से सुना है कि उन दिनों कुली पीठ पर सामान लादकर ऋषिकेश से पैदल उत्तरकाशी और फिर गंगोत्री जाते थे।''

''कितने दिन लगते थे?''

''पहाड़ी लोगों को अधिक नहीं आठ–दस दिन लगते थे। जब बारिश होती या भूमि–धँसान से रास्ता बन्द हो जाता, तब बड़ी तकलीफ होती। सर्दियों में रास्ते बर्फ़ से ढँक जाते।''

''फिर भी आप लोगों में से कोई पहाड़ से नीचे नहीं उतरता।''

''दरअसल हम पहाड़ी लोग नीचे उतर कर रह नहीं पाते। परन्तु अब काम के लिए सब उतरकर नीचे आ रहे हैं। मैं भी आया हूँ, किन्तु मन पहाड़ में पड़ा रहता है। हमारे गाँव के पास में ही है गंगा। नदी से लाकर पानी पीते थे। कोई रोग नहीं था। और यहाँ फिल्टर किया हुआ पानी पीते हैं फिर भी बीच–बीच में बीमार पड़ जाते हैं।''

''चारों ओर का वातावरण गन्दा है।''

''हाँ, सो तो है। फिर भी मुझे क्या लगता है, जानते हैं? हमारी चाहत, इच्छाएँ कम थीं। मिलता उससे भी कम था। किन्तु जितना भर मिलता उसी में मन भर जाता। और मन चंगा तो शरीर चंगा।''

शाक्य चुप। उसे वीरेन्द्र की बात सही लगी। कौन जाने इसी मन की मुक्ति के लिए लोग पहाड़ों पर आते हों, गंगा किनारे बैठकर ध्यान लगाते हों। और वापस शहर लौटकर फिर पुरानी यन्त्रणा से छटपटाते हों।

कमरे में कोई बत्ती जला जाता है। पास ही किसी मन्दिर में आरती हो रही है, उसकी घंटाध्वनि सुनाई दे रही है। उठ जाता है शाक्य। अपने कमरे में जाने को मन नहीं चाहता। सामने के गंगा–घाट पर जाकर बैठेगा। शाम का यह समय उसे बहुत अच्छा लगता है। वीरेन्द्र ने भी अपना खाता समेट लिया है। शाक्य की ओर देखकर बोले–''आप कहीं और जाने की बात कर रहे थे। पास में ही कहीं जाना हो तो देवप्रयाग जा सकते हैं। भागीरथी और अलकनन्दा का संगम है। अच्छा लगेगा।''

कोई उत्तर नहीं देता शाक्य। शरण्या भी कह रही थी कि देवप्रयाग जाएगी। नहीं, वह एक साथ नहीं जाएगा। दो दिन बाद जाएगा। तब तक वह अवश्य ही कहीं जा चुकी होगी। रास्ते का परिचय यों रास्ते में ही समाप्त हो जाए।

वह होटल से निकल पड़ा। साँझ उतरते ही रास्ते निर्जन होने लगे हैं। थोड़ी सी दूर पर ही घाट है। दो–एक लोग बैठे हैं। सामने कलकल करती बह रही है गंगा। कुछ दूरी पर लक्ष्मण झूला है, गंगा के इस पार से उस पार तक विशाल झूलता पुल। मानो किसी ने दोनों ओर अपनी बाँहें फैलाकर नदी के दोनों छोर को पकड़ रखा हो। घाट के दोनों ओर लाइटपोस्ट पर हलकी बत्ती जल रही है। घाट की सीढ़ी पर बैठते ही कुछ हाथ दूर से किसी ने मुँह घुमा कर कहा–''नमस्ते!''

धुँधली रोशनी में भी पहचान लिया शाक्य ने, भरतमन्दिर के पुजारी, जिनसे कल ही तो मिला था। उनसे बातें कर बड़ा अच्छा लगा था, फिर उन्होंने खुद खड़े

रहकर उसे भोजन कराया था। शाक्य ने फौरन हाथ जोड़कर प्रणाम किया और पूछा–‘‘आप क्या यहाँ रहते हैं?’’

‘‘नहीं, नहीं, मैं भरतमन्दिर में रहता हूँ। दिल्ली से मेरे कुछ यजमान आये हैं। वे मन्दिर दर्शन करने उस पार गये हैं। मैं अधिक चल नहीं सकता इसलिए यहाँ बैठा हूँ। वे आएँगे तो लौट जाऊँगा। तो...कैसा लग रहा है यह ऋषिकेश?’’

‘‘बहुत अच्छा। मन करता है बाकी जीवन यहीं गुज़ार दूँ।’’

पुजारी जी हलका मुस्कराये फिर बोले–‘‘युगों से जाने कितने महापुरुषों की पदरज ऋषिकेश के इस गंगा–तीर पर। ऋषिकेश तो स्वर्ग और मर्त्य का मिलन क्षेत्र है। यहाँ आने पर अच्छा तो लगेगा ही।’’

शाक्य ने प्रश्न किया, ‘‘आप कितने दिनों से यहाँ हैं?’’

‘‘चार पीढ़ियाँ हो गयीं। सुना है, मेरे परदादा राजस्थान से यहाँ तीर्थ करने आये थे। तब ये सब कुछ नहीं था। कुछ गिने–चुने मकान थे। मन्दिर था। गंगा मैया को देखने के बाद मेरे परदादा जी का लौटने का मन ही नहीं हुआ पता नहीं क्या आकर्षण था।’’

‘‘उस वक़्त उनका विवाह नहीं हुआ था?’’

‘‘हाँ, हुआ था। पूरा परिवार था। माँ, बेटा–बेटी, बहू। भरतमन्दिर के पुजारी परदादाजी को जानते थे। उन्होंने उनके लिए मन्दिर में काम की व्यवस्था कर दी। मेरे पिताजी जब बहुत छोटे थे तब उनकी मृत्यु हो गयी। मैंने दादाजी को देखा है। वे नब्बे वर्ष की आयु तक जिये। उन्हीं से पुराने दिनों की बहुत सारी बातें सुनी हैं।’’

पुजारी जी का साथ बड़ा अच्छा लग रहा था शाक्य को। धीर स्वर में बोला, ‘‘पुराने दिनों की कुछ बातें बताइए ना।’’

बातें करना उन्हें भी अच्छा लगता था। कुछ देर सामने गंगा की ओर देखकर बोले–‘‘आज आप ऋषिकेश को जैसा देख रहे हैं, पहले इसका चेहरा बिलकुल अलग था। दादाजी के मुँह से सुना है कि हरिद्वार से ऋषिकेश एक ही रास्ता था। रास्ते के दोनों ओर जंगल। दिन के समय यात्री होते तो उनकी गाड़ी घोड़े खींचते। शाम के बाद लोग नज़र नहीं आते तब ऋषिकेश के अधिकांश भाग पर वृक्ष, झाड़ियाँ और जंगल नज़र आते। भरत मन्दिर के चारों ओर कुछ घर–मकान थे। छितरे हुए गाँव थे। और थे मन्दिर। कितने मन्दिर थे, इसकी कोई गिनती नहीं। मन्दिर को घेरे थे साधुओं के आश्रम, कुटिया और धर्मशालाएँ। जो तीर्थ करने आते, वे गंगा–स्नान करते, गंगाजल पान करते और धर्मशाला में रात बिताते। उस समय ऋषिकेश था साधुओं, संन्यासियों और धर्म–परायण लोगों का तीर्थक्षेत्र। गंगा का चेहरा उन दिनों बिलकुल अलग था। कोई बाँध नहीं था। बरसात में ऐसा प्रबल जलस्रोत होता कि बीच–बीच में दोनों किनारे बहा ले जाता।’’

''लोग नदी पर इस पार से उस पार जाना-जाना कैसे करते?''

''लक्ष्मण झूला पुल से। यह कोई आज का पुल तो है नहीं। पुराणों में है कि इस पुल का निर्माण स्वयं लक्ष्मण ने किया था।''

हँस दिया शाक्य। बोला, ''आप विश्वास करते हैं कि लोहे का यह पुल लक्ष्मण ने बनाया?''

''नहीं, नहीं, यह पुल तो अँग्रेजों ने बनाया। पहले यह पुल रस्सी का था। उस समय रामायण का युग था। लंका पर विजय प्राप्त कर रामचन्द्र सीता और लक्ष्मण को लेकर अयोध्या आये। राम राजा हुए। नये सिरे से शुरू हुआ राजपाट। चारों ओर आनन्द ही आनन्द। इसी बीच हठात् अस्वस्थ हो गये लक्ष्मण। किसी प्रकार रोग ठीक ही नहीं हो रहा था। अयोध्या में मुनि वशिष्ठ आये तो राम ने लक्ष्मण के रोग का कारण पूछा। मुनि ने कहा कि रावण के पुत्र इन्द्रजीत की हत्या कर लक्ष्मण ने ब्रह्महत्या का पाप किया है। रामचन्द्र ने पूछा कि इस व्याधि से मुक्ति का उपाय क्या है। वशिष्ठ ने कहा कि यदि किसी पवित्रधाम में जाकर तपस्या कर शिव को प्रसन्न कर पायें तब ही स्वस्थ हो सकेंगे लक्ष्मण। वशिष्ठ के कहे अनुसार लक्ष्मण ने ऋषिकेश के गंगा-तीर पर तपस्या शुरू की। कितनी कठोर तपस्या थी। शिव प्रसन्न हुए। कहा आज से तुम व्याधिमुक्त हुए। तुम्हारे सारे पाप मिट गये। बोलो, क्या चाहिए? लक्ष्मण ने कहा-''आप यहाँ चिरविराजमान हों। शिव ने कहा, ऐसा ही होगा। जो भी यहाँ गंगास्नान कर मेरी पूजा करेगा वह समस्त पापों से मुक्त हो जाएगा। तुमने यहाँ मेरी प्रतिष्ठा की है इसीलिए पवित्र तीर्थ में मेरा नाम होगा लक्ष्मणेश्वर शिव।''

पुजारी जी बातों में खो गया था शाक्य, पूछा-''इसीलिए यहाँ लक्ष्मण का मन्दिर है?''

''आपने सही कहा। सम्भवत: भारत में और कहीं भी लक्ष्मण का मन्दिर नहीं है।''

''यह जो लक्ष्मण झूला है, क्या यह भी लक्ष्मण ने तैयार किया था?''

''कहते हैं, लक्ष्मण ने गंगा के इस पार उस आवागमन के लिए वृक्ष-लताओं से पुल बनाया था।''

''यह तो पुराण की कथा है। आज के इस पुल का निर्माण किसने किया?''

''मैंने दादाजी के मुँह से सुना है कि यह जो लक्ष्मण झूला है, पहले यहाँ रस्सी का पुल था। दोनों ओर पहाड़ पर रस्सी बँधी रहती। रस्सी पर एक-एक हाथ की दूरी पर तख्ता बिछा रहता। पकड़ने के लिए ऊपर दो रस्सियाँ और रहतीं। जब भी कोई उस रस्सी पर से होकर जाता तो रस्सी बड़े जोरों से हिलती। नीचे गंगा का प्रबल स्रोत। डर के मारे आधे लोग तो नदी पार ही न कर पाते। तब तीर्थ करने आए थे। कलकत्ता के सेठ सूरजमल झुनझुनावाला और उनकी माँ। माँ की इच्छा थी कि

उस पार मन्दिर दर्शन कर बद्रीनाथ जाएँगी। उस समय गंगा के उस पार से ही रास्ता था। झूले पर दस-पन्द्रह कदम चलकर वह डर से काँपने लगीं और आगे न बढ़ पायीं। लौटकर आयीं तो बेटे से कहा कि मैं तीर्थ दर्शन नहीं कर पायी। तुम यदि गंगा के ऊपर सभी के आने-जाने के लिए झूला (पुल) बनवा दो तभी मुझे तीर्थदर्शन का पुण्य मिलेगा। माँ के आदेश पर सेठ ने लोहे का पुल बनवा दिया। 1924 की भयंकर बाढ़ में वह पुल ध्वंस हो गया। केवल पुल ही नहीं, आधे से अधिक ऋषिकेश भी प्रबल जलस्रोत में बह गया था। अधिकांश मन्दिर नष्ट हो गये। कितने लोग मारे गये, कोई हिसाब नहीं। उसके बाद अँग्रेजों ने यह नया पुल बनवाया।''

''उस समय उस पार घर-मकान थे?''

''नहीं, कुछ खास नहीं। बीस-पच्चीस साल पहले भी कितने मकान-घर हैं, उँगलियों पर गिने जा सकते थे। इसके बाद सब कुछ पलट गया। बाहर से लोग आने लगे। जैसे-जैसे लोग आते गये वैसे-वैसे ये सारे तीर्थस्थान धीरे-धीरे पूरे शहर होते गये। इन सारे तीर्थस्थानों को लेकर व्यापार शुरू हो गया। केवल हरिद्वार, ऋषिकेश ही नहीं, गंगा के किनारे-किनारे हिमालय के विभिन्न स्थानों पर आज असंख्य घर, मकान, होटल हैं। किसी कानून को कोई नहीं मानता। हर जगह सिर्फ़ पैसों का खेल है।''

शाक्य को लगा कि यह सब समय का धर्म है, न चाहते हुए भी इसे मान लेना होगा।

पुजारी जी चुप रहते हैं। कुछ लोग घाट की तरफ आ रहे थे। एक नज़र उनको देखकर बोले-''मेरे लोग सब आ गये हैं।''

शाक्य ने हाथ जोड़े और कहा-''आपसे बातें कर शाम अच्छी कटी। चलता हूँ।''

पुजारी जी आगे बढ़ जाते हैं। इतनी देर बाद चारों ओर देखता है शाक्य। घाट पर और कोई भी मनुष्य नहीं। वह अकेला ही बैठा है। चारों ओर अन्धकार और उस अँधेरे में गंगा पर लक्ष्मण झूला। सिर पर बत्ती जल रही है।

होटल में लौट आता है शाक्य। दूसरी मंजिल पर आते ही उसके कदम रुक जाते हैं। अनजाने ही उसकी नज़र शरण्या के कमरे की ओर जाती है। कुछ सोचता है, फिर क्षणिक दुविधा को त्यागकर बढ़ जाता है। द्वार बन्द है खटखटाते ही द्वार खोल देती है शरण्या। सामान्य मुस्कराकर धीमे स्वर में बोली, ''थोड़ी देर पहले आपके बारे में ही सोच रही थी।''

सहजता से शाक्य ने जवाब दिया, ''मैं शायद इसीलिए चला आया।''

''कल मैं जा रही हूँ। सोचा, शायद अब और आपसे मुलाकात न हो।''

कुछ क्षण शरण्या की ओर देखकर शाक्य ने कहा-''कोई यह कैसे कह

सकता है कि हमारी मुलाकात अब होगी ही नहीं। यह धरती गोल है। हो सकता है घूमते-घूमते फिर किसी दिन भेंट हो जाए।''

कुछ अनमने उदास स्वर में बोली शरण्या, ''आपको कभी भूल नहीं पाऊँगी। दुख के समय परम मित्र की तरह आपने हाथ बढ़ाया था। सोचा था...।'' कुछ कहते-कहते रुक गयी शरण्या।

शाक्य समझ रहा है कि शरण्या कुछ कहना चाह रही है परन्तु संकोच या दुविधा के कारण मन की गहराई में जो बात दबी है, वह कह नहीं पा रही। घड़ी पर दृष्टि पड़ती है। भोजन का समय हो गया है।

''चलिए। खाने चलेंगी।''

''शाम को नाश्ता कर लिया थ। अब कुछ खाने की इच्छा नहीं।''

बिना कुछ कहे चला जाता है शाक्य। चारों ओर वातावरण शान्त है। मन्द हवा बह रही है। पहाड़ पर बत्ती टिमटिमा रही है।

रात के शेष प्रहर में नींद टूट जाती है शाक्य की। खिड़की से धुँधली-सी रोशनी आ रही है। चुपचाप लेटा रहता है। मन में बार-बार एक ही बात घूम रही है, क्या कहना चाहती थी शरण्या। कुछ बेचैनी-सी लगी उसे। बिस्तर छोड़कर उठ पड़ा। दरवाज़ा खोलकर बरामदे में आया। अन्धकार कट गया था और पूरब में आसमान पर धीरे-धीरे उजाला फूट रहा था। पहाड़ पर कुहासा छाया था जिसने मानो चिरपरिचित को अपरिचित कर रखा था। उस ओर देखते-देखते हठात् उसके मन की खिड़की खुल गयी। उसे स्वयं पर ही आश्चर्य हुआ कि इतनी सहज बात वह इतनी देर नहीं समझ पाया। असहाय एक व्यक्ति जैसे तिनके तक को कसकर पकड़ता है और बचना चाहता है वैसे ही शरण्या ने भी इस अनजान यात्रापथ पर उसे संगी बनाना चाहा था। यह एक मनुष्य का दूसरे के प्रति सहज विश्वास था और इस सरल सत्य को समझने में उसे रात भर लग गयी।

वह दरवाज़ा खोलकर निकल आता है। दूसरी मंजिल पर शरण्या का कमरा खाली है। वह शायद पहले ही निकल गयी है। कुछ सोचता है। अभी भी वक़्त है। अब और विलम्ब नहीं करता शाक्य। अपना सामान समेट, होटल का बिल अदाकर रास्ते पर आकर खड़ा होता है। एक गाड़ी आ रही है, उसी में चढ़ जाता है। रास्ता खाली है। दोनों ओर की दुकानें बन्द हैं, दो-चार लोग पैदल चल रहे हैं। हवा में ठंडक है। बस अड्डे पर गाड़ियों की कतार लगी है। एक व्यक्ति से पूछता है-''देवप्रयाग की बस कब छूटेगी?''

''वो, दाहिने ओर की आखिरी बस जाएगी। कंडक्टर से जाकर पूछिए कि कब छूटेगी।''

एक किनारे चाय की दुकान है। कुछ थोड़े से लोग हैं। वह चारों ओर नज़र

दौड़ाता है। कहाँ है शरण्या। यहीं कहीं आसपास में ही होगी। टिकिट-काउंटर बन्द है। लाइन में तीन-चार जन खड़े हैं, उन्हीं के पीछे जाकर खड़ा हो जाता है। फिर कुछ और लोग लाइन में लग जाते हैं। थोड़ी ही देर में काउंटर खुलता है। एक-एक कर लोग टिकट लेते हैं। नम्बर आने पर हाथ बढ़ाकर कहता है शाक्य, ''एक टिकट देवप्रयाग।''

साथ ही साथ पीछे से कोई बोल उठता है-''एक नहीं, दो।''

शाक्य ने मुँह घुमाया। कब उसके पास आकर शरण्या खड़ी हो गयी। उसे पता ही नहीं चला। अस्फुट स्वर में बोला, ''आप ही को ढूँढ रहा था।''

शरण्या ने कोई जवाब नहीं दिया। केवल सुबह की निर्मल धूप-सी हँसी उसके चेहरे पर फूट पड़ी।

ग्यारह

पहाड़ के किनारे-किनारे चक्कर लगाती बस ऊपर चढ़ रही है। समतल भूमि पीछे छूट गयी है। रास्ते के किनारे एक बड़े पत्थर पर लिखा है ''वेलकम टु देवभूमि''। यानी देवभूमि में आपका स्वागत है। मर्त्यलोक की सीमा पर शुरू हुई ईश्वर-लोक की यात्रा।

खिड़की वाली सीट पर बैठी है शरण्या, और शाक्य उसके पास वाली सीट पर। बस पूरी भरी है। कुछ स्थानीय लोग हैं और बाकी के सभी तीर्थयात्री। एक बड़ा दल बिहार से आया है जिनमें अधिकांश वृद्ध-वृद्धाएँ हैं। पहले तो सभी कोलाहल में व्यस्त थे, पर जैसे-जैसे बस पहाड़ की ऊँचाई पर चढ़ रही थी, लोगों का उत्साह कम होता जा रहा था। सभी शान्त और स्थिर थे। चेहरे पर थी भयमिश्रित चिन्ता। सँकरा रास्ता। काफी नीचे अपनी ही मस्ती में बही जा रही है गंगा। गंगा और रास्ता मानो एक हो गया हो। हठात् शरण्या ने मुँह घुमाया। अभी तक उसने कोई बात नहीं की थी।

''आप मेरे साथ आएँगे ऐसा तो आपने कल कुछ कहा नहीं।''

''दरअसल उस वक़्त तक कुछ तय नहीं किया था। फिर रात को विचार आया कि आपके साथ ही चलूँ। और कुछ हो या न हो आपको यह भरोसा तो होगा कि कोई आपके साथ है।''

शान्त स्वर में शरण्या बोली-''मैं आपको कहना तो चाहती थी, फिर लगा क्यों अकारण आपको परेशान करूँ।''

गम्भीर स्वर में शाक्य ने जवाब दिया, ''धरती पर हरेक चीज़ के पीछे कारण

और युक्ति नहीं खोजी जाती। यह जो आप दादाजी को खोज रही हैं, उसके पीछे न कोई कारण है, न युक्ति। इसके पीछे है केवल मन का आवेग। हो सकता है कि सारी प्रचेष्टा विफल हो जाए या फिर यह भी हो सकता है कि दादाजी का पता चल जाए। सच पूछिए तो बड़ी विचित्र है मनुष्य के मन की भावना, वह कब किस राह जएगी, उसे खुद ही पता नहीं। अभी दो दिन पहले ही तुमने मुझे...'' बोलते-बोलते रुक गया शाक्य। सीधे शरण्या की ओर देखते हुए कहा-''मैंने तुम कह दिया।''

हँस देती है शरण्या। कहती है-''तुम ही ठीक है। इससे सहज हुआ जाता है।''

कोई जवाब नहीं देता शाक्य। खड़ी चढ़ाई पर चढ़ रही है बस। खिड़की से बाहर देखता रहता है, अन्तहीन पाइन वृक्षों का सिलसिला, बीच-बीच में छोटे-छोटे घर। बड़ा अचम्भा-सा लग रहा था उसे कि पहाड़ की इतनी ऊँची ढलान पर मनुष्य कैसे रहता है। नीचे कुछ खेत हैं। सीढ़ी की तरह पहाड़ को मानो किसी ने सजा रखा हो। कुछ खेतों पर महिलाएँ काम कर रही थीं और काफी नीचे अपने ही आनन्द में बहती चल रही थी गंगा। बीच-बीच में कहीं-कहीं पहाड़ पर से जल-धारा नीचे की ओर जा रही थी। शाक्य के पास एक मोटा-सा व्यक्ति बैठा था। उसने धोती-कुरता और गले में कंठी माला पहन रखी थी। बस में बैठने के बाद से ही वह ऊँघ रहा था। अचानक ड्राइवर ने ब्रेक लगाया तो उसका माथा सामने के हैंडिल से टकराया। आँख खुलते ही उसने शाक्य की ओर देखा तथा झेंप मिटाने के लिए बोला, ''गाड़ी में चढ़ते ही मुझे नींद आ जाती है।''

हँसकर पूछता है शाक्य, ''कहाँ जाएँगे?''

''फिलहाल तो बद्रीनाथ। फिर केदारनाथ जाने की इच्छा है। आप लोग कहाँ जाएँगे?''

''देवप्रयाग।''

शाक्य समझ गया कि वह व्यक्ति बातचीत करना चाहता है। शायद यही देवभूमि की विशिष्टता है। यहाँ आकर शहरी मनुष्य के सारे बाधा-व्यवधान मिट जाते हैं। दो-चार बातें करते ही शाक्य समझ जाता है कि वह व्यक्ति बनारस के किसी आश्रम में रहता है। कुछ जमा-पूँजी हो गयी इसलिए तीर्थदर्शन को निकल पड़े। कुछ आश्चर्य-सा लगता है शाक्य को। भविष्य की कोई चिन्ता नहीं है, अनिश्चित सा जीवन। न ऊधो का लेना, न माधो का देना। पेट काट-काटकर जो कुछ भी संचय किया है, सब इस तीर्थधाम की धूल में मिल जाएगा। फिर भी उसी में शान्ति है, उसी में आनन्द है। बस रुकती है। स्कूली पोशाक पहने कुछ लड़के-लड़कियाँ बस में चढ़ते हैं। उनके चेहरों पर उज्ज्वल आनन्द है। बातचीत क्या, आपस में शोर

मचा रहे हैं वे। लड़कियों को घेरे हैं लड़कों की भीड़। शायद यही जवानी का दस्तूर है। कुछ दूर पहाड़ पर स्कूल का भवन नज़र आता है। शोर मचाते हुए सारे लड़के-लड़कियाँ उतर जाते हैं।

''देवप्रयाग और कितनी दूर है?'' सामने की सीट पर बैठे कंडक्टर से शाक्य ने पूछा।

बस के कंडक्टर ने जवाब दिया, ''और आधे घंटे में पहुँच जाएँगे।''

थोड़ी देर बाद बस एक मोड़ पर मुड़ी। साथ ही साथ एक शोर-सा मचा। बस की खिड़कियों से सबने देखा कि पहाड़ के दोनों ओर से बह कर आ रही भगीरथी और अलकनन्दा का संगम-स्थल पर मिलन हो रहा था। यही वह जगह है जहाँ दोनों खो गयी हैं और जन्म लिया है पुण्य सलिला गंगा ने। थोड़ी देर देखने के बाद बस फिर मुड़ी और दृष्टि की ओट हो गया संगम।

''कैसा अपूर्व दृश्य था।'' शाक्य की ओर मुँह घुमाया शरण्या ने।

बस चढ़ाई चढ़ रही है। रास्ते के किनारे घर-मकान, दुकानें नज़र आ रही हैं। पहाड़ पर कदम-कदम पर घर हैं, मन्दिर हैं। शाक्य को याद आया, यह तस्वीर उसने किसी पत्रिका में देखी थी। उस दिन सोचा भी नहीं था कि वह तस्वीर कभी उसकी आँखों के सामने साकार हो उठेगी।

बस रुकी। सामने एक देसी होटल। बस-कंडक्टर ने हाँक लगाई, ''यहाँ नाश्ता-पानी कर लो, फिर गाड़ी नहीं रुकेगी।''

बहुत थोड़े से लोग बस से उतरे। अगल-बगल में दो होटल किन्तु गन्दे, कोई साफ-सफाई नहीं। एक कतार में टेबल बिछे हैं। देखकर ही समझा जा सकता है कि राह चलते लोग यानी राहगीर यहाँ खाना खाते हैं। और भी दो बसें खड़ी हैं। होटलों में मजमा लगा है। बस से उतरता है शाक्य। पीछे-पीछे शरण्या। सामने एक व्यक्ति से पूछा-''यहाँ रहने के लिए कोई अच्छी जगह है?''

''थोड़ा आगे बढ़ जाइए। नीचे की ओर एक सीढ़ी गयी है। सीधे जाएँगे तो देखेंगे लिखा है 'केदार-बद्री धर्मशाला'। वहाँ जगह मिल जाएगी।''

फिर दोनों ने और वक़्त बर्बाद नहीं किया। दोनों के कन्धे पर बैग और हाथ में सूटकेस था। कुछ दूर बढ़ते ही एक लड़का दौड़ा आया। उम्र होगी यही कोई चौदह-पन्द्रह। प्यारा-सा चेहरा। शरण्या के सामने आकर बोला, ''चलिए, माईजी।''

''कहाँ?''

''धर्मशाला।'' और शरण्या के कुछ बोलने से पहले ही उसके हाथ से सूटकेस झटक लिया।

''कितना लोगे?'' शरण्या ने पूछा।

''जो खुशी हो, दे देना।''

"क्या नाम है तुम्हारा।" चलते-चलते ही शरण्या ने सवाल किया।

"पुचकन।"

दोनों हाथों में दो सूटकेस उठाये तेज़ कदमों से बढ़ा जा रहा था लड़का। सामने सीढ़ी नीचे उतर गयी है। दोनों सावधानी से कदम रख रहे हैं, किन्तु लड़का कितना बेपरवाह-सा है। सामने है दो-मंजिली धर्मशाला। लम्बे बरामदे में स्त्री-पुरुषों का एक दल बैठा है। देखकर ही लगता है, किसी गाँव से आये हैं। इतनी-सी दूर में दोनों हाँफ गये। लड़का बरामदे में सूटकेस लिए खड़ा है। पास में ही है दफ्तर घर। एक महिला बैठी हैं। कुछ पूछने से पूर्व ही बोल उठीं, "कितने लोग हो?"

"हम दो जन हैं।"

पुचकन की ओर देखकर महिला बोली-"ए पुचकन, ऊपर बारह नम्बर के कमरे में ले जा।"

द्विधाग्रस्त की तरह शाक्य ने पूछा-"क्या एक ही कमरा है?"

"बाकी सब भर्ती हैं। एक ही खाली है। ठीक है, आप लोग जाइए। बाद में आकर रजिस्टर में सही कर दीजिएगा।"

महिला फौरन निकल गयी। कोई काम रहा होगा। ऑफिस में आमने-सामने खड़े हैं,-शाक्य और शरण्या। शाक्य का चेहरा शरण्या को कुछ दुविधाग्रस्त और असहज सा लगता है। हलकी हँसी फूट उठती है उसके होंठों के किनारे पर।

"तुम्हारी समस्या मैं समझ रही हूँ।"

"वो दरअसल कमरा एक ही है न।" कुछ झिझकता है शाक्य।

शरण्या अत्यन्त सहज भाव से कहती है-"तुम निश्चिन्त होकर मेरे साथ एक कमरे में रह सकते हो। अपने ऊपर यदि इतना भरोसा भी न हो तो हम मनुष्य कहाँ रहे, जंगली पशु हो जाएँगे।"

पुचकन पुकारता है-"चलिए बाबू।"

पास ही सीढ़ी है। पहली मंजिल पर है खुला चौड़ा बरामदा और एक के बाद एक चार कमरे। तीनों कमरों में लोग हैं। अन्तिम कमरा खाली है। कमरे के दो ओर दो खाट बिछी हैं। बीच में कुर्सी-टेबल। खुली खिड़की से नज़र पड़ती है पहाड़ के बीच से बहकर आ रहे अलकनन्दा के नीले पानी पर।

"वाह! धरती पर ऐसे सुन्दर दृश्य भी हैं, यहाँ न आते तो पता ही न चलता।" खिड़की के सामने मुग्ध दृष्टि से देखती रहती है शरण्या।

शाक्य सारा सामान सजाकर रखता है। फिर घड़ी पर नज़र डालकर कहता है-"सुन्दर दृश्य देखने का समय तो दिन भर मिलेगा। काफी दिन चढ़ गया है। तुम नहा-धो लो। मैं आता हूँ। इसके बाद हम भोजन करने जाएँगे। दरवाज़ा बन्द

कर लेना।'

बस के रास्ते पर भोजन के लिए वही होटल। अब वहाँ भीड़ नहीं है। भोजन करने के उपरान्त दोनों निकल आते हैं। गर्मी नहीं है। हलकी सी धूप फैली है।

"अब क्या कमरे में लौट चलें?" पूछता है शाक्य।

"कमरे में लौटकर क्या होगा। थोड़ा घूम-फिर कर यह जगह देखी जाए। जिस बंगाली साधु के बारे में सुना है, उसका आश्रम भी तो ढूँढना होगा। यदि दादाजी की कोई खोज-खबर नहीं मिलती तो निरर्थक यहाँ रहने से क्या लाभ?"

शरण्या की बात शाक्य को भी जँचती है। एक व्यक्ति से पूछकर आगे बढ़ जाता है। गंगा को केन्द्र कर बना है यह छोटा-सा जनपद। सामने ही है बाजार, लोगों की भीड़ नहीं। दोपहर की अलसाहट। आधे से अधिक दुकानदार निश्चिन्त सो रहे हैं। किसी चोरी-चकारी का डर नहीं। दर्जी की दुकान। चाय की दुकान। मिठाई की दुकान। कपड़े की दुकान। उसके बगल में ही एलोपैथिक दवा की दुकान। किताबों की दुकान। फिर पूजा-सामग्री की दुकान। एक किनारे है सीडी, कैसेट, मोबाइल की दुकान। अतीत की छाती पर आधुनिकता का स्पर्श। दुकान के बीच से ही एक पतला-सा रास्ता है। कुछ दूर जाते ही लोहे का एक झूलता पुल है। लक्ष्मण झूले के आधे से भी कम, फिर भी ब्रिज पर खड़े होने पर सीने में एक कँपकँपी-सी होती है। नीचे प्रबल वेग से बह रही है गंगा। पत्थरों पर जल के आघात से गूँज रहा है प्रबल गर्जन। उस पार भी रास्ता है, बाजार है। कुछ लोग पूजा के फूल लिए बैठे हैं। एक व्यक्ति बगल से गुज़रता हुआ पूछता है-"रघुनाथ मन्दिर जाएँगे? सामने सीढ़ी से ऊपर जाते ही देख पाएँगे।"

थोड़ा खुली जगह में जाते ही शरण्या ने दबे स्वर में पूछा-"आगे क्या मन्दिर में जाएँगे?"

मन्दिर देखने का शाक्य को कभी विशेष आग्रह नहीं रहा। उसे सारे मन्दिर एक से लगते हैं, बस चारों ओर का वातावरण उनमें भिन्नता लाता है। वह बोला, "चलो संगम पर चलते हैं। धर्मशाला से तो देखा है, अब सामने से देखेंगे।"

सीमेंट की पक्की सीढ़ी। इधर-उधर चारों ओर लता-फूल-पत्ते फैले-बिखरे हैं। कई जगहों से सीढ़ी टूट गयी है। दोनों सावधानी से उतरते हैं। सामने है संगम। दाहिनी ओर भागीरथी की उद्दाम जलधार और बाईं ओर भागीरथी की तुलना में धीर गम्भीर अलकनन्दा। संगम में काफी दूर तक नज़र आता है गेरुआ और नीला जल। इस मिश्रित स्त्रोतधारा का ही नाम है गंगा। मुग्ध दृष्टि से देखता रहता है शाक्य। सीढ़ी दर सीढ़ी घाट उतर गया है संगम के कूल तक। स्नानार्थियों के लिए रेलिंग का घेरा बना है और रेलिंग से बँधी है मोटी चेन। जरा-सी असावधानी में प्रबल स्त्रोत कहाँ बहा ले जाएगा, कोई ठिकाना नहीं।

घाट पर बैठ जाते हैं दोनों। और कोई नहीं है वहाँ जलस्रोत आकर घाट से टकरा रहा है। दोपहर निस्तब्ध है। पहाड़ से होकर धूप आ रही है। काले कपड़े पहने साधु-सा एक व्यक्ति एक ओर चुपचाप बैठा है। हठात् कहता है शाक्य, ''चलो खोजते हैं, बंगाली साधु बाबा का आश्रम कहाँ है।''

उठते-उठते शरण्या ने कहा-''पहले, रघुनाथ जी के मन्दिर में दर्शन कर लेते हैं। वहाँ कोई मिल गया तो उससे पूछ लेंगे।''

घाट से काफी ऊपर है रघुनाथ जी का मन्दिर, चारों ओर प्राचीर से घिरा। छोटा-सा काठ का दरवाज़ा है। साधारण मन्दिर-सा है, कोई आडम्बर नहीं। छोटा सा आँगन है। सामने है गरुड़ मूर्ति। मन्दिर के भीतर है कसौटी-पत्थर की रघुनाथ मूर्ति, हाथ में धनुष-बाण, बायीं ओर सीता, दायीं ओर लक्ष्मण। हलकी-सी बत्ती जल रही है। एक पुजारी जी बैठे हैं। प्रणाम करते ही दोनों के ललाट पर तिलक लगा दिया।

''आप लोग क्या यहाँ पहली बार आये हैं?'' उन्होंने पूछा।

शाक्य ने उत्तर दिया, ''जी हाँ। यहाँ के बारे में सुना था। कभी आना नहीं हुआ। यहाँ आकर किन्तु बहुत अच्छा लग रहा है।''

''सही कहा आपने। पाँच प्रयागों में सबसे सुन्दर है यह देवप्रयाग।'' वह बोले।

''प्रयाग का मतलब?'' शरण्या ने प्रश्न किया।

मन्दिर में बड़ी उमस थी। पुजारी ने कहा-''बाहर चलिए, बताता हूँ।''

सभी बाहर आ गये। चौड़ा-सा चबूतरा है। एक ओर बेंच बिछी है, उसी पर आकर सभी बैठ जाते हैं। चारों ओर के मनोरम दृश्य पर नज़र पड़ती है।

''पंच प्रयाग के बारे में जानते हैं आप लोग?'' पुजारी जी ने पूछा।

शाक्य ने सिर हिलाया और कहा-''हम कुछ नहीं जानते। आप ही बताएँ।''

पुजारी जी बोले-''प्रयाग का अर्थ है नदी-संगम। जहाँ दो नदियाँ आकर मिलती हैं उसी को संगम कहते हैं। और जिस नदी-संगम में अदृश्य कोई तीसरी नदीं आकर मिलती है अथवा जो देवता, ऋषि-मुनियों की तपस्या भूमि हो उसी को प्रयाग कहते हैं। पुराणों में है कि गंगा ने जब मर्त्यलोक पर अवतरण किया तो उनके प्रचंड वेग से पृथ्वी की रक्षा करने के लिए जलधारा बारह भागों में विभक्त हो विभिन्न ओर फैल गयी। उन्हीं में से एक जलधारा है अलकनन्दा, जिसके तीर पर अवस्थित है बद्रीनाथ मन्दिर। हिमालय के चार धामों में एक है यह बद्रीनाथ धाम। हरिद्वार से तीन सौ उन्नीस किलोमीटर दूर यह तीर्थ अत्यन्त दुर्गम भी था और दुरूह भी था इसका रास्ता। उन दिनों यात्री पैदल इन तीर्थों की यात्रा करते। नदी के किनारे-किनारे है रास्ता। इसी रास्ते पर हैं पंच प्रयाग-''देवप्रयाग, रुद्र प्रयाग, कर्ण प्रयाग,

नन्द प्रयाग और विष्णु प्रयाग।''

''इसका नाम देवप्रयाग क्यों पड़ा?'' शाक्य ने प्रश्न किया।

''प्राचीन ग्रन्थों में है कि बहुत दिनों पूर्व यहाँ देवशर्मा नामक एक ब्राह्मण ने कठोर तपस्या की थी। उन्हीं की साधना से प्रसन्न होकर भगवान विष्णु ने उन्हें वरदान दिया कि उन्हीं के नाम पर इस प्रयाग का नाम देवप्रयाग होगा। युगों से लोगों का यह विश्वास है कि इस प्रयाग में स्नान करने से सारे पाप मिट जाते हैं।''

''क्या आप भी इस पर विश्वास करते हैं?'' शरण्या ने सिर उठाकर पुजारी जी से पूछा।

शरण्या से शायद इस प्रश्न की उम्मीद नहीं की थी पुजारी जी ने। उन्होंने किंचित् सोचा, फिर बोले–''विश्वास मनुष्य को शक्ति देता है और उसी शक्ति से मनुष्य की सब इच्छाएँ पूर्ण होती हैं।''

शाक्य को लगा कि पुजारी जी का कहना सही है। उसे खुद भी ऐसा ही लगता है कि विश्वास की शक्ति ही हमेशा मनुष्य को आगे ले जाती है। विश्वास की यह शक्ति पैदा कहाँ से होती है, पता नहीं।

लोगों का कोलाहल सुनाई देता है। शायद तीर्थ यात्री आये हैं। हाथ जोड़कर कहता है शाक्य, ''चलता हूँ। बाद में फिर आऊँगा।''

''मैं सारा दिन मन्दिर में ही रहता हूँ। जब मन चाहे चले आइएगा।''

शाक्य ने पूछा–''यहाँ राम बाबा का आश्रम कहाँ है, जानते हैं?''

''राम बाबा का आश्रम यहाँ से कोई दो मील दूर होगा। बस का रास्ता पकड़कर आगे जाएँगे तो एक ब्रिज मिलेगा। ब्रिज के बगल से दाहिनी ओर को और एक रास्ता चला गया है। सीधा जाने पर एक गाँव है, वहीं है राम बाबा का आश्रम। एक बंगाली साधु रहते हैं वहाँ।''

''अभी जाया जा सकता है?''

पुजारी जी ने एक नज़र आसमान पर दौड़ाई और कहा, ''अभी निकलेंगे तो लौटते लौटते रात हो जाएगी। पहाड़ी रास्ता है। हो सकता है रास्ता भूल जाएँ। कल सुबह बस से चले जाइएगा। अभी पहाड़ पर एक मन्दिर है, वहाँ घूम आएँ।''

बारह

दिन-शेष का हलका-सा उजाला है। और थोड़ी देर में साँझ उतर आएगी। शाक्य को प्यास लगी थी। रास्ते के बगल में ही चाय की दुकान। शाक्य ने दो गिलास चाय और बिस्कुट लिए। मध्यवय-सी चाय वाले दुकानदार से इधर-उधर की बातें

करने लगा

चाय पीकर उठ खड़ी हुई शरण्या। काफी पैदल चली है इसलिए थकावट लग रही थी। शाक्य की ओर मुखातिब होकर बोली–"मैं कमरे में जा रही हूँ, तुम बाद में आ जाना। चलो पुचकन।"

दोनों जब चले गये तब दुकानदार ने पूछा–"आज ही आये हैं क्या बाबूजी?"

"हाँ, सुबह आया हूँ। बड़ी सुन्दर जगह है देवप्रयाग। आपका घर क्या यहीं है?"

"हाँ, अब ऐसा ही कह सकते हैं। दरअसल मेरा घर दरभंगा में था। एक ठेकेदार के यहाँ काम करता था। उन दिनों यहाँ नदी पर ब्रिज बन रहा था, उसी काम से यहाँ आया था। कुछ महीने रहा था यहाँ। सारा दिन गंगा–किनारे काम होता। रात को जब कोई काम नहीं रहता तो गंगा के किनारे बैठा रहता। एक वर्ष बाद ब्रिज का काम पूरा हुआ। नयी जगह काम शुरू हुआ। वहाँ जाकर कुछ दिनों में ही मन बेचैन हो गया। काम में मन ही नहीं लगता था। हर समय लगता जैसे गंगा माता मुझे बुला रही हों। नहीं रह पाया। नौकरी छोड़कर यहाँ चला आया। जो भी सामान्य जमा-पूँजी थी, उसी से दुकान खोल ली।"

"शादी-ब्याह नहीं किया?"

"किया था। यहीं की लड़की थी सरस्वती। बहुत भली थी। हमारा सुखी घर–संसार था, पर रहा नहीं। विवाह के पाँच वर्ष बाद ही मुझे छोड़कर चली गयी सरस्वती। इसी गंगा–किनारे उसका अन्तिम संस्कार किया। उसके बाद दस वर्ष बीत गये बाबूजी! अब तो मैं दिन गिन रहा हूँ कि कब सरस्वती की तरह मेरी देह भी गंगाजल में मिल जाए।"

और कुछ नहीं कह पाया वह, चुपचाप सामने की ओर देखता रहा।

रघुनाथ मन्दिर का घंटा और झाँझ बज उठे। आरती शुरू हो गयी है शायद। चारों ओर अँधेरा गहरा गया है। नदी के उस पार पहाड़ पर दीवाली की रात की तरह घर–घर में बत्ती जल रही है। रात बढ़ रही है। शाक्य को अचानक शरण्या की याद हो आती है, वह घर में अकेली है। दुकानदार की पीठ पर हाथ रखकर हलके से थपथपाता है–"अब चलता हूँ भाई, कल फिर भेंट होगी।"

आगे बढ़ जाता है शाक्य। रास्ते से होते हुए झूला ब्रिज पर आ जाता है। ब्रिज पर हलकी–सी रोशनी है। नीचे गंगा का गर्जन इस समय कुछ और तीव्र लग रहा है। दिन में जो गंगा इतनी सुन्दर लग रही थी, अभी वही भयंकर लग रही थी। पीछे कोई आ रहा है। शाक्य की कुछ हिम्मत बँधती है, वह उसी के साथ–साथ पैर बढ़ाता है। बाजार के बीच से होकर धर्मशाला का रास्ता है। धर्मशाला का दरवाज़ा पार करते ही गीत का स्वर सुनाई देता है। पहली मंजिल के बरामदे में गोल घेरे में

महिलाएँ बैठी हैं, अधिकांश उम्रदराज। रंगीन साड़ियाँ पहन रखी हैं। शरीर पर चाँदी के गहने, हाथों में चूड़ियाँ, माथे पर बिन्दी। वे सब ताली बजा-बजाकर बड़े सुर में गा रही थीं। वहाँ रुकता है शाक्य। वे क्या गा रही थीं। यह तो वह नहीं समझा। इधर कुछ दिन हरिद्वार-ऋषिकेश फिर इस देवप्रयाग में कितने लोग, कितनी भाषाएँ, सब एक-दूसरे से कितनी अलग किन्तु इस गंगा किनारे आकर मानो मिल-जुल कर सब एक हो गयी हों।

उन महिलाओं को पार कर कमरे के लिए बढ़ता है शाक्य। दरवाज़ा बन्द है। वह खटखटाता है। शरण्या दरवाज़ा खोलती है तो वह कुछ क्षण अपलक देखता रह जाता है। शरण्या कुछ अलग-सी लग रही थी। अस्त-व्यस्त बाल, माथे पर बिन्दी, नींद से बोझिल दोनों आँखें।

''मेरी आँख लग गयी थी। पहाड़ से उतरकर बड़ी थकान लग रही थी।'' मुस्कराती हुई बोली शरण्या।

''रात को क्या खाओगी?''

''खाने के लिए फिर उस बड़े रास्ते पर जाना होगा। अँधेरे में इतनी दूर मैं तो न जा पाऊँगी।'' कहते हुए बिस्तर पर बैठ गयी शरण्या।

''कह तो ठीक रही हो। दूरी तो काफी है। काश, यहाँ भोजन की व्यवस्था होती।''

हँस देती है शरण्या और कहती है-''बगल के एक व्यक्ति ने मुझे लड्डू दिया है। बिस्कुट हैं। लड्डू और बिस्कुट खाकर रात नहीं काटी जा सकती क्या?''

शाक्य समझ गया कि शरण्या दिल्लगी कर रही है। फौरन बोला, ''इतना बड़ा पहाड़ लाँघकर इतने से खाने से मेरा पेट तो नहीं भरेगा। मैं तो होटल जाऊँगा।''

शरण्या ने पहले तो मुँह बिचकाया फिर हलकी सी मुस्कराहट के साथ कहा-''ठीक है, एक साथ जब निकले हैं तो तुम्हें अकेला भी तो नहीं छोड़ सकती। मैं भी तुम्हारे साथ चलूँगी। एक मिनट ठहरो, ड्रेस तो चेंज कर लूँ।''

मैक्सी पहने, ऊपर से चादर लपेटे शरण्या को देखकर शाक्य बोल उठा-''तुम्हारी पोशाक को लेकर किसी को कोई परेशानी नहीं है। तुमने जो पहन रखा है वो सही है। विदेशियों को देखो, एक या दो जोड़ी कपड़े लेकर निकलते हैं और उसी में सारी दुनिया घूम आते हैं।''

''ठीक है, तुम्हारी ही बात रही। चलो, अब और देरी नहीं करेंगे।''

खा-पीकर लौट आते हैं और बरामदे में कुृसयाँ बिछाकर बैठ जाते हैं दोनों। पहाड़ से होकर उत्तरी हवा बह रही है और ऐसे में आमने-सामने बैठे हैं दो ऐसे व्यक्ति जो दो दिन पहले तक अनजान और अपरिचित थे, आज वही कितने अपने हैं।

बात शुरू करती है शरण्य, ''तुम्हारे बारे में तो मैं कुछ भी नहीं जानती।''

''मेरे बारे में जानने लायक कुछ है भी तो नहीं।''

धीरे-धीरे शरण्या ने कहा-''तुम्हीं ने कहा था कि सारे दुखों का भार अकेले वहन नहीं किया जाता, बीच-बीच में उसे बाँट लेना चाहिए। इससे और कुछ नहीं तो कम से कम कुछ भार तो हलका होगा।

शाक्य देखता रह जाता है। खुली खिड़की से दूर पहाड़ पर बिन्दु के समान उजाले पर नज़र पड़ती है। बहने लगता है मन और वह अस्फुट स्वर में बोल उठता है-''जब मैं कॉलेज में पढ़ता था, पिताजी की मृत्यु हो गयी। फिर माँ ने ही मुझे बड़ा किया। पैसों की कोई कमी नहीं थी। पिताज़ी और दादाजी दोनों डॉक्टर थे। ननिहाल की अवस्था भी ठीक-ठाक ही थी। नाना की मृत्यु के बाद देखभाल करनेवाला कोई नहीं था इसलिए माँ दोनों मामाओं को अपने साथ ले आयीं और मकान का एक हिस्सा तक दे दिया। मैंने अपनी पढ़ाई-लिखाई के अतिरिक्त और और कुछ नहीं देखा। मामाओं पर अगाध विश्वास था उसी विश्वास का लाभ उठाकर उन्होंने पूरा मकान हथिया लिया। इतना बड़ा विश्वासघात माँ बर्दाश्त न कर पाईं और उनकी अकाल मृत्यु हो गयी। मेरे लिए तो दुनिया में कुछ रहा ही नहीं। चारों ओर अँधेरा ही अँधेरा। मुझे हर व्यक्ति प्रवंचक और विश्वासघातक लग रहा था। मैं नहीं रह पाया कोलकाता में और भागकर चला आया पहले हरिद्वार फिर ऋषिकेश। कौन जाने यहाँ न आता तो शायद पागल हो जाता।''

''कितने दिन रहोगे यहाँ?''

थोड़ी देर चुप रहा शाक्य, फिर बोला, ''कुछ पता नहीं। मन चाहेगा, केवल तब ही लौटूँगा कोलकाता।''

''पर जाओगे कहाँ? मकान पर तो मामाओं ने दखल कर रखा है।''

''एक मकान और है। वहाँ कोई नहीं रहता।''

अचानक हँस उठती है शरण्या, ''चलो अच्छा है। कभी अगर कोलकाता गयी तो तुम्हारे मकान में ही ठहरूँगी, बशर्ते यदि तुम पहचान पाओ।'' वह बोली।

काफी देर तक किसी ने और कोई बात नहीं की। फिर धीरे से शाक्य उठकर खड़ा हुआ और बोला, ''बहुत रात हो गयी है। कल सुबह बंगाली बाबा के आश्रम में भी तो जाना है।''

रात घनी हो गयी है, पर चुपचाप लेटा है शाक्य। उसे नींद नहीं आ रही। कुछ हाथों की दूरी पर कितनी निश्चिन्तता से सो रही है शरण्या। हठात् वह करवट बदलती है। ओढ़ी हुई चादर खिसक जाती है। घुटनों पर चढ़ जाती है मैक्सी। सीने में कुछ विचित्र-सी अनुभूति होती है शाक्य को। आँखों के सामने पहली बार उसने किसी युवती को सोते हुए देखा है। अधढका शरीर। मानो रूप-रस-गन्ध लिए कोई

प्रस्फुटित फूल अपेक्षा कर रहा हो। हाथ बढ़ाते ही जिसे वह छू सकता है। बाधा देने को कोई है नहीं। पागल हो उठता है अट्‌ठाइस वर्षीय नटखट यौवन। एक कदम बढ़ाकर ही वह रुक जाता है। यह क्या करने जा रहा था वह। जिस विश्वास से शरण्या को एक ही कमरे में उसके साथ रात गुज़ारने में दुविधा नहीं हुई, वह तो उसी विश्वास का खून करने चला था। विश्वासघात कैसा मर्मान्तक पीड़ादायक होता है, यह उससे बेहतर कौन जानता है।

खुली खिड़की से वह बाहर आसमान की ओर देखता है। काले अँधेरे में तारों का एक झुंड। कितना उज्ज्वल, कितना पवित्र। साथ ही धरती पर बही जा रही कल्लोलिनी गंगा और बहकर आती उसकी कलकल ध्वनि। सीने में स्निग्धता का स्पर्श अनुभव होता है उसे। कुछ ही क्षणों में शान्त हो जाता है मन। हवा में ठंडक की छुअन। कैसे सिकुड़ी पड़ी है शरण्या। पैरों के पास रखे कम्बल को उठा लेता है शाक्य और हलके हाथों से शरण्या के शरीर पर ओढ़ाकर बिस्तर पर लौट आता है और फिर आ जाती है निश्चिन्तता की नींद।

तेरह

लोगों के कोलाहल से नींद टूट गयी। बिस्तर पर लेटे-लेटे ही समझ गया शाक्य कि तीर्थयात्री गंगा-स्नान को जा रहे थे। उठ गया शाक्य। कमरे में अभी भी अँधेरा था। नज़र पड़ी, पास ही बिस्तर पर निश्चिन्त निद्रा में सो रही थी शरण्या। वह दरवाज़ा खोल कर बाहर निकल आया। पूर्वी आसमान पर भोर का उजाला फैल रहा था परन्तु फिर भी प्रकृति अन्धकार मुक्त नहीं हुई थी। धर्मशाला शान्त थी क्योंकि सभी जा चुके थे, संगम में स्नान के उपरान्त वहीं से बस में चढ़ जाएँगे। रास्ते के किनारे बस उनकी प्रतीक्षा कर रही थी।

बरामदे में आकर खड़ा हुआ शाक्य। चारों ओर घर-मकान, दुकानें, लोग, पशु-पक्षी सभी मानो सो रहे थे, कोई जगा हुआ था तो वह थी अकलनन्दा। कितने हजार वर्षों से निरन्तर बहे जा रही थी अविराम। कोई विश्राम नहीं। नदी के उस पार संगम पर तीर्थयात्री छितराये से स्नान कर रहे थे। बहाव तेज़ था। कोई पानी में नहीं उतर रहा था। किनारे पर बैठकर लोग लोटे से जल सिर पर उड़ेल रहे थे। एक ही लोटे से सब नहा रहे थे। गाँवों में तुच्छ सी चीज़ों पर कितना विवाद होता है। वृक्ष की एक डाल को लेकर विवाद और मारपीट तक हो जाती है। और यहाँ कैसे हँसी-खुशी हर चीज़ लोग आपस में बाँट ले रहे हैं। शायद यही तीर्थ स्थान का महात्म्य है।

धीरे-धीरे अँधेरा छँटता जा रहा है। स्नान कर तीर्थयात्री रघुनाथ मन्दिर में दर्शन करने गये हैं। घंटा बज रहा है। चाय की दुकान पर चूल्हे से धुआँ उठ रहा है। जाग गया है देवप्रयाग। धर्मशाला के बगल से नंगे बदन, भीगे कपड़ों में कोई चलते-चलते मन्त्रोच्चार करता जा रहा है।

गंगा वारि मनोहारी चरणच्युतम्।
त्रिपुरारी शिवश्चारि पापहारी पुनातुमाम्॥
पापहारी दुरितारि तरंग धारि।
दूर प्रचारी गिरिराज गुहाविदारी॥

आदि कवि वाल्मीकि ने गंगा की महिमा का वर्णन करते हुए एक दिन इस श्लोक की रचना की थी। तब से सैकड़ों वर्ष बीत चुके हैं, किन्तु आज भी गंगा किनारे खड़े होकर लोग उसी मन्त्र का पाठ कर रहे हैं। अर्थ क्या है, शाक्य नहीं जानता किन्तु इसके श्रवण से ही सीने में एक अद्‌भुत सिहरन-सी होती है। वह स्तब्ध खड़ा रहता है। गंगा की ध्वनि के साथ मन्त्र की ध्वनि एकाकार हो गयी है। उसे लगता है, यही मानो चिरन्तन शाश्वत भारतवर्ष का वास्तविक स्वरूप हो। इस देवभूमि में न आया होता तो वह इस स्वरूप को कभी न जान पाता।

हलके कदमों की आहट से उसने मुँह घुमाया। सामने चादर लपेटे शरण्या खड़ी थी। अस्त-व्यस्त कुछ बाल उसके चेहरे पर फैले थे। मुस्कराते हुए उसने पूछा-"उठे हुए कितनी देर हुई?"

"काफी देर।"

"मैंने देखा तुम बाहर खड़े हो तो मैं नित्यकर्म से निवृत्त हो गयी। तुम्हें धन्यवाद देना होगा।"

"किसलिए? थोड़ा अवाक् हुआ शाक्य।"

"कल रात मुझे कम्बल ओढ़ाने के लिए।"

"रात में नींद टूटी तो देखा तुम्हारे शरीर से चादर उतर गयी थी और तुम ठंड से सिकुड़ी जा रही थी, सो मैंने कम्बल ओढ़ा दिया।"

"मुझे पता ही नहीं चला। खैर, तुम तैयार हो लो। नाश्ता कर निकलना होगा।"

पहाड़ी रास्ता जहाँ बँटा है, वहाँ नीचे की ओर देखते ही एक मन्दिर पर शाक्य की नज़र पड़ी। सामने मोड़ पार करते ही पहाड़ की ढलुआन पर दीवार से घिरा आश्रम है, मन्दिर। शीर्ष पर पताका उड़ रही है। लोहे का द्वार खोलकर दोनों प्रवेश करते हैं। बाहर से जैसा सोचा था उससे सुन्दर है आश्रम। चौड़ा पत्थर का चबूतरा। सामने मन्दिर और मन्दिर के पीछे लम्बा एक इकमंजिला मकान। चारों ओर रंगबिरंगे फूल। चबूतरे से ही मन्दिर के अन्दर की राधा-कृष्ण मूर्ति पर नज़र पड़ी। मकान के आहाते में एक ब्रह्मचारी कार्यरत थे। दोनों को देखते ही आगे बढ़ आये। बोले-

"हरिओम। आइए।"

शरण्या ने ही बात की। कहा–"बंगाली बाबा से कुछ बातें करनी हैं।"

"आप लोग कहाँ से आ रहे हैं?"

"कोलकाता।"

"भीतर आकर बैठिये। मैं आता हूँ।"

थोड़ी ही देर में लौट आये ब्रह्मचारी और बोले–"आइए, बड़े महाराज आप लोगों की प्रतीक्षा कर रहे हैं।"

बरामदे के आखिर में एक बड़े से कमरे में बैठे थे एक वृद्ध संन्यासी। दाढ़ी-बाल सफेद। चेहरे पर सौम्य-भाव। चारों ओर किताबें। सामने एक खुली कापी। सम्भवत: कुछ सोच रहे थे। दोनों के प्रणाम करते ही पूछा–"क्या नाम है तुम लोगों का?"

शाक्य ने उत्तर दिया, "जी मैं शाक्य और यह शरण्या।"

शरण्या स्थिर दृष्टि से संन्यासी की ओर देख रही थी। वृद्ध हैं फिर भी चेहरे पर कैसी प्रसन्नता-सी फूट पड़ रही है। उसे एक दबी-सी बेचैनी महसूस होती है कि क्या यही व्यक्ति उसके दादाजी, हेमनाथ हैं। बड़े शान्त स्वर में उसने कहा–"महाराज, मैं एक संन्यासी को ढूँढ रही हूँ, मेरे दादाजी। संन्यास लेने से पूर्व उनका नाम हेमनाथ मुखोपाध्याय था। उनका घर कृष्णनगर में था। मैंने दादाजी को कभी देखा नहीं। ऋषिकेश में किसी ने आपके बारे में बताया, इसलिए हम आये हैं।"

संन्यासी ने कुछ देर शरण्या की ओर देखा फिर बोले–"पूर्वाश्रम में यह शरीर बंगाल में ही था परन्तु तुम जिन्हें ढूँढ रही हो, वे कोई और हैं।"

शरण्या के मन में जली आशा की ज्योति क्षण भर में ही बुझ गयी। अनायास अनजाने में ही बोल उठी–"मेरा भाग्य ही खराब है।"

वृद्ध संन्यासी ने शरण्या के मन की व्यथा को अनुभव किया। बोले–"कितने दिन पहले तुम्हारे दादाजी ने सन्यास लिया था।"

"मेरे जन्म से पहले।"

"तो इतने दिनों बाद उन्हें क्यों ढूँढ रही हो?"

शरण्या ने महसूस किया कि सामने बैठे व्यक्ति से छिपाने लायक कुछ नहीं है। सहज स्वर में बोली–"पिताजी से नाराज होकर दादाजी ने घर छोड़ा था। पिताजी उस दुख को कभी भूल नहीं पाये। कुछ महीने पूर्व उनकी मृत्यु हो गयी। उनकी अन्तिम इच्छा थी कि मैं दादाजी को ढूँढ निकालूँ और पिताजी की ओर से उनसे क्षमा माँगूँ।"

हलका-सा मुस्कराये संन्यासी, बोले–"संन्यास ग्रहण करने के पश्चात् पूर्वाश्रम में किसी व्यक्ति के प्रति कोई क्षोभ, घृणा, राग, अनुराग नहीं रहता।"

''फिर भी मैं एक बार दादाजी को देखना चाहती हूँ। साल भर पहले एक परिचित से ऋषिकेश में उनकी भेंट हुई थी। उन्हीं से पता चला कि इसी गंगा किनारे किसी आश्रम में रहते हैं दादाजी।''

''कौन से आश्रम में, कुछ बताया था?''

''जी नहीं। सच पूछिए तो दादाजी के बारे में कुछ भी तो मालूम नहीं। मुझे तो यह भी नहीं पता कि वे जीवित भी हैं या नहीं। केवल इतना पता है कि उनका नाम हेमनाथ मुखोपाध्याय था, वे कृष्णनगर में रहते थे, गोरा-सा चेहरा था।''

कुछ सोचने लगे संन्यासी। सामने खुली खिड़की से काफी देर बाहर की ओर देखते रहे। फिर मुँह घुमाकर बोले-''तुम लोग उत्तरकाशी में जाकर ढूँढ़ सकते हो। वहाँ बहुतेरे साधुओं के आश्रम हैं, बंगाली साधु भी कई हैं। अभी तुम लोग कहाँ हो?''

''देवप्रयाग की एक धर्मशाला में। कल ही आये हैं।''

वृद्ध संन्यासी ने कुछ देर उन्हें देखा, फिर मृदुस्वर में बोले-''एक प्रश्न कर सकता हूँ?''

''जी, कीजिए।''

''तुम लोग क्या पति-पत्नी हो?''

क्षण-भर के लिए कुछ घबरा-सी गयी शरण्या पर फिर सहज स्वर में बोली-''नहीं महाराज! पाँच दिन पहले तक हम एक-दूसरे को जानते भी नहीं थे। मेरा घर कानपुर में और इनका कोलकाता। कुछ आघात लगा तो हम दोनों ही घर छोड़कर निकल पड़े थे। फिर यहाँ ऋषिकेश में गंगा के किनारे भेंट हुई...।''

शरण्या ने कुछ नहीं छिपाया, अपने मन का आवेग, अनुभूति सब ज़ाहिर कर दिया। चुपचाप सुनते रहे संन्यासी। कोई विरक्ति नहीं। दोनों आँखों से उमड़ रहा था स्नेह, प्रेम और करुणा। बोले-''तुम्हारी बातें सुनकर अच्छा लगा। और उससे भी अच्छी लगी तुम्हारी बातों की सच्चाई और निर्भीकता। मैं तो कहूँगा कि गंगा के तीर पर तुम्हारी भेंट हुई है, तुम लोग यही रास्ता पकड़ कर आगे बढ़ जाओ।

''दादाजी से मिल पाऊँगी क्या?''

''इसका उत्तर तो मुझे ज्ञात नहीं, बेटी।''

शरण्या ने कहा-''यदि दादाजी से न मिल पायी तो वह दुख कैसे भूल पाऊँगी?''

कुछ गम्भीर हो गये संन्यासी और बोले-''पृथ्वी पर हर इच्छा क्या कभी पूरी हुई है? यह जो तुम्हारी खोज है इसी में प्राप्त होगी जीवन की सार्थकता। देखोगी, कुछ नवीन प्राप्ति का आनन्द सारे दुखों को ढँक देगा।

काफी देर से शाक्य ने कुछ भी कहा नहीं था। उसने प्रश्न किया-''क्या है

वह प्राप्ति का आनन्द?''

प्रसन्नता की प्रतिमूर्ति के समान संन्यासी ने कहा–''गंगा के किनारे-किनारे तुम दोनों घूम रहे हो, साधुओं को ढूँढ रहे हो, देख रहे हो मन्दिर, तीर्थ तथा नये-नये लोग। तुम सोच भी नहीं सकते कि तुम्हारे मानस जगत को यह कैसी विराटता प्रदान कर रहा है। किताब के पन्नों का ज्ञान तो केवल कुछ काले अक्षरों का ज्ञान है, और जो ज्ञान तुम घूम-घूम कर अर्जित कर रहे हो, उसकी तो कोई तुलना ही नहीं। जितना घूमोगे उतना ही अधिक अनुभव कर पाओगे प्रकृति के साथ मनुष्य के सम्पर्क को। हर पल तुम्हें लगेगा कि तुम छात्र हो और प्रकृति शिक्षक। सीखने का यह आनन्द ही कुछ भिन्न है और यह शिक्षा किसी स्कूल या कालेज में नहीं मिल सकती।

शाक्य को लगा कि संन्यासी ठीक ही कह रहे हैं। इन सामान्य कुछ दिनों में ही जो कुछ भी देखा है, जाना है, कुछ कम तो नहीं।

वृद्ध-संन्यासी ने फिर कहना शुरू किया–''पूर्वाश्रम में इस शरीर ने पृथ्वी के अनेक देश देखे हैं। यूरोप, अमेरिका की सभ्यता, आधुनिकता यन्त्र सभ्यता से समुन्नत मनुष्यों को बहुत पास से देखने का सुअवसर मिला है। उन देशों की सभ्यता, संस्कृति का काफी कुछ ज्ञात है। इस भारतवर्ष, इसके गाँव, नगर, यहाँ के मनुष्यों के साथ किसी की तुलना नहीं हो सकती। कोलकाता, मुम्बई, चेन्नई, दिल्ली को देखकर भारतवर्ष के बारे में विचार नहीं किया जा सकता। गोमुख से लेकर गंगासागर तक यदि तुम परिक्रमा करोगे तो देखोगे कि प्रबल दारिद्र, अशिक्षा व अज्ञान में भी एक महान आत्मा है, जो गंगा के ही समान चिर प्रवहमान है। दोनों किनारों पर कितनी धाराएँ-उपधाराएँ सब एक-एक कर मूलस्रोत में आकर मिल जाती हैं। कहीं विघ्नित नहीं होता चलमान जीवन। बल्कि वह और अधिक प्रशस्त, विस्तृत व गहरा होता है।

शाक्य को सीने में एक अद्भुत अनुगूँज सी महसूस होती है। उसे लगता है जैसे सामने बैठे व्यक्ति ने उसे आविष्ट कर लिया है। वह शरण्या की ओर देखता है। वह भी स्थिर है। संन्यासी की बातों ने उनके मन की गहराइयों को छू लिया है। शान्त स्वरों में शाक्य ने कहा–''एक बात पूछूँ महाराज?''

वृद्ध संन्यासी ने सहसा उत्तर दिया, ''निःसंकोच पूछो।''

''आपकी बातों से पता चलता है कि आप उच्च शिक्षित हैं और लम्बे समय तक विदेशों में रहे हैं। फिर उस जीवन का त्याग कर संन्यास क्यों ग्रहण किया?''

बिन्दु मात्र भी विरक्त नहीं हुए संन्यासी। पहले के समान ही प्रसन्न कंठ से बोले–''तुम लोग के समान ही ऋषिकेश घूमने आया था। इस गंगा किनारे एक दिन गुरुदेव से भेंट हो गयी। गंगा स्नान कर निकला ही था कि देखा घाट पर गेरुआ वस्त्रों में एक संन्यासी हैं। उनकी दो आँखों में पता नहीं क्या सम्मोहन था कि सब कुछ त्यागकर निकल पड़ा गुरुदेव के साथ। पूर्वाश्रम में वे भी एक इंजीनियर थे,

दक्षिण भारतीय शरीर।

"क्या नाम था गुरुजी का?"

"स्वामी शारदानन्द। ऋषिकेश में स्वामी शिवानन्द का आश्रम देखा है?"

"देखा है महाराज। राम झूला के पास ही है उनका आश्रम।"

"गुरु शिवानन्द के शिष्य थे स्वामी शारदानन्द। जैसी उनकी प्रज्ञा वैसा ही था उनका पांडित्य। मैंने जो भी थोड़ा-बहुत सीखा है, उन्हीं से सीखा है। गुरु जी की आत्मा और प्राण रहीं गंगा। कभी गंगा को छोड़कर नहीं रह पाते थे वे। कहते, माँ को छोड़कर कैसे रहूँ।"

अचानक शाक्य को ह्यूमर याद आ गये। गंगा को तुम लोग क्यों माँ कहते हो। दुविधा त्यागकर कहा, "एक बात पूछूँ, हम सभी गंगा को माँ कहते हैं। जहाँ तक ज्ञात है, पृथ्वी में और कहीं भी नदी को माँ नहीं कहा जाता।"

संन्यासी ने कहा-"तुम ठीक ही कहते हो। इसका कारण क्या है जानते हो। हमारे शास्त्रों में, पुराणों में गंगा को एक देवी के रूप में देखा गया है। कारण यह प्रचलित विश्वास है कि भगवान विष्णु के पादपद्म से जन्म हुआ है गंगा का। उसकी सर्वत्र स्तुति-वन्दना होती है। इसीलिए प्राचीन काल से भारत के लोग गंगा को देवी मान कर पूजते रहे हैं। उन्हें नदी नहीं, मातृरूप में देखा जाता है। गंगा के किनारे ही विकसित हुई थी भारत की प्राचीन सभ्यता। एक दिन भारतीय संस्कृति का पहला उजाला फैला था इसी गंगा के किनारे। यहीं तैयार हुआ था जनपद। हिमालय से उतरकर नाना धाराओं ने जैसे गंगा को समृद्ध किया है, वैसे ही गंगा के अवलम्बन से ऐश्वर्यमय हो उठी भारतीय सभ्यता, उसकी सहस्र धाराएँ फैल गयी हैं विभिन्न दिशाओं में। सगर राजा के साठ हजार पुत्रों को गंगा के पुण्य प्रवाह से मुक्ति मिली थी। पौराणिक यह कथा आज भी सच लगती है। प्रकृति के परिवर्तन से यदि कभी गंगा की धारा सूख जाए तो विपन्न हो उठेगा उत्तर भारत के मनुष्यों का जीवन। विपन्न हो उठेगी अर्थनीति, समाज और संस्कृति। बन्द हो जाएँगे उद्योग-धन्धे। चिरकाल के लिए खो जाएगा हमारा धर्म, हमारी सभ्यता। जिस प्रकार माँ सन्तान का परिपालन करती है वैसे ही भारतवर्ष के लोगों का जीवन काफी हद तक गंगा पर निर्भर है। और कुछ बोलते-बोलते रुक ये संन्यासी। दरवाज़े के सामने आकर खड़े हुए एक ब्रह्मचारी की ओर देखकर बोले-"क्या हुआ बलराम?"

"पूजा-घर को नहीं चलेंगे गुरुजी?"

व्यस्त हो उठे स्वामी जी। शाक्य और शरण्या को देखकर बोले-"बाद में तुम लोगों से बात करूँगा। बड़ा अच्छा लगा। दोपहर में प्रसाद यहीं लेना। शाम को एक व्यक्ति आएँगे, उन्हीं की गाड़ी से लौट सकते हो। तब तक अगल-बगल घूमकर देखो। पास में ही एक गाँव है। पहाड़ी लोगों का गाँव। जाओगे तो अच्छा लगेगा।"

''हाँ, बस में आते समय पहाड़ पर छोटे-छोटे गाँव देखे थे।''

शाक्य की बात सुन हँस दिए संन्यासी, ''वह तो सिर्फ़ आँखों का देखा था। गाँव में जाओगे तो समतल के मनुष्य और पहाड़ के मनुष्यों के बीच के फ़र्क़ को समझ पाओगे। एक नूतन अनुभव होगा।''

शरण्या चुपचाप बैठी थी। उसके चेहरे पर विषाद की छाया थी। हठात् उसकी ओर देखकर बोल उठे संन्यासी, ''तुम्हें क्या हुआ बेटी। दुखी क्यों हो?''

शरण्या की आँखें छलछला आयीं। वृद्ध संन्यासी ने स्नेह से उसके सिर पर हाथ रखा, ''समझा। बहुत उम्मीदें लेकर आयी थी। मिलेगा। तुम्हारे दादा का पता मिलेगा।''

आँखें पोंछीं शरण्या ने और फिर रूँधे गले से कहा-''दादाजी का पता न चला तो जीवन भर इस दुख का भार उठाना पड़ेगा।''

''कुछ चिन्ता मत करो। उत्तरकाशी में मेरी एक परिचित हैं। वे भी मेरे गुरुदेव की शिष्या हैं। माताजी का आश्रम पूछने से कोई भी बता देगा। हिमालय के अनेक साधुओं से उनका परिचय है। मैं चिट्ठी लिख दूँगा, तुम जाकर उनसे मिलना। वहाँ रहने की व्यवस्था भी हो जाएगी और वे तुम्हारी मदद भी करेंगी।''

एक व्यक्ति थाली में कुछ मिष्ठान्न लाया और बोला, ''प्रसाद लीजिए।''

वृद्ध संन्यासी ने कहा-''तुम लोग खाओ और यदि कष्ट हो तो यहाँ विश्राम भी कर सकते हो।''

''पहले गाँव घूम आते हैं।'' शाक्य ने कहा।

दोनों निकल पड़े। आश्रम का गेट पार करते ही रुक गया शाक्य। बगल से आगे बढ़ गयी शरण्या की ओर देखकर बोला, ''कल काफी पैदल चली हो। अभी चल पाओगी तो?''

कुछ देर पूर्व का विषाद त्यागकर शरण्या सहज स्वर में बोली-''लगता है, तुम्हारे पैर दर्द कर रहे हैं।''

''यहाँ आने के बाद से इतना पैदल चल रहा हूँ उसमें बेचारे पैरों का क्या दोष। कोलकाता में हम कितना पैदल चलते हैं। दो-दो कदम पर बस और ऑटो रिक्शा।''

''वही हाल मेरा भी था। स्कूल की बस थी। कॉलेज पहुँची तो पिताजी ने स्कूटी खरीद दी। पैदल चलने का अभ्यास ही नहीं है। यहाँ आकर इतना पैदल चल रही हूँ।''

''दरअसल ज़रूरत हो, तो मनुष्य सब कुछ कर सकता है। सावधानी से आना जरा-सा पैर फिसला कि पैदल चलने का शौक मिट जाएगा।''

पहाड़ के किनारे-किनारे रास्ता नीचे उतरा है। दोनों ओर खेती के खेत हैं जो

सीढ़ी की तरह नीचे उतरे हैं। बिलकुल किसी रंगोली की तरह मानो चित्रित हों।

''ये सारे खेत अपने आप हुए हैं, या मनुष्य ने तैयार किये हैं?''

''देखकर तो लगता है, मनुष्य ने तैयार किये हैं। अँग्रेजी में इसे क्या कहते हैं, जानती हो, टेरेस कल्टीवेशन। वो देखो एक विवाहिता बहू काम कर रही है।''

शरण्या ने पूछा–''चलें उसके पास?''

''चलो, चलकर बातचीत की जाए।''

सिर नीचा किये खेत से घासपात छाँट रही थी वह बहू। सामने आते ही उसने मुँह उठाकर देखा। भोर के उजाले की तरह मुस्कुराहट फैल गयी उसके चेहरे पर। उसने रंगीन साड़ी पहन रखी है। लम्बी चोटी है। गले में एक गुच्छा माला। माथे पर बड़ी सी बिन्दी। किसी के कुछ कहने से पहले ही दोनों हाथ जोड़कर बोली– ''नमस्ते।''

शाक्य ने भी हाथ जोड़े और कहा–''नमस्कार बहन जी। हम आपका गाँव देखने आये हैं। देखा आप काम कर रही हैं, तो चले आये।''

बहू उठकर खड़ी हुई और बोली–''जमीन पर बहुत घासपात हो गया था, सो उसी को साफ कर रही थी।'' अब प्रश्न शरण्या ने किया–

''यह जो जमीन सीढ़ियों की तरह नीचे उतरी हैं, सब क्या आप लोगों ने बनाई है?''

''हाँ, सब पहाड़ काटकर बनाना पड़ता है। अधिक तो काटा नहीं जा सकता। जितना भर कटता है बस उतनी भर जमीन है। फिर नीचे एक और डग। एक जमीन पर ज्यादा दिन खेती नहीं होती।''

''बड़ा कष्टकर है न यह सब।''

हँस देती है बहू। कष्ट नहीं करेंगे तो खाना कैसे मिलेगा। सबसे अधिक कष्ट तो पानी को लेकर है। जहाँ झरना है, वहाँ कष्ट नहीं होता। उस पहाड़ के ऊपर पहले एक झरना था। नाली काटकर पानी ले आते थे। एक वर्ष हुआ उस झरने से उतना पानी नहीं आ रहा था। इसीलिए इतने दिन खेती भी नहीं हुई। महीने भर से उस झरने के पास एक नये झरने में पानी आ रहा है। वहीं से पानी ले आएँगे।

''क्या खेती होती है यहाँ?''

''अनेक फसल होती है दीदी। मंडुआ, रागी, तिल, मकई, उड़द, आलू।''

''धान नहीं होता?'' शरण्या ने प्रश्न किया।

''होता है। साकी चावल, कोदा चावल, बढ़िया बासमती। यहाँ का बासमती चावल घर में बाँधकर रखो तो सारे पहाड़ के लोगों को खबर लग जाए।''

शाक्य ने प्रश्न किया, ''तुम्हारे खेत की फसल से साल भर गुज़ारा हो जाता है?''

बहू ने शरण्या की ओर देखा। बोली–"जिस वर्ष फसल अच्छी होती है, कष्ट नहीं होता। किसी–किसी वर्ष फसल अच्छी होने पर भी घर में नहीं ला पाते। ऐसी बारिश होती है कि पहाड़ टूट जाते हैं। और तब ये खेत ही नहीं बचते।"

"फिर क्या करते हो तुम लोग?"

"नये सिरे से खेत बनाने पड़ते हैं। जो लोग दूसरे काम करते हैं, उन्हें इतना कष्ट नहीं होता।"

"तुम्हारे पति क्या करते हैं?"

"बोझा ढोते हैं। जो कमाते हैं सब पीने में उड़ा देते हैं। पहाड़ी मर्दों का यही एक दोष है। घर की औरतों के बारे में कोई कुछ सोचता नहीं। किन्तु शिवजी और गंगा मैया की दया से किसी तरह चल जाता है।"

आश्चर्य लगता है शरण्या को। प्रकृति के साथ, गृहस्थी के स्वामी के साथ युद्ध कर जी रहे हैं लोग, पर कोई शिकायत नहीं। सहज–सरल है जीवन। अचानक घड़ी पर नज़र पड़ी। ग्यारह बज रहे हैं। बातों–बातों में इतना समय कट गया, पता ही नहीं चला। बोली–"अब चलती हूँ बहन जी। आश्रम में जाना है, नहीं तो तुम्हारे गाँव चलती।"

"जब जी चाहे, चली आना।"

"हाँ, फिर आयी तो अवश्य आऊँगी, तुम्हारे गाँव।"

शाक्य ने भी हाथ जोड़े। खेतों को पार कर रास्ते की ओर बढ़े चले दोनों।

'ओ बहन, ओ बहन' पुकारती पीछे–पीछे दौड़ती हुई आयी वह बहू। हाथों में एक डिब्बा। सामने आकर उसने उस डिब्बे में से दो–दो लड्डू निकालकर दोनों के हाथों में रखे और कहा–"रामदाने के लड्डू हैं, मैंने घर में बनाये हैं, खा लेना।" फिर वह रुकी नहीं। दौड़ते हुए लौट गयी। शायद खेतों में बहुत काम बाकी था।

मुग्ध दृष्टि से उसकी ओर देखती रही शरण्या। अपने स्नेहपूर्ण व्यवहार से शरण्या के मन पर अमिट छाप छोड़ गयी वह बहू।

चौदह

बहुत धीमी गति से चल रही थी बस। पहाड़ के शिखर को छू रहा था रास्ता। बस की खिड़की से नज़र आ रही थी लहरदार पर्वत श्रृंखला। सुदूर अन्तरिक्ष में मेघ, आकाश, पहाड़ सब मानो एकाकार हो गये थे। रास्ते से नीचे गहरी खाई है। जिसकी गहराई ऊपर से धुँधली–सी नज़र आती है। जिसे देखकर सीना काँप सा उठता है।

शरण्या ने आँखें बन्द कर रखी थीं। दो दिन पहले ऋषिकेश से देवप्रयाग आते

समय उसका जी मिचला रहा था। आज वैसी कोई असुविधा नहीं थी, फिर भी नीचे की ओर देखकर वह सहज नहीं हो पा रही थी। माथा कुछ सुन्न-सा हो रहा था। पास में बैठा शाक्य बड़े मनोयोग से किताब पढ़ रहा था। देवप्रयाग में खरीदी थी उसने वह किताब। पिछले दिन बंगाली बाबा के आश्रम से लौटकर वह बाजार गया था। वहीं थी छोटी-सी किताबों की दुकान। देश-विदेश से लोग आते हैं, इसलिए उनके लिए नाना प्रकार की किताबें वहाँ सजा रखी थीं। अधिकांश किताबें अँग्रेजी में योग, ध्यान और आध्यात्मिकता पर और थोड़ी-सी किताबें हिन्दी व बांग्ला में भी थीं। दुकानदार एक पच्चीस-छब्बीस वर्ष का लड़का था, जिसके चेहरे पर बुद्धिमत्ता की छाप थी, जो बड़ी चुस्त अँग्रेजी बोल रहा था।

शाक्य ने ही उससे पूछा था, ''योग पर इतनी किताबें कौन लोग खरीदते हैं?''

लड़के ने जबाव दिया था कि अधिकांशत: विदेशी खरीदते हैं। यूरोप-अमेरिका के लोगों को योग-साधना में ही मन की शान्ति नज़र आती है।

थोड़ी देर की चुप्पी के बाद शाक्य ने प्रश्न किया था, ''आपको क्या लगता है कि दो किताबें पढ़कर, योग गुरु के पास दो सप्ताह योग क्लास कर लेने भर से मन की शान्ति प्राप्त की जा सकती है।''

लड़के के होंठों के किनारे पर हलकी-सी हँसी फूट पड़ी थी। कुछ रुककर उसने उत्तर दिया था, ''इसका सही उत्तर मुझे मालूम नहीं, पर हाँ, एक बात तो है कि इतनी सहजता से यदि मन की शान्ति मिल जाती तो पृथ्वी पर कहीं कोई अशान्ति न रहती। दरअसल यह युग ही प्रचार और चकाचौंध का युग है। यूरोप-अमेरिका के लोगों के हाथों में इतना धन है, इतना प्राचुर्य है कि जीवन के सुख-भोग से ऊबकर वे नया कुछ खोजते हैं और उसी का लाभ उठाते हैं हमारे देश के गेरुआ वस्त्रधारी कुछ लोग।''

शाक्य को उसकी बात जँची किन्तु उसने इस प्रसंग को और नहीं बढ़ाया। एक किताब लेकर निकल आया था।

पहाड़ के किनारे-किनारे बस चल रही है। बीच-बीच में मोटर के इंजन की धूँ-धूँ आवाज़ भी आ रही है मानो वह चलना न चाह रहा हो और दर्द से कराह रहा हो। दोपहर के भोजन के बाद आँख कुछ बन्द-सी हो गयी थी कि एक विचित्र आवाज़ ने चौंका दिया। बस के सभी एक साथ बोल उठे''क्या हुआ?''

रास्ते के बीच में रुक गयी बस। ड्राईवर और कंडक्टर दोनों ने उतरकर बस की जाँच शुरू की। दो-चार अति उत्साही व्यक्ति भी बस से उतर पड़े। काफी देर बैठे-बैठे शाक्य के दोनों पैर झनझना रहे थे। वह भी उतर पड़ा।

रास्ते के किनारे खड़ा था बुजुर्ग ड्राइवर। वह जाँच पूरी कर चुका था। गम्भीर

था उसका चेहरा। शाक्य ने पास जाकर कहा–“क्या हुआ ड्राइवर साहब?”

ड्राइवर ने एक पलक चारों ओर देखा, अगल-बगल कोई नहीं था। धीमी आवाज़ में बोला, “इंजन में खराबी है।”

“गाड़ी क्या ठीक नहीं होगी?”

रामपुरिया देख रहा है? ठीक होने पर गाड़ी जाएगी।

झुँझला उठा शाक्य, बोल, “ठीक होने पर जाएगी मतलब? यदि ठीक न हुई तो?”

ड्राइवर कुछ निर्विकार-सा नज़र आया। उदासीन भाव से बोला, “तब थोड़ी दिक्कत होगी।

गाड़ी के सामने खड़ा कंडक्टर जो इतनी देर से इंजन का निरीक्षण कर रहा था, उसने भी हाथ झाड़ लिए और बीड़ी सुलगा ली। बस से सभी लोग उतर गये, केवल दो-एक व्यक्ति थे जो उत्तेजित हो चीख-चिल्ला रहे थे। सभी समझ गये थे कि बस अब नहीं जा पाएगी। समवेत शोरगुल और गाली-गलौज के बीच निर्विकार थे ड्राइवर और कंडक्टर। गाड़ी के अधिकांश यात्री स्थानीय लोग थे, जो जानते थे कि शोरगुल और चीखने-चिल्लाने से कोई लाभ नहीं होनेवाला। सभी ने अपने-अपने ढंग से पैदल चलना शुरू कर दिया। शाक्य क्या करे, समझ नहीं पा रहा था।

शरण्या गाड़ी से उतर आयी और पूछा–“अब क्या होगा।”

“अगली गाड़ी के आने तक हमें इन्तजार करना होगा।”

ड्राइवर थोड़ी दूर पर खड़ा था। सब लोग जब चले गये तो वह धीरे-धीरे शाक्य के पास आया। पूछा–“कहाँ जाना है?”

“चम्बा। वहाँ से उत्तरकाशी।”

ड्राइवर ने घड़ी पर नज़र डाली और बोला, “थोड़ा इन्तजार करें। बस नहीं तो कोई और गाड़ी मिल जाएगी।”

कंडक्टर बीड़ी फूँक रहा था। बीड़ी फेंककर बोला, “बाबू इस रास्ते पर गाड़ी का कोई भरोसा नहीं। आ भी सकती है और नहीं भी। सारी गाड़ियाँ दूसरे रास्ते से जाती हैं। और फिर अब दोपहर हो गयी है। इन्तजार करना ठीक नहीं होगा। थोड़ा आगे जाएँगे तो कोटेश्वर का रास्ता है। वहाँ से आपको चम्बा जाने के लिए ट्रैक्टर मिल जाएगा।”

ड्राइवर ने भी हामी भरी। बिलकुल ठीक यहाँ और देरी न कर आगे बढ़ जाइए। दस-पन्द्रह मिनट चलकर ही कोटेश्वर मोड़ आ जाएगा।

शरण्या ने शाक्य की ओर देखा। क्या करें? आसमान की अवस्था भी ठीक नहीं। देखकर लगता है कि बारिश हो सकती है।

गम्भीर स्वर में शाक्य ने कहा–“अब और किया भी क्या जा सकता है।

जाना तो होगा ही। इसके अलावा देखकर लगता तो नहीं कि यहाँ रहने लायक कोई होटल मिलेगा। आसमान पर बादल भी घिरे हैं।''

''समस्या तो सामान को लेकर है। दो सूटकेस और दो बैग हैं।'' शरण्या के चेहरे पर असहायता फूट पड़ी।''

''हाँ, थोड़ी तकलीफ तो होगी।''

कंडक्टर समझ गया। आगे आकर बोला, ''सामान की चिन्ता न करें, चलिए मैं ही आपको आगे तक पहुँचा देता हूँ।''

किसी को कुछ कहने का अवसर दिए बिना ही कंडक्टर एक सूटकेस और एक बैग लेकर आगे चल पड़ा पहाड़ के किनारे-किनारे। निर्जन पहाड़ी रास्ता कोई खास चौड़ा नहीं। पैदल चलने लगे तीनों। धूप नहीं है। एक घुमाव पार होते ही कुछ अँधेरा-सा हो गया। सामने दो-एक मकान नज़र आये। कोई गाँव होगा। अचानक आसमान की ओर देखकर कंडक्टर बोल उठा, ''बारिश आने वाली है। आपलोग यहीं कहीं थोड़ा रुक जाएँ।''

''और कितनी दूर है?''

''अभी दो मोड़ बाकी हैं।''

''क्या? आपने तो कहा था कि दस-पन्द्रह मिनट ही चलना होगा, पर यहाँ तो एक मोड़ पर होने में ही पन्द्रह मिनट लग गये।''

''दरअसल पहाड़ी रास्ता है...।'' कुछ आना-कानी करते हुए कंडक्टर ने कहा-''आप लोग सामने के किसी मकान में चले आएँ। मैं चलता हूँ।'

कोई कुछ बोले उससे पहले ही कंडक्टर सूटकेस और बैग उतारकर तेज कदमों से लौट गया। भौंचक्के रह गये दोनों, शाक्य और शरण्या।

अनायास कुछ विरक्त भाव से बोल उठा शाक्य, ''क्या मुसीबत है।''

अपलक शाक्य की ओर देखकर शरण्या ने कहा-''मेरे लिए तुम्हें मुसीबत का सामना करना पड़ रहा है।''

शाक्य ने सिर हिलाया। बोला, ''मुसीबत तुम्हारे कारण नहीं आयी। बस खराब हो गयी, इसलिए।''

''मेरे साथ न आते तो मुसीबत में नहीं पड़ते।''

शाक्य ने दोनों हाथों में दो सूटकेस उठा लिए। अब और कुछ करने को है नहीं। आगे जाना ही होगा।

सामने का रास्ता ढलुआन से नीचे की ओर चला गया है, फिर भी दोनों हाँफ रहे थे। नीचे हैं गंगा। ऊपर आसमान पर अँधेरा छा गया था। दूर का सब कुछ धुँधला गया था। दो-एक बूँदें शरीर पर पड़ीं। कुछ पिछड़ गयी थी शरण्या। रास्ते के किनारे एक छोटा-सा मकान, काठ के टट्ठर से घिरा। गेट सामने था। बारिश की कुछ बूँदें

और पड़ीं। अगला मकान अभी काफी दूर था। शाक्य चीखा, ''इसी में घुस जाओ।''

आँधी-सी चल रही थी। गेट खोलकर भीतर घुस गया शाक्य। लम्बे से बरामदे में एक के बाद एक कई काठ की कुर्सियाँ पड़ी थीं। बारिश तेज हो गयी थी। लगभग दौड़ती हुई आयी शरण्या। इतने में ही दोनों की साँस फूल गयी थी। धूप से सामने पड़ी कुृसयों पर बैठ गये दोनों। हवा कुछ और तेज हो गयी। कुछ बोलते-बोलते रुक गयी शरण्या। बगल का बन्द दरवाज़ा खोलकर एक वृद्धा बाहर आयीं। दुबला-पतला शरीर। कच्चे-पक्के बाल। रंगीन साड़ी, माथे पर बिन्दी। चेहरे पर हँसी लाते हुए बोली-''कहाँ से आये आप लोग?''

''कोलकाता से।'' शाक्य ने जवाब दिया।''

''बंगाली?''

हँस दी शरण्या। ''जी माताजी। आपने ठीक कहा।''

''मैं थोड़ी-थोड़ी बंगला जानती हूँ।'' शिशु सुलभ मुस्कान उनके चेहरे पर फूट उठी। बोली-''यहाँ कहाँ पर आये हैं?''

''देवप्रयाग से उत्तरकाशी जा रहे थे। कुछ देर पहले बस खराब हो गयी। कंडक्टर ने बताया कि कोटेश्वर नज़दीक में ही है। वहाँ से हमें चम्बा के लिए गाड़ी मिल जाएगी और फिर वहाँ से उत्तरकाशी के लिए।''

''हाँ, वहाँ से गाड़ी मिल तो जाएगी, पर काफी दूर है।''

''तब हम कैसे जा पाएँगे।'' कुछ उद्विग्न हो उठी शरण्या।

''यहाँ एक जन के पास गाड़ी है। बारिश रुकेगी तो मैं उसे कह दूँगी। वह तुम लोगों को पहुँचा देगा।''

बारिश तेज हो गयी थी। बौछार भी शरीर पर पड़ रही थी। वृद्धा ने कहा-''तुम लोग भीतर आ जाओ।''

बड़ा-सा कमरा। कुछ काठ की कुर्सियाँ पड़ी थीं। दीवार पर गाँधीजी की तस्वीर टँगी थी। दीवार पर एक ताक पर कुछ पुस्तकें सजी थीं।

''तुम लोग बैठो। मैं अभी आती हूँ।'' कहकर वृद्धा भीतर चली गयीं।

थोड़ी देर बाद कमरे में एक वृद्ध ने प्रवेश किया। गोरा रंग और शरीर की रंगत से मेल खाते लम्बे-लम्बे सफेद बाल और दाढ़ी। छः फुट लम्बा कद। खद्दर का धोती-कुर्ता पहने। चेहरे पर अद्भुत एक प्रशान्ति। दोनों उन्हें देखते ही उठ खड़े हुए और अनायास आगे बढ़कर चरण छूकर प्रणाम किया।

शाक्य ने मुस्कराते हुए कहा-''आपको अनेक बार देखा है मैंने।''

''तुम लोग यहाँ पहले आ चुके हो?'' वृद्ध ने प्रश्न किया।

''जी नहीं। हिमालय पर पहली बार आया हूँ।'' सिर हिलाकर उत्तर दिया शाक्य ने।

अवाक् स्वर में वृद्ध ने कहा–''तो फिर मुझे देखा कैसे? मैं तो पिछले दस वर्षों में इस गाँव और हिमालय को छोड़कर कहीं और गया ही नहीं।''

'दरअसल आपको देखकर रवीन्द्रनाथ ठाकुर की याद हो आयी।'' मुस्कराते हुए शाक्य बोला।

फौरन वृद्ध ने हाथ जोड़कर कहा–''गुरुदेव से मेरी तुलना मत करो। गुरुदेव रवीन्द्रनाथ, महात्मा गाँधी, स्वामी विवेकानन्द, ये लोग महापुरुष थे। और हम हैं साधारण मनुष्य।''

''फिर भी आपका दर्शन कर बड़ा अच्छा लगा।'' शरण्या ने कहा।

वृद्ध सज्जन हँसे और बोले–''तुम लोगों को अच्छा लगा यह सुनकर मुझे बहुत अच्छा लगा। इस बुढ़ापे में किसी को कुछ दे तो पाता नहीं, लिहाजा कुछ भी मिलता है, उससे मुझे खुशी मिलती है।''

बाहर बारिश और तेज़ हो गयी। टीन के छप्पर से आ रही झमाझम की आवाज़ तो यही बता रही थी। दिन के समय भी कमरे में अस्पष्ट–सा अँधेरा था। वृद्धा ने ट्रे में चाय लिए कमरे में प्रवेश किया और बोलीं, ''बारिश में भीग गये हो। गरम चाय पिओ। अच्छा लगेगा।''

शाक्य ने हाथ बढ़ाकर ट्रे थाम ली और कहा, ''सचमुच, चाय पीने की इच्छा हो रही थी, माताजी।''

कमरे में बत्ती जलाकर वृद्ध सज्जन के पास आकर बैठ गयीं वृद्धा और फिर बोली–''हम इस पहाड़ी अंचल में रहते हैं। अगल–बगल में कोई दुकान–बाजार है नहीं। और तुम्हारे मास्टरजी भी अब दूर कहीं जा नहीं पाते।''

''आप क्या मास्टरी करते थे?''

हलका–सा मुस्कराये वृद्ध।

''यहाँ के एक स्कूल में बच्चों को पढ़ाता था इसलिए सब मास्टरजी कहने लगे।''

''आप दोनों यहाँ अकेले रहते हैं?''

शरण्या के प्रश्न का इंगित समझ कर वृद्धा ने कहा–''दो बेटे हैं। एक मुम्बई और दूसरा दिल्ली में रहता है। और हमें इस हिमालय के अतिरिक्त कहीं और जाना अच्छा ही नहीं लगता। लड़के बड़े होकर बाहर चले गये, तब से यहाँ हम दोनों ही हैं।''

शाक्य को बड़ा आश्चर्य हुआ। पहाड़ की गोद में बसे इस निर्जन गाँव में यह दोनों अकेले, वृद्ध और वृद्धा। बातचीत और चेहरे–मोहरे से साधारण ग्रामीण होते हुए भी असाधारण था उनका व्यक्तित्व। शाक्य उठा, बरामदे का दरवाज़ा खोलकर बाहर देखा, मूसलाधार बारिश हो रही थी, रुकने का कोई आसार नहीं। अस्फुट

स्वरों में बोल उठा, "जाने कब रुकेगी यह बारिश।"

शरण्या के चेहरे पर भी दुश्चिन्ता की छाप थी कि बारिश न रुकी तो निकलेंगे कैसे?

वृद्धा ने शरण्या के हाथों पर हाथ रखा और पूछा–"तुम लोगों को क्या जाना ही होगा?"

"नहीं, ऐसा तो कुछ नहीं है। फिर भी रात हो गयी।"

"यहीं रह जाना। हमें कोई असुविधा नहीं होगी। पहले भी कई लोग हमारे पास आ चुके हैं, यहाँ रह चुके हैं। कितनी ही बार रात के वक़्त हठात् ही कोई तुम्हारे मास्टर जी के पास चला आता है। बातें करते-करते देरी हो जाए तो कोई और कहाँ जाए। सब के लिए भोजन बना, सोने की व्यवस्था की गयी और आखिर में देखा कि मेरे लिए ही कुछ नहीं बचा, एक गिलास पानी पिया और रसोई में ही सो गयी।"

वृद्ध ने हँसते-हँसते कहा, "मैं समझ जाता था, तभी तो आधा खाना खाकर कहता था कि पेट भर गया विमला, बाकी खाना तुम खा लेना।"

वृद्ध दम्पती की नोंक-झोंक, उनका गहरा प्रेम शरण्या को अच्छा लग रहा था।

"नहीं, हमारा अपना गाँव था।"

"कहाँ?"

हठात् कुछ अन्यमनस्क हो उठे वृद्ध। मुँह उठाकर कुछ देर सामने दीवार पर टँगी एक बड़ी-सी तस्वीर को देखते रहे। बोले–"वो तस्वीर देख रहे हो, वहाँ था हमारा घर। मेरे पिता, दादा, परदादा सभी का जन्म हुआ था उस गाँव में। कितनी यादें, कितना प्रेम जुड़ा था पर एक दिन सब खो गया।"

शरण्या उस तस्वीर के सामने जाकर खड़ी हुई। पहाड़ की गोद में थे कई मकान। देखकर ही समझ में आ रहा था कि वह कोई बड़ा गाँव था जिसकी थोड़ी दूरी पर एक मिनार थी और बगल से होकर बह रही थी एक नदी।

"कहाँ है यह गाँव?"

"टिहरी में। कभी था। आज पानी के नीचे है।"

शाक्य ने पूछा–"क्या बाढ़ में डूब गया है?"

"बाढ़ में डूब जाता तो फिर बाहर आ जाता। हमारे गाँव को तो मनुष्य ने डुबा दिया, हमेशा के लिए।"

मास्टर जी की बातें कुछ रहस्यमय-सी लग रही थीं। शाक्य को लगा कि वे कुछ गुप्त रखना चाह रहे थे। उसने और कोई प्रश्न नहीं किया। बारिश का वेग अब कुछ हलका हो गया था। आसमान भी कुछ साफ लग रहा था। धुआँ से सफेद

बादल घर के सामने पहाड़ के गात को छूकर बहे जा रहे थे। उसने घड़ी की ओर देखा, तीन बज रहे थे। बारिश रुक जाए तो अभी भी जाने का समय है किन्तु सारा सामान लेकर इतनी दूर पैदल जाना सम्भव नहीं। इसके अतिरिक्त वहाँ पहुँचकर गाड़ी मिलेगी भी या नहीं इसकी कोई निश्चितता नहीं। उसे अपनी परवाह नहीं, परन्तु शरण्या को लेकर अनजान पहाड़ी रास्ते पर कहाँ रात गुजारेगा।

"बेटा!" शाक्य ने मुँह घुमाया। पीछे विमला जी खड़ी थीं। थाली में पूरी-सब्जी लिए।

"ये सबकी क्या ज़रूरत थी माताजी।" संकोच में शाक्य ने कहा।

"ये तो कुछ नहीं है बेटा! जाने कब निकले होगे। तुम्हारा नाम क्या है?'

"मेरा नाम शाक्य और उसका शरण्या।"

"कितना सुन्दर मेल है तुम लोगों के नामों में। मनों में भी ऐसा ही मेल बना रहे हमेशा।"

शाक्य समझ गया कि विमला उन दोनों को पति-पत्नी समझ रही थीं। दो युवक-युवतियों को एक साथ घूमते-फिरते देख यह सोचना स्वाभाविक भी था। वृद्ध-वृद्धा दोनों भीतर गये, आमने-सामने बैठे रहे शाक्य और शरण्या।

"अब क्या करोगे?" शरण्या ने प्रश्न किया।

शाक्य ने खिड़की का पर्दा हटाकर देखा, बारिश थम गयी थी। वह तय नहीं कर पा रहा था कि क्या करे। थोड़ा ऊँचे स्वर में उसने पुकारा, "मास्टर जी!"

भीतर से वृद्ध-वृद्धा दोनों बाहर आये। शाक्य ने पूछा-"अभी क्या निकला जा सकता है? किन्तु पैदल रास्ता काफी लम्बा है।"

विमला ने कहा-"सम्पद की तो गाड़ी है। देखो, यदि वह पहुँचा दे।"

मास्टरजी ने हामी भरी, कहा-"ठीक है। मैं जाता हूँ सम्पद के घर।"

"हम भी आपके साथ चलें मास्टरजी?" शाक्य ने पूछा।

"हाँ, हाँ, आओ। घर में बैठकर क्या करोगे। यदि जाना न हुआ तो हमारा गाँव तो देख पाओगे।"

निकल पड़े तीनों। आगे-आगे लाठी हाथ में लिए चल रहे थे मास्टरजी। थोड़ा-सा आगे बढ़ते ही कुछ दुकानें थीं। लोगों की भीड़ नहीं थी। सामने एक खाने-पीने की दुकान थी। शाक्य का हमउम्र एक लड़का दुकान में बैठा था। वृद्ध को देखते ही उठकर आया, "आइए, आइए मास्टरजी।"

"तुम्हारे पास ही आया हूँ सम्पद राव। ये दोनों कोलकाता से आये हैं। रास्ते में बस खराब हो गयी। इन्हें चम्बा जाना है, फिर वहाँ से उत्तरकाशी।"

सम्पद ने फौरन उत्तर दिया"मेरी गाड़ी सुबह निकली है, देहरादून गयी है। कल सुबह लौटेगी।"

शाक्य ने पूछा–''अभी चम्बा जाने के लिए कुछ नहीं मिलेगा क्या?''

सम्पद राव ने सिर हिलाकर कहा–''कोई ठीक नहीं। दरअसल दोपहर बाद इधर अधिक गाड़ियाँ नहीं चलतीं। जो जाने वाले हैं, वे सुबह-सुबह ही चले जाते हैं। असुविधा क्या है? आज यहाँ ठहर जाइए। बाँध है। मन्दिर है। घूम-फिरकर देखिए। कहाँ ठहरे हैं?''

उत्तर मास्टर जी ने दिया, ''मेरे घर पर।''

हो-हो कर हँस पड़ा सम्पद। ''मास्टर जी के घर कोई आता है तो जल्दी से जाना ही नहीं चाहता। दो-चार दिन रह जाइए यहाँ, सारी ज़िन्दगी याद रहेगा।''

मास्टरजी भी हँस पड़े। पूछा–''तुम्हारा कोई काम तो नहीं है?''

''नहीं मास्टरजी! आप बताएँ।''

''इन्हें थोड़ा-सा घुमा-फिरा लाओ। मेरे पैरों का दर्द बढ़ गया है वरना मैं ही ले जाता।''

''आप चिन्ता न करें मास्टरजी। अभी ले जाता हूँ।''

''तो दुकान पर कौन रहेगा?''

''बिड्डू को बोल जाता हूँ। आप लोग बैठें, मैं पाँच मिनट में आता हूँ।''

दुकान के नीचे ही था सम्पद का घर। उसके भीतर जाते ही मास्टरजी ने शरण्या की ओर देखकर कहा–''घूम आओ। सम्पद बहुत अच्छा लड़का है। तुम लोगों को कोई असुविधा नहीं होगी।''

भीतर से मोटरसाइकिल ले आया सम्पद और बोला, ''चलिए, आप लोगों को बाँध तक घुमा लाऊँ।

शरण्या की ओर देखकर शाक्य ने धीमे स्वर में पूछा–''तुम्हें असुविधा तो न होगी?''

''नहीं, मुझे अभ्यास है।''

सम्पद राव के पीछे बैठता है शाक्य और उसके पीछे शरण्या। सम्पद ने बाइक स्टार्ट किया। पहाड़ से सटता हुआ था रास्ता। बादलों के हट जाने से आसमान साफ हो गया था। सम्पद तेज बाइक चला रहा था। सिर पर पत्तों का गट्ठर लादे लौट रही थीं दो लड़कियाँ। धीमी छन्दात्मक चाल से चल रही थीं दोनों। पीछे कुछ बकरियों को हाँक कर ला रहा था एक और व्यक्ति। बीड़ी फूँकते हुए अपनी ही धुन में जा रहा था। शाक्य सोच रहा था कि कितना सहज-सरल जीवन है यहाँ। कुछ दूर जाकर रास्ता बँट गया है। सम्पद ने मोटरसाइकिल रोक दी और बोला, ''सामने का रास्ता टिहरी होते हुए चम्बा को जाता है। हम बायें जाएँगे। सामने जाते ही देख पाएँगे 'डैम'।

रास्ता नीचे को चला गया है। दोनों ओर हैं पहाड़। एक मोड़ पार होते ही

पहाड़ के इस छोर तक नज़र आता है बाँध का स्थिर, शान्त जल, किसी बड़ी-सी झील की तरह। पाइन वृक्षों की कतार है। कुछ टीन के छप्पर हैं। एक पुराना मन्दिर है। ईंट की प्राचीर है। लाल फूलों से भरे दो वृक्ष हैं। मन्दिर की प्राचीर के पास सम्पद ने बाइक को रोका।

''इस झील का क्या नाम है?'' शरण्या ने पूछा।

''गंगा।''

स्थिर, सब्ज जल। अवाक् विस्मित-सा बोल उठा शाक्य''यह गंगा है?''

शाक्य सोच भी नहीं पाता कि आजन्म जिस गंगा से वह परिचित था, उसका यह कैसा स्वरूप। किसी ने लोहे की जंजीरों से मानो बाँध दिया हो उसकी चाल के छन्द को। न कोई लहर, न कोई शब्द। कहीं खो गयी हो मानो उसकी गति, उसकी चंचलता।

''यहाँ बाँध कहाँ बना है?'' शाक्य ने प्रश्न किया।

''पच्चीस किलोमीटर ऊपर है टिहरी बाँध। नीचे है कोटेश्वर बाँध।''

''इसी टिहरी बाँध को लेकर ही क्या आन्दोलन हुआ था?''

''जी, ठीक कहा। अभी जहाँ बाँध है, पहले वहाँ टिहरी शहर था। जब बाँध बना तो पूरा शहर पानी के नीचे डूब गया।''

''किसी ने प्रतिवाद नहीं किया?''

''हाँ, किया। पूरे गढ़वाल के लोगों ने इसके विरोध में आन्दोलन किया था। उन अनेक आन्दोलनकारियों के साथ मास्टरजी भी थे। प्राय: बारह वर्ष गंगा किनारे वे कुटिया बनाकर रहे। दिन पर दिन अनशन, सत्याग्रह किया, लोगों को समझाया कि यह बाँध बना तो विध्वंस होगा गंगा का और हिमालय की प्रकृति का। खो जाएगा यहाँ का इतिहास, सहज-सरल जीवन और यहाँ के लोगों की संस्कृति।''

इतनी देर से चुप थी शरण्या। थोड़ी-सी झिझक के साथ बोली-''मनुष्य जाति के भले के लिए ही तो बनाये जाते हैं बाँध। उनसे बिजली का उत्पादन होता है। सिंचाई के लिए पानी प्राप्त होता है। कल-कारखाने बनते हैं।''

कुछ देर की चुप्पी के बाद सम्पद ने कहा-''आपने ठीक ही कहा कि बाँध से मनुष्य ने काफी कुछ पाया है। किन्तु मनुष्य ने जो कुछ गँवाया है तथा भविष्य में और भी गँवाएगा उसकी तुलना नहीं की जा सकती।''

शरण्या बोली-''हमेशा बड़ा कुछ प्राप्त करने के लिए कुछ छोटा गँवाना भी पड़ता है। इस तथ्य को यदि हमने स्वीकार न किया तो हमारी अग्रगति ही रुक जाएगी।''

कुछ बोलना चाहकर भी चुप रहा शाक्य। उसे लगा कि शरण्या ठीक ही कह रही थी। बाँध तो मानव सभ्यता की अग्रगति की एक सीढ़ी है। स्कूल की किताबों

में पढ़ा था कि यांग-सिकियांग नदी को चीन का दुख कहा जाता था। बंगाल का दुख कहा जाता था दामोदर नदी को। बाँध के माध्यम से ही तो वे नदियाँ मनुष्य के जीवन में सुख का कारक बनीं।

सम्पद राव ने सोचा भी नहीं था कि कोई उसकी बात का प्रतिवाद करेगा। बहस से बचने के लिए बोला, ''आप लोग घूम-फिर कर देखें, मैं यहीं हूँ।''

शरण्या ने उठते हुए शाक्य से कहा-''तुम लोग बैठो, मैं जरा घूम-फिरकर देखती हूँ।''

शाक्य भी उठा और सम्पद राव की ओर मुँह घुमाकर बोला, ''चलिए, यहाँ कुछ अच्छा नहीं लग रहा।''

सम्पद राव ने भी स्वीकृति में सिर हिलाया, ''आप सही कह रहे हैं। यहाँ आ कर अच्छा नहीं लगता। वो जो पहाड़ देख रहे हैं न, ठीक उसके नीचे था हमारा गाँव, खेत, मन्दिर, स्कूल। अब सब कुछ पानी के नीचे है।''

''कोई मुआवजा नहीं मिला?''

''हाँ मिला। हमारा तो ऊपर घर था इसलिए कोई असुविधा नहीं हुई। जिनका कुछ नहीं था, उनका उस सामान्य मुआवजे से क्या होता। घर बनाने को एक टुकड़ा जमीन मिलने के बावजूद वे छिन्न मूल और विस्थापित ही तो थे।''

शाक्य ने कोई जवाब नहीं दिया। दिन ढल रहा था। कुछ दूर जाकर लौट आयी शरण्या। धीमे कदमों से बढ़ रहे थे सभी। पहाड़ के उस पार सूर्य अस्त हो गया था। पहाड़ की छाया पड़ रही थी पानी पर। कुछ पंछी गोलाई में आसमान पर उड़ रहे थे।

सम्पद राव ने कहा, ''चलिए मन्दिर घूम आते हैं।''

सभी ने गेट पारकर मन्दिर में प्रवेश किया। छोटा-सा मन्दिर, चारों ओर पत्थर का चबूतरा, देखकर ही लग रहा था कि नया बना है। मन्दिर हालाँकि साधारण-सा था किन्तु वातावरण के कारण बहुत अच्छा लग रहा तआ। कोई भी व्यक्ति नहीं था वहाँ। सामने एक बेदी पर कुछ त्रिशूल गड़े थे। मन्दिर के गर्भगृह में कसौटी-पत्थर का शिवलिंग था। शायद कोई पूजा कर गया था, इसीलिए फूल छितराये हुए थे। सभी ने मन्दिर में प्रणाम किया और निकल आये। सभी फिर बाइक पर सवार हुए। दिन समाप्त हो चुका था पर अभी भी चारों ओर हलका उजाला था। दुकान पर बाइक रोका सम्पद राव ने और कहा, ''आप लोग बैठें, मैं अभी आता हूँ।''

सम्पद राव भीतर चला गया। दुकान का एक लड़का दोनों को चाय दे गया। छोटी-सी दुकान है। पीछे की ओर रसोई की जगह। एक-एक कर कुछ टेबुल और उनके दोनों ओर कुर्सियाँ थीं, पर वहाँ कोई था नहीं। सम्पद राव लौट आया।

''कैसी चलती है दुकान?'' प्रश्न किया शाक्य ने।

"अच्छी चलती है। दोनों टाइम बस रुकती है। लोग आते हैं। हफ्ते में दो दिन हाट लगता है चारों ओर के गाँवों से लोग आते हैं। ठीक-ठाक चल जाता है। एक गाड़ी है, जो भाड़े पर चलती है।"

"कल आपकी गाड़ी मिल सकेगी?"

"हाँ, मिल तो सकेगी, पर थोड़ा वक़्त लगेगा। चाहें तो आप लोग बस से भी जा सकते हैं। पहली बस दस बजे के अन्दाज़ आती है, पर बहुत दूर से आती है सो उसमें खूब भीड़ होती है। बैठने को जगह नहीं मिलेगी। उसके बाद वाली बस दो बजे है, जो देवप्रयाग से आती है।"

"हाँ, हम आज उसी बस से आये थे, खाली-सी ही थी। अच्छा, अब हम उठते हैं। आज शाम आपके साथ घूमकर बहुत अच्छा लगा।' फिर जेब से रुपये निकाले शाक्य ने और कहा, "आपकी चाय का दाम।"

हाथ जोड़कर सम्पद राव ने कहा, "आपसे मैं रुपया नहीं ले सकता। आप तो मास्टरजी के अतिथि हैं।"

"यहाँ के सभी लोग उनका बहुत आदर सम्मान करते हैं न?"

"जी, सही कहा। इस हिमालय और गंगा को बचाये रखने के लिए मास्टरजी ने सारी उम्र लड़ाई लड़ी है। सभी से कहा है कि हमें अपने लिए नहीं बल्कि आने वाली पीढ़ी के लिए गंगा और हिमालय की प्रकृति को बचाकर रखना होगा। वे कहते हैं कि सामयिक लाभ के लिए धरती की छाती से गंगा का सफाया हो जाए, वह नहीं चाहते।"

कोई जवाब नहीं देता शाक्य। वह तो स्वयं अनुभव कर रहा था कि प्रकृति का नाश हो रहा है। कितने आन्दोलन, बहसें, भाषण, परियोजनाएँ, गंगा एक्शन प्लान, हजारों करोड़ की राशि, और कागज-कलम में कितना कुछ काम हो रहा है पर्यावरण के नाम पर, किन्तु वास्तव में कितना काम हो रहा है यह तो माता गंगा ही जाने। हर क्षण मनुष्य प्रकृति को नष्ट किये जा रहा है। क्या पता उसे कब सद्बुद्धि आएगी और कब प्रकृति की रक्षा हो पाएगी।

पन्द्रह

साँझ के धुँधले से उजाले में अगल-बगल चल रहे थे दोनों। पहाड़ से लिपटता जा रहा था अन्धकार। किन्हीं जंगली कीड़ों का दल कुछ अलग किस्म की आवाज़ कर रहा था। यह आवाज़ झींगुर की आवाज़ नहीं थी। लग रहा था मानो किसी मन्दिर में बज रहे असंख्य घंटों की मृदु-सी आवाज़ हो। या हो सकता है ईश्वरभूमि हिमालय

के कीट-पतंग देववन्दना कर रहे हों। रास्ते के बगल में ही गहरी खाई थी। दो दिन पहले भी राह चलते कितना डर-सा लग रहा था। नीचे की ओर नज़र पड़ते ही सीना काँप उठता था। अब शाक्य काफी सहज हो गया था। उसने शरण्या की ओर नज़र घुमायी। देवप्रयाग से लौटने के बाद एक बार भी उसने दादाजी की बात नहीं की थी। शायद धीरे-धीरे उन्हें खोज पाने की उम्मीद वह खोती जा रही थी। सामने था मास्टरजी का घर। बरामदे में बत्ती जल रही थी। आरामकुर्सी पर बैठे थे। मास्टरजी। गेट खोलकर दोनों भीतर घुसे। मास्टरजी शायद कोई जाप कर रहे थे। धीरे-धीरे मुँह उठाकर देखा, कुछ बोले नहीं। शाक्य समझ गया कि इस क्षण उनके जाप में विघ्न डालना उचित नहीं, उसने शरण्या को भी इशारे से बताया। बिना आवाज़ किये दोनों भीतर कमरे में आये। कोई किताब पढ़ रही थीं विमला। झट से किताब को बन्द करते हुए बोलीं, ''कहाँ गये थे?''

''सम्पद राव हमें बाँध दिखाने ले गये थे।''

''कैसा लगा?''

शरण्या के स्वर में दबा सा उल्लास था, ''मुझे बहुत अच्छा लगा।''

''तुम लोगों के लिए चाय बनाऊँ?'' उन्होंने पूछा।

''सम्पद राव ने हम लोगों को चाय भी पिलाई और आप लोगों के बारे में कितना कुछ बताया। लगता है, बस का खराब होना अच्छा ही रहा वरना न आप जैसे लोगों से भेंट होती, न हम कुछ जान पाते।''

गम्भीर स्वर में विमला ने कहा-''हमने कभी न प्रचार चाहा न कोई पुरस्कार।'' तुम्हारे मास्टरजी तो अपनी बात ही कभी नहीं करते थे। यहाँ तक कि अपनी फोटो उतरवाने से भी मना करते। उनका कहना था कि मनुष्य का परिचय उसकी ईमानदारी और उसका काम होता है। दरअसल जीवन भर से हम इस हिमालय की प्रकृति, गंगा और यहाँ के लोगों को बचाये रखना चाहते थे। जीवन की अन्तिम बेला में आकर बड़ा दुख होता है कि इतनी चेष्टाओं के बावजूद हम कुछ भी न कर पाये।''

कोई कुछ नहीं बोलता। कमरे में फैली है दबी-सी निस्तब्धता। हठात् विमला खड़ी हो गयीं और बोलीं, ''तुम लोग सारा दिन घूमे हो। थक गये होंगे, थोड़ा आराम कर लो। बाद में बातें होंगी। आओ तुम लोगों को कमरा दिखा दूँ।''

कमरा पाकर बरामदा। बिलकुल आखिर में था एक और कमरा। काफी बड़ा। एक के बाद एक चौकियाँ बिछी थीं। कमरे से सटा हुआ था बरामदा और बाथरूम। शाक्य समझ गया कि यह अतिथिशाला है। खुद ही दरवाज़ा बन्द कर निकल गयीं विमला। शाक्य बरामदे में जाकर खड़ा हुआ। सामने पहाड़ पर ढलुआन थी और कुछ नीचे एक के बाद एक कई मकान जहाँ बत्तियाँ जल रही थीं और दूर पहाड़ की छाया की तरह नज़र आ रहे थे और सिर के ऊपर नज़र आ रहे थे दो-एक तारे। इतनी

देर में पोशाक बदलकर पास आ खड़ी हुई थी शरण्या और बोली, ''आज पिताजी की बहुत याद आ रही है।''

हठात् बाहर से माताजी की पुकार सुनाई दी। फौरन दरवाज़ा खोलकर बाहर आया शाक्य।

''चलो, मास्टरजी तुम लोगों की प्रतीक्षा कर रहे हैं।''

''जी माताजी! हम अभी आते हैं।''

मास्टरजी कुर्सी पर बैठे थे। कमरे में दोनों के आते ही बोले-''आओ बैठो, तुम लोगों के साथ तो ढंग से बातचीत ही नहीं हुई।''

आमने-सामने बैठे शाक्य और शरण्या। सामने बैठे मास्टरजी को अपलक कुछ देर देखकर धीरे-धीरे बोला शाक्य, ''मैं कॉलेज में पढ़ाता हूँ और ये ऑफिस में काम करती है। एक व्यक्ति की खोज में हम हरिद्वार से गंगा के किनारे-किनारे घूम रहे हैं। बस इतनी-सी बात है हमारी। इससे तो अच्छा है, आप हमें अपने बारे में बताएँ। हमने कभी सोचा भी नहीं था कि आप जैसे श्रद्धेय व्यक्ति से हमारी इस प्रकार भेंट होगी। सुना है, आप गाँधी जी के शिष्य हैं।''

गाँधी जी के बारे में सुनते ही मास्टरजी के चेहरे पर एक अपूर्व भाव जाग्रत हो उठा, छलछला उठीं आँखें। गला रुँध गया। शाक्य ने अनुभव किया कि इस व्यक्ति में आज भी कितनी गहरी श्रद्धा और प्रेम है। अस्फुट स्वरों में मास्टरजी बोले-''महात्मा जी मेरे जीवन के आदर्श हैं। उनका रास्ता ही मेरे जीवन का रास्ता है।''

दबे हुए कौतूहल से शरण्या ने पूछा-''आपने महात्मा गाँधी को देखा था?''

''हाँ, देखा था। हरिद्वार आये थे महात्मा जी। मैं चाचाजी के साथ गया था। मेरे चाचा जी सत्याग्रह आन्दोलन में शामिल हुए थे, अनेक बार जेल गये थे। महात्माजी के बारे में पहली बार उन्हीं से सुना था। उस वक़्त मैं पन्द्रह वर्ष का था जब मैंने उन्हें देखा। प्रणाम करते ही उन्होंने कहा था, ''सच्चे बनो, चरित्रवान बनो।' उसके बाद उन्हें फिर देखा था किन्तु प्रथम दर्शन की बात मैं कभी भूल नहीं सकता।''

शरण्या उनके आदर्श को मान नहीं पाती। शाक्य ने मास्टरजी की ओर मुखातिब होकर कहा, ''आज के लोग किन्तु उनके आदर्शों से पूर्णतः अलग हो गये हैं।''

कुछ गम्भीर हो गये मास्टरजी और बोले, 'इसीलिए तो हमारे जीवन के सर्वस्तर में इतनी समस्याएँ हैं, इतनी गिरावट है। मनुष्य सारे आदर्श, नीतियों और मूल्यबोध को भूल गया है। पागल की तरह धन के पीछे दौड़ रहा है और यह अन्धी दौड़ उसे सर्वनाश के किस अन्तिम छोर पर पहुँचा रही हैं, यह वह स्वयं ही नहीं जानता। गाँधी जी ने एक बार कहा था कि इस पृथ्वी पर जो दौलत वह मनुष्य का हर अभाव दूर करने के लिए पर्याप्त है। मनुष्य के लोभ, लालसा को पूर्ण कर सके ऐसी कोई

दौलत पृथ्वी पर नहीं है।''

''गाँधी जी ने ठीक ही कहा था, मनुष्य की लालसा कभी पूर्ण नहीं होती।'' शाक्य ने कहा।

इसी बीच कमरे में विमला ने प्रवेश किया। मास्टरजी के पास जाकर उनके बैठते ही शाक्य ने प्रश्न किया-''अच्छा माताजी, आप भी क्या महात्मा जी के आदर्शों में विश्वास करती हैं?''

''हाँ करती हूँ। अहिंसा की शक्ति हजार बन्दूकों की शक्ति से अधिक शक्तिशाली होती हैं। मैंने अपने जीवन में इसका प्रमाण पाया है।''

कुछ झिझकते हुए शरण्या ने कहा, ''स्वाधीनता की लड़ाई के समय गाँधीजी ने अहिंसा आन्दोलन किया था इसलिए लोग उससे जुड़े थे। इसके अतिरिक्त वह काफी पहले का समय था। आज तो पृथ्वी पर सभी हिंसा पर विश्वास करते हैं। ऐसे में भला अहिंसा की शक्ति कितनी भरपूर होगी?''

विमला के चेहरे पर जरा-सी भी विरक्ति नहीं उभरी। पति-पत्नी दोनों मानो प्रसन्नता की प्रतिमूर्ति थे। एक नज़र मास्टरजी पर डालकर विमल बोलीं, ''चिपको आन्दोलन के बारे में सुना है?''

''हाँ, नाम भर सुना है, पर उसके बारे में विशेष कुछ जानती नहीं।'' शरण्या ने कहा।

शाक्य बोला, ''मैं थोड़ा-बहुत जानता हूँ। स्त्रियाँ वृक्ष को पकड़ चिपक जाती थीं।''

हाथ के इशारे से शाक्य को चुप कराते हुए शरण्या ने कहा-''माताजी! आप बताएँ।''

पुराने दिनों की याद से विमला की आँखें चमक उठीं। कुछ देर बाहर की ओर देखती रहीं मानो धीरे-धीरे वर्तमान से अतीत के दिनों की ओर लौट रही थीं। फिर बोली-''मेरा जन्म हिमालय में हुआ था। यहीं पली-बढ़ी। पिताजी पोस्टमास्टर थे। बदली पर उन्हें विभिन्न जगहों पर जाना पड़ता। हम लोग भी उनके साथ जाते। घूमने-घूमने में स्कूल की पढ़ाई अधिक न हो पायी। पिताजी घर पर ही पढ़ाते। बताते कि यह यह हिमालय की कहानी है, भारत की कहानी है। किस प्रकार अँग्रेज हमारे देश की दौलत लूटकर ले गये, वह हमें बताते। छुट्टी के दिन मैं पिताजी के साथ घूमती। वे वृक्षों से, फूलों से परिचित कराते। बचपन से ही वृक्षों के प्रति हमारा लगाव हो गया था। जब भी कोई पेड़ काटता तो हमें बड़ी तकलीफ होती। आँखों के सामने हम देखते कि सरकारी लोग पहाड़ से बड़े-बड़े काटकर ले जा रहे हैं।'

''पेड़ तो पहले भी कटते थे।'' शाक्य ने कहा।

जवाब मास्टरजी ने दिया, ''पेड़ों को काटने की शुरुआत अँग्रेजों के ज़माने से

हुई थी। उस वक़्त जंगलों की नीलामी लगती थी। पेड़ काट-काटकर साहब लोगों को लाखों की आमदनी होती। फिर देश आजाद हुआ, पर पेड़ों का कटना बन्द नहीं हुआ। लोगों की बस्ती बढ़ गयी थी। जंगल काटकर पहाड़ों पर खेत तैयार हो रहे थे। हम समझ रहे थे कि इस प्रकार यदि अबाध पेड़ कटते रहे तो भयंकर विपत्ति आएगी। अन्ततः वही हुआ। 1970 में अलकनन्दा का पानी साठ फुट बढ़ गया। कई गाँव बह गये। अनेक लोग मारे गये। इतना अधिक नुकसान हुआ जिसका कोई अनुमान नहीं। अनुसन्धान करने पर पता चला कि बाढ़ केवल प्राकृतिक कारणों से ही नहीं आयी थी। इसका एक बड़ा कारण था पेड़ों का काटा जाना। पेड़ों को काटने के कारण नाना जगहों पर भूमि धसान हुआ और उस धसान से नदी भर गयी थी जिसके प्रबल प्रवाह से नंगे पेड़ नदी के साथ बह आये। इस भयंकर बाढ़ के बाद चमोली जिला के गोपेश्वर में लोगों ने संगठित हो निश्चय किया कि अब जंगलों से पेड़ काटने नहीं देंगे। जंगलात के दफ्तर में जाकर आवेदन दिया गया। किसी ने किन्तु सामान्य गँवई लोगों की बातों पर ध्यान नहीं दिया। इसके बाद ही शुरु हुआ सचमुच का आन्दोलन, जिसका नेतृत्व पता है किन लोगों ने किया? इसी गढ़वाल की स्त्रियों ने। गाँधी जी के दिखाये रास्ते, अहिंसक सत्याग्रह तथा साहस, ने उनका मार्गदर्शन किया।''

''उस आन्दोलन में आप भी थीं माताजी?'' शरण्या ने पूछा।

''हाँ, थी बेटी। गढ़वाल के लोग हमेशा से ही बहुत गरीब थे। स्त्रियों की अवस्था तो और भी खराब थी। वे जंगल जाकर घास-पत्ते ले आया करतीं, परन्तु पेड़ों के कटने से पत्ते मिलने में भी असुविधा हो रही थी। उस समय अलकनन्दा के किनारे रेनी गाँव के पास एक विराट जंगल था। जंगलात के दफ्तर की ओर से उस जंगल का इज़ारा साइमन कम्पनी को दिया गया था। चारों ओर हो रहे आन्दोलन के कारण उनकी पेड़ काटने की हिम्मत नहीं हो रही थी। 1974 का साल। सर्दियाँ खत्म हुई ही थीं। चमोली शहर में उस दिन कोई सभा थी, जहाँ गाँव के सारे लड़के गये हुए थे। इस अवसर का लाभ उठाने के लिए साइमन कम्पनी के लोग एक भाड़े की बस गाड़ी लेकर रेनी गाँव की ओर रवाना हुए। किसी को कोई सन्देह न हो इसलिए बस की खिड़कियाँ बन्द की हुई थीं। गाँव से कुछ दूरी पर बस रोककर वे जंगल की ओर रवाना हुए। एक छोटी लड़की ने उन्हें देख लिया। साथ ही साथ उसने दौड़ते हुए जाकर गौरादेवी को खबर दी।''

''गौरा देवी कौन?''

''गौरादेवी रेनी गाँव की एक विधवा थीं। वे बाइस वर्ष की आयु में विधवा हो गयी थीं। एकमात्र पुत्र के साथ बड़े कष्टों में दिन गुज़ार रही थीं फिर भी गाँव की स्त्रियों के हालात सुधारने के लिए सचेष्ट रहतीं। जब उन्होंने सुना कि कम्पनी के

लोग पेड़ काटने आये हैं, उन्होंने गाँव की सारी स्त्रियों को पुकार कर इकट्ठा किया।''

''उस समय गौरादेवी की उम्र कितनी रही होगी?''

''यही कोई पचास साल...उनकी पुकार पर गाँव की छोटी-बड़ी सभी स्त्रियाँ निकल आयीं और कम्पनी के लोग जहाँ इकट्ठा हुए थे, गौरादेवी ने वहाँ जाकर उन्हें लौट जाने को कहा और कहा कि किसी को जंगल में पेड़ काटने नहीं दिया जाएगा। शराब के नशे में साइमन कम्पनी का एक अफसर चीख उठा, ''हम पेड़ काटेंगे। किसी में इतनी ताकत नहीं कि हमें रोक सके। काटो पेड़। उनके साथ के लोग कुल्हाड़ी लेकर आगे बढ़े। साथ ही साथ गौरादेवी चीख उठीं, ''चिपको पेड़ से, पेड़ से चिपको। कसकर लिपट जाओ पेड़ों से।''

शाक्य व शरण्या दोनों स्थिर। ऐसे जैसे उनके सामने कोई घटना का वर्णन नहीं कर रहा था बल्कि उनकी आँखों के सामने जीवन्त हो उठी थीं कई तस्वीरें, मनुष्य की युग-युगान्तरों से चली आ रही लड़ाई की तस्वीरें, अस्तित्व की, जीवन जीने के अधिकार की, अन्याय के विरुद्ध प्रतिरोध की, शक्तिमान के विरुद्ध दुर्बल की लड़ाई की तस्वीरें।

सभी स्त्रियाँ पेड़ों से चिपक गयीं। माँ जैसे सन्तान को चिपका लेती है परम स्नेह व ममता से। कम्पनी के लोग आगे बढ़े। किसी के हाथ में लाठी, किसी के कुल्हाड़ी। चीख उठे वे, ''हट जाओ तुम लोग वरना औरत हो इसलिए हम किसी को छोड़ेंगे नहीं। स्त्रियाँ तभी समवेत स्वर में बोल उठीं, ''न हम यहाँ से हटेंगे, न किसी को पेड़ काटने देंगे। कम्पनी के लोग बल प्रयोग कर स्त्रियों को हटाना चाहते थे परन्तु स्त्रियों में भी जाने कहाँ से असीम शक्ति आ गयी थी, उनका एक हाथ तक कोई न छुड़ा पाया। कम्पनी के लोग इस बात पर प्रचंड क्षुब्ध हो उठे कि गाँव की कुछ स्त्रियों से वे हार रहे थे। अब कम्पनी के मालिकों को वे क्या मुँह दिखाएँगे। एक ने लाठी उठाकर मारना शुरू किया। किसी के सिर, किसी के शरीर पर लाठी पड़ रही थी, फिर भी कोई स्त्री पेड़ को नहीं छोड़ रही थी। अब पागल अफसर ने बन्दूक उठा ली। फौरन गौरादेवी सामने आकर खड़ी हो गयीं। दोनों हाथ बढ़ाकर बोली-''यह पेड़ हमारी माँ हैं। हम पर गोली चलाये बिना कोई इन्हें काट नहीं सकता। किसी एक व्यक्ति ने कहा-''तुम लोग क्यों बचाना चाहती हो पेड़ों को। इनसे सरकार को कितनी आय होती है, तुम्हें पता भी है? गौरादेवी ने उत्तर दिया, ''पेड़ काटने से सरकार को तो आय होगी पर हमारा कितना नुकसान होगा, पता है? ये मिट्टी, ये पानी, ये पेड़ हमारे जीवन हैं। इन्हीं के कारण हम जीवित हैं। हम जान देकर भी पेड़ को बचाएँगे।''

देखते-देखते आसपास के गाँवों की और महिलाएँ भी आ गयीं। सभी के चेहरों और आँखों में एक जुनून था। सभी एक-दूसरे का हाथ थामकर खड़ी हो

गयीं। साइमन कम्पनी के लोगों को पीछे हटना पड़ा। वे समझ गये कि इन संगठित महिलाओं के सामने आगे बढ़ पाना असम्भव था। वे सब लौट गये।...विमला चुप हो गयीं।

"उसके बाद क्या कहीं पेड़ काटने की चेष्टा नहीं हुई?" शरण्या ने पूछा।

"इतनी सहजता से क्या कम्पनी पीछे हट जाती? उनके साथ थे वन-विभाग के लोग और अधिकारी। चारों ओर से दबाव पड़ना शुरू हुआ। शुरू हुई पुलिस की धर-पकड़। गाँव के लोगों पर कुछ कम अत्याचार नहीं हुए।"

"आप तब कहाँ थे मास्टरजी?" प्रश्न किया शाक्य ने।

चादर को शरीर पर ठीक से लपेटते हुए मास्टरजी बोले–"मैं चाहता था कि इस चिपको आन्दोलन की बात केवल कुछ गाँवों तक ही सीमित न रह कर सारे हिमालय के लोगों तक पहुँचे, इसलिए हिमालय के एक छोर से दूसरे छोर तक मैंने पैदल यात्रा की। जहाँ भी गया, वहाँ के लोगों को समझाया कि यदि जंगल न बचे तो हिमालय भी न बच पाएगा। हिमालय एक पवित्र भूमि है, तुम्हारा पिता है। उसी की गोद में तुम पले-बढ़े हो। जिस दिन हिमालय प्राणहीन हो गया, उस दिन पूरे भारत की प्राणसत्ता का विध्वंस हो जाएगा।'

"लोगों ने क्या आपकी बातों को सुना, महत्त्व दिया?"

"हाँ, देखते ही देखते और भी कितने ही लोग आगे बढ़ आये। रेनी गाँव की स्त्रियों ने जिस आन्दोलन की शुरुआत की, वह कुछ ही वर्षों में सारे देश में फैल गया। अन्त में सरकार को यह निर्णय लेना पड़ा कि बिना किसी विशेष प्रयोजन के हिमालय के पेड़ काटे नहीं जाएँगे।"

"इस प्रकार अन्ततः आप लोगों की जीत हुई।" शरण्या ने कहा।

मास्टरजी ने कुछ क्षण शरण्या की ओर देखा और फिर स्वतः ही बोल उठे, "यहाँ प्रश्न किसी हार-जीत का नहीं है बेटी! प्रश्न है, प्रकृति बचेगी तब ही पृथ्वी बचेगी, समस्त जीव-जगत का कल्याण होगा। वह होगी सब की जीत।"

सोलह

धीरे-धीरे आँखें खोलकर शाक्य ने देखा। नींद तो पहले ही टूट गयी थी। कुछ आलस्य-सा था। खूब नज़दीक ही कुछ लोग बात कर रहे थे। शाक्य समझ नहीं पा रहा था कि वह आखिर कहाँ लेटा है। खिड़की से कमरे में रोशनी आ रही थी। मुँह गुमाते ही उसने देखा कि गले तक चादर से ढँककर शरण्या सो रही थी। बिस्तर पर उठकर बैठ गया शाक्य। इतनी देर बाद उसे याद आया कि वह मास्टरजी के घर में

है। चादर ओढ़कर उसने शरण्या को आवाज़ दी और बरामदे में निकल आया। पहाड़ के शिखर पर धूप आ गयी थी। बिलकुल साफ था आकाश। गेट के पास एक जीप खड़ी थी। कुछ अवाक् हुआ शाक्य। इतनी सुबह जीप लेकर कौन आया। तो क्या सम्पद राव ने गाड़ी भेज दी।

बरामदे से होकर बगीचे में उतर आया शाक्य। सामने के कमरे के दरवाज़े के पास आकर ही रुक गया। सामने कुर्सियों पर बैठे थे तीन सज्जन। चेहरे और पहनावे से वे कुछ बड़े लोग लग रहे थे। उनके विपरीत बैठे थे मास्टर जी। शाक्य पर नज़र पड़ते ही बोले–''आओ बेटा, आओ। मैं परिचय करा दूँ। ये यहाँ के विधायक हैं नवीन जी, ये राज्य पार्टी कमेटी के अध्यक्ष सुरेश राव, ये हैं समाजसेवी कमलेश जी। और ये हैं शाक्य कोलकाता से। वहाँ कॉलेज में पढ़ाता है। कल ही मेरे पास आया है।''

सभी ने परस्पर नमस्कार विनिमय किया। शाक्य समझ गया कि ये सभी विशिष्ट व्यक्ति हैं जो किसी विशेष काम से यहाँ आये हैं। इनके वार्तालाप में व्यवधान उचित नहीं इसलिए शीघ्रता में बोला, ''आप लोग बातें करें, मैं अभी आता हूँ।''

मास्टर जी ने हाथ बढ़ाकर शाक्य को रोका और कहा–''तुम बैठो। ये लोग मेरे पास आये हैं।...''

मास्टरजी की बातें के बीच में ही कमलेश जी बोले–''हम लोग पूरे गढ़वाल में 'गंगा बचाओ' आन्दोलन शुरू कर रहे हैं। हम सारे देश के लोगों को जागरूक करना चाहते हैं। गंगा हमारी माँ है, हमारा जीवन है। गंगा यदि नहीं रही तो हमारा सब कुछ शेष हो जाएगा। आज सुबह ग्यारह बजे टिहरी में गंगा-किनारे पहली सभा है। स्वयं नवीनजी ने आयोजित की है। हम सभी की इच्छा है कि उक्त सभा में मास्टरजी गंगा बचाओ आन्दोलन का प्रारम्भ करें। यह काम उन्हीं ने शुरू किया था। हम उन्हीं के रास्ते पर आगे बढ़ेंगे।''

शाक्य को लगा कि वह सज्जन अच्छे वक्ता थे। ओजस्वी।

मास्टरजी ने कहा, ''तुम लोगों के काम के प्रति मेरा पूर्ण समर्थन है परन्तु मेरा स्वास्थ्य ठीक नहीं। घर छोड़कर बाहर कहीं भी जा नहीं पाता। बहुत कष्ट होता है।''

सुरेश जी बोले–''हम बड़ी गाड़ी भेज देंगे। आपको ज्यादा देर तक रोकेंगे भी नहीं। आप बस प्रदीप प्रज्वलित कर दो-चार बातें बोल कर लौट आइएगा।''

''यदि मैं जा पाता तो अवश्य जाता। तुम लोगों को अनुरोध ही नहीं करना पड़ता।'' मास्टरजी बोले–''उम्र भी तो कुछ कम नहीं। ऊपर वाले की दया है कि जीवित हूँ।''

''तो फिर हम और जोर नहीं देंगे। आप विश्राम करें और हमें आज्ञा दें। अभी

बहुत काम बाकी है।'' नवीन जी बोले।

''तुम सभी के प्रति मेरी हार्दिक शुभेच्छा। चारों ओर सब कुछ देखकर बड़ी तकलीफ होती है। पता नहीं जाने से पहले अच्छा कुछ देख भी पाऊँगा या नहीं। हम लोग तो कुछ कर न पाये। अब गंगा को जीवित रखने का दायित्व तुम लोगों का है।'' मास्टरजी बोले।

शाक्य को लग रहा था कि मास्टरजी के शब्द उनके अन्तर की गहराई से निकल रहे थे। उनमें कितना गहरा आवेग था।

और प्रतीक्षा न कर, सभी उठ खड़े हुए। गाड़ी के चले जाने पर मास्टरजी तनिक देर नीरव बैठे रहे। उस अवस्था में उन्हें देख शाक्य बोल उठा, ''एक बात कहूँ मास्टरजी, जाने क्यों मुझे लग रहा है कि आप उनकी सभा में जाना नहीं चाहते थे।''

शाक्य की पीठ पर हाथ रखकर धीर स्वर में मास्टरजी ने कहा–''तुमने ठीक ही समझा बेटा। इनमें से कोई भी गंगा से प्रेम नहीं करता। गंगा के नाम पर राजनीति करते हैं ये लोग। इनका उद्देश्य है–''आत्म प्रचार, सत्ता में टिके रहना। सुना है, इस बार कमलेश जी वोट में खड़े होंगे।''

हँस उठा शाक्य, ''इसीलिए गंगा माता और आपको सामने रखकर प्रचार शुरू करना चाहते थे।''

मास्टरजी ने कोई जवाब नहीं दिया। चुपचाप कुछ सोच में डूबे सामने की ओर देखते रहे। इसी बीच शरण्या आयी। मास्टरजी ने मुँह घुमाया। शरण्या का हाथ थामते हुए पूछा–''नींद आयी, बेटा?''

''जी हाँ, आयी।...कौन लोग आये थे?''

''यहीं के कुछ लोग थे।''

शाक्य समझ गया कि मास्टरजी प्रसंग टालना चाह रहे थे।

''तुम लोग क्या सुबह ही चले जाओगे?'' उन्होंने पूछा।

'हाँ, सम्पद राव ने कहा था कि वे गाड़ी लेकर आएँगे।''

''तुम लोगों को पाकर बड़ा अच्छा लगा था। सारा दिन हम दो जने। कोई बात ही नहीं होती। और लोग भी बिना ज़रूरत के नहीं आते। इसके अलावा सबको अच्छा भी तो नहीं लगता।''

हठात् शरण्या ने पूछ लिया, ''हम लोग क्या आपको अच्छे लगे?''

शिशु सुलभ मुस्कान फैल गयी मास्टर जी के चेहरे पर, बोले–''तुम लोग तो हमारे अपने हो। बिलकुल आत्मीय। हम सभी एक ही वंश के तो हैं।''

शाक्य व शरण्या एक साथ बोल उठे, ''हम आपकी बात का तात्पर्य समझ नहीं पाये।''

''वास्तव में मैं बंगाली हूँ।''

शाक्य ने दोनों आँखें बड़ी करते हुए कहा, ''पर आपकी पदवी तो बहुगुणा है। बहुगुणा बंगाली होते हैं, कभी सुना नहीं।''

मास्टरजी ने कहा–''दरअसल हमारे पूर्वजों की पदवी थी बंद्योपाध्याय। कई सौ साल पहले बंगाल के किसी गाँव में हमारा घर था।''

''फिर बन्दोपाध्याय से बहुगुणा कैसे हुए?''

''उसका भी एक इतिहास है।'' बोले मास्टर जी, ''कई सौ वर्ष पूर्व तीन पंडित भाई यहाँ तीर्थ करने आये थे। उनमें एक कविराज था, दूसरा काव्यशास्त्री और तीसरा ज्योतिषशास्त्री। वे तीनों आकर गढ़वाल के श्रीनगर की एक धर्मशाला में ठहरे। उस समय श्रीनगर के राजा बहुत बीमार पड़ गये। कोई चिकित्सा काम नहीं कर रही थी। तीन पंडितों के बारे में सुनकर उन्हें महल में बुलवाया गया। उनके परामर्श व चिकित्सा से कुछ ही दिनों में राजा स्वस्थ हो उठे। राजा के अनुरोध पर वे तीनों वहीं रह गये। उन्हें तीन गाँव दिए गये तथा उनके बहु गुणों के कारण राजा ने उन्हें बहुगुणा की उपाधि दी।''

बड़ा आश्चर्य हुआ शाक्य को। कहाँ बंगाल और कहाँ तत्कालीन दुर्गम हिमालय का श्रीनगर। कहाँ के लोगों ने कहाँ आकर अपनी बस्ती स्थापित की।

दिन निकल आया था। सम्पद राव की दुकान का एक लड़का बताने आया कि ग्यारह बजे दोनों को लेने गाड़ी आएगी। शाक्य ने घड़ी की ओर देखा, नौ बज रहे थे। अभी भी दो घंटे का समय था।

मास्टरजी उठ गये, अब गंगा-स्नान को जाएँगे। वे खुद ही बोल उठे, ''यह मेरी हमेशा से आदत है। गंगा के किनारे था हमारा गाँव। गंगा में स्नान किये बिना लगता ही नहीं था कि देह व मन शुद्ध हुए हैं।''

शाक्य को ऋषिकेश के अमरनाथ की याद हो आयी। इन लोगों का देह व मन मानो गंगा से एकात्म हो गया हो।

मास्टरजी के घर से पतला-सा एक रास्ता गंगा की ओर उतर गया है। ऊपर से नज़र नहीं आता। शरण्या को आश्चर्य हुआ कि इस उम्र में भी कितनी सहजता से बढ़ते जा रहे थे मास्टरजी। बल्कि वे लोग ही पिछड़ गये थे।

चलते-चलते हठात् रुक गये मास्टरजी। एक पलक पीछे की ओर देखकर बोले-''पहले यहाँ अनेक पेड़ थे। जन्तु-जानवर भी थे। पेड़ कट गये तो धीरे-धीरे सब कुछ कहीं खो गया।''

''पर अब तो कानून बनाकर पेड़ काटना बन्द कर दिया गया है।''

''क़ानून है। हमेशा था। रहेगा। पर उसका उपयोग तो मनुष्य के हाथ में है। मनुष्य का लोभ सब कुछ ध्वंस किये दे रहा है। इसीलिए हमारे जीवन में इतनी

समस्याएँ हैं, इतनी गिरावट है। पागल की तरह दौड़ता जा रहा है मनुष्य दौलत के पीछे। और अर्थ के पीछे दौड़ते-दौड़ते वह सर्वनाश के किस सीमान्त पर पहुँच गया है, उसे स्वयं ही नहीं मालूम।''

''एक दिन ज़रूर मनुष्य अपनी गलती समझ पाएगा।''

''किन्तु तब तक बहु देर हो चुकेगी। तब हाथ में कुछ नहीं आ पाएगा।''

बढ़ गये मास्टरजी। सामान्य-सी दूरी पर नीचे हैं गंगा। पत्थर का घाट। शान्त नदी। स्रोत में कोई खास वेग नहीं। काफी चौड़ा पाट। कुछ गन्दला-सा पानी। कुछ झुककर शरण्या ने पानी में हाथ दिया। बर्फ़ की तरह ठंडा। पत्थर पर बैठकर मास्टरजी लोटे में पानी भर कर सिर पर ढाल रहे थे। नहाने के पश्चात् कपड़े बदले। कुछ देर चुप रहे फिर मन ही मन बोले-''जीवन के अस्सी वर्षों में अधिकांश समय तो इस गंगा के किनारे ही कट गया। गंगा-जल को स्पर्श कर अपार्थिव आनन्द की अनुभूति होती है। हर दिन नींद टूटने पर यही प्रार्थना करता हूँ कि मृत्यु के पूर्वक्षण तक इस आनन्द की अनुभूति बनी रहे।

फिर दोनों हाथ जोड़कर वे बोल उठे, ''नमः गंगे, नमः गंगे।''

अनजाने में शाक्य भी बोल पड़ा, ''नमः गंगे, नमः गंगे।''

सत्रह

गाड़ी में बैठे थे शाक्य व शरण्या और गाड़ी चला रहा था सम्पद राव। ड्राइवर कुछ ज़रूरी काम से घर चला गया था। मास्टरजी के घर से विदा होते समय कुछ उदास हो गये थे शाक्य और शरण्या। मात्र एक दिन का प्रवास, और उसी में मास्टरजी और माताजी के स्नेह ने उन्हें अपने बन्धन में बाँध लिया था। चरण छूकर प्रणाम करते समय शरण्या अपने आँसुओं को रोक नहीं पायी थी। कंठ स्वर काँप रहा था। बस केवल इतना कह पायी, ''पता नहीं अब कभी आप लोगों से मिलना हो पाएगा कि नहीं, किन्तु आप लोगों के स्नेह को मैं कभी भूल न पाऊँगी।'' इसके अतिरिक्त और कोई कुछ बोल न पाया।

गाड़ी में भी दोनों चुपचाप बैठे थे। कोटेश्वर बाँध पीछे छूट गया था। खड़ा पहाड़ी रास्ता पहाड़ पर टेढ़ा-मेढ़ा ऊपर की ओर गया था। बीच-बीच में इक्का-दुक्का गाड़ियाँ बगल से गुजर रही थीं। पहाड़ के किनारे-किनारे गाड़ी चला रहा था। पंक्तिबद्ध आसमान छूते चीड़ के पेड़ थे। पतले-पतले पत्ते हवा में हिल रहे थे। एक छोटा-सा बाजार था। कुछ दुकानें थीं, कुछ मकान। कहीं लोगों का कोलाहल नहीं था। कुछ शान्त था वातावरण। कुछ ग्रामीण महिलाएँ बैठी थीं जिनमें दो ने

साड़ी और बाकी ने घाघरे ब्लाउज पहन रखे थे। सिर पर रंगीन कपड़े बाँधे हुए, सभी का स्वास्थ्य अच्छा था। उन्हें पीछे छोड़ कुछ आगे जाते ही अचानक सम्पद राव ने ब्रेक लगाया और खिड़की से मुँह बाहर निकालकर आवाज़ दी, "चाचाजी!' रास्ते के किनारे खड़े एक सज्जन पुकार सुनते ही बढ़कर आगे आये और बोले– "क्या हालचाल है सम्पद?"

"मैं ठीक हूँ चाचाजी। कहीं जाएँगे?"

"हाँ, चम्बा जाना है, बेटी के घर। गाड़ी का इन्तज़ार कर रहा हूँ।"

"आइए, गाड़ी में बैठिए। बहुत दिनों बाद आपसे भेंट हुई।"

सम्पद राव के बगल की सीट पर आकर उक्त सज्जन बैठ गये। एक नज़र पीछे देखते ही सम्पद राव ने कहा–"आपका परिचय करा दूँ चाचा जी, ये लोग कोलकाता से आये हैं। कल मास्टरजी के यहाँ मिले।"

सज्जन ने फौरन हाथ बढ़ाया और बोले–"नमस्कार। मैं कैलाश नौटियाल। मैंने बहुत दिनों तक मास्टरजी के साथ काम किया। आप लोग यहाँ कहाँ आये हैं?"

"निर्दिष्ट किसी जगह नहीं। गंगा के किनारे-किनारे चल रहे हैं।" शरण्या के दादाजी के प्रसंग को शाक्य ने जानबूझकर बाद दे दिया।

"बहुत अच्छा। जितना देखेंगे, उतना अच्छा लगेगा। किन्तु सामने जो गंगा आ रही है, उसे देखकर अच्छा नहीं लगेगा।"

"आप क्या बाँध के बारे में कह रहे हैं?"

"जी हाँ, गंगा के पैरों में बेड़ियाँ पहना दी गयी हैं। मास्टरजी ने कितना आन्दोलन किया। अनशन किया। मैंने भी मास्टरजी के साथ अनशन किया पर कोई लाभ नहीं हुआ।"

अचानक शरण्या बोल उठी, "एक बात पूछूँ, क्या बाँध से कोई लाभ नहीं हुआ?"

कुछ सोचकर कैलाश नौटियाल बोले–"आपने जो सवाल पूछा है, वही सवाल मुझसे और भी कई लोग पूछ चुके हैं। स्वयं मैंने भी बहुत बार सोचा। इस बाँध के इंजीनियर मेरे एक मित्र हैं। उन्होंने मुझसे कहा था कि यह बाँध मनुष्य की प्रगति का रथ है। यहाँ पर तैयार हुई बिजली ने केवल शहर नहीं बल्कि गढ़वाल के हर अंचल और लोगों के घरों को रोशनी दी है। यह सही है कि कुछ गाँव बह गये किन्तु उनके बदले कई नये शहर बने हैं; बने हैं नये-नये रास्ते, अस्पताल, स्कूल, कॉलेज और बाजार। कितने ही लोगों को मिला है रोजगार।"

कुछ उत्साहित स्वर में शरण्या ने कहा, "आपके मित्र ने ठीक ही कहा था।"

कैलाश नौटियाल जवाब में कुछ कहते उससे पहले ही बोल उठे सम्पद राव, "वो देखिये मैडम, सामने है टिहरी बाँध।"

दूर, धुँधली-सी रेखा-सा कुछ नज़र आ रहा था और उसके ऊपर पहाड़ पर कतारबद्ध कुछ मकान, किसी प्राकृतिक दृश्यावली की तरह। दाहिनी ओर थी एक छोटी-सी नदी। इशारा करते हुए सम्पद राव ने कहा, ''वो नदी जो देख रहे हैं, उसका नाम है भीलांगना। वह सामने जाकर गंगा में मिल गयी है। पहले वहीं थी टिहरी के राजाओं की राजधानी।''

''अब राजा लोग सब कहाँ हैं?''

''राजत्व चला गया। राजा लोग भी कहीं गुम हो गये।''

गाड़ी अब बाँध के सामने आ गयी थी। पहाड़ से रास्ता नीचे उतर गया था। सामने थी गंगा। उसके ऊपर से प्राचीर की तरह रास्ता चला गया था। दोनों ओर था स्थिर जल। लग रहा था जैसे जलधारा को प्राचीर से अलग कर दिया गया हो। बाँध के ऊपर से गाड़ी जा रही थी।

हठात् कैलाश नौटियाल बोल उठे, ''कभी नहीं सोचा था कि गंगा का यह दृश्य देखना होगा।'' इसके बाद शरण्या की ओर मुँह घुमाकर वह बोले-''आपने पूछा था न कि बाँध बनाकर क्या कोई लाभ नहीं हुआ। इस गंगा को देखकर आपको क्या लगता है?''

क्या जवाब दे, शरण्या समझ नहीं पा रही थी। मुँह नीचे कर बोली, ''बहुत खराब लग रहा है।''

बाँध पारकर गाड़ी बढ़ गयी थी। फिर पहाड़ से होता हुआ रास्ता ऊपर चढ़ गया था। देखकर ही लग रहा था कि नया बना था। किनारे-किनारे पेड़ लगाये गये थे। कुछ अन्यमनस्क थे कैलाश नौटियाल, धीरे-धीरे बोले-''एक बार रामकृष्ण मिशन के एक स्वामीजी ने कहा था कि मनुष्य नदी पर बाँध अपने सुख के लिए बनाता है, अपनी ज़रूरत के लिए बनाता है। वह कभी नदी के बारे में नहीं सोचता। उस नदी के बारे में जो लाखों वर्षों से अपने वेग में बही जा रही थी। जब उसकी चाल रोक दी जाएगी, उसकी गति खो जाएगी, तो बन्द पिंजरे के पंछी की तरह वह छटपटाएगी मुक्ति के लिए। थोड़ी-थोड़ी करके उसके सीने पर गाद जमेगी, पत्थर जमेंगे, कीचड़ जमेगा, गन्दगी जमेगी। दस वर्ष, बीस वर्ष, पचास वर्ष या सौ वर्षों में ही पानी के अलावा बाकी सब कुछ से पट जाएगी नदी। प्रकृति के नियम के अनुरूप पृथ्वी से लुप्त हुए जीवों की तरह एक दिन गंगा भी लुप्त हो जाएगी। गंगा की इस मृत्यु का उत्तरदायित्व किस पर होगा, बताइए?''

कुछ स्तम्भित-सा हो गया शाक्य। इतने दिनों की सोच से निर्मित भाव-जगत कुछ उलट-पलट सा गया था। उसे बार-बार एक ही बात कचोट रही थी कि सचमुच यदि गंगा सूख गयीं तो क्या होगा?...वह सोचता है, पर कोई उत्तर नहीं सूझता।

अठारह

चम्बा में गाड़ी से उतरते ही किसी ने पीछे से पुकारा, ''कैलाश चाचा, किधर चले?''

सभी ने मुँह घुमाया। कोई तीस वर्षीय सामान्य डीलडौल के एक सज्जन थे। कैलाश जी ने मुस्कराते हुए जवाब दिया, ''अरे स्वरूप बेटा, बहुत दिनों बाद भेंट हुई। मैं यहाँ बेटी के यहाँ आया हूँ। तुम किधर चले?''

स्वरूप ने पास आकर कहा, ''चाचा उत्तरकाशी जा रहा हूँ। वहाँ गीतों का अनुष्ठान है।''

कैलाशजी ने शाक्य की ओर देखकर कहा, ''परिचय करा दूँ, स्वरूप नामी कलाकार हैं, एक असाधारण गायक।''

शरमाते हुए स्वरूप ने कहा, ''मैं गाता ज़रूर हूँ, पर असाधारण कुछ नहीं। आप लोग?''

शाक्य ने अपना और शरण्या का परिचय दिया।

स्वरूप ने पूछा–''बंगाली? बंगाल में बहुत बड़े-बड़े कलाकर हैं। मैंने नाम सुना है आप लोग कहाँ जाएँगे?''

''उत्तरकाशी।''

''हमारे साथ जा सकते हैं। गाड़ी आ रही है। हम पाँच जन हैं। आप दो जन। कोई भी असुविधा नहीं होगी।''

''तब तो बहुत अच्छा रहेगा। हम भी यहाँ नये हैं। उत्तरकाशी में माताजी के आश्रम जाएँगे और आश्रम कहाँ है, हम कुछ नहीं जानते।''

स्वरूप ने माथा ठोका और कहा, ''कोई चिन्ता की बात नहीं। मैं जानता हूँ। और माताजी भी मुझे पहचानती हैं।''

''चलिए अच्छा हुआ,'' सम्पद ने कहा, ''पहचान के लोग मिल गये। कोई असुविधा नहीं होगी। तो अब मैं चलता हूँ।''

शाक्य ने बड़े प्रेम से सम्पद का हाथ थामते हुए कहा, ''अच्छे से रहिएगा। फिर मिलेंगे।''

स्वरूप की गाड़ी आयी जिसके ऊपर गाने-बजाने का सामान बँधा था। भीतर स्वरूप के ही हमउम्र चार लड़के बैठे थे जो शायद उसके गायन के साथी थे। शाक्य और शरण्या दोनों को स्वरूप ने सामने बैठा दिया और खुद पीछे की सीट पर बैठ गया। बड़ा हँसमुख व्यक्ति था। गाड़ी के चलते ही बोल उठा, ''मेरा पूरा नाम है स्वरूप सिंह बिष्ट।''

''बिष्ट तो राजपूत होते हैं न। मेरे एक मित्र थे।'' शाक्य की बात पर स्वरूप ने हामी भरी और कहा, ''आपने ठीक कहा। हम जाति से राजपूत हैं।''

पास से और एक व्यक्ति ने कहा, ''मेरा नाम नरेन्द्र चौहान, मैं भी राजपूत हूँ।''

''राजस्थान से यहाँ हिमालय पर कैसे आये?''

''वो तो बहुत पुरानी बात है। हमारे पुरखे थे राजस्थान में। पहले विदेशी मुसलमानों ने हम पर आक्रमण किया। फिर मुग़लों ने एक के बाद एक हमारे अंचल दखल कर लिए तब प्राण बचाने के लिए बहुतेरे राजपूतों ने गढ़वाल आकर बस्ती स्थापित की।''

''राजस्थान से और किसी प्रकार का सम्पर्क है आप लोगों का?''

''नहीं, अब तो हम पूर्णतः गढ़वाली हैं।''

शरण्या ने नरेन्द्र की ओर मुखातिब हो पूछा–''एक बात पूछूँ भाई साब! गढ़वाल का मतलब क्या है?''

नरेन्द्र के कुछ बोलने से पहले ही स्वरूप ने कहा–''मैं बताता हूँ। पहले इस पूरे पहाड़ी अंचल में कोल, भील, नाग, किन्नर, किरात आदि सम्प्रदायों के लोग रहते थे। फिर जब बाहर से लोग यहाँ आने लगे तो स्थानीय बाशिन्दों के साथ उनकी टकराहट होने लगी। बाहर से आनेवाले अपनी सुरक्षा की दृष्टि से गाँव की सबसे ऊँची जगह घर बनाते, जिसे गढ़ कहा जाता। इन गढ़ों में धनुष, भाले, तलवार, पत्थर आदि जमा कर रखे जाते, जिनसे नीचे से आ रहे शत्रु के साथ लड़ना सहज हो जाता। सुनने में आता है कि इस अंचल में बावन गढ़ थे। उसी गढ़ से नाम हुआ गढ़वाल। कई सौ वर्षों के दरम्यान भारत के विभिन्न अंचलों से जो लोग यहाँ आये वे थे ब्राह्मण, राजपूत, क्षत्रिय, गुज्जर, भेटिया, जाट, जूनसर आदि और आज इन सबका मिला-जुला एक ही परिचय है–''गढ़वाली।''

शाक्य चुपचाप सुन रहा था और एक विचित्र भाव उसके मन में उठ रहा था। इतने दिन कोलकाता जैसे शहर में, जहाँ हर वक़्त मनुष्य धन के पीछे दौड़ रहा है, वहाँ हिमालय की गोद में पनप रहे भारत के इस वास्तव स्वरूप को वह कभी जान ही नहीं पाया था। हिमालय की इस पवित्र भूमि, गंगा के किनारे, यहाँ के लोगों के बीच आकर उसने एक नये ही भारतवर्ष को देखा जहाँ न कोई बंगाली है, न गुजराती, न मराठी, न राजस्थानी, ''जहाँ सभी का एकमात्र परिचय था कि वे मनुष्य हैं।

गाड़ी तेज चल रही थी। झिलमिलाती धूप थी। सिर के ऊपर पूरे नीले आसमान पर टुकड़ों-टुकड़ों में बिखरे थे सफेद बादल। पिछले दिन की तरह वाष्पयुक्त काले बादलों का कोई चिह्न न था। पहाड़ के गात को सब्ज अल्पना से सजा रहे थे चीड़, पाइन, देवदार, केदारपाति, नारपाति के वृक्ष जिनमें अधिकांश में डालियाँ क्रमशः सुई की तरह पतली होकर आसमान की ओर उठ गयी हैं। शाक्य नहीं पहचानता किसी पेड़ को। बगल में बैठा स्वरूप उसे पेड़ों से परिचित करा रहा था। बीच-बीच में

पहाड़ पर भूमिधसान के कारण पत्थर स्तूप से हो गये थे। सरकारी लोग रास्ता साफ कर रहे थे। शरण्या को यह सब कुछ नया-सा लग रहा था। उसने पूछा-''जब अधिक भूमि धसान से रास्ता एकदम बन्द हो जाता है तब...?''

स्वरूप ने मुँह घुमाकर उत्तर दिया, ''तब गाड़ी-घोड़ा सब बन्द हो जाते हैं। लोगों को बहुत असुविधा होती है। अत्यावश्यक हो तो पैदल के अलावा और कोई दूसरा उपाय नहीं।''

''इस पहाड़ी रास्ते में चढ़ाई चढ़कर कोई कहाँ तक जा सकता है?''

''ऋषिकेश से गंगोत्री तक। अधिक नहीं, पचास वर्ष पहले तक मनुष्य को पैदल ही आवागमन करना पड़ता था।''

''कितने दिन लगते थे?''

''मैदानी भाग से जो लोग तीर्थ करने आते, उन्हें एक महीना लग जाता। और पहाड़ी लोगों को ज्यादा से ज्यादा सात दिन।''

''और माल-असबाब?''

''उन दिनों मनुष्यों की ज़रूरतें बहुत सीमित थीं। खाने-पीने की चीज़ें तो यहीं मिल जाती थीं। और पोशाकें तथा मसाले आदि अन्य ज़रूरत के सामान कुली पीठ पर बाँधकर या खच्चरों पर लादकर ले जाते। पहले हमारे परिवार के सभी लोग बोझ ढो लेते थे। बचपन में दादाजी को देखा था, वृद्ध होते हुए भी क्या ताकत थी।''

''और पिताजी टिहरी में होटल में काम करते थे। अब उन्होंने अपनी होटल कर ली है। मैं पिताजी के साथ ही रहता हूँ।''

अकृत्रिम सरलता से स्वरूप अपनी बातें कह रहा था और सुनकर शरण्या को अच्छा ही लग रहा था उसने पूछा-''होटल चलाते हैं, तो फिर गाने कब गाते हैं?''

''बस जैसे-तैसे समय निकाल लेता हूँ।''

बगल से नरेन्द्र बोल उठा, ''स्वरूप भाई को बचपन से ही गायन से लगाव था। हम एक ही स्कूल में पढ़ते थे। मैं देखता कि एक बार सुनकर ही किसी भी गीत का सुर उन्हें याद हो जाता।''

''किसी से गायन सीखा नहीं?

श्रद्धा से स्वरूप ने हाथ जोड़े और कहा, ''मेरे गुरुजी का नाम है सतीश रावल। ऋषिकेश में रहते हैं। बड़े गुणी व्यक्ति हैं, गढ़वाली लोकसंगीत के काफी नामी कलाकार। मैंने जो कुछ भी सीखा, उन्हीं से सीखा।''

ड्राइवर, जो इतनी देर से चुपचाप गाड़ी चला रहा था, अचानक बोल उठा, ''बातें तो बहुत हो गयीं स्वरूप भाई, अब एक गाना भी हो जाए।''

सभी ने ड्राइवर के सुझाव की समर्थन किया, ''हाँ, हाँ, एक गाना हो जाए।''

एक नज़र सबकी ओर डालकर स्वरूप ने गाना शुरू किया, ''मेरे सामने वाली खिड़की में एक चाँद का टुकड़ा रहता है।''

शाक्य ने उन्हें रोककर फरमाइश की, ''किशोर कुमार का यह गीत तो बेशुमार बार सुन चुका हूँ, आप तो कोई गढ़वाली गाना सुनाएँ स्वरूप भाई!''

स्वरूप ने गढ़वाली गाना शुरू किया–

ठाण्डो रे ठाण्डो, मेरा पाड़ो की हवा ठाण्डो, पानी ठाण्डो

शाक्य भाषा तो नहीं समझ पाया किन्तु स्वरूप की मधुर आवाज़ और गाने का सुर उसे बहुत अच्छा लगा। बंगाल की मीठे सुरों से काफी मिलता-जुलता था। गाना खत्म हुआ तो बेसाख्ता ही शाक्य बोल उठा, ''अपूर्व। बहुत सुन्दर।''

गाना खत्म होने पर बाहर की ओर देखकर स्वरूप ने कहा–''लो हम आ भी गये। सामने ही है उत्तरकाशी।''

उन्नीस

''ये है माताजी का आश्रम।''

स्वरूप की बात सुनकर शाक्य ने सामने देखा, गंगा से लगा हुआ था आश्रम। चारों ओर चहारदीवारी। गेट से ही भीतर का मन्दिर नज़र आ रहा था। और उसके पीछे था एकमंजिला मकान, जिसके सामने बरामदा था। नितान्त साधारण-सा मकान था, कोई वैभव नहीं। आश्रम के पीछे था पहाड़, घनी हरियाली। अगल-बगल में और कुछ नहीं था। शाक्य को याद आया कि ऋषिकेश में गंगाघाट के पास ऐसा एक आश्रम देखकर उसे अच्छा लगा था। स्वरूप की ओर देखकर बोला, ''उत्तरकाशी के बाजार में जो सब होटलें देखीं, उनसे इस आश्रम का माहौल बहुत अच्छा है।''

शरण्या ने कहा–''राम बाबा आश्रम के बंगाली बाबा ने भी तो यही कहा था।''

''दरअसल बाहर से आये लोगों को होटल में रहना ही ज्यादा अच्छा लगता है। वहाँ सुविधाएँ ज्यादा हैं। मैं तो यहाँ आता हूँ तो माताजी के आश्रम में ही रुकता हूँ। माताजी से परिचय होगा तो आप लोगों को बहुत अच्छा लगेगा। आप लोगों को माताजी के पास पहुँचा कर तब मैं आगे जाऊँगा।''

दरवाज़ा खोलकर स्वरूप ने प्रवेश किया। उसके पीछे-पीछे था शाक्य और शरण्या। सामने ही था मन्दिर। पत्थर से बना चबूतरा। भीतर बेदी के ऊपर पत्थर की शिव-मूर्ति। चबूतरे पर बैठी थीं एक संन्यासिनी, गेरुआ कपड़ों में, पीठ पर फैली थी केश राशि। वे मनोयोग से माला पिरो रही थीं। शाक्य समझ गया कि यही माताजी

होंगी।

स्वरूप ने बरामदे में जाकर उन्हें प्रणाम किया और कहा, ''माताजी, ये लोग आपका दर्शन करने आये हैं।''

माताजी ने सिर उठाकर देखा और प्रश्न किया, ''तुम लोग कहाँ से आये हो?''

तत्काल दोनों ने उन्हें झुककर प्रणाम किया। फिर शाक्य ने बातचीत की शुरुआत करते हुए कहा, ''मैं कोलकाता में रहता हूँ, और ये कानपुर में। अभी हम देवप्रयाग से आये हैं। वहाँ राम बाबा के आश्रम में बंगाली बाबा से परिचय हुआ तो उन्हीं ने आपके बारे में बताया और एक चिट्ठी भी दी है।''

''शाक्य ने चिट्ठी निकालकर उन्हें दी, माताजी ने उसे एक बार सिर से छुआया फिर पढ़ा।''

''तुम लोग पहले कभी यहाँ आ चुके हो?''

शाक्य ने सिर हिलाया, ''नहीं माताजी, हम पहली बार आये हैं।''

''तुम दोनों ही थके हुए लग रहे हो। स्वरूप, तुम इन्हें पहली मंजिल के कमरे में लेकर चलो, मैं संध्या आरती की व्यवस्था करके आती हूँ। तुम भी तो रुकोगे स्वरूप?''

''नहीं, नहीं माताजी, मैं तो अभी ही चला जाऊँगा; रात को कार्यक्रम है। रास्ते में इन लोगों से परिचय हुआ, अच्छा लगा। सोचा, नये लोग हैं, कहाँ आपका आश्रम ढूँढेंगे, सो मैं ही ले आया।''

''बहुत अच्छा किया।''

स्वरूप दोनों को साथ लेकर आगे बढ़ गया। मन्दिर के पीछे एक छोटा-सा इकमंजिला मकान, खुली सीढ़ियाँ। सभी ऊपर चले आए। अगल-बगल में तीन कमरे, तीनों बन्द थे। दीवार पर चाबी झूल रही थी। स्वरूप ने एक कमरा खोल दिया। काठ की चौकी बिछी थी, उस पर बिस्तर समेटा हुआ था। इसके अतिरिक्त कमरे में एक टेबल और एक कुर्सी थी, और कुछ नहीं। खिड़की खोलते ही नीचे गंगा पर नज़र पड़ी और उसके उस पार पहाड़। गाढ़ा सब्ज।

''कोई भी असुविधा हो तो नि:संकोच माताजी को कह सकते हैं।''

शाक्य ने सिर हिलाया और कहा, ''नहीं, कोई असुविधा नहीं होगी।''

''तो फिर अब मैं चलता हूँ।''

शरण्या बोल उठी, ''यदि असुविधा न हो तो एक बात कहूँ, बगल के कमरे में तो कोई नहीं है, क्या मैं उसमें रह सकती हूँ?''

शरण्या की ओर कुछ क्षण देखकर स्वरूप ने कुछ सोचा, फिर खुद ही उस कमरे का दरवाज़ा खोल दिया और कहा, ''कोई असुविधा नहीं, आप रह सकती हैं।''

इसके बाद स्वरूप और नहीं रुका। दिन शेष हो चला था। हलकी-हलकी ठंड लग रही थी। शरण्या ने गरम कपड़े निकाले। बगल के कमरे में सामान लेकर चली गयी शरण्या थोड़ी देर बाद पैरों की आहट। माताजी आयीं। हाथों में चाय के गिलास। शरण्या भी बगल के कमरे से निकल आयी।

''तुम लोगों को बहुत देर बैठाये रखा। लो, चाय पी लो।''

शरण्या कुछ बेचैन हो उठी। ''हमारे लिए कष्ट कर आप चाय ले आयीं?''

सामान्य मुस्करायी माताजी। शाक्य को लगा कि उनकी हँसी में एक अपूर्व स्निग्धता फूट रही थी।

''कष्ट कैसा? यह तो मेरी ईश्वर सेवा है। तुम लोग आओ। अभी आरती शुरू होगी।''

माताजी के जाते ही दोनों निकल आये। हठात् शरण्या बोल उठी-''यहाँ यदि दादाजी से भेंट नहीं हुई तो हम लौट जाएँगे।''

शरण्या के मन की अवस्था को शाक्य महसूस कर पा रहा था। उसे उत्साहित करने के अभिप्राय से बोला, ''लगता है तुम थक गयी हो।''

शरीर पर चादर को और ठीक से लपेटते हुए शरण्या ने कहा, ''और कितने दिन यूँ ही रास्तों पर भटकते रहेंगे। और फिर यदि दादाजी से भेंट हो भी गयी तो वे क्या मुझे ठीक से स्वीकार भी कर पाएँगे? एक संन्यासी जिसने सब कुछ त्याग दिया, क्या मेरा प्रेम, माया, ममता आदि कुछ भी उन्हें स्पर्श कर पाएगा?''

कुछ देर चुप रहने के बाद शाक्य ने कहा, ''पहले से ही इस प्रकार सोचना उचित नहीं है, शरण्या। कभी क्या तुमने सोचा था कि रास्ते में निकलकर मेरे जैसे किसी अपरिचित व्यक्ति से तुम्हारी भेंट होगी, मित्रता होगी। असल में मनुष्य तो मनुष्य को ही खोजता है। संन्यासी का मतलब यह नहीं कि वह प्रेमहीन होगा। ऐसा सोचने की कोई वजह नहीं है।''

शरण्या ने कोई जवाब नहीं दिया। धीरे से सिर्फ़ इतना कहा, ''चलो, कमरे में चलें। यहाँ ज्यादा देर ठहरे तो सर्दी लग जाएगी।'

आँखें बन्द कर बिस्तर पर लेटा था शाक्य। शरण्या बगल के कमरे में थी। दो-एक बार सोचा भी कि उसे बुला ले, परन्तु फिर उसने स्वयं को संयत कर लिया। दो दिनों का तो परिचय है। दो दिन बाद ही दोनों चल देंगे अपने-अपने रास्ते। और कब तक यूँ ही रास्तों पर भटकते रहेंगे। इसके अलावा वह अनुभव कर पा रहा था कि जमा हुआ क्षोभ, और दर्द धीरे-धीरे फीका हुआ जा रहा था।

बन्द दरवाज़े पर किसी ने हलकी-सी आवाज़ की। फौरन उठ बैठा शाक्य। थोड़ा अवाक् हो उठा शाक्य। देखा, सामने कोई अपरिचित था।

मन्दिर के पीछे ही माताजी का कमरा था। चौकी पर बैठी थीं माताजी। कमरे

में एक आलमारी और टेबल के अतिरिक्त कोई सामान नहीं था। टेबल पर थीं कुछ किताबें और दीवार पर टँगी थी एक साधु की तस्वीर। फर्श पर एक कम्बल बिछा था। उसी पर बैठ गये दोनों। धूपबत्ती जल रही थी और उसी की सुबास सारे कमरे में फैली थी।

माताजी ने पूछा–''तुम लोग क्या यहाँ से गंगोत्री जाओगे?''

शरण्या ने सिर उठाकर माताजी की ओर देखा। उसके चेहरे पर अनिश्चयता व घबराहट थी। सिर झुकाकर बोली, ''नहीं माताजी, हम किसी की खोज में निकले हैं। कहाँ जाएँगे, कुछ पता नहीं।''

''किसकी खोज में निकले हो तुम लोग?''

शरण्या ने शाक्य की ओर देखा। शाक्य ने अनुभव किया कि अपनी बात कहते-कहते थक गयी थी शरण्या, अतः धीरे-धीरे उसने सारी बात बताई। कमरे में निस्तब्धता सी छा गयी। उस निस्तब्धता को भंग करते हुए माताजी ने कहा, ''मैं यहाँ एक साधु को जानती थी, उनकी देह भी बंगाली थी। वे हरिबाबा के आश्रम में रहते थे। कुछ दिनों पूर्व उन्होंने शरीर त्याग दिया।''

''क्या? वे नहीं रहे?'' क्षण भर को विह्वल हो उठी शरण्या।

''वही तुम्हारे दादाजी थे, ऐसा मत सोच लेना। हरिबाबा के आश्रम में और भी साधु हैं। पता नहीं उनमें कोई बंगाली है या नहीं। कल सुबह तुम लोग पता कर सकते हो।''

शाक्य ने पूछा–''कितनी दूर जाना होगा?''

''पास में है। कोई असुविधा नहीं होगी। तुम लोगों के साथ मैं किसी को भेज दूँगी।''

शाक्य दादाजी के प्रसंग से कुछ दूर जाना चाह रहा था। इसके अतिरिक्त माताजी के बारे में उसे बड़ा कौतूहल था। उसने झिझकते हुए कहा, ''एक बात पूछूँ माताजी?''

''पूछो। यदि सम्भव हुआ तो अवश्य उत्तर दूँगी।''

''आपको यहाँ आये हुए कितने दिन हो गये?''

''मैंने कभी समय का हिसाब नहीं रखा। फिर भी कई वर्ष हो गये। हो सकता है तुम लोगों का जन्म भी न हुआ हो। मेरी उम्र उस वक़्त काफी कम थी।''

कुछ झिझकते हुए ही शाक्य ने फिर पूछा, ''निश्चय ही आपका घर, परिवार, सब कुछ था। फिर भी आपने सब कुछ त्यागकर संन्यासी जीवन क्यों चुना?''

माताजी हलके से हँसीं और कहा, ''मैंने तो कुछ भी नहीं त्यागा। कह सकते हो कि एक जीवन से दूसरे जीवन में चली आयी। यहाँ भी मेरा घर-मकान है। तुम लोगों जैसे लोग भी हैं। और इन सबके बीच हूँ मैं।''

अब शरण्या बोल उठी, ''तो सांसारिक जीवन और इस जीवन में क्या कोई

फ़र्क़ नहीं?''

शान्त भाव से माताजी बोलीं, ''वास्तव में सांसारिक जीवन में हम जो काम करते हैं वह या तो अपने लिए या अपने परिवार के लिये करते हैं। पर यहाँ हम सारे काम ईश्वर के लिए करते हैं या औरों के लिये करते हैं। कह सकते हो, यह नि:स्वार्थ सेवा है।''

''आप क्या विश्वास करती हैं कि सभी साधु नि:स्वार्थ सेवा करते हैं?''

कुछ देर चुप रहकर माताजी ने कहा, 'गहरी आत्मत्याग की शक्ति न हो तो नि:स्वार्थ सेवा नहीं की जा सकती। और वह शक्ति अर्जित कर पाना सबके बस की बात नहीं।

इसी बीच मन्दिर में दिखे एक वृद्ध व्यक्ति दरवाजे पर आकर खड़े हुए और बोले–''माताजी भगवान के शयन की व्यवस्था करनी है।''

अचानक व्यस्त हो उठीं माताजी और बोलीं, ''तुम लोग जरा बैठो, मैं अभी आती हूँ।'' हाथ की घड़ी पर नज़र डाली शाक्य ने। अभी तो मात्र आठ बजे हैं और लग रहा है जैसे कितनी रात हो गयी हो।''

थोड़ी देर में ही लौट आयीं माताजी। 'तुम लोगों के साथ बातें कर अच्छा लगा।'' वे बोलीं।

दीवार पर टरंगे चित्र को दिखाकर शाक्य ने पूछा, ''ये क्या आपके गुरु हैं?''

''हाँ, शारदानन्द जी। जितने बड़े साधक थे उससे कहीं बड़े मनुष्य थे। गुरुजी ऋषिकेश के स्वामी शिवानन्द महाराज के शिष्य थे। छोटा-सा डीलडौल। हँसमुख चेहरा। ठाकुर श्री रामकृष्ण जैसे एकदम संस्कारमुक्त मन।''

''आपसे गुरुजी का परिचय कैसे हुआ?''

''तब मेरी उम्र बीस-बाईस रही होगी। मैंने कॉलेज पास किया ही था।...''

''आपका घर कहाँ था?''

माताजीत गम्भीर हो गयीं। संन्यासी से पूर्वाश्रम के बारे में सवाल नहीं किये जाते।

''पिताजी के साथ मैं गंगोत्री आयी थी। उस वक़्त आज जैसा रास्ता नहीं था। इतनी अच्छी व्वस्था नहीं थी। उत्तरकाशी के बाद ही पैदल चलने का रास्ता था। साधु-सन्तों के प्रति पिताजी की कोई श्रद्धा नहीं थी। और मुझे साधु अच्छे लगते। गंगोत्री पर ही मैंने गुरुजी को पहली बार देखा और देखते ही पता नहीं मुझे क्या हुआ। लगा जैसे जन्म-जन्मान्तरों से मैं इसी दिन की प्रतीक्षा कर रही थी। गंगोत्री में पाँच दिन रही। अधिकांश समय उन्हीं के पास रुकती। अन्ततः एक दिन मैंने कह दिया कि मुझे उनकी शिष्या बनना है। कितना तो हँसे थे गुरुजी और पूछ बैठे थे कि उनकी शिष्या बनने का शौक मुझे क्यों हुआ? उन्होंने कहा–''घर जाओ। गृहस्थी

सँभालो। वही ठीक रहेगा। पिताजी मुझे लगभग जबरन घर ले गये। पर घर में मेरा मन नहीं लगा। हर वक़्त आँखों के सामने गुरुजी का चेहरा और हिमालय के सीने से उतरती गंगा रहतीं। हर वक़्त मुझे गंगा की कलकल ध्वनि सुनाई देती। इस प्रकार बीत गये कुछ वर्ष। मैंने एक कॉलेज में अध्यापन शुरू किया ही था कि पिताजी विवाह तय करने लगे। एक दिन सोई हुई थी अचानक ऐसा लगा मानो गुरुजी मुझे बुला रहे हों। अब मैं और घर में रुक न पाई। अगले ही दिन किसी को बिना कुछ बताये निकल पड़ी। पहले पहुँची हरिद्वार और फिर उत्तरकाशी यहाँ आकर गाड़ी से उतरी, देखा सामने गुरुजी खड़े हैं। चेहरे पर हँसी है। बोले-"मुझे मालूम था बेटी कि तुम आओगी। इसीलिए यहाँ प्रतीक्षा कर रहा था।"

"बड़े आश्चर्य की बात है।"

"हाँ, गुरुजी में इतनी शक्ति थी, पर वे कभी ज़ाहिर नहीं करते थे। बिलकुल शिशु की तरह सरल थे वे।"

"फिर आप गुरुजी के पास ही रह गयीं?"

"नहीं, यहाँ एक साधु माँ रहती थीं, गुरुजी ने मुझे उन्हीं के पास रखा। मैं बीच-बीच में गुरुजी से आग्रह किया करती कि गुरुजी मैं क्या आपकी सेवा नहीं कर सकती। तो वे कहते जब तक मनुष्य में शक्ति-सामर्थ्य है, वह किसी अन्य की सेवा क्यों ले। मैं जिन साधु माँ के साथ रहती थी उनके नज़दीक ही थी गुरुजी की कुटिया। प्रतिदिन सुबह का ध्यान-जाप कर मैं गुरुजी के पास चली आती। फिर वे धर्म की, दर्शन की, इतिहास की, विज्ञान की बातें बताते। ऐसा लगता जैसे सारी दुनिया के ज्ञान-सिन्धु को उन्होंने आत्मसात कर लिया हो। मैं मुग्ध होकर सुनती। वे बीच-बीच में प्रश्न करते। मैं उत्तर न दे पाती तो स्वयं ही उत्तर भी देते। किन्तु वे सबसे अधिक गंगा के बारे में बताते। गंगा ही थीं उनका ध्यान, ज्ञान और ईश्वर।"

अब शरण्या ने प्रश्न किया, "आपके गुरुजी गंगा के अलावा और किसके बारे में बताते थे?"

"गंगा के अतिरिक्त गुरुजी प्राचीन भारत में सिन्धु और सरस्वती के महात्म्य की चर्चा करते।

"अच्छा, सरस्वती नाम की क्या सचमुच कोई नदी थी?" प्रश्न किया शाक्य ने। "आज तो सरस्वती का हमें कहीं कोई निशान नहीं मिलता।"

"तुम सही कह रहे हो। कुछ हज़ार वर्षों पूर्व तक सरस्वती नदी का अस्तित्व था। कहते हैं हिमालय का सिमूर पर्वत था सरस्वती का उद्‌गम स्थल। पंजाब, राजस्थान, गुजरात होते हुए अरब सागर में जाकर मिलती थी सरस्वती। सरस्वती के तीर पर ऋषि लोग पूजा, अर्चना और यज्ञादि किया करते थे। यहीं वेद मन्त्र उच्चारित होते थे इसलिए सरस्वती को परम पवित्र नदी माना जाता, सरस्वती को देवी मानकर पूजा जाता।"

"तो फिर गंगा की बात कब से शुरू हुई?" प्रश्न किया शाक्य ने।

"जब सरस्वती नदी सूख गयी तो उसके किनारे रहनेवाले लोग नये वास स्थान की तलाश में निकल पड़े। उस जगह की तलाश में, जहाँ उन्हें जल उपलब्ध हो, खेती के लिए उर्वर भूमि तथा पशुओं के लिए खाद्य उपलब्ध हो। चलते-चलते वे गंगा-तीर पर पहुँचे जहाँ उन्हें केवल जल नहीं बल्कि खेती के लिए प्रचुर उर्वर भूमि भी मिली और मिली मनोरम प्रकृति। सादर उन्होंने गंगा को मातृरूप में वरण किया और फिर गंगा के किनारे-किनारे निर्मित हुए एक के बाद एक नगर। हरिद्वार, कनखल, काशी, प्रयाग, पाटलिपुत्र, कन्नौज, हस्तिनापुर। रामायण में लिखी गयी गंगा की बात, भागीरथ की बात।"

हठात् चुप हो गयीं माताजी। कुछ देर दोनों के चेहरे की ओर देखती रहीं। शायद वे यह अनुभव करने का प्रयास कर रही थीं कि जिन्हें वे गंगा के बारे में बता रही थीं, वे कितने मनोयोग से उन्हें सुन रहे थे। उन्होंने सीधे प्रश्न किया, "मेरी बातें क्या तुम लोगों को अच्छी लग रही हैं?"

शरण्या ने धीरे-धीरे कहा, "ये सब बातें तो मैंने कभी सुनी ही नहीं, माताजी। कानपुर में जहाँ मेरा घर है उसके खूब पास ही हैं गंगा और अब तक के जीवन में मैं चार बार भी वहाँ नहीं गयी। अब तक मेरे लिए गंगा मात्र एक नदी का नाम था। हिमालय में आकर पहली बार मैंने जाना कि गंगा महज़ एक नाम नहीं, एक जीवन है। इसी गंगा के किनारे घूमते-घूमते मैंने इसके महात्म्य को जाना व अनुभव किया। स्वयं देखा कि कितनी भक्ति है लोगों की गंगा के प्रति। सभी केवल गंगा की पूजा कर रहे हैं। पहले हो सकता है कि आपकी बातें अच्छी न लगतीं, पर अभी बहुत अच्छी लग रही हैं।

माताजी के चेहरे पर प्रसन्नता फूट उठी। बोली-"तुमने ठीक ही कहा, दूर से किसी को जाना नहीं जा सकता। पास जाकर ही जाना व पहचाना जा सकता है। और तब ही पैदा होता है प्रेम का भाव। कुछ बोलते-बोलते रुक गयीं माताजी। घड़ी में नौ की घंटी बजी। वे बोलीं, "देखो, बातों ही बातों में कितनी रात हो गयी। चलो तुम लोगों के भोजन की व्यवस्था करूँ।"

बीस

गेट के बाहर बड़े से पत्थर के फलक पर लिखा था, "हरिद्वार आश्रम।" बड़े रास्ते से थोड़ा सा घूमकर पहाड़ की ढलान पर है आश्रम। रास्ते ही से आश्रम नज़र आता है। पूरा मार्बल पत्थर से बना। चमकता-सा। शाक्य को लगा कि आश्रम न कहकर

होटल कहते तो बेहतर होता। शाक्य के पास ही खड़ा जगत। उम्र यही कोई तीस के आस-पास। माताजी का भक्त। आश्रम के पास ही घर है।

जगत ने दबे स्वर में कहा, "इस आश्रम में हम लोगों में से कोई नहीं आता। यह बड़े लोगों का आश्रम है।"

शाक्य ने कोई जवाब नहीं दिया। दरवाज़ा खोलकर भीतर प्रवेश किया। पीछे थी शरण्या। रेशमी गेरुआ वस्त्रधारी एक संन्यासी किसी से फोन पर बात कर रहे थे। शाक्य को देखते ही बोले, "क्या चाहिए, बताएँ?"

"हम लोग एक बंगाली साधु को ढूँढ रहे हैं।"

"यहाँ कोई भी बंगाली साधु नहीं रहते। एक थे, डाक्टर। उनकी मृत्यु हो गयी।"

सामने आकर शरण्या ने पूछा, "उनका नाम क्या हेमनाथ मुखोपाध्याय था?"

"नहीं, कभी सुना नहीं। उन्हें तो सभी अमर महाराज कहकर बुलाते थे।"

"यहाँ और भी कहीं कोई बंगाली साधु हैं?"

संन्यासी के चेहरे पर खीझ का भाव उभर आया।

"हम अन्य आश्रमों के साधुओं की खोज-खबर नहीं रखते।"

शरण्या की ओर देखकर शाक्य ने कहा, "तो फिर चलो, अन्य किसी जगह ढूँढें।"

दोनों निकल आये। दरवाज़े के बाहर खड़ा था जगत। उसने पूछा–"काम हुआ?"

"नहीं, हम जिनकी खोज में आये हैं, वे यहाँ नहीं रहते।"

"तो क्या कहीं और जाएँगे?"

शाक्य के कुछ कहने के पूर्व ही शरण्या बोली–"आपको कोई काम हो तो आप जा सकते हैं। हमें कोई असुविधा नहीं होगी।"

झिझकते हुए जगत ने कहा, "आप लोगों को छोड़कर जाने पर माताजी नाराज होंगी।"

शाक्य ने कहा, "हम रास्ता पहचान गये हैं। कोई असुविधा नहीं होगी। हम माताजी से कुछ नहीं कहेंगे।"

"असल में, मेरा दुकान खोलने का समय हो गया है।"

"ठीक है, आप जाएँ। हम भी थोड़ा घूम-फिर कर देखें।"

जगत के जाते ही शाक्य ने पूछा–"अब कहाँ जाना है?"

शरण्या का चेहरा उदास हो उठा था। बोली, "और तो कोई काम नहीं है। चलो, आश्रम में लौट चलें।"

शाक्य को महसूस हो रहा था कि शरण्या अपनी मानसिक शक्ति खो चुकी

थी। उसने कहा, "इतनी सुन्दर जगह आये हैं। चलो न, थोड़ा घूम-फिर कर देखें।"

शरण्या ने कोई उत्तर नहीं दिया। निःशब्द शाक्य के पीछे चलती रही। चौड़ा रास्ता और रास्ते से लगता हुआ पहाड़। दूसरी तरफ थी ढालू जमीन जो नीचे उतर गयी थी गंगा की ओर। इस ओर जगह कुछ खुली थी। थोड़ा-सा आगे बढ़ने पर शुरू होती थी बस्ती। आश्रम से काफी दूर। फिर उसके बाद चढ़ाई। धूप में कोई ताप न था फिर भी चढ़ाई चढ़ते हुए दोनों हाँफ गये थे। रास्ते के करीब ही थी एक चाय की दुकान, जिसका दुकानदार एक बुजुर्ग था। सामने बेंच बिछी थी। शाक्य बैठ गया। शरण्या भी बैठ गयी।

"चाय पिएँगे बाबू?"

"दो कप अच्छी चाय बनाएँ, दादा।"

"आप लोग क्या घूमने-फिरने आये हैं?"

"हाँ। कल ही आये हैं।"

"दो दिन यहाँ रहिए। अच्छा लगेगा। हमारे इस उत्तरकाशी में अनेक मन्दिर हैं। सात दिन में भी सब कुछ नहीं देख पाएँगे।"

शाक्य ने धीरे-धीरे कहा, "मन्दिरों से अधिक अच्छी तो हमें यहाँ की प्रकृति लगी। मन्दिर तो सभी जगह हैं। यहाँ चारों ओर के पहाड़, उन पर की घनी हरियाली, जंगल, गंगा और यहाँ की निस्तब्धता ने मन मोह लिया है।"

गरम पानी से गिलास धोते-धोते दुकानदार ने कहा-"आपने सही कहा बाबू। यह तो देवभूमि है, इसलिए यहाँ का सब कुछ इतना सुन्दर है।"

"यहाँ के लोग भी अच्छे हैं।" शाक्य ने कहा।

"पहले तो और भी अच्छे थे। चोरी-डकैती नहीं थी। सभी सभी का विश्वास करते थे। बहुतेरे गाँव ऐसे थे जहाँ लोग घरों में ताला नहीं लगाते थे। अब समय बदल रहा है। बाहर के लोग आ रहे हैं। शहरों की बुराई अब यहाँ भी आ गयी है।"

"ठीक कह रहे हैं आप।" आपका घर कहाँ है?"

"यहीं पास ही में। पहले मिलिटरी में था। दस साल हो गये रिटायर हुए। घर बैठे कर क्या करता, सो दुकान कर ली। समय भी कटता है, कुछ आय भी हो जाती है।"

"घर में कौन-कौन हैं?"

"पिताजी, पत्नी और तीन बेटियाँ। दो की तो शादी हो गयी। तीसरी कॉलेज में पढ़ती है।"

"यहाँ बर्फ़ नहीं पड़ती?"

"पड़ती है। पर ज्यादा नहीं। चाय लीजिए। हमारा घर दरअसल हरशिल में

है। वहाँ सर्दियों में बहुत बर्फ़ गिरती है, पाँच से छः फुट। पहले तो और भी ज्यादा गिरती थी।''

''ऐसे में लोग वहाँ रहते कैसे हैं?''

''सब आदत-अभ्यास की बात है। दिसम्बर से मार्च तक सब कुछ बर्फ़ से ढँक जाता है। अब तो गाड़ी-घोड़ा हो गया है, पहले तो कुछ नहीं था। घर से निकल नहीं पाते थे।''

''खाना कैसे जुटता था?''

''सर्दियों से पूर्व ही सारी व्यवस्था करके रखना पड़ता था। केवल मनुष्य ही नहीं गाय-बछड़ों के लिए भी भोजन जमाकर रखना पड़ता। अधिकांश मकान इकमंजिले होते थे, जहाँ निचली मंजिल पर गाय-बछड़े रहते और पहली मंजिल पर घर के लोग रहते थे।''

बड़ा अचरज लग रहा था शाक्य को। बर्फ़ के बीच भी जीता है इनसान। यह भी एक जीवन है।''

शाक्य ने पूछा-''तब काम-काज क्या होता था?''

''काम-काज सर्दियों के अन्त के बाद होता। हमारे गाँव के अधिकांश लोग तिब्बत के साथ व्यापार करते थे। वहाँ के लोग भी यहाँ आते सामान खरीदने-बेचने। अभी जहाँ बस स्टैंड है वहाँ आसपास के बारह गाँवों का हाट लगता। इसीलिए इस जगह का नाम था बारहहाट। यहाँ-वहाँ फैले थे घर-मकान और गंगा किनारे थीं साधुओं की कुटियाँ। वास्तव में पुराने दिनों में उत्तरकाशी साधुओं का तपस्या क्षेत्र था। आप लोगों ने विश्वनाथ का मन्दिर देखा है?''

''कहाँ?''

''इसी रास्ते पर थोड़ा-सा आगे जाकर किसी से पूछेंगे तो वह दिखा देगा।''

चाय का दाम चुकाकर उठ गया शाक्य। इतनी देर चुप थी शरण्या। अब शाक्य उसकी ओर देखकर बोला, ''चलो, विश्वनाथ मन्दिर घूम आएँ। और तो कहीं जाना नहीं है।''

शरण्या ने स्वीकृति में सिर हिलाया। दोनों आगे बढ़ गये। कुछ दूर जाने पर उन्होंने देखा दो वधुएँ पूजा कर निकल रही थीं। लोगों की भीड़ नहीं थी। काफी जगह चहारदीवारी से घेरी हुई थी। पेड़-पौधों की भरमार थी। बीच में आमने-सामने दो मन्दिर थे, बिलकुल साधारण से। कोई वैभव नहीं। और देखकर प्राचीन भी नहीं लग रहे थे। शरण्या ने सामान्य संशय में पूछा-''यही क्या विश्वनाथ का मन्दिर है?''

एक कम उम्र व्यक्ति पास ही खड़ा था, जिसने शरण्या का प्रश्न सुना और वह बोला, ''हाँ, दीदी, यही है उत्तरकाशी का विश्वनाथ मन्दिर।''

“किता प्राचीन है?”

“यह बता पाना तो सम्भव नहीं, किन्तु बहुत प्राचीन है यह शिवलिंग। तब यहाँ पुराना मन्दिर था। किन्हीं कारणों से पुराना मन्दिर टूट गया। टिहरी के राजा ने स्वप्नादेश पाकर यह मन्दिर बनवा दिया। बहुत जाग्रत देवता हैं।”

सामने और एक मन्दिर था। बाहर से ही मन्दिर के भीतर एक विशाल त्रिशूल नज़र आ रहा था, जो जमीन से मन्दिर के शीर्ष से भी ऊँचा था। अवाक् होकर शरण्या बोल उठी–“इतना बड़ा त्रिशूल मैंने पहले कभी नहीं देखा।”

उन सज्जन ने कहा, “आपका कहना सही है। इतना बड़ा त्रिशूल भारत में और कहीं नहीं है।”

“इस त्रिशूल को किसने बनाया?”

“इस त्रिशूल की एक कहानी है।”

शरण्या के चेहरे पर कौतूहल फूट उठा, बोली–“यदि असुविधा न हो तो सुनाइए न।”

“नहीं, असुविधा तो कुछ नहीं, मैं यहाँ किसी की प्रतीक्षा कर रहा हूँ। उनके आने तक मुझे और कोई काम नहीं। फिर भी आप लोगों से बातें कर अच्छा लग रहा है। मान्यता है कि अष्टधातु का यह त्रिशूल कोई मानव-निर्मित नहीं है। जब देवताओं और दानवों के बीच युद्ध हुआ था तब स्वर्ग से यह त्रिशूल धरती पर आकर गिरा था। एक अन्य मत के अनुसार स्वयं महादेव ने इस त्रिशूल का उपयोग अर्जुन के साथ युद्ध में किया था।”

“अर्जुन के साथ भगवान महादेव का युद्ध हुआ था?”

“हाँ, यहाँ से दस किलोमीटर दूर मानेरी नामक एक जगह पर हुआ था वह युद्ध।”

शाक्य ने कहा, “आप जानते हों तो वह कहानी सुनाइए न।”

उक्त सज्जन बोले, “आइए, उस पेड़ के नीचे बैठकर सुनाता हूँ।”

तीनों जने वटवृक्ष के नीचे बने चबूतरे पर आकर बैठे और उन सज्जन ने शुरू की कहानी।

“अर्जुन उन दिनों हिमालय पर तपस्या कर रहे थे। एक दिन वे अपने आसन पर बैठे थे कि उनके कानों में एक प्रचंड चीत्कार की आवाज़ आयी। सामने नज़र पड़ी तो देखा कि एक भयंकर डीलडौलवाला जंगली सूअर तीव्र गति से उनकी ओर दौड़ा आ रहा था। उसके पीछे था एक किरात। उसके हाथ में भी था तीर-धनुष। क्षण भर में ही अर्जुन ने अपना गांडीव उठाकर सूअर पर तीर छोड़ा। प्राय: उसी समय किरात ने भी सूअर पर निशाना साध कर तीर छोड़ा। दोनों के तीर ही सूअर के शरीर में जाकर लगे। सूअर छटपटाकर भूमि पर गिर पड़ा। जब आगे आकर

किरात सूअर की देह उठाने लगा तो अर्जुन ने कहा कि यह मेरा शिकार है, सूअर को पहले मेरा तीर लगा। अर्जुन ने कहा कि मेरे तीर से सूअर मरा है। दोनों में पहले वाक्युद्ध और फिर अस्त्रयुद्ध शुरू हुआ। अर्जुन एक से एक भयंकर अस्त्रों के साथ करात से युद्ध करते रहे। किसी भी अस्त्र से उसे हरा न पाये बल्कि मल्लयुद्ध में वही हारकर बेहोश हो गये। जब उनकी चेतना वापस लौटी तो उन्हें अनुभव हुआ कि यह किरात कोई साधारण व्यक्ति नहीं। अपने आराध्य देवता शिव के गले में माला पहनाकर जब नये सिरे से युद्ध शुरू किया और किरात पर नज़र पड़ी तो वह चौंक उठे। जो माला उन्होंने क्षण भर पूर्व शिव-मूर्ति के गले में पहनाई थी, वही माला किरात के गले में झूल रही थी। तत्काल अर्जुन समझ गये कि इतने दिनों से वे जिनकी साधना कर रहे थे वही भगवान शिव पधारे थे किरात वेश में। सिर झुकाकर चरण वन्दना करते ही उनके सामने प्रकट हुए पिनाकपाणि महादेव।''

''सब गांजाकोरों की कहानियाँ हैं।' पीछे से किसी ने टिप्पणी की। शाक्य-शरण्या ने सिर घुमाया, देखा उन्हीं के हमउम्र दो जन थे। आँखों पर गॉगल्स, कन्धे पर कैमरा। देखकर ही लग रहा था कि वे सैलानी थे।

जो सज्जन कहानी सुना रहे थे, उनके मुख पर विरक्ति का भाव आया और वे बोले-''यह कोई मेरी बनाई हुई कहानी नहीं है। महाभारत की कहानी है।''

आँखों पर का चश्मा हटाकर महिला ने कहा, ''महाभारत काल का होता तो त्रिशूल जंग लगकर नष्ट हो गया होता।''

इतनी देर शाक्य ने कुछ नहीं कहा था। सीधे महिला की ओर देखकर बोला, ''दिल्ली की कुतुबमीनार के पास हजार वर्ष पहले का एक स्तम्भ है उस पर अभी तक जंग नहीं लगा।''

वो महिला भी कहाँ छोड़ने वाली थी, ''तो आप लोग विश्वास करते हैं कि यह स्वयं महादेव का त्रिशूल है?''

''देखिए, विश्वास या अविश्वास की बात बिलकुल व्यक्तिगत है।''

महिला के साथ वाले व्यक्ति ने दबे स्वर में कहा-''चलो। अब यहाँ देखने लायक कुछ नहीं है।''

वे दोनों और रुके नहीं। कुछ दूर जाने पर उनकी बात सुनाई दी-''सब कुसंस्कार है।''

कहानी सुना रहे व्यक्ति ने कहा, ''ये सब लोग बाहर से आते हैं। कुछ देखते नहीं, और जो विश्वास के साथ देखने आते हैं, ये लोग उनके मन का विश्वास नष्ट कर देते हैं।''

शाक्य ने उनकी उक्ति का समर्थन किया-''सही कह रहे हैं आप। दो अक्षर अँग्रेजी पढ़े कुछ तथाकथित पढ़े-लिखे लोगों को लेकर ही सारी समस्याएँ हैं।...हाँ,

आप इस त्रिशूल के बारे में आप क्या बता रहे थे?''

''सुनने में आता है कि नेपाल के सेनापति अमरसिंह ने जब गढ़वाल पर अधिकार किया तो विजय के स्मारक के रूप में इस त्रिशूल को निकालकर अपने देश ले जाना चाहते थे। अनेक चेष्टा करने के बाद भी वे इस त्रिशूल को धरती से न निकाल पाये। धर्मभीरू नेपाली सेनापति में त्रिशूल को निकालने का और साहस नहीं था। इस त्रिशूल की सबसे आश्चर्यजनक बात क्या है, जानते हैं। प्रबल शक्ति से जो त्रिशूल बाल भर भी नहीं खिसकता वहीं त्रिशूल मन में भक्ति हो तो उँगली के स्पर्श मात्र से हिल उठता है। कई बार तो देखा गया है कि एक शिशु के स्पर्श से भी काँप उठता है त्रिशूल।

''आपने क्या अपनी आँखों से देखा है?'' शरण्या ने पूछा।

''नहीं, मैंने तो नहीं देखा, परन्तु बहुतेरे ऐसे लोगों से सुना है जिन्होंने अपनी आँखों से देखा है। वास्तव में यह भी विश्वास की ही बात है।''

सज्जन की बात के बीच ही एक व्यक्ति ने आकर कहा–''पुष्कर, गाड़ी आ गयी।''

पुष्कर ने हाथ जोड़े कहा, ''चलता हूँ, मेरी गाड़ी आ गयी।''

शाक्य ने भी प्रत्युत्तर में नमस्कार कहा, ''आपके साथ परिचय हुआ, बड़ा अच्छा लगा। मैं शाक्य, कोलकाता से आया हूँ।''

''हाथ में समय हो तो चले आइएगा न। मेरा नाम पुष्कर रावत है। मैं दैनिक जागरण का स्थानीय संवाददाता हूँ। पास में ही मेघदूत होटल है, वहाँ ऑफिस है।''

पुष्कर चला गया। दिन चढ़ रहा था। शरण्या बोली–''मैं विश्वनाथ मन्दिर में परणाम कर आती हूँ।'' कुछ सोचकर शाक्य ने कहा, ''चलो मैं भी तुम्हारे साथ चलता हूँ।''

मुख्य द्वार पारकर दोनों ने मन्दिर में प्रवेश किया। छोटा-सा मन्दिर था। चारों ओर पत्थर का चबूतरा था जिसे देखकर ही लगता था कि नया बना है। यों मन्दिर तो साधारण-सा ही था परन्तु चारों ओर का वातावरण बहुत अच्छा लग रहा था। कोई आदमी वहाँ नहीं था। सामने वेदी पर गड़े थे कुछ त्रिशूल। गर्भ मन्दिर में काले कसौटी पत्थर का शिवलिंग था। फूल छितरे हुए थे। शायद कोई पूजा करके गया था। कुछ देर दोनों बैठे रहे। मन की उथल-पुथल शान्त हो चुकी थी। मन्दिर में प्रणाम कर दोनों बाहर आये तो शाक्य ने कहा–''चलो, आश्रम लौट चलें।''

गंगा के किनारे से सटता हुआ रास्ता। शान्त भाव से चल रही थी शरण्या। चारों ओर किसी भी वस्तु पर मानो उसकी दृष्टि नहीं थी। अचानक उसने शाक्य की ओर मुँह घुमाया।

''सोचती हूँ कल लौट जाऊँ।''

"वीरेन्द्र जी ने तो नैताल की बात की थी, वहाँ नहीं जाओगी?"

"कोई लाभ नहीं होगा।"

"पहले से ही क्या लाभ या क्षति का हिसाब लगाया जा सकता है? मैंने नक्शे में देखा है, नैताल यहाँ से सात-आठ मील की दूरी पर है। .सोचता हूँ, कल सुबह वहाँ घूम आया जाए।

कुछ उद्देश्यहीन की तरह शरण्या ने कहा, "तुम जैसा कहोगे, वैसा ही होगा।"

इक्कीस

गांगुरी, गांगुरी...। आइए बाबू। गांगुरी...। चीख-चीखकर हाँक लगा रहा था जीप का चालक।

आगे बढ़ते-बढ़ते रुक गया शाक्य। एक के बाद एक जीप गाड़ियाँ खड़ी थीं। एक व्यक्ति से पूछा-"नैताल कौन-सी गाड़ी जाएगी?"

गांगुरी के ड्राइवर ने सुन लिया। उसने फौरन शाक्य का हाथ पकड़ लिया, "मेरी गाड़ी जाएगी नैताल।"

शाक्य ने एक नज़र जीप पर डाली। पूरी गाड़ी औरतों-मर्दों से भर चुकी थी।

"सीट कहाँ है? हम दो जने जाएँगे।"

"चले आइए बाबू। हो जाएगा।"

शाक्य समझ नहीं पाता कि आखिर हो कैसे जाएगा। रास्ते के उस पार खड़ी थी शरण्या। शाक्य ने उसे पुकारा-"आ जाओ।"

गाड़ी में सामने-पीछे की सारी सीटें भर चुकी थीं। ऐसे में कहाँ बैठे, शरण्या यह समझ नहीं पा रही थी। ड्राइवर ने सामने से एक लड़के को उतारकर कहा, "बैठिए बाबू, कितनी तो जगह है। यह गाड़ी चली गयी तो अगली गाड़ी घंटे भर बाद है।"

लोग लगभग एक-दूसरे की गोद में बैठे थे। ड्राइवर तक की जगह भर चुकी थी। शाक्य ने हँसते-हँसते ड्राइवर से पूछा, "अब आप कहाँ बैठेंगे ड्राइवर भाई?"

ड्राइवर की उम्र यही कोई तीस साल रही होगी, हलके से मुस्कराया। बोला, "हो जाएगा बाबू।"

सीट के कोने की पाँच-छः इंच जगह खाली कराकर ड्राइवर ने किसी तरह पिछवाड़ा टिकाया। बाकी सारा शरीर शून्य में झूल रहा था। गाड़ी स्टार्ट की ड्राइवर ने झटके से शरण्या के शरीर का सारा भार शाक्य के ऊपर आ पड़ा। हँस दिया शाक्य, यह एक नया अनुभव था। सहज भाव से शरण्या ने कहा, "मेरे ही कारण हुआ यह

नया अनुभव।''

''सही कहा। तुम न होती तो हरिद्वार और ऋषिकेश घूम-फिर कर मैं लौट गया होता कोलकाता।''

''और तुम न होते तो मैं भी शायद इतनी दूर न आ पाती।''

कोई जवाब नहीं देता शाक्य। गाड़ी घर-घर आवाज़ कर चढ़ाई चढ़ रही थी। पहाड़ से लगता हुआ था रास्ता। बड़े-बड़े पेड़ रास्ते पर झुके पड़े थे। हाथ बढ़ाते ही उन्हें छूआ जा सकता था। रास्ते के उस पार गंगा के पार पहाड़ पर थी वृक्षों की कतार लगता था जैसे किसी ने उन्हें कतार में रोपा हो।

''वे क्या पेड़ हैं?''

''देवदार। जैसे-जैसे ऊपर की ओर चढ़ते जाएँगे, वैसे-वैसे पेड़ों का स्वरूप भी बदला सा नज़र आएगा। पेड़ पतले और लम्बे होते जाएँगे।''

शाक्य सोच रहा था, ऊपर चढ़ने के साथ-साथ मनुष्य के मन में भी परिवर्तन हो जाता है। यह जो शरण्या के शरीर का उसके शरीर के साथ जो स्पर्श है कितना सहज है। लगता ही नहीं कि यह स्पर्श किसी रक्त-मांसयुक्त नारी देह का स्पर्श है। जबकि कोलकाता में, एक दिन बारिश में भीगकर कॉलेज से लौट रहा था, मिनी बस की भीड़ में बगल में खड़ी कॉलेज की एक छात्रा का शरीर भीड़ के दबाव में उससे सट गया था तो कैसी अद्‌भुत-सी सिहरन हुई थी। अन्ततः वह खुद ही वहाँ से सरक गया था।

गाड़ी रुकी। कोई छोटी-सी जगह थी। एक जना उतरा दो जने चढ़े। महिलाएँ पुरुषों से सटी बैठी रहीं। किसी को कोई संकोच नहीं।

''यह कौन सी जगह है?'' शाक्य ने एक व्यक्ति से पूछा।

''गणेशपुर।''

कुछ दूर जाकर ड्राइवर ने हाँक लगाई-''नैताल। नैताल।''

जीप का किराया चुकाकर उतर गये दोनों। यहाँ-वहाँ छितराए हुए कुछेक मकान। एक दुकान। टूटा हुआ बस का शेड। पैदल चलते दो-चार लोगों को छोड़ खाली-खाली थी सारी जगह। पहाड़ पर रास्ते के दोनों ओर घने जंगल थे। शरण्या ने चारों ओर नज़र दौड़ाई। यहाँ कहाँ है आश्रम?

शाक्य ने एक व्यक्ति से पूछा तो उसने सामने की ओर इंगित करते हुए कहा-''सीधा बढ़ते जाइए। सामने का मोड़ पार करते ही गंगा के किनारे आप देख पाएँगे।''

रास्ते के किनारे-किनारे दोनों पैदल बढ़ते रहे। कहीं कोई आदमी नहीं। शरण्या को कुछ डर-सा लग रहा था। वह शाक्य से सटकर चल रही थी। नीचे बह रही गंगा के स्रोत का शब्द कैसा अद्‌भुत सा लग रहा था। कुछ दूर जाकर मोड़ पार होते ही नीचे की ओर आश्रम पर नज़र पड़ी। अचानक शरण्या कुछ गम्भीर हो गयी।

शाक्य की ओर मुँह घुमाकर बोली–''यदि यहाँ भी दादाजी का कोई पता न चला तो?''

शाक्य शरण्या की मानसिक अवस्था समझ पा रहा था। बड़ी नरमी से उसने उत्तर दिया–''तो हम फिर से उन्हें ढूँढेंगे। मेरा मन कहता है कि हमें उनका पता ज़रूर मिलेगा।

शरण्या ने कोई उत्तर नहीं दिया। पक्के रास्ते से नीचे की ओर एक पत्थर बिछा हुआ पतला सा रास्ता गया था। गंगा के किनारे से सटता हुआ सा था आश्रम। एक के बाद एक कुछ ईंट के घर, टीन के छप्पर। चारों ओर बाड़ का घेरा। कुछ थोड़े से पेड़। कोई वैभव नहीं। ठीक प्राचीन किसी आश्रम की तरह। पिछले दिन जो आश्रम देखा था, उससे इसका कोई मेल नहीं था। आश्रम पार करने पर रेतीला किनारा था, उसके बाद थीं गंगा। छोटे–बड़े पत्थरों के ऊपर से सफेद झाग युक्त जल–स्रोत बहा जा रहा था। उस पार भी था रेतीला किनारा और उसके बाद ही था हरियाली से आच्छादित पहाड़। वीरेन्द्र की बात याद आ गयी कि नैताल आश्रम जैसा निर्जन वातावरण और कहीं नहीं मिलेगा। मानो पृथ्वी के बाहर का कोई अन्य जगत हो।

आश्रम के सामने आकर खड़े हुए दोनों। छोटा लकड़ी का दरवाज़ा था, जिसे खोलकर उन्होंने भीतर प्रवेश किया। सामने एक छोटा–सा मन्दिर था, और अन्दर थे पत्थर के शिव। मन्दिर के पास एक वृद्ध व्यक्ति घास साफ कर रहा था। दोनों पर नज़र पड़ते ही उठ खड़ा हुआ। हाथ जोड़कर बोला, ''नमस्कार बाबूजी।''

''नमस्कार। हम यहाँ साधु बाबा से मिलने आये हैं।''

वृद्ध व्यक्ति विस्फारित नज़रों से शाक्य की ओर देखता रहा। शरण्या को लगा कि वह वृद्ध व्यक्ति उनकी बात समझ नहीं पाया। बोली, ''यहाँ के साधु बाबा लोग कहाँ हैं?''

वृद्ध के कुछ कहने के पूर्व ही सामने के घर से एक कम उम्र वधु निकलकर आयी। दुबली–पतली, अधमैली साड़ी, ऊपर से लम्बा ढीला ढाला गरम कुर्ता। उसने पूछा–''किसी को ढूँढ रहे हैं बाबू!''

''हम बहुत दूर से आये हैं। सुना है, यहाँ एक बंगाली साधु बाबा हैं, उनसे मिलना है।''

अवाक् स्वर में उस वधु ने पूछा–''कौन से बाबा?''

''बंगाली साधु बाबा।''

''मैं तो नहीं जानती।''

''साधुबाबा लोग कहाँ हैं?''

''बड़े महाराज और गोपी महाराज कहाँ गये हैं, मुझे नहीं मालूम। छोटे महाराज को पता होगा।''

''छोटे महाराज कहाँ हैं?''

''छोटे महाराज भीमताल गये हैं। दिन भर वहाँ जाप करते हैं और शाम को लौट आते हैं।''

शाक्य समझ गया कि ये दोनों तो कुछ भी नहीं जानते। पूछा, ''कितनी दूर है भीमताल?''

''ज्यादा दूर नहीं है। आप लोग जाएँगे?''

''पर हमें तो रास्ता नहीं मालूम।''

उस वधु ने कुछ सोचा, फिर बोली, 'चलिए, मैं ले चलती हूँ।''

''तुम्हारा नाम क्या है?''

''गीता।''

''तुम यहाँ रहती हो?''

''नहीं, पहाड़ के उस पार, इन बूढ़े बाबा के पास रहती हूँ। सुबह यहाँ आ जाती हूँ और शाम को लौट जाती हूँ। ये बूढ़े बाबा बहुत वर्षों से यहाँ हैं, कानों से ठीक से सुन नहीं पाते।''

''तुम्हारे घर में और कौन-कौन हैं?'' शरण्या ने पूछा।

गीता ने एक पलक शरण्या की ओर देखा, फिर गम्भीर हो बोली-''मेरा कोई नहीं है।''

कुछ कहना चाह कर भी शरण्या कह न पायी। समझ गयी कि जीवन का कोई गुप्त गहरा दर्द है, जिसे सबके सामने ज़ाहिर नहीं किया जा सकता। निःशब्द बढ़ते रहे सभी। पहाड़ से सटती हुई पगडंडी थी, इतनी पतली थी कि अगल-बगल दो जने पैदल नहीं चल सकते थे। अलग-अलग पत्थर। ढीली नरमी मिट्टी। पैर के सामान्य दबाव से ही किनारे के पत्थर और मिट्टी रास्ते से कई सौ फुट नीचे झर जाते। शाक्य व शरण्या दोनों बड़ी सावधानी से कदम रख रहे थे। काफी चढ़ाई चढ़ने के कारण शरण्या हाँफ उठी। गीता समझ गयी और बोली-''कुछ सुस्ता लीजिए दीदी।''

शरण्या को सचमुच थकावट महसूस हो रही थी। सामने एक बड़े से पत्थर पर वह बैठ गयी। उसके पास जाकर खड़ी हो गयी गीता।

शरण्या ने कुछ दम लेते हुए कहा, ''हमारे कारण तुम्हें भी कष्ट करना पड़ा।''

''अरे नहीं, नहीं, यह क्या कष्ट है। छुटपन से ही इतना कष्ट कर लिया कि अब कोई कष्ट, कष्ट सा नहीं लगता।''

एक कटे हुए पेड़ के कुँदे पर गीता बैठी। कुछ हाथ की दूरी पर शाक्य। हठात् शरण्या ने पूछा-''तुम क्या हमेशा से इस आश्रम में हो, गीता?''

क्षण भर में गीता की आँखों में दबा हुआ दर्द उभर आया। कुछ क्षण मुख

घुमाकर वह आकाश की ओर देखती रही फिर धीमे से स्वर में बोली–''अपनी बात मैं क्या बताऊँ दीदी। जब मैं छः वर्ष की थी पिताजी का देहान्त हो गया। किसी और से विवाह कर माँ कहीं अन्यत्र चली गयी। पेट के लिए उस उम्र से ही मैं खेत में काम करती। बोझा ढोती। कितने कष्ट सहे, क्या बताऊँ। बड़ी हुई। गाँव के ही एक व्यक्ति ने मेरे विवाह की व्यवस्था कर दी, एक बूढ़े के साथ। उसकी उम्र साठ थी और मेरी सोलह।''

''कहाँ हुआ था तुम्हारा विवाह?''

''भाटवारी में। यहाँ से ज्यादा दूर नहीं है। मेरे पति की दो बीवियाँ और थीं। वे मुझे बर्दाश्त न कर पातीं। सारा दिन घर का काम, खेत का काम करती और उसके बाद मेरा पति दारू पीकर आता और मेरी पिटाई करता। इतना मारता कि दो–तीन दिन मैं बिस्तर से उठ भी नहीं पाती थी। एक दिन जब बर्दाश्त से बाहर हो गया तो मैं घर छोड़कर निकल पड़ी। चलते–चलते इस आश्रम के सामने रास्ते पर बेहोश हो गयी। आश्रम के वही बूढ़े बाबा मुझे देखकर घर ले गये। बाबा का भी कोई नहीं था। वे यहाँ आश्रम में काम करते थे, वे ही मुझे आश्रम में ले आये। बड़े महाराज ने कहा कि इस आश्रम में काम कर। जो हम खाते हैं, वही तुझे भी मिलेगा।''

शरण्या की आँखें छलछला आयीं। उसने धीरे–धीरे कहा, ''हर जगह औरतों का जीवन बहुत कष्टप्रद है। तुम्हें यदि यहाँ जगह न मिलती तो...?''

''तो या तो आत्महत्या करनी पड़ती या फिर खराब मुहल्ले की औरतों में नाम लिखाना पड़ता।''

चौंक उठी शरण्या। इस देवभूमि में भी है खराब मुहल्ला।

हँस पड़ी गीता। आप लोग बाहर से आते हैं। दो–चार साधुओं और मन्दिरों को देख कर सोच लेते हैं कि यह देवभूमि है, यहाँ खराब कुछ भी नहीं। वास्तव में किन्तु ऐसा नहीं है। यहाँ भी अनेक खराब लोग हैं। शहर के लोगों की ही तरह ये भी इतने गन्दे काम करते हैं कि आप सुनेंगे तो चौंक जाएँगे। मैंने तो अपने जीवन के अनुभव से यह जाना है।''

चुपचाप सुन रही थी शरण्या। दिन बीत रहा था। उठ खड़ा हुआ शाक्य और बोला, ''चलो अब जाया जाए।''

गीता व शरण्या भी उठ खड़ी हुईं। सीधे रास्ते पर, कुछ दूर जाते ही पहाड़ में एक छोटी–सी झील थी। इस पार से उस पार साफ नज़र आ रहा था। काँच सरीखा स्वच्छ जल, उस पर नीले आसमान की छाया पड़ रही थी। गीता ने इशारा कर बताया, वो बैठे हैं छोटे महाराज।

थोड़ा–सा चबूतरा बना हुआ। चारों ओर से खुली एक खपरैल। वहीं कम्बल के आसन पर स्थिर होकर बैठे थे एक तरुण संन्यासी। गोरा रंग, गेरुआ वस्त्रधारी।

दाढ़ी-मूँछ-सिर के बाल सफाचट। शान्त दृष्टि से सामने की ओर देख रहे थे। गीता ने सामने जाकर प्रणाम किया और कहा, ''महाराज, ये लोग आपके पास आये हैं।''

शाक्य व शरण्या ने भी हाथ जोड़े फिर शरण्या ने ही बात शुरू की, ''महाराज, हम बहुत दूर से आये हैं। सुना है कि आपके आश्रम में एक बंगाली साधु रहते हैं। बुजुर्ग, उम्र होगी यही कोई सत्तर के आसपास।''

छोटे महाराज ने शान्त स्वर में कहा, ''आश्रम में बड़े महाराज और गोपी महाराज हैं। दोनों ही बुजुर्ग हैं।''

''वे क्या बंगाली हैं?''

''उनका पूर्व परिचय तो मैं नहीं जानता।''

''मैं जिन्हें खोज रही हूँ उनका नाम है हेमनाथ बन्दोपाध्याय, मेरे दादाजी। मेरे जन्म से पूर्व ही उन्होंने संन्यास ले लिया था।''

छोटे महाराज ने कुछ सोचा। ''हाँ, एक दिन बातों ही बातों में बड़े महाराजक ने बताया था कि उनका पूर्वाश्रम बंगाल में गुज़रा था। और तो उन्होंने कुछ बताया नहीं। मैं तो कुछ ही दिन हुए यहाँ आया हूँ, विशेष कुछ नहीं जानता।''

क्षण भर को शरण्या के चेहरे पर उत्तेजना की आभा फूट पड़ी, ''कहाँ मिलेंगे वे?''

''दो दिन हुए, दोनों जने गंगोत्री गये हैं।''

''शाक्य ने पूछा-''वहाँ जाने पर क्या उनसे भेंट हो पाएगी?''

''हाँ, हाँ, लगता तो है।''

शाक्य को लगा कि इन साधु महाराज से और कुछ पता नहीं चलेगा। उसने कहा, 'हमें क्षमा करें, साधना के समय हमने आपको विरक्त किया।''

छोटे महाराज ने हाथ का इशारा किया। आप लोगों की मनोकामना पूर्ण हो।

शरण्या शान्त व स्थिर खड़ी थी। उसके मन के अँधियारे आकाश में एक टुकड़ा रोशनी की आभा दिख रही थी। शाक्य ने कहा, ''चलो, अब लौटा जाए।''

गीता ने पूछा, ''कहीं और भी जाएँगे बाबूजी?''

शाक्य ने सिर हिलाकर कहा-''नहीं, अब उत्तरकाशी लौटना है।''

''तो फिर पहले आश्रम चलिए, उसके बाद जाइएगा।''

लौटते समय रास्ता बड़ा सहज लग रहा था। पूरे रास्ते शरण्या ने कोई भी बात नहीं की। शाक्य समझ रहा था कि उसका मन आशा और निराशा के बीच झूल रहा था। उसने धीरे-धीरे कहा, ''माताजी से बात करनी होगी, फिर यदि सम्भव हुआ तो हम कल ही गंगोत्री के लिए रवाना होंगे।''

बाईस

"तुम लोग कल ही गंगोत्री जाना चाहते हो?"

माताजी के प्रश्न पर शाक्य ने स्वीकृति में सिर हिलाया, "जी, माताजी, हम और देरी करना नहीं चाहते। नैताल आश्रम के साधु बाबा वहाँ कितने दिन रहेंगे, पता नहीं।"

"गंगोत्री में तुम लोगों को कोई असुविधा नहीं होगी। वहाँ अनेक आश्रम, धर्मशालाएँ और होटल हैं।"

मन्दिर के बरामदे में बैठे थे सभी। एक खम्भे पर टेक लगाये चुप थी शरण्या किन्तु मन की उथल-पुथल को किसी भी प्रकार शान्त नहीं कर पा रही थी। माताजी ने उसकी ओर देखा। और पूछा-"तुम क्या सोच रही हो बेटी।"

शरण्या ने स्वाभाविक होने की चेष्टा की, उदास स्वर में कहा, "सोच रही थी कि गंगोत्री जाकर भी यदि दादाजी से भेंट न हुई तो?"

माताजी ने कहा-"अभी ही यह क्यों सोच रही हो कि दादाजी से भेंट नहीं होगी। मेरे गुरुदेव कहा करते थे कि अतीत का मतलब है, जो खो गया। हज़ार चेष्टाओं के बावजूद उसे वापस नहीं लाया जा सकता। और भविष्य, क्षण भर बाद क्या होगा, कोई नहीं जानता। एकमात्र वर्तमान ही सत्य है। इसीलिए भविष्य के बारे में सोचकर स्वयं को अकारण ही कष्ट क्यों दे रही हो।" कुछ देर चुप रहकर उन्होंने फिर कहा, "यह जो दादाजी को ढूँढते-ढूँढते गंगा के किनारे-किनारे हिमालय के विभिन्न रास्तों पर घूम रहे हो, इन रास्तों पर चलते-चलते क्या तुमने कुछ भी नहीं पाया?"

हठात् मानो भावनाओं के खोल से बाहर निकल आयी शरण्या और शान्त स्वर में बोली, "यहाँ न आती तो नदी, पहाड़, प्रकृति, मनुष्य किसी को भी ठीक से पहचान न पाती। जीवन की सीमाओं में जैसे चौबीस वर्ष बीत गये, बाकी भी वैसे ही कट जाते।"

शाक्य के मन में भी भावनाओं का स्रोत बह रहा था। सोचा कि शरण्या ठीक ही कह रही थी। इस हिमालय पर आकर उसने भी तो स्वयं को नये सिरे से पहचाना था।

शरण्या ने पूछा, "आप वहाँ कब गयी थीं माताजी?"

"दो वर्षों से उधर जाना नहीं हुआ।" शरण्या की ओर मुख घुमाकर बोलीं, "मेरे प्रथम जीवन का अधिकांश भाग गंगोत्री में ही बीता है। ध्यान, जप, साधना के लिए गंगोत्री की कोई तुलना नहीं।"

"उस वक़्त आपके गुरुजी थे?"

"केवल गुरुजी ही क्यों, और भी बहुतेरे साधु थे। महूष कृष्णाश्रम, तपोवन

महाराज, बाबा लाल बिहारी, गंगादास बाबा तथा और भी अनेक। सभी महान साधक थे। क्या पवित्रता भी गंगोत्री में उन दिनों। अब तो सब कुछ जैसे कुछ अलग-सा है। पहले जैसी मन की शान्ति खोजे भी नहीं मिलती।''

मन्दिर का बुजुर्ग व्यक्ति आकर खड़ा हुआ। शाक्य उन्हें दो दिनों से देख रहा था। नितान्त प्रयोजन होने पर ही कुछ बोलते थे अन्यथा निःशब्द काम किये जाते।

''क्या हुआ रघुनाथ?'' माताजी ने उनकी ओर मुख उठाकर देखा और पूछा।''

''माताजी, रात को क्या खाना बनेगा? रमा पूछ रही थी।''

''रमा का ज्वर अभी-अभी उतरा है। उसे रसोई में नहीं जाना होगा। मैं जाती हूँ।''

बुजुर्ग व्यक्ति जाते-जाते रुका और घूमकर बोला, ''आज बाज़ार में भरोसाराम जी से भेंट हुई। आपके बारे में पूछ रहे थे।''

''आश्रम में आएँगे?''

''नहीं, कल गंगोत्री चले जाएँगे। कह रहे थे कि आप बहुत दिनों से गंगोत्री नहीं गयीं।''

क्षण भर को कुछ अन्यमनस्क हो गयीं माताजी। शायद कुछ याद आ गया हो फिर खुद ही बोलीं, ''सोचती हूँ एक बार घूम आऊँ। वास्तव में आश्रम छोड़कर कहीं जाना नहीं हो पाता।''

रघुनाथ ने सामान्य दुविधा के बावजूद कहा, ''आप हो आइए माताजी। बहुत दिनों से आप आश्रम छोड़कर कहीं भी नहीं गयीं। हम सब तो हैं यहाँ। कोई असुविधा नहीं होगी।''

फौरन शरण्या भी बोल उठी, ''आप गंगोत्री चलें माताजी। आपके साथ जाकर हमें भी बहुत अच्छा लगेगा।''

सामान्य मुस्करायीं माताजी-''तुम सभी कह रहे हो तो ठीक है। सोचकर देखती हूँ।''

शाक्य ने भी प्रसन्न हो कहा, ''आपके साथ रहेंगे तो हम काफी कुछ जान पाएँगे।''

शरण्या ने हाँ में हाँ मिलाते हुए कहा, ''आपने हम लोगों में जानने की इच्छा को जगा दिया है।''

माताजी के मुखारबिन्द पर प्रसन्नता की छाया फूट उठी। वे बोलीं, ''अब तो न कोई कुछ जानना चाहता है, न सीखना। वास्तव में अधिकांश लोगों में आत्म तृप्ति आ गयी है, जितना भर जानते हैं उतने में ही सन्तुष्ट हैं। जो सचमुच का ज्ञान-साधक है वह कभी भी तृप्त नहीं होता।''

किसी भी प्रकार का संकोच अनुभव न करते हुए सहज भाव से ही शाक्य ने

कहा, ''स्कूल-कॉलेज के सिलेबस में जितना भर है उसके बाहर हम कुछ जान ही न पाये। माताजी, आप हमें गंगोत्री के बारे में बताइए। कल बात अधूरी रह गयी थी।''

माताजी ने हाथ जोड़े और बोलीं, ''इसमें मेरी अपनी कोई बात नहीं है। जो कहती हूँ वो सब बातें गुरुजी की हैं। केवल धर्म की बातें ही नहीं, गुरुजी इतिहास की बातें भी बताते। उन्हीं से सुना था इस गंगा-पथ का इतिहास। कैसे गया था उस युग का पहला व्यक्ति गंगोत्री, गोमुख। सुनने पर सब किस्सा-कहानी सा लगेगा। इस बारे में स्थानीय लोगों ने कुछ नहीं लिखा जिन्होंने लिखा, वे अधिकांश विदेशी थे, और कितना सुन्दर था उनका लेखन।''

शाक्य के चेहरे पर कौतूहल उभर आया, बोला, ''कितनी आश्चर्यजनक बात है कि हमारी गंगा के बारे में सर्वप्रथम विदेशियों ने लिखा।''

''हाँ, उन विदेशियों का लिखा पढ़कर ही तत्कालीन गंगा के बारे में जाना जा सकता है।'' शाक्य को लगा मानो वह छात्रावस्था में लौट गया हो, जहाँ वह क्लास में बैठा था और शिक्षक वक्तव्य दे रहे थे। उसने कहा, ''आप बताइए माताजी उन विदेशियों की सारी बातें।''

''पौराणिक काल से लोगों का विश्वास था कि महादेव की जटा से निकलकर बिन्दु सागर नामक एक विशाल झील में आकर गिरी थीं गंगा। महाभारत के वनपर्व में उल्लेख है कि महाराज युधिष्ठिर, उनके भाइयों और द्रौपदी ने बद्रीनाथ के दर्शन करने के उपरान्त इसी बिन्दु सागर में जाकर स्नान किया था। स्वर्ग से उतरकर आयी गंगा इसी बिन्दु सागर से सात धाराओं में विभाजित होकर प्रवाहित हुई थीं। वे धाराएँ थीं ह्लादिनी, पावनी, नलिनी, चक्षु, सीता, तथा सिन्धु. और एक धारा को महाराज भगीरथ दक्षिण में ले गये थे। पहले स्वर्ग, फिर मर्त्य और अन्त में पाताल से होते हुए गंगा जाकर सागर से मिली। इसीलिए इसका और एक नाम त्रिपथगा भी है। इन महाकाव्यों, पुराणों को पढ़कर ही मनुष्य को विश्वास हुआ था कि गंगा का जन्म बिन्दु सागर में हुआ।''

''यह बिन्दु सागर है कहाँ?''

''बिन्दु सागर कहाँ है, पता नहीं। सम्भवतः मानसरोवर को ही बिन्दु सागर कहा जाता रहा हो। गंगा के उद्गम की खोज के लिए जिन्होंने सर्वप्रथम अनुसन्धान किया, वे थे भगीरथ। घर-संसार त्यागकर, राजसुख का त्यागकर आये थे हिमालय के इस दुर्गम पहाड़ी अंचल में। बर्फ़ से ढँके इस पर्वत पर अनाहार और अनिद्रित अवस्था में उन्होंने कड़ी तपस्या की थी। और गंगा की धारा को न सिर्फ़ खोज निकाला था। बल्कि उस धारा का अनुसरण करते-करते पहुँच गये थे गंगासागर। सम्भवतः वे गंगा-पथ के प्रथम यात्री थे, किन्तु इतिहास में पहली बार जिन्होंने गंगा की उद्गम धारा की खोज की थी वह थे सम्राट अकबर। सम्राट अकबर प्रतिदिन

गंगा जल का पान करते। जहाँ भी जाते, गंगा जल उनके साथ होता। उन्होंने कुछ लोगों को भेजा था गंगा के उद्गम का पता लगाने को।''

''तो क्या वे गंगा के उद्गम का पता लगा पाये?''

''सम्भवत: नहीं। विभिन्न लोगों की नाना बातें सुनकर उन्होंने कहा था कि गंगा का उद्गम देखने में गाय के मुख जैसा है, किन्तु पहली बार जिन्होंने अपने प्राण संकट में डाल कर गंगा का उद्गम स्थल खोजने की चेष्टा की थी, वे सभी ईसाई मिशनरी थे। उन्हीं के लिखे वर्णन को पढ़कर ही गंगा के दो किनारों के बारे में, हिमालय और वहाँ की प्रकृति के बारे में पता चलता है।''

''प्रथम विदेशी जिन्होंने गंगा के उद्गम स्थल की खोज की चेष्टा की थी, उनका नाम क्या था?''

''वह थे पुर्तगाली मिशनरी, नाम था एन्टोनियो द आन्द्रे। सम्भवत: सन् 1624 में कुछ साथियों को लेकर वे हरिद्वार से रवाना हुए। देवप्रयाग में आकर अलकनन्दा को ही उन्होंने गंगा की मूल धारा समझ लिया और उसी रास्ते पर वे आगे बढ़ गये। उनके साथ और भी अनेक तीर्थयात्री थे। देवप्रयाग पार कर वे गढ़वाल के राजाओं की राजधानी श्रीनगर में पहुँचे। राजा के लोगों ने आन्द्रे को गुप्तचर मानकर बन्दी बना लिया। बाद में जब उन्हें अपनी गलती का अहसास हुआ तो उन्होंने उसे मुक्त कर दिया। आन्द्रे फिर और आगे बढ़ चले। रास्ता दुर्गम था। कहीं-कहीं रास्ता इतना सँकरा था कि घुटनों के बल चलना पड़ता। एक के बाद एक पहाड़ पार करते सभी बढ़ते जाते। साथ के तीर्थयात्री बीच-बीच में बोलते चलते-जय बद्री विशाल की जय'। आन्द्रे को लग रहा था कि लोगों में कितना गहरा विश्वास था। राह में छोटे-छोटे मन्दिर थे। अधिकांश में एक या दो साधु रहते। लगभग एक महीने की पैदल यात्रा के बाद वे जोशीमठ पहुँचे। चारों ओर बर्फ़ ही बर्फ। बीच-बीच में पहाड़ी नदियाँ आ-आकर अलकनन्दा में मिल रही थीं। आन्द्रे ने अलकनन्दा को ही गंगा समझने की भूल की थी। बाद के कई सौ वर्षों तक लोग वही मानते रहे।''

कुछ देर की चुप्पी के बाद माताजी ने फिर बोलना शुरू किया-''जोशीमठ से आन्द्रे रवाना हुए बद्रीनाथ की ओर। वह रास्ता तो और भी दुर्गम था, चारों गगनचुम्बी पर्वतमाला, भयंकर चढ़ाई और नीचे प्रचंड वेग से बहती अलकनन्दा। अन्तत: वे पहुँचे बद्रीनाथ। आचार्य शंकर ने हिन्दू धर्म के विजय गौरव को चारों ओर फैलाने के लिए इस मन्दिर की स्थापना की थी। आन्द्रे ने लिखा है कि बद्रीनाथ मन्दिर में केवल भारत ही नहीं बल्कि भारत के बाहर से भी तीर्थयात्री आते हैं। मन्दिर के सामने हैं ऊष्ण कुंड। मन्दिर में पूजा से पहले लोग ऊष्ण कुंड में स्नान करते हैं। बद्रीनाथ मन्दिर से आन्द्रे उत्तरी तिब्बत की ओर रवाना हुए। उन दिनों विधर्मीय लोगों का तिब्बत में जाना निषेध था। जो उस निषेधाज्ञा का पालन नहीं करता उसे

कड़ा दंड दिया जाता। इसलिए कोई स्थानीय व्यक्ति आन्द्रे का साथ देने को तैयार न था। केवल दो साथियों और सामान्य खाद्य सामग्री के साथ प्रबल हिम्मत व साहस दिखाते हुए आन्द्रे आगे बड़े। कुछ दूर जाते ही चारों ओर बर्फ़ ही बर्फ़ थी। प्रचंड ठंड थी और था बर्फीला तूफान। शरीर गर्म रखने के लिए सभी एक-दूसरे से सटकर बैठे रहते। कभी-कभी हाथ-पैर सुन्न से हो उठते, आधा शरीर बर्फ़ में डूब जाता और प्यास लगने पर बर्फ़ को चूसना पड़ता। ठंड में लगता मानो सारा शरीर जड़ हो गया हो। लगता, मौत किसी भी क्षण आ सकती है। इन्हीं स्थितियों से गुज़रते हुए वे एक विशाल झील के किनारे पहुँचे। आन्द्रे ने लिखा कि वही मानसरोवर झील थी और वहीं से गंगा की उत्पत्ति हुई थी। सम्भवत: स्थानीय किसी छोटी झील को उन्होंने मानसरोवर समझने की भूल की।''

माताजी चुप हो गयीं तो इतनी देर बाद शाक्य ने प्रश्न किया, ''माताजी, आन्द्रे ने जो कुछ लिखा, वह क्या आपने पढ़ा था?''

''हाँ, गुरुजी ने वे सारी पुस्तकें संग्रह की थीं।''

''आन्द्रे के बाद उस रास्ते पर कोई और भी गये थे क्या?''

''हाँ, गये थे। वह भी पुर्तगाली मिशनरी थे, नाम था आजेमेदो। सन् 1631 में वे हरिद्वार से देवप्रयाग पहुँचे। उनको भी लगा कि अलकनन्दा ही गंगा की मूलधारा हैं। उसी रास्ते पर कई दिन चलकर वे भी पहुँचे गढ़वाल के श्रीनगर में। उन दिनों बद्रीनाथ जाने के लिए राजा की अनुमति आवश्यक थी। यहाँ पहुँचकर उन्हें पता चला कि दो दिन पूर्व ही राज का देहान्त हो गया था। बाध्य होकर आजेमेदो को श्रीनगर में ही रह जाना पड़ा। अगले दिन उन्हें एक भयंकर अनुभव हुआ। उन दिनों राजा के मरने पर रानियों को भी उसके साथ एक ही चिता पर जला दिया जाता था। कौतूहल से आजमेदो पहुँचे नदी किनारे जहाँ राजा का अन्तिम संस्कार होना था। पुरोहित मन्त्र-पाठ कर रहे थे। बीच में अग्निकुंड प्रज्वलित था। वहाँ बैठी थीं राजा की साठ रानियाँ। सभी के चेहरों पर प्रचंड भय के चिह्न। चारों ओर नाना बाजे बज रहे थे, जिनकी आवाज़ में कहीं दब गया था रानियों का विलाप क्रन्दन। साठ रानियों में केवल चार-पाँच थीं जो स्वेच्छा से राजा की जलती चिता पर जाकर बैठीं और बाकी प्राणों के भय से चीत्कार कर रही थीं किन्तु कोई उनकी चीख-चिल्लाहट नहीं सुन रहा था। अधिकांश रानियों के हाथ-पैर बाँधकर जबरन चिता पर फेंका जा रहा था और उपस्थित जनसमुदाय उल्लास प्रकट कर रहा था। आजेमेदो यह दृश्य न देख पाये और वहाँ से भाग गये। कुछ दिनों बाद राजा की अनुमति के बिना ही आगे बढ़ गये। अलकनन्दा की राह पकड़ चलते-चलते बद्रीनाथ पहुँचे। वहाँ से और आगे बढ़ गये। दुर्गम रास्ते पर चलते-चलते अन्तत: एक पर्वत शिखर के सामने पहुँचे। वहाँ एक विशाल झील थी। आजेमेदो ने उसके विषय में लिखा-''मेरे सामने

एक विशाल झील थी। मेरे साथियों ने बताया कि वहीं से गंगा की उत्पत्ति हुई थी। उसके बाद ही गंगा दक्षिण की ओर गयी, किन्तु वह जलधार पत्थर के नीचे से गयी है। नज़र न आने के बावजूद उसके जल का कलकल शब्द सुनाई देता है। काफी दूर जाने के बाद ही उसकी छोटी-छोटी जलधाराएँ दिखाई देती हैं और ये सारी धाराएँ मिलकर गंगा बनती हैं।''

शाक्य ने कहा, ''यानी तत्कालीन लोग केवल अलकनन्दा को ही गंगा नहीं मानते थे बल्कि मानसरोवर को ही गंगा का उद्‌गम स्थल मानते थे।''

माताजी ने कहा-''तुमने ठीक ही कहा। इसीलिए उस युग में गंगा को गंगाच्यू कहा जाता था। तिब्बती भाषा में 'च्यू' शब्द का अर्थ नदी। यानी गंगा नदी। दरअसल इस गंगा नाम के साथ एक ऐसा महात्म्य जुड़ा है कि प्राचीन काल से हिमालय की असंख्य नदियों को गंगा कहा गया, जैसे कि आकाशगंगा, चौलीगंगा, रामगंगा, केदारगंगा, भीलगंगा, ऋषिगंगा। केवल हिमालय ही क्यों, भारतवर्ष के अन्य अंचलों, यहाँ तक कि भारत के बाहर भी कई नदियों के नाम के साथ गंगा का नाम जोड़ दिया गया।''

शाक्य ने कहा, ''जी, आप सही कह रही हैं। श्रीलंका के एक व्यक्ति से परिचय हुआ था, उन्होंने मुझे बताया था कि उनके देश की सबसे बड़ी नदी का नाम महाबली गंगा था।''

इतनी देर से शरण्या चुपचाप सुन रही थी, अब बोल उठी, ''माताजी आप तो अलकनन्दा की बात बता रही थीं। गंगा के उद्‌गम की बात सर्वप्रथम किसने की?''

''इस बारे में जिन्होंने पहल की उनका नाम था लेफ्टिनेंट कर्नल कोलब्रुक। वे सर्वेयर जेनरल थे। उन दिनों अँग्रेजी शासन था। ईस्ट इंडिया कम्पनी ने उन्हें गंगा के सर्वेक्षण का दायित्व सौंपा। उनसे पूर्व हालाँकि जेम्स रेनेल नाम के एक साहब ने गंगा के सर्वेक्षण का दायित्व सौंपा। वे भी गंगा की उद्‌गम-धारा को खोज निकालने में असमर्थ रहे। लेफ्टिनेंट कर्नल कोलब्रुक भी दायित्व मिलने के पश्चात बीमार पड़ गये, तो उन्होंने अपने दल के तीन व्यक्तियों को यह दायित्व भार दिया। ये तीन व्यक्ति थे लेफ्टिनेंट वेब, कैप्टेन रैपर तथा कैप्टेन हियरसे। सन् 1808 में हरिद्वार में कुम्भ मेला का दर्शन कर ये तीनों सदल बल रवाना हुए और इनका उद्‌देश्य था गंगा के केवल गतिपथ ही नहीं बल्कि उसके दोनों किनारों की प्रकृति, जीव-जन्तु, मनुष्य आदि सबको देखना।''

शरण्या ने प्रश्न किया, ''आपको इन सब लोगों के बारे में कैसे पता चला?''

''इन सभी ने अपना भ्रमण वृत्तान्त लिखा था और गुरूजी ने उन सारे भ्रमण-वृत्तान्तों का संग्रह किया था। वे उसी में से मुझे पढ़कर सुनाते थे। मैं स्वयं भी पड़ती थी। हाँ, तो मैं कह रही थी, वे तीनों साहब प्रायः बीस दिन चलने के पश्चात उत्तरकाशी

पहुँचे। दुर्गम होने के बावजूद उत्तरकाशी तक पैदल चलने का रास्ता कमोबेश था। यहाँ से भाटवारी तक जाकर वे रुक गये क्योंकि सामने एकदम खड़ा पहाड़ था। चलने का कोई रास्ता न था। कुछ जगहों पर पत्थर काटकर दो-एक सीढ़ियाँ बनी हुई थीं परन्तु पकड़ने या थामने को कुछ न था। काफी नीचे थीं गंगा। यदि किसी कारणवश पैर फिसला तो नामोनिशान का पता नहीं लगेगा। सामने के पहाड़ से प्रचंड जलस्रोत नीचे की ओर आ रहा था। चारों ओर से बर्फ़ से ढँकी पहाड़ की चोटी। आगे बढ़ने का कोई उपाय नहीं था। उस यात्रा का बहुत ही सुन्दर वर्णन किया था लेफ्टिनेंट वेब ने। झोले से एक डायरी निकालकर माताजी ने पढ़ना शुरू किया।

"27 अप्रैल, 1808 को भाटवारी पहुँचा हूँ। तय करता हूँ कि यहीं से गंगोत्री की यात्रा करूँगा। 28 तारीख को हम गंगोत्री के लिए रवाना हुए। तीन-चार मील जाने के बाद देखा सामने थी भयंकर चढ़ाई। रास्ता इतना सँकरा कि आगे बढ़ पाना असम्भव था। बाध्य होकर लौटना पड़ा। यदि यह प्राकृतिक बाधा हमारे रास्ते में न आती और यदि थोड़ी-सी भी उम्मीद होती तो आगे जाने की चेष्टा करता। इसके अलावा यहाँ की आव-हवा भी बड़ी विचित्र है। रात को प्रबल ठंड और दिन में असह्य गर्मी। धूप का तीव्र ताप, त्वचा जला देने लायक। मेरे सारे साथी अत्यन्त दुर्बल व क्लान्त हो गये हैं। आगे बढ़ने का अर्थ है निश्चित मृत्यु, इसलिए इस अभियान को रद्द करने को बाध्य होना पड़ा किन्तु भाटवारी के एक व्यक्ति से गंगा के उद्गम के विषय में काफी कुछ जानकारी मिली। वह व्यक्ति बीच-बीच में गंगा के उद्गम स्थल से गंगा-जल लाकर बाहर के लोगों को ऊँचे दाम में बेच देता है। उसने बताया कि गंगोत्री यहाँ से छः-सात दिनों के रास्ते पर है। वहाँ से गंगा का उद्गम स्थल और भी काफी दूर है। उस उद्गम स्थल का गाय के मुख से कोई समानता नहीं।"

"तो फिर बाहर के लोगों में कौन सर्वप्रथम गंगोत्री पहुँचा?"

"उनका नाम है जेम्स बेली फ्रेसर। सन् 1815 की 20 जुलाई को वे गंगोत्री आये और उस समय की गंगोत्री का उन्होंने अत्यन्त सुन्दर वर्णन किया। उन्होंने लिखा, "इस पवित्र स्थान का एक रहस्यमय अलौकिक परिवेश है। चारों ओर पत्थर के स्तूप, उनके बीच भूलभुलैया से रास्ते से होते हुए हम मन्दिर पहुँचे। खूब छोटा सा मन्दिर, चारों ओर छोटे-बड़े पत्थर छितराये हुए। कौन जाने किसी दिन इन पत्थर के स्तूपों में ही मन्दिर ध्वंस हो जाएगा। थोड़ी-सी दूरी पर पहाड़ की ढलान पर पाइन वृक्षों की कतार जिनकी घनी छाया मिट्टी पर पड़ती है और सामने बही जाती है चंचल नदी। नदी की चंचल स्रोतधारा, चारों ओर पहाड़ की चोटियाँ एक ऐसे महिमामय परिवेश का सृजन करती हैं, जिनका शब्दों में वर्णन असम्भव है।"

कुछ रुककर माताजी ने कहा-"किन्तु फ्रेसर गंगोत्री पहुँचकर भी गोमुख न

जा पाये।''

''तो फिर गोमुख में सबसे पहले कौन पहुँचा?'' शाक्य ने प्रश्न किया।

''स्थानीय लोगों के अतिरिक्त सबसे पहले जो विदेशी व्यक्ति गोमुख पहुँचे और जिन्होंने उस स्थान का वर्णन किया, वह थे कैप्टन हडसन। वे भी हिमालय और गंगा के सर्वेक्षण का काम करने आये थे। गंगा का रास्ता पकड़कर वे गंगोत्री पहुँचे फिर वहाँ से गोमुख गये।''

अचानक शरण्या ने पूछा–''आप क्या गोमुख गयी हैं, माताजी?''

''अनेक बार। पहली बार मैं प्राय: चालीस वर्षों पूर्व गयी थी और अन्तिम बार चार वर्ष पूर्व गयी थी। चाहो तो तुम लोग भी घूम आ सकते हो। आज रास्ता पहले जैसा दुर्गम नहीं रहा। प्रतिवर्ष कितने ही लोग वहाँ जाते हैं।''

''आप उस प्रथम गोमुख यात्रा के बारे में बताएँ माताजी। आपके मुख से सुनकर बड़ा अच्छा लग रहा है। लगता है जैसे कोई कहानी सुन रहे हों।''

''सन् 1817 के मई महीने के अन्तिम दिनों में गोमुख पहुँचे कैप्टेन हडसन। गोमुख आकर वे विस्मित और अवाक् हो गये। देखा, चारों ओर हिमखंड और उन्हीं के बीच मेहराब-सी एक गुफा से निकल रही थीं गंगा। उन्होंने लिखा, ''मेरे सामने है वर्षों से जमे बर्फ़ के स्तूप, कई सौ फुट दीर्घ। दोनों ओर बर्फ़ से ढँकी कतारबद्ध चोटियाँ। बीच में बर्फीला अंचल और बर्फीली गुफा जिससे हिमखंड ऐसे झूल रहे हैं कि लगता है कि किसी भी समय गिर पड़ेंगे। क्या अपूर्व सुन्दर दृश्य है। मुग्ध दृष्टि से देखता रहता हूँ गुफा के मुख की ओर। भारी मात्रा में पत्थर और मटियाला पानी गुफा के भीतर से निकल रहा है। इसी गुफा का नाम है गोमुख। हिन्दू तीर्थयात्री परम श्रद्धा से इसी की पूजा करते हैं।''

काफी देर तक बोलते रहने के बाद माताजी चुप हो गयीं।

शाक्य व शरण्या भी चुप। गंगा की बातें सुनते-सुनते अभिभूत हो गये थे दोनों। उन्हें लग रहा था मानो चारों ओर का सब कुछ अदृश्य हो गया था और उभर आया था केवल एक दृश्य, बर्फ़ का गुफामुख, जहाँ से अविश्रान्त धारा में निकला आ रहा था एक जलस्रोत, जिसका नाम है गंगा।

तेईस

सुबह-सुबह ही उठ गया था शाक्य। बगल के कमरे की कुंडी खटकाते ही शरण्या ने भीतर से कहा–''मैं आ रही हूँ।

थोड़ी देर बाद ही बाहर आयी शरण्या। चूड़ीदार के ऊपर नया खरीदा स्वेटर पहन रखा था। सिर पर मफलर लपेटा हुआ था और आँखों में थी हलकी नींद की

खुमारी। बाँहें दोनों सीने के पास समेटी हुईं। बाहर तीखी ठंडी हवा बह रही थी। ठंड के मारे सिकुड़ी हुई थी शरण्या।

शाक्य के मन में एक विचित्र अनुभूति जाग उठी। केवल अपने दादाजी को ढूँढने के लिए नि:संकोच हिमालय की दुर्गम राहों पर बढ़ी जा रही है यह लड़की। इस तरह के लोग कहानी, उपन्यासों और सिनेमाओं में तो मिलते हैं, परन्तु वास्तव जीवन में...। सारी कल्पनाओं को इस लड़की ने पीछे छोड़ दिया है।

''इस तरह क्यों देख रहे हो?'' शरण्या ने प्रश्न किया।

बिना किसी दुविधा या संकोच के, निष्कपट सरलता से शाक्य ने उत्तर दिया– ''तुम्हें जितना देख रहा हूँ उतना ही आश्चर्यचकित हो रहा हूँ। तुम औरों से बिलकुल अलग हो।''

शरण्या शरमा गयी पर अगले क्षण ही बोली, ''अभी बातें करने का समय नहीं है। सारा सामान समेटना है। गाड़ी आने का समय हो गया है।''

''तुम सामान सहेज लो, मैं नीचे ले चलूँगा।''

''एक बात और।' हठात् कुछ गम्भीर हो गयी शरण्या, फिर थोड़ी देर चुप रहकर बोली–''अब से रात को अकेले कहीं नहीं जाओगे। मुझे बहुत चिन्ता होती है।'

कहकर शरण्या रुकी नहीं, झट कमरे में चली गयी। उसकी तेज चाल को देखकर शाक्य ने मन ही मन सोचा, मनुष्य का मन कब किस ओर जाएगा, खुद वह ही नहीं जानता।

रास्ते के दोनों ओर छितराए और फैले हुए थे घर, मकान। स्कूल। किन्तु शहर की तरह एक दूसरे से सटी हुई दुकानें नहीं थीं, न ही कहीं कच्चे नाले नज़र आ रहे थे। हाँ, बीच-बीच में विज्ञापन दिख रहे थे, दीवारों पर सरकारी विज्ञप्तियाँ लिखी थीं। गड़रिया भेड़ों का झुंड लिए जा रहा था। काफी दूर तक दोनों ओर पहाड़ नज़र आ रहे थे। दाहिनी ओर थीं गंगा, हालाँकि घरों-मकानों की ओट में थीं, नज़र नहीं आ रही थीं।

''ये कौन-सी जगह है?'' बगल में बैठे ड्राइवर से शाक्य ने पूछा।

''मानेरी।''

''नाम तो सुना हुआ लग रहा है।''

पीछे बैठी शरण्या बोली, ''शक्ति मन्दिर में पुष्कर नाम के लड़के ने बताया था कि यहीं अर्जुन और महादेव का युद्ध हुआ था।''

''हाँ-हाँ, याद आया।'' शाक्य ने सहमति व्यक्त की।

खिड़की से बाहर की ओर देख रही थीं माताजी। उन्होंने शरण्या की ओर मुँह घुमाया और बोलीं–''तुम लोग अर्जुन और महादेव के युद्ध की बात कर रहे

थे। ऐसी कहानियाँ भारत की विभिन्न जगहों पर प्रचलित हैं। एक ही कहानी बिहार जाओगे तो सुनने को मिलेगी, गुजरात जाओगे तो वही कहानी वहाँ भी सुनने को मिलेगी। और हिमालय में तो सुन ही रहे हो।''

शरण्या ने प्रश्न किया, ''किन्तु एक ही घटना तीन जगहों पर कैसे घट सकती है? यदि एक जगह सचमुच घटी है तो बाकी दो जगह तो अवश्य झूठी अफवाह हुई।''

पहले की ही तरह माताजी ने अत्यन्त सहज भाव से कहा, ''वास्तव में हर कोई ईश्वर को अपने हिसाब से अपने करीब पाना चाहता है। इसलिए इन कहानियों में जिस प्रकार कोई सच नहीं है, वैसे ही कोई झूठ भी नहीं है।''

शाक्य ने समर्थन करते हुए कहा, ''आप बिलकुल सही कह रही हैं माताजी।''

किसी के और कुछ कहने के पूर्व ही ड्राइवर बोला, ''वो देखिए मानेरी डैम।''

माताजी ने कहा, ''गाड़ी रोको दिया नाथ।'' फिर शाक्य से बोलीं, ''तुम दोनों जा कर देखकर आओ कि गंगा के पैरों में मनुष्य ने कैसी बेड़ियाँ पहनाई हैं।''

''हमने टिहरी में देखा है, माताजी।'' शाक्य ने कहा।

गम्भीर स्वर में माताजी ने कहा–''केवल टिहरी ही नहीं, पूरी गंगा के सीने पर कितने असंख्य बाँध बाँधे गये हैं, उनका कोई हिसाब नहीं।''

गाड़ी से उतर पड़े शाक्य व शरण्या। सामने थीं किसी झील की तरह शान्त गंगा। कुछ आगे बाँध से बाँध दिया गया था गंगा को। स्रोत को दूसरी ओर से घुमाकर फिर से लाकर गंगा में डाल दिया गया था। वहाँ प्रबल जलोच्छ्वास पछाड़ें खा रहा था। एक गाड़ी और आकर खड़ी हुई। बाहर के लोग घूमने-फिरने आये थे। झपाझप फोटो उतार रहे थे। शाक्य चुपचाप देख रहा था। पहले के दिन होते तो शायद वह भी इन सैलानियों की ही तरह फोटो उतार रहा होता, पर आज उसे यह सब अच्छा नहीं लग रहा था।

बगल से शरण्या बोल उठी–''चलो, चला जाए। देर करोगे तो गंगोत्री पहुँचने में देरी हो जाएगी।''

गाड़ी फिर आगे बढ़ चली। दोनों ओर की प्रकृति भी बदल रही थी। पहाड़ के किनारे देवदार वृक्षों की कतार।

''सामने कौन-सी जगह आ रही है दियानाथ?'' शाक्य ने ड्राइवर से पूछा।

बाईस-तेईस वर्ष का युवक था ड्राइवर। चेहरे पर पहाड़ी सहज-सरल भाव बिना मुँह घुमाये ही उसने उत्तर दिया–''भाटवारी।''

छोटी-सी जगह थी भाटवारी। पहले जैसे ही थोड़े से घर-मकान-दुकान। रास्ते के बगल में मन्दिर। वहाँ कुछ लोग खड़े थे। उस ओर देखते हुए शाक्य ने कहा, ''मेरे एक मास्टरजी थे, वे कहा करते कि अपने देश में जितने आदमी हैं,

उतने ही मन्दिर हैं। पृथ्वी पर और किसी भी देश में इतने मन्दिर नहीं हैं। सबसे आश्चर्यजनक बात क्या है, जानती हैं माताजी? वह बात यह है कि इसके बावजूद अनेक लोग कहते हैं कि अब मनुष्य की धर्म के प्रति रुचि नहीं रही। मैं तो देख रहा हूँ कि जितने दिन बीत रहे हैं उतने ही अधिक मन्दिर बन रहे हैं। विशाल-विशाल मन्दिर।''

जवाब में माताजी ने कहा, ''ये सब मन्दिर जो बनवा रहे हैं वे धार्मिक व्यक्ति हैं या ईश्वर भक्ति में मन्दिर बनवा रहे हैं, ऐसा सोचने का कोई कारण नहीं है। यह सब कुछ अधिकांशतः अपने नाम, ख्याति और प्रचार के लिए किया जा रहा है। और जीवन भर जिन्होंने गलत उपायों से धन अर्जित किया, वे या तो पाप के भय से या फिर इनकम-टैक्स बचाने के लिए इन मन्दिरों में रुपया देते हैं।''

एक साथ हँस पड़ते हैं शाक्य और दियानाथ। माताजी ने क्या खूब कहा। इनकम टैक्स बचाने के लिए मन्दिर।

माताजी हँसते-हँसते बोलीं, ''कुछ साल पहले एक भक्त ने आकर मुझसे कहा कि माताजी आप अपने आश्रम की रजिस्ट्री करा लें। मैंने पूछा कि उससे क्या सुविधा होगी, तो वह बोला कि तब आपके आश्रम में जो लोग धनराशि दान करेंगे उन्हें आयकर में छूट मिलेगी। और यह छूट पाने के लिए, देखिएगा, बहुत सारे लोग धन देंगे। अभी प्रायः सभी मठ-मिशन इस प्रकार आय कर रहे हैं।''

''तो फिर आपने क्या कहा?'' शाक्य ने प्रश्न किया।

''कहा कि मुझे इतने रुपयों की कोई दरकार नहीं। लोग प्रेम से जितना भर देते हैं, मेरा काम उतने से चल जाता है। इसके अतिरिक्त एक और बात। मैंने देखा है कि यदि अच्छे काम के लिए आपको पैसों की ज़रूरत है तो वो पैसा आपके पास कहाँ से आ जाएगा आप स्वयं नहीं जान पाएँगे। दियानाथ, तुम्हें याद होगा, तीन वर्ष पहले गंगा में अचानक बाढ़ आने से उत्तरकाशी के नीचे की ओर बहुत घर नष्ट हो गये थे। ऊपर की ओर के दो गाँवों का तो कोई चिह्न ही न बचा।''

''जी, मुझे अच्छी तरह याद है, माताजी। आप अनेक लोगों को आश्रम में ले आयी थीं।'' दियानाथ ने उत्तर दिया।

''कुल मिलाकर प्रायः चालीस लोग थे। तीन दिन हो गये तो रुपये-पैसों का हिसाब लगाकर देखा कि जितना है, वह अधिक से अधिक एक दिन और चलेगा। चिन्ता शुरू हुई कि अब इतने सारे लोगों का क्या होगा। सारी रात मैंने शिव से प्रार्थना की। अगले दिन काम कर रही थी। तब दिन के बारह बजे थे। देखा एक वृद्ध व्यक्ति, जिसे पहले कभी नहीं देखा था, साधारण से कपड़ों में, हाथ में एक झोला लिए मेरे सामने आया और बोला, ''सामान्य कुछ रुपये लाया हूँ, शायद आपके आश्रम के काम आएँ। मैं कुछ और पूछूँ इससे पहले ही वह व्यक्ति झोला मेरे सामने

रखकर तेजी से निकल गया। मैंने झोला खोलकर देखा तो उसमें बीस हजार रुपये थे।''

''वह व्यक्ति कौन था, आप जान पाईं, माताजी?''

''नहीं। सोचा था कि पता लगाऊँगी पर बाद में सोचा कि जो दाता स्वयं ही अपना परिचय नहीं देना चाहता, उसका परिचय खोज निकालने से क्या लाभ। मेरे गुरुदेव कहते थे कि जो व्यक्ति गुप्त दान दे, उसे मन ही मन प्रणाम करना। कौन जाने दाता स्वयं ईश्वर हों।''

किसी ने और कुछ नहीं कहा। पीछे से कोई गाड़ी हॉर्न दे रही थी। दियानाथ ने उसके लिए रास्ता छोड़ दिया। दिन चढ़ आया था। अब भोर की ठिठुरन नहीं थी, ''दिन का उजाला चारों ओर फैला था। बीच-बीच में दो-एक गाड़ियाँ बगल से होकर आगे जा रही थीं। हठात् दियानाथ ने शाक्य की ओर मुँह घुमाकर कहा, ''आपने ध्यान दिया, प्रायः एक घंटा हो गया, सामने से एक भी गाड़ी को आते हुए नहीं देखा।''

सामने देख रहा था शाक्य, बोला, ''ठीक कह रहे हो। इतनी देर हमने ध्यान ही नहीं दिया।''

माताजी ने कहा, ''कहीं कोई रास्ता बन्द तो नहीं हो गया?''

दियानाथ बोला, ''कुछ समझ नहीं पा रहा। गांग्नानी पहुँचकर पता चलेगा।''

''कितनी दूर है गांग्नानी?'' शरण्या ने प्रश्न किया।

''कोई और असुविधा न हुई तो आधे घंटे में पहुँच जाएँगे।''

'दियानाथ, हम गांग्नानी में उतरेंगे। बहुत वर्षों पूर्व वहाँ गयी थी।'' माताजी बोलीं।

दियानाथ ने कहा, ''मैं पाँच वर्षों से गाड़ी चला रहा हूँ। गांग्नानी के बगल से कितनी ही बार गुजरा हूँ पर उत्तरा कभी नहीं। केवल सुना है कि वहाँ गर्म पानी का एक कुंड है।''

शाक्य बोला, ''चलो आज माताजी के चलते हम लोगों का भी उतरना हो जाएगा।''

रास्ता खाली था। दियानाथ गाड़ी जोर से ही चला रहा था। बीच-बीच में सड़क के किनारे पत्थरों पर जो लिखावटें थीं उन पर नज़र पड़ रही थी। लिखा था–

"No Race. No rally.
Enjoy the beauty of the valley."

कहीं और लिखा था–

"God is first
Safety is next

Speed is last"

पहाड़ी दुर्गम रास्ते पर ड्राइवरों के लिए सतर्कता की हिदायत थी–

"If you sleep

Your child will weep."

उसके बाद ही लिखा था–License to drive not to fly.

थोड़ी–सी असावधानी, उत्तेजना या प्रतियोगिता का अर्थ ही था मृत्यु, हालाँकि बड़े सावधान व सतर्क हाथों से गाड़ी चला रहा था दियानाथ। इतनी देर बाद गाड़ी निर्जन इलाके से बाहर आयी और एक बार फिर घर, मकान, दुकान आदि पर नज़र पड़ी। गांग्नानी आ गया था। रास्ते के किनारे दियानाथ ने गाड़ी खड़ी की। सभी गाड़ी से उतर पड़े। कुछ कदम चलकर माताजी ने कहा, ''खाने के बर्तन ले आओ। सुबह किसी ने भी कुछ नहीं खाया।''

सभी बढ़ चले। पहाड़ पर मन्दिर था। सामने गर्म पानी का कुंड था। पुरुषों व स्त्रियों के लिए स्नान की अलग–अलग व्यवस्था थी।

माताजी ने कहा–''यह जो कुंड देख रहे हो, व्यास और वशिष्ठ कुंड हैं। एक साथ इन्हें ऋषिकुंड कहते हैं।''

एक सफेद कपड़े पहने व्यक्ति के अतिरिक्त वहाँ कोई और नहीं था। वह व्यक्ति किसी की ओर नहीं देख रहा था। थोड़ा सा आगे जाकर एक छोटा–सा मन्दिर था, जिसका द्वार बन्द था। देखकर ही लग रहा था कि बहुत दिनों से वहाँ कोई साफ–सफाई नहीं हुई। सामने के चबूतरे पर सभी जाकर बैठ गये। चारों ओर थे पंक्तिबद्ध पहाड़ और थी कुहासे में फैली निस्तब्धता।

शरण्या ने खाने का सामान निकाला। सुबह–सुबह उठकर रमा ने भोजन बना दिया था–हलवा–पूरी। खाते–खाते शाक्य ने पूछा–''माताजी यह किसका मन्दिर है?''

माताजी ने कहा–''यह पराशर मन्दिर है।''

''पराशर कौन?'' दियानाथ ने प्रश्न किया।

मन्दिर की ओर थोड़ा सा शीश झुकाकर माता ने जवाब दिया–''पराशर वैदिक युग के एक ऋषि थे जिन्होंने कई वेद–मन्त्रों की रचना की थी। इन्हीं ऋषि पराशर को लेकर हमारे पुराणों में एक बहुत सुन्दर कथा है।''

शरण्या ने माताजी की ओर देख अनुनय भरे शब्दों में कहा–''आप बताइए न माताजी। यहाँ से चले जाने के बाद ये सब कथाएँ और किसी से सुनने को कहाँ मिलेंगी।''

''पराशर थे–ऋषि वशिष्ठ के पौत्र। उनके पुत्र का नाम था कृष्ण द्वैपायन व्यासदेव, जिन्होंने महाभारत की रचना की थी। इन व्यासदेव के जन्म की कथा महाभारत में

है। एक दिन ऋषि पराशर जमुना के उस पार जाने के लिए नौका में चढ़े। देखा, नौका की माझी थी एक अपरूपा सुन्दरी नारी। उस नारी के रूप पर मुग्ध होकर ऋषि पाराशर ने उसकी कामना की। एक निर्जनक द्वीप पर उनका मिलन हुआ और वहीं व्यास देव का जन्म हुआ। कृष्ण वर्ण और द्वीप में जन्म होने के कारण शिशु का नाम हुआ कृष्ण द्वैपायन। बाद में उन्होंने वेद के भाग किये इसलिए नाम हुआ वेदव्यास। जन्म के पश्चात् ही माता की अनमुति लेकर व्यासदेव तपस्या के लिए चले गये।

''व्यासदेव की माता का नाम क्या था?'' शाक्य ने प्रश्न किया।

''सत्यवती। बाद में उन्होंने राजा शान्तुन से विवाह किया। इन्हीं शान्तुन की पहली पत्नी थी स्वयं गंगा, जिनके पुत्र थे भीष्म।''

इतनी देर से शरण्या बड़े मनोयोग से माताजी की बातें सुन रही थी। झट से बोल पड़ी–''हाँ, हाँ, मैंने टीवी पर देखा था। तब मैं छोटी थी। सब याद नहीं है।''

माता जी ने कहा–''ऐसी अनेक कथाएँ-कहानियाँ महाभारत में हैं। तुम लोग आज के युग के लड़के-लड़कियाँ रामायण-महाभारत नहीं पढ़ते जबकि मजेदार बात यह है कि रामायण-महाभारत में जो कुछ है, वह उस समय भी सत्य था और आज भी वैसा ही सत्य है।''

शाक्य को अमरनाथ, जिससे भरत मन्दिर में परिचय हुआ था, की बात याद हो आयी। उसने कहा था कि रामायण-महाभारत में युग-युगान्तर की शिक्षा है।

दियानाथ ने उठते हुए कहा–''माताजी, अभी और बहुत रास्ता तय करना है।''

सभी उठ खड़े हुए। गाड़ी के पास आकर देखा, कुछ लोग भीड़ लगाकर खड़े थे।

''प्रणाम माताजी।'' उनमें से एक ने आगे बढ़कर कहा।

''कैसे हो नरेन्द्र?'' माताजी ने पूछा।

''मैं ठीक हूँ माताजी। आप कहाँ जा रही हैं?''

''गंगोत्री।''

नरेन्द्र झठ बोल उठा–''पर गंगोत्री का रास्ता तो बन्द है। लोहारीनाग के पास अवरोध है। आसपास के गाँवों के लोगों ने गाड़ियों का चलाचल बन्द कर दिया है।''

शाक्य चौंक उठा। बन्द, अवरोध, घेराव, हड़ताल आदि पर बंगालियों के एकाधिकार की बात वह सुनता आया था। अन्य किसी बड़े शहर की बात होती तो फिर भी समझा जा सकता था पर हिमालय के इस सुदूर अंचल के सहज-सरल पहाड़ी लोगों में भी राजनीति की यह छुअन...लगता है समय बदल रहा है, लोग

बदल रहे हैं, लोगों का चरित्र बदल रहा है। उनकी सोच और फ़िक्र पर राजनीति का रंग चढ़ रहा है।

माताजी ने पूछा–''अवरोध, किसलिए?''

नरेन्द्र के बगल में एक व्यक्ति खड़ा था। वह बोला, ''वहाँ इंजीनियर बाबा विशाल आश्रम, गेस्ट हाउस बनवा रहे हैं। पहाड़ फोड़कर मन्दिर बनवा रहे हैं। आसपास के लोगों के साथ उनका झंझट झमेला है।''

शरण्या ने पूछा, ''तो क्या गाड़ी नहीं जाएगी?''

नरेन्द्र ने जवाब दिया–''माताजी की गाड़ी को कोई नहीं रोकेगा। इस रास्ते के प्रायः सभी गाँवों के लोग माताजी की श्रद्धा करते हैं।''

''यदि न जाने दिया तो लौट आएँगे, कल फिर आएँगे।'' दियानाथ ने कहा।

''अभी से इतना फ़िक्र करने की कोई ज़रूरत नहीं। पहले आगे तो जाएँ, फिर जैसी अवस्था होगी उसी के अनुरूप काम किया जाएगा।'' माताजी ने कहा।

सब गाड़ी में बैठ गये। शाक्य व शरण्या दोनों ही चुपचाप थे। दोनों में ही दबी हुई उत्तेजना थी। उत्कंठा में वे बार-बार रास्ते की ओर देख रहे थे। क्या पता सामने से कोई गाड़ी आती दिख जाए। प्राय दस मिनट बीत गये। सामने से आती एक भी गाड़ी न दिखी, केवल बगल से होती हुई दो गाड़ियाँ आगे निकल गयीं। एक गाड़ी पुलिस की थी और दूसरी पर 'प्रेस' स्टिकर लगा था।

सामने का रास्ता खड़ी चढ़ाई का था। चढ़ाई के छोर से नीचे की ओर उतरते ही लोगों की भीड़ पर नज़र पड़ी। दोनों ओर कई गाड़ियाँ खड़ी थीं। रास्ते के ऊपर पूरा रास्ता घेरे एक गाड़ी टेढ़ी होकर पड़ी थी।

दबे स्वर में शरण्या ने पूछा–''अब क्या होगा, माताजी।''

माताजी ने उसके कन्धे पर हाथ रखा और कहा, ''डरने की कोई बात नहीं। मैं हूँ न। दियानाथ, तुम यहाँ गाड़ी रोको।''

दियानाथ ने गाड़ी रोक दी। एक-एक कर गाड़ी से तीन जन उतरे। सामने का रास्ता काफी चौड़ा था, ज़ाहिर है, पहाड़ काटकर चौड़ा किया गया था। सामने काफी बड़े अंचल को ऊँची चहारदीवारी से घेरा हुआ था। भीतर सफेद पत्थरों से निर्मित एक विशाल आश्रम था। बगल में होटल जैसे आँखें चुँधियाने लायक एक के बाद एक तीन मकान। एक नया मकान और बन रहा था। सामने विशाल फाटक था। और इन सब पर हावी थी एक विशाल शिवमूर्ति, प्राय चालीस फुट ऊँची। चुपचाप देख रहा था शाक्य। देखकर ही लग रहा था कि वहाँ त्याग नाम की कोई चीज़ नहीं थी। केवल था भोग और विलास। शाक्य को घृणा हुई। ऐसे लोग स्वयं को साधु कहते हैं।

माताजी बगल में ही खड़ी थीं, बोलीं–''शाक्य, शरण्या तुम दोनों मेरे साथ

आओ।''

जरा-सी दूर आगे एक बस खड़ी थी। लग रहा था कोई टूरिस्ट बस है। उसके सामने लोग थे, कोई अवरोध के स्थान तक नहीं गया था। माताजी शान्त भाव से चल रही थीं। रास्ता जहाँ से मुड़ा है वहाँ बोझा लदी एक लॉरी कुछ इस प्रकार टेढ़ी हुई पड़ी थी कि अधिक से अधिक कोई दस-बारह हाथ जगह खाली पड़ी थी और वहाँ भी पहाड़ से टूटकर गिरे बड़े-बड़े बोल्डर बिखरे थे। सौ के करीब पुरुष-स्त्रियाँ पास में थे, शायद स्थानीय लोग थे। सात-आठ पुलिस वाले और कुछ पत्रकार थे, जिनके हाथों में कैमरे व नोटबुक थे। माताजी को देखते ही दो पुलिस वाले आगे आये। बोले-''प्रणाम माताजी।''

''क्या खबर है, त्रिभुवन?''

एक पुलिस वाले ने एक बार चारों ओर नज़र दौड़ाई फिर, कहा-''सारा झमेला इंजीनियर बाबा को लेकर है।''

कुछ विचित्र-सा लगता है शाक्य को। इतने दिनों में कितने ही बाबाओं के नाम सुने। हरिबाबा, रामबाबा, शिव बाबा, मछली बाबा, गंगा बाबा, टाटू बाबा, किन्तु इंजीनियर बाबा तो पहली बार सुना। उसने पुलिस वाले से पूछा-''इंजीनियर बाबा। ऐसा अद्‌भुत नाम कैसे हुआ?''

''पहले बाबा इंजीनियर थे, फिर साधु हो गये। काफी धनी हैं। विशाल आश्रम बनाया है। बहुत ऊपर तक पहुँच है। अधिकांश शिष्य विदेशी हैं।''

इसके आगे कुछ बोलते-बोलते पुलिसवाला रुक गया। दो पत्रकार आगे आये।

शाक्य ने पहचान लिया। वे थे पुष्कर, जिनसे शक्ति मन्दिर में भेंट हुई थी तथा उनके मित्र।

पुष्कर ने शीश नवाकर माताजी को प्रणाम किया और पूछा-''माताजी आप यहाँ?''

''गंगोत्री जाऊँगी। रास्ते के इस झंझट-झमेले के बारे में कुछ पता नहीं था।''

''यहाँ के लोग रास्ता साफ करने नहीं दे रहे। अवरोध कर रखा है।''

''किसलिए?''

''आश्रम में जितने भी काम करनेवाले लोग हैं, घर-मकान बनानेवाले मित्री आदि सब बाहर से लाये जा रहे हैं। यहाँ के दो-चार लोग काम माँगने गये तो आश्रम के लोगों ने उन्हें मार-पीटकर भगा दिया। इसके अलावा भी आश्रम के नाम पर कई आरोप हैं।''

कई गाँव के लोग माताजी के पास आ गये। उन्हें स्थान देकर शाक्य कुछ आगे बढ़ गया। पुष्कर भी भीड़ से निकल आया, सामना होते ही उसने शाक्य से पूछा-''पहचाना?

हँस दिया शाक्य। बोला, ''इतनी जल्दी क्या आपको भूला जा सकता है, यहाँ आकर कुछ मुश्किल हो गयी। गंगोत्री जाने के लिए माताजी के साथ निकला था पर ऐसी असुविधा हो जाएगी, सोचा न था।''

''फ़िक्र न करें। देखता हूँ क्या किया जा सकता है।''

''दरअसल यहाँ झमेले का कारण क्या है?''

''वास्तव में इंजीनियर बाबा के आश्रम में अनेक खराब काम होते हैं, जिन्हें स्थानीय लोग अच्छी नज़र से नहीं देखते। इसके अतिरिक्त ये लोग गंगा के किनारे अपनी मर्जी के मुताबिक मकान बनवाये जा रहे हैं। किन्तु झमेले का मूल कारण एक झरना है। वह झरना यहीं था। आश्रम का नुकसान होगा इस नाम पर पहाड़ काटकर झरने का मुँह बन्द कर दिया। गंगा के किनारे इतने बोल्डर डाल दिए कि नीचे के गाँव किसी भी समय गंगा के पानी में बह जाएँगे।''

''बाहर का कोई कुछ बोलता नहीं?''

''कुछ स्वयंसेवी संस्थाएँ, जो पर्यावरण को लेकर आन्दोलन करती हैं, उन्होंने ज़रूर प्रतिवाद किया। समस्या कहाँ है जानते हैं? इन इंजीनियर बाबा के पास इतना अधिक पैसा है कि ये किसी की परवाह नहीं करते। इन्होंने पैसों से सरकारी अफसरों, मन्त्रियों, नेताओं का मुँह बन्द कर दिया है।''

एक अल्पवयसी सज्जन कुछ दूर खड़े थे पुष्कर ने उन्हें पुकारा–''हेमन्तजी जरा यहाँ आएँगे।'' उन सज्जन के पास आते ही पुष्कर ने कहा–''ये कोलकाता से माताजी के पास आये हैं। कॉलेज के अध्यापक हैं।''

उन सज्जन के फौरन हाथ जोड़कर कहा, ''मैं हेमन्त ध्यानी, बच्चों के स्कूल में हूँ। हमने एक संगठन बनाया है पुष्कर भी हमारे साथ हैं।''

''क्या नाम है आपके संगठन का?''

''हिमालय दर्शन। हम गंगा और हिमालय को बचाने का प्रयास कर रहे हैं। मनुष्य जिस प्रकार प्रकृति को नष्ट कर रहा है, भविष्य में क्या होगा, पता नहीं।''

शाक्य ने अनुभव किया कि हेमन्त की बातें उसके अन्तस से निकल रही थीं। बहुगुणा जी के घर में जिन राजनीतिक नेताओं से भेंट हुई थी, उनके जैसी कृत्रिमता न थी। कुछ बोलने के पूर्व ही देखा कि पर्यटकों को लेकर एक और बस आ रही थी।

हेमन्त ने उस ओर देखकर कहा–''अभी दलों के दल आ रहे हैं चार धाम घूमने और जितने लोग आ रहे हैं उसी हिसाब से मुनाफा भी बढ़ रहा है।''

शाक्य को ऋषिकेश के चाय के दुकानदार की बात याद आ गयी कि बाहर के लोग आ रहे हैं तभी तो हमें दो वक़्त की रोटी जुट रही है। उसने कहा, ''बाहर के लोग आ रहे हैं तभी तो यहाँ की उन्नति हो रही है, इस बात को अस्वीकार नहीं

किया जा सकता।''

कुछ क्षण चुप रहकर हेमन्त ने कहा, ''पहली नज़र में तो यही लगता है। पूरे गढ़वाल में विकास का ज्वार आया हुआ है। दरअसल हो क्या रहा है, जानते हैं? मुनाफे की लालच में इन सब तीर्थस्थानों में बेहिसाब घर-मकान, होटलें, धर्मशालाएँ, मन्दिर आदि बन रहे हैं। गाड़ियों के आवागमन के लिए डायनामाइट का विस्फोट कर चौड़े-चौड़े रास्ते बन रहे हैं। नदी किनारों की ढलान बदल रही है। निर्विकार रूप से गंगा, अलकनन्दा की छाती पर बाँध बनाकर जलविद्युत केन्द्र बन रहे हैं। हजारों हजार पेड़ काटे जा रहे हैं और एक भी पेड़ रोपा नहीं जा रहा। वास्तव में प्रकृति का संरक्षण कर किस प्रकार इस अंचल का विकास किया जाए, इस बारे में किसी को कोई सोच या फ़िक्र नहीं है। चट जल्दी कैसे धन आये, बस इतना सा सोच-फ़िक्र है।''

पुष्कर ने बात को आगे बढ़ाते हुए कहा, ''और यही कारण है कि आज हिमालय का प्राकृतिक सन्तुलन बिगड़ रहा है। गाड़ियों के धुएँ से इतनी बर्फ़ गल रही है कि गत वर्ष अचानक जलस्रोत ने आकर उत्तरकाशी में गंगा किनारे के अनेक घर-मकान ध्वंस कर दिए। पता नहीं क्यों मुझे अकसर यह महसूस होता है कि किसी दिन इस देवभूमि में एक ऐसी भयंकर विनाश लीला होगी कि दस मिनटों में दस वर्षों में कमाया सारा मुनाफा निःशेष हो जाएगा।''

हेमन्त के चेहरे पर एक दबी हुई उत्तेजना उभर आयी। गम्भीर स्वर में उसने कहा, ''आप लोग नरहत्या की बातें करते हैं, पर यहाँ तो पर्यावरण की हत्या हो रही है। हम हर क्षण वातावरण को नष्ट कर रहे हैं। नदी के स्वाभाविक गतिपथ को अवरुद्ध कर रहे हैं। और जब कोई प्राकृतिक दुर्घटना घटती है तो हम सारा दोष प्रकृति के माथे मढ़ देते हैं। ईश्वर को दोष देते हैं। कैसा अद्‌भुत चरित्र है हमारा भी।''

माताजी बढ़कर आगे आती हैं। हड़बड़ाकर हेमन्त ने उन्हें प्रणाम किया।

''कितनी देर चलेगा यह अवरोध?'' माताजी ने पूछा।

''डी.एम. साहब जब तक नहीं आते तब तक अवरोध जारी रहेगा, ऐसा लोग कह रहे हैं। थोड़ी देर पहले खबर आयी है कि डी.एम. साहब आ रहे हैं, पर थोड़ी देर लगेगी।''

शरण्या माताजी के पास आकर दबे स्वर में बोली, ''अब क्या होगा, माताजी?''

पुष्कर ने कुछ सोचा फिर हेमन्त से कहा, ''माताजी की गाड़ी को क्या पार नहीं कराया जा सकता?''

कुछ बेचैन होते हुए हेमन्त ने उत्तर दिया, ''ठीक ही तो, माताजी और कितनी देर यहाँ रुकी रहेंगी। माताजी की गाड़ी को पार कराना ही होगा। थोड़ा रुकें, मैं

जाकर बोलता हूँ। आपकी गाड़ी को कोई नहीं रोकेग।''

उत्तेजना में शरण्या बोली, ''हाँ, हाँ, तब तो बहुत अच्छा होगा।''

माताजी ने उसकी पीठ पर हाथ रखकर शान्त स्वर में कहा–''इतने सारे लोग जब यहाँ रुके हुए प्रतीक्षा कर रहे हैं तो हम भी प्रतीक्षा करेंगे। हम सभी एक साथ आगे जाएँगे।''

चौबीस

दियानाथ गाड़ी धीरे चला रहा था। इसी बीच दिन ढल रहा था। कुछ ही देर पहले शाक्य ने घड़ी देखी थी, तीन बज रहे थे। अवरोध हटाकर रास्ता खोलने में ही दो बज गये थे। डी.एम. साहब ने आकर आश्वासन दिया कि स्थानीय लोगों तथा पर्यावरणकर्मियों की माँगों पर विचार कर दस दिनों के अन्दर ही वे अपने निर्णय की सूचना देंगे।

डी.एम. साहब की घोषणा के पश्चात पुष्कर ने और देर नहीं की क्योंकि उत्तरकाशी पहुँचते ही उसे समाचार पत्र के लिए रपट लिखनी थी। दियानाथ की गाड़ी में बैठे थे माताजी और शरण्या। शाक्य बाहर खड़ा था। पुष्कर गाड़ी रोक कर उसके पास आया और बोला, ''चलता हूँ भाई साहब। फिर जब आप उत्तरकाशी आएँगे तो मुलाकात होगी।''

उसकी अद्‌भुत प्राणवन्त चंचलता शाक्य को अच्छी लगी थी। प्रतीक्षा करने का समय नहीं था फिर भी शाक्य ने पूछा–''कुछ होगा क्या?''

पुष्कर ने सिर हिलाकर कहा था–''डी.एम. साहब नये आये हैं, उम्र कम है। सीधे-सच्चे व्यक्ति हैं। हो सकता है कुछ करने की चेष्टा करें, किन्तु कर नहीं पाएँगे। उनकी क्षमता ही कितनी है। बल्कि इंजीनियर बाबा की क्षमता उनसे कहीं अधिक है। चाहेंगे तो डी.एम. साहब को ही यहाँ से हटवा देंगे।

शाक्य ने गम्भीर स्वर में कहा, ''यदि इस प्रकार पेड़ काटकर, झरने बन्द कर, पहाड़ पर विस्फोट कर एक के बाद एक आश्रम, घर-मकान यूँ ही बनते रहे तो एक दिन भयंकर विनाश होगा।

हेमन्त पास आकर खड़ा हुआ। शाक्य की बात समाप्त होते ही बोला, ''सर्वनाश तो यहाँ के आम आदमी का होगा। मन्त्री बड़े-बड़े अधिकारी और नेताओं का नहीं। वे तो शहरों में रहते हैं। उनका कुछ नहीं होगा। अलावा इसके लोग तो केवल आज के बारे में सोचते हैं। आज क्या पाया, उसी में सन्तुष्ट हैं। कल की सोचने का उनके पास समय नहीं।'' कहते-कहते कुछ आवेगग्रस्त हो गया था हेमन्त। शाक्य ने उसका

हाथ थाम कर कहा–"आप तो शिक्षक हैं। लोगों को ज्ञान की रोशनी देते हैं। आप लोग चेष्टा करेंगे तो मनुष्य सचेतन होगा। प्रकृति बच पाएगी, मनुष्य बच पाएगा।"

इतना कहकर चुप हो गया शाक्य किन्तु उसे लग रहा था जैसे उसके हृदय पर कोई आघात-सा कर रहा है।

पुष्कर और हेमन्त ने अब और इन्तजार नहीं किया। स्थानीय लोगों ने आगे आकर हाथों-हाथ पत्थर हटाकर गाड़ी जाने लायक रास्ता बना दिया। पुलिस ने आगे आकर सबसे पहले माताजी की गाड़ी को पार कराया।

शाक्य चुपचाप सोच रहा था कि यहाँ आने के बाद से शाक्य को नित्य नये अनुभव हो रहे थे। कोलकाता की छोटी-सी परिधि में बैठकर वह कितना भर जान पाता। उसने खिड़की से बाहर आसमान की ओर देखा। अभी भी शाम होने में काफी देर थी। फिर भी इसी बीच आसमान में कुछ अन्धकार-सा हो चला था। दोनों ओर के पहाड़ कुछ धुँधले से लग रहे थे। इतनी देर बाद एक गाड़ी सामने से आती हुई दिखाई दी। कोई मोड़ आते ही दियानाथ हॉर्न बजा देता था ताकि सामने से आनेवाला ड्राइवर सतर्क हो जाए। हठात् दियानाथ ने मुँह घुमाया और कहा–"लगता है, बारिश होगी।"

"तुम्हें गाड़ी चलाने में असुविधा तो नहीं होगी?" माताजी ने पूछा।

"हलकी बारिश में तो कोई असुविधा नहीं होगी। तेज बारिश में गाड़ी चलाने की हिम्मत नहीं होती।"

एक कोई छोटी-सी जगह गुज़र गयी, बहुत थोड़े से घर-मकान थे। अचानक ही शुरू हो गयी बारिश। बौछार शरीर पर पड़ने लगी तो खिड़कियाँ बन्द करनी पड़ीं। बाहर सब कुछ धुँधला-सा प्रतीत हो रहा था। रास्ते के किनारे पेड़ जोर-जोर से हिल रहे थे। गाड़ी में सभी बिलकुल चुपचाप बैठे थे। दियानाथ ने हेडलाइट जला दी। सामने से आ रही गाड़ियों की भी हेडलाइट जल रही थी। बारिश क्रमशः बढ़ रही थी। दियानाथ सावधानीपूर्वक गाड़ी चला रहा था।

"गंगोत्री और कितनी दूर है?" शाक्य ने प्रश्न किया।

"प्रायः तीस किलोमीटर। सामने धाराली आ रहा है।" दियानाथ ने जवाब दिया।

"धाराली? कितनी दूर है?"

"अधिक नहीं, यही कोई दो-तीन किलोमीटर होगा।"

माताजी ने पूछा, "धाराली तक जा पाएँगे तो, दियानाथ?"

"हाँ, शायद जा पाएँगे।"

"वहाँ रात बिताकर सुबह रवाना होंगे। प्रभु की होटल है वहाँ। उसने कई बार आने को कहा परन्तु जाना नहीं हो पाया।"

बिना मुँह घुमाये ही दियानाथ ने कहा, ''मैं पहचानता हूँ माताजी। पहले छोटी-सी थी पर अब होटल बड़ी कर ली है।''

और किसी ने कोई बात नहीं की। सभी को प्रतीक्षा थी कि कब गाड़ी धाराली पहुँचे। आँधी के साथ-साथ तेज बारिश हो रही थी। धीमे गाड़ी चला रहा था दियानाथ। हेडलाइट की रोशनी से ही थोड़ा-बहुत नज़र आ रहा था, बाकी तो सब कुछ बारिश से धुँधला हो गया था। ठंड लगने लगी थी और सभी ठंड से सिकुड़े जा रहे थे। कुछ समय बीता तो दूर धुँधलके में कुछ घर-मकान नज़र आये तो दियानाथ ने कहा- ''हम पहुँच गये माताजी।''

अब ठीक से सामने एक के बाद एक दो इकमंजिला होटलों पर नज़र पड़ी जिनके सामने बत्ती जल रही थी। सामने की होटल के बरामदे के नीचे दियानाथ ने गाड़ी रोकी। गाड़ी से उतरते ही बदन पर बौछार पड़ी। लगभग दौड़ते हुए सबने होटल में प्रवेश किया। एक बहुत बड़ा कमरा था। एक ओर एक के बाद एक कई कुर्सियाँ-टेबल बिछे थे। भोजन के लिए और दूसरी ओर एक खाली चौकी पर एक व्यक्ति तरकारी काट रहा था। माताजी को देखते ही वह एक छलाँग में सामने आया तथा धरती पर सिर टिकाकर उसने माताजी को प्रणाम किया।

शाक्य को बड़ा आश्चर्य लग रहा था कि इस रास्ते में जो भी माताजी के पास आ रहा था, वही श्रद्धा में शीश नवा रहा था, जबकि इंजीनियर बाबा की तरह माताजी के पास न वैभव है, न विलास। सब कुछ अत्यन्त साधारण है और शायद इसीलिए साधारण लोग इतनी सहजता से उनके पास आ रहे थे।

माताजी ने बड़े स्नेह से पूछा, ''कैसे हो प्रभु, और घर में सब कैसे हैं?''

''जी ठीक हूँ। सब ठीक-ठाक है माताजी। पाँच साल बाद आपसे भेंट हो रही है।''

''मैं इन लोगों के साथ गंगोत्री जा रही हूँ। कह सकते हो ये लोग मुझे जबरन ले आये। बीच में रास्ता बन्द था। फिर बारिश शुरू हो गयी। दियानाथ की आगे जाने की हिम्मत नहीं हुई। तुम्हारे यहाँ आज रात भर के लिए थोड़ी जगह मिल पाएगी?''

प्रभु ने हाथ जोड़कर कहा, ''आप पहली बार मेरी होटल में आयी हैं, आपके लिए क्या जगह नहीं होगी?''

''क्या किराया लोगे?''

हँसते हुए माताजी की ओर देखकर प्रभु ने कहा, ''आपसे किराया लूँ इतना भी मूरख नहीं हूँ मैं माताजी। रुपया तो आनी-जानी चीज़ है। घर के सभी लोग आपका आशीर्वाद लेंगे, जो जीवन में कभी खत्म नहीं होगा।''

पास खड़े शाक्य ने कहा, ''माताजी आशीर्वाद दे देंगी पर हमारे पास तो किराये के अलावा देने को और कुछ है ही नहीं।''

प्रभु हँसता ही रहा, ''आप क्या देंगे? अरे आप लोगों के ही कारण तो माताजी यहाँ आयीं। इसलिए मुझे ही आप लोगों को कुछ देना चाहिए।''

चुपचाप लड़का ऊपर की मंजिल से नीचे आया तो प्रभु ने उससे कहा–''शाहरुख, कोने के दोनों कमरे माताजी के लिए खोल दे। नयी चादर व तकिया भी देना।''

शरण्या ने लड़के की ओर देखा, यही चौदह-पन्द्रह साल का रहा होगा, चेहरे पर पहाड़ी सरलता थी। उसने लड़के से पूछा–''तुम्हारा नाम शाहरुख किसने रखा?''

शरमाकर लड़के ने मुँह छिपा लिया। प्रभु ने कहा–''यह शाहरुख खान का भक्त है। टी.वी. पर जब शाहरुख खान की फ़िल्म आती है तो यह टीवी के सामने से हिलता तक नहीं। इसीलिए यहाँ सभी ने इसका नाम शाहरुख रख दिया।''

शाक्य को देवप्रयाग का पुचकन याद आ गया। वह भी इस युग के आइडॉल शाहरुख खान के सपने देखता था।

छाता लेकर सारा सामान उतार लाया दियानाथ। सभी ऊपर मंजिल पर आ गये। बारिश अभी भी हो रही थी।

माताजी ने कहा–''शरण्या मेरे साथ रहे और दूसरे कमरे में शाक्य व दियानाथ रहें।''

आसमान पर चारों ओर बादल छाये थे। बरामदे में खड़े होकर दूर में सब कुछ अस्पष्ट सा लग रहा था, केवल थोड़ी दूर पर विशाल एक पहाड़ नज़र आ रहा था जो किसी विशाल दैत्य की तरह सामने खड़ा था। शाक्य को थकान महसूस हुई। उसने कमरे में प्रवेश किया। काफी बड़ा कमरा जिसमें एक के बाद एक तीन बिस्तर बिछे थे। इसी बीच शाहरुख चाय ले आया। चाय का भरा हुआ गिलास। बिलकुल अलग ही स्वाद। शरीर की सारी थकान जाती रही। ठंड क्रमशः बढ़ रही थी। हाथ-पैर ठिठुर रहे थे। रजाई खींचकर बिस्तर में घुस गया शाक्य।

भोर के समय शाक्य की नींद टूट गयी। बारिश का कोई शब्द सुनाई नहीं दिया। कुछ देर वह लेटा रहा चुपचाप, फिर घड़ी देखी तो पाँच बजे थे। सिर के पास रखे कम्बल को बदन से लपेटकर वह बरामदे में आकर खड़ा हुआ। बारिश रुक गयी थी। भोर का हलका उजास चारों ओर फैल रहा था। गहरा नीला आसमान। सड़क के उस पार कुछ होटलें और उनके पार दीर्घ पर्वत शृंखला। कुछ दूर तक पहाड़ की ढलान पर मकानों की कतार। और कुछ ऊपर की ओर हलकी बरफ छितराई हुई। बाईं ओर मुँह घुमाते ही ठहर गया शाक्य। दूर हरियाले जंगल के सिरे पर त्रिभुजाकृति में बर्फ़ से ढँकी पर्वत श्रेणीत मानो किसी ने रूपहली चादर ओढ़ा दी हो।

पच्चीस

होटल से निकलकर सामने सड़क पर चला जा रहा था। पिछले दिन बारिश के कारण कुछ भी देख न पाया था। सड़क के दोनों ओर कुछ होटल थे, दुकानें थीं, किन्तु हरिद्वार, ऋषिकेश की तरह बिलकुल सटी हुई नहीं। काफी खुलापन था। देखकर लग रहा था कि अधिकांश होटल खाली थे। कहीं लोगों की कोई भीड़ नज़र नहीं आ रही थी। सब कुछ शान्त व निर्जन था। सड़क के किनारे मात्र एक चाय की दुकान अभी-अभी ही खुली थी। दुकानदार ने देखते ही पुकारा-''आइए बाबूजी। चाय पिएँगे?''

चाय की अपेक्षा कैसे हो। दुकान के पास एक बेंच बिछी थी, उस पर बैठते ही दुकानदार ने कहा-''बाबूजी तो कल बारिश के समय आये थे ना?''

शाक्य ने हँसकर कहा, ''गंगोत्री जाना था कि अचानक आँधी और बरसात आ गयी, आगे जाने की हिम्मत नहीं हुई तो रुकना पड़ा।''

''अच्छा किया। अब तो सभी उत्तरकाशी से सीधे गंगोत्री चले जाते हैं, यहाँ कोई उतरता ही नहीं जबकि धाराली जैसी सुन्दर जगह इस रास्ते पर और नहीं है।''

''आप सही कह रहे हैं।''

गैस पर चाय चढ़ाकर दुकानदार ने कहा-''आप खुद ही देख सकते हैं।

''आपका घर कहाँ है?''

''सामने उस पहाड़ से सटता हुआ जो गाँव देख रहे हैं, वहीं। उसी गाँव का नाम है मुखबा।''

''क्या है वहाँ?''

''गंगामाता का मन्दिर है, जहाँ सर्दियों के छः महीने माता रहती हैं। अक्षय तृतीया के दिन एक शोभायात्रा में डोली पर माँ गंगा की देवीमूर्ति को गंगोत्री ले जाया जाता है। आगे-आगे मिलिटरी वाले बैंड बजाते चलते हैं। देखने लायक होती है वह शोभायात्रा। देश-विदेश से कितने ही लोग आते हैं। फिर दीपावली तक माँ गंगा गंगोत्री में रहती हैं। लोग आते हैं। पूजा करते हैं। दीपावली के बाद वाले दिन मन्दिर बन्द हो जाते हैं। बर्फ़ गिरना शुरू हो जाती है। तब फिर से डोली सजाकर शोभायात्रा में मुखबा में ले आया जाता है।''

''उस समय गंगोत्री में कौन रहते हैं?''

''दो-चार साधुओं के अलावा और कोई नहीं। सब कुछ बर्फ़ से ढँक जाता है। यह धाराली और मुखबा भी बर्फ़ से ढँक जाता है।''

बड़ा आश्चर्य लगता है शाक्य को यह सब सुनकर उसने फिर प्रश्न किया-''तब आप लोग यहाँ कैसे रहते हैं?''

गिलास में चाय डालते-डालते दुकानदार ने कहा-''हम लोगों के, यहाँ के गाँववालों के दो घर हैं। सर्दियों में जब सारा अंचल बर्फ़ से ढँक जाता है, तो सभी नीचे उत्तरकाशी चले जाते हैं। यहाँ के घर बन्द रहते हैं। सर्दियाँ खत्म होने पर अक्षय तृतीया के दो-चार दिन पहले से गाँव के लोग लौटकर आना शुरू करते हैं और बाद के छ: महीने अधिकांश लोग यहीं रहते हैं। यहीं पूजा-पाठ, खेती-बारी करते हैं। होटल-दुकानदारी चलाते हैं। छ: महीने की जो आमदनी होती है उसी से पूरा साल चलाना पड़ता है। अब दिन बदल रहे हैं। बच्चे पूजा-पाठ नहीं करना चाहते। पढ़ाई-लिखाई करते हैं। नौकरी करने बाहर चले जाते हैं।''

''आप पूजा-पाठ नहीं करते?''

अचानक दुकानदार कुछ गम्भीर हो उठा और बोला, ''पहले करता था, परन्तु अब अच्छा नहीं लगता। बहुत दलबाजी है। पुराने दिन अब नहीं रहे। पहले गंगा माता की ही तीर्थयात्री भी हमारे लिए भगवान की तरह ही थे। केवल पूजा-पाठ ही नहीं, उन दिनों जो लोग कितने कष्ट सहकर, दुर्गम रास्ते पार कर गंगा माता के दर्शन करने आते थे, उनकी सेवा करना भी हमारे लिए गंगा माता की पूजा के समान था। अब तो सब व्यवसाय है।''

शाक्य ने दुकानदार के क्षोभ को अनुभव किया। अब तो सभी तीर्थस्थानों का एक-सा ही चरित्र है। प्रसंग बदलने की गरज से उसने पूछा, ''आपका गाँव तो काफी पुराना होगा।''

दुकानदार ने भी शायद अनुभव किया कि किसी बाहरी व्यक्ति से अपने घर की बात करना उचित नहीं। अत: झट से बोला-''हाँ बाबूजी! बहुत पुराना है हमारा यह गाँव। मुखबा गाँव का वास्तव नाम था मुखीमठ। प्राचीनकाल में ऋषियों ने यहाँ तपस्या की थी। बड़ी पवित्र है यह भूमि।''

चुपचाप सुन रहा था शाक्य। इस देवभूमि में सर्वत्र जैसे जुड़ी हैं देव-देवियों, साधु, ऋषि-मुनियों की कथा-कहानियाँ जिन पर कोई विश्वास करता है, कोई नहीं। यहाँ आने के बाद से ही इस विषय ने बारम्बार उसके मन को उद्वेलित किया था। इन सब सहज सरल पहाड़ी लोगों का विश्वास सही है या कि शहर के तथाकथित शिक्षित लोगों का अविश्वास व अवज्ञा। यहाँ आने के बाद से बहुत बार यह प्रश्न वह खुद स्वयं से कई बार कर चुका है, परन्तु कोई निश्चित उत्तर नहीं मिला।

दुकानदार कहे जा रहा था, ''हमारे गाँव के देवता हैं सोमेश्वर शिव। गंगा-मन्दिर के बगल में ही है शिव का मन्दिर। सोमेश्वर शिव केवल इस गाँव के नहीं बल्कि इस अंचल के अधिकांश गाँवों के प्रधान देवता हैं।

शाक्य ने सिर हिलाकर स्वीकार किया। दरअसल पूरा हिमालय में ही तो शिव का अवस्थान है, सर्वत्र ही तो उनके मन्दिर हैं।

''हमारे गाँव के लोग युग-युगान्तर से गंगा माता के पुजारी हैं।''

''आप लोग क्या ब्राह्मण हैं?''

दुकानदार ने सहमति में सिर हिलाकर कहा-''आपने ठीक ही कहा। गढ़वाल के विभिन्न मन्दिरों में जो पुजारी हैं, वे सभी ब्राह्मण हैं। हमारे गाँव के लोग सेमवाल सम्प्रदाय के हैं। हमारी आदि वासभूमि बंगाल में थी।''

सुनकर अवाक् रह गया शाक्य। बोला, ''आप लोग बंगाली हैं?''

हँस दिया दुकानदार। उसने कहा-''आपने सही कहा, हम बंगाली हैं। हमारे सेमवाल सम्प्रदाय के आदि आवास वीरभूम के सिमलकार गाँव में था। सुनने में आता है कि सात सौ वर्षों पूर्व कुछ तीर्थयात्री गये थे गंगोत्री के रास्ते। उन दिनों रास्ता बड़ा दुर्गम था। अधिकांश मारे गये। जो बच गये उनमें लौट आने का सामर्थ्य न था, सो यहीं रह गये। स्थानीय लड़कियों से विवाह कर लिया। धीरे-धीरे वंश परम्परा में बंगाली अस्तित्व मिट गया और वे हो गये गढ़वाली।''

शाक्य को महसूस हुआ कि इन कुछ दिनों में उसने जो कुछ भी जाना वह इतिहास केवल मुखबा ग्राम का नहीं बल्कि पूरे गढ़वाल का है। यहाँ रह रहे हैं बंगाल, केरल, महाराष्ट्र, गुजरात, राजस्थान के असंख्य लोग जो कभी यहाँ आये थे। कोई काम की तलाश में आया थ, कोई तीर्थ करने या धर्म की राह पर, और अनेक आये थे शत्रु के हाथों पराजित होकर सुरक्षा की दृष्टि से हिमालय के निर्जन एकान्त में। समय के साथ-साथ अपनी-अपनी संस्कृति भूलकर ये सभी मिलजुलकर एकाकार हो गये।

''तुम नींद से कब उठे?''

शाक्य के विचारों की कड़ी टूट गयी। उसने मुँह घुमाया तो देखा पीछे शरण्या खड़ी थी। मुँह! छोड़कर सारा शरीर गरम चादर में लिपटा। हाथ का चाय का गिलास उसकी ओर बढ़ाकर शाक्य ने जवाब दिया-''काफी देर पहले नींद टूट गयी इसलिए बाहर चला आया।''

शाक्य के बगल में बैठकर शरण्या ने कहा-''बरामदे में खड़े होकर उस पहाड़ को देख रही थी, बर्फ़ से सफेद हो गया है। कितना सुन्दर है। क्या नाम है उस पहाड़ का?''

दुकानदार ने और एक गिलास चाय शाक्य की ओर बढ़ाते हुए कहा-''बन्दरपुच्छ। वहाँ यमुनोत्री मन्दिर है। यमुना नदी वहीं से निकली हैं।''

''माताजी क्या कर रही हैं?'' शाक्य ने पूछा।

''जाप कर रही हैं। मुझसे कहा कि नयी जगह आयी हो, आसपास घूमकर देखो। दियानाथ ने कहा कि आठ बजे के बाद निकलेंगे। वह गाड़ी ठीक करेगा।''

दुकानदार ने कहा, ''जाइए मांजी, मुखबा घूम आइए। एक-डेढ़ घंटे में घूम

कर वापस आ सकेंगी।''

शाक्य ने घड़ी देखी। छः बज रहे थे। सात बजे तक लौट आने से चलेगा। उसने कहा–''पर मुखबा का रास्ता तो मुझे पता नहीं भाई।''

दुकानदार हँस दिया और बोला, ''रास्ता पहचानने में कुछ नहीं है। सामने मन्दिर के बगल से गंगा के ऊपर जो झूला-पुल है उसे पार कर पहाड़ से सटता हुआ एक ही रास्ता टेढ़ा-मेढ़ा होकर ऊपर की ओर गया है।''

बच्चों की तरह शरण्या बोल उठी–''चलो, जाओगे?''

शरण्या की आँखों में खुशी झलक उठी। शाक्य को अच्छा लगा। चाय के पैसे दुकानदार को देकर बोला, ''चलो, घूम आएँ।''

पिच की सड़क पर थोड़ा आगे जाते ही नज़र पड़ी छोटे मन्दिर के बगल से एक कच्चा रास्ता नीचे की ओर गया था। एक बन्द दुकान थी जिसके सामने पेटी पर कुछ वस्तुएँ रखी थीं। पास में कोई भी नहीं था। जाने कौन इस तरह चीज़ें रख गया था। निश्चय ही उसे वस्तुओं के चोरी होने का भय नहीं रहा होगा। चौड़ा कंकड़ बिछा रास्ता। दोनों ओर ठट्टर का घेरा और भीतर पेड़ों की कतारें। सफेद फूल भरे पड़े थे। बगीचे में खड़ा एक व्यक्ति कुछ कर रहा था। उसी से शाक्य ने पूछा–''ये क्या पेड़ हैं?''

''शेब' कहकर उस व्यक्ति ने कुछ सोचा फिर कहा–''ऐपल। अभी सिर्फ़ फूल आये हैं। सर्दियों से पहले फल लगेंगे तब यहाँ से ऐपल बक्सों में भरकर शहर चले जाएँगे।''

''और कोई खेती नहीं होती?'' शाक्य ने पूछा।

''होती है। धान, आलू, मैदा, बार्ली, हरी सब्जियाँ। पर उनसे भला कितनी आमदनी होगी। यहाँ कोई कल-कारखाना नहीं है। स्कूल है, पर मास्टर नहीं। बड़ा शहर नहीं है। साल के छः महीने यातायात का कोई साधन नहीं होता। पहाड़ के सुदूर अंचलों पर गाँव हैं और वहाँ के लोग कितनी कष्टमय ज़िन्दगी गुज़ारते हैं आप लोग कल्पना भी नहीं कर सकते।''

कहना तो वह और भी कुछ चाहता था परन्तु रुक गया और प्रसंग शेष करने के लिए बोला, ''मैं चलता हूँ बाबूजी। बहुत काम बाकी है।''

उसके जाते ही दोनों आगे बढ़ गये। सेब का बगीचा पार होते ही सामने था गंगा के ऊपर झूला पुल। पुल के ऊपर से बहुत दूर तक का अंचल नज़र आ रहा था। फैला हुआ रेतीला नदी का पाट बीच में बही जा रही थी उच्छ्वासहीन गंगा। हरिद्वार से उत्तरकाशी तक जिस गंगा को देखा था, यह उससे बिलकुल अलग-सी थी। धीर लय में बही जा रही थी। बीच-बीच में नदी में पानी के साथ बही आ रही थीं पेड़ों की कुछ लकड़ियाँ। कोई विशेष आवाज़ नहीं, केवल जल का मृदुल कल्लोल।

दोनों ओर पहाड़ की शृंखला। विशाल उन्मुक्त एक पृथ्वी। शाक्य को बड़ा आश्चर्य लगता है। कितना संकीर्ण है यहाँ जलस्रोत। उद्‌गम से जो नदी यहाँ आयी। यहाँ उसका भिन्न स्वरूप है। यह किसी आदिम अनादी काल की सी लग रही है। कब किस पौराणिक इतिहास के भी पहले, कितने लाख वर्षों पुरानी इसका कोई हिसाब किसी के पास नहीं। एक दिन पहाड़ से बहकर आयी थीं। छोटी-छोटी जलधाराएँ। पहाड़ की किसी खाई में वे संचित होती रहीं दिन पर दिन। आसन्न प्रसवा स्त्री की तरह फूलता-फैलता रहा उनका स्वरूप। फिर हठात् किसी दिन शुरू होती है वेदना, फिर वह और नहीं रख पाती गर्भ में सन्तान को। मिट्‌टी का सीना चीर वह बह चलती है। बड़ी विचित्र है उसके चलने की कहानी। कहीं किसी ने लिखकर नहीं रखी वह कहानी। वह कहानी प्राणवन्त हो उठती है किसी अदृश्य लीपिकार के हाथों, अदृश्य अक्षरों में।

"क्या अपूर्व दृश्य है।" बोल उठती है मुग्ध शरण्या।

झूला पुल के दोनों ओर विशाल खम्भे हैं जिन्होंने लोहे की तार की रस्सी से पूरे झूले को कसकर थाम रखा है। झूला पार करते ही शुरू हो गये पहाड़। होटल के बरामदे से यही पहाड़ नज़र आये थे। पहाड़ से सटती हुई पतली-सी पगडंडी ऊपर की ओर गयी थी।

"ऊपर चलें?" शाक्य ने पूछा।

"चलो, जितना जा पाएँगे, जाएँगे। उसके बाद लौट आएँगे। होटल लौटकर तैयार होना होगा।"

टेढ़ा-मेढ़ा रास्ता। जैसे-जैसे ऊपर जा रहा था वैसे-वैसे आँखों के सामने उभर रहा था सुन्दर एक जगत। नीचे थी गंगा, और गंगा को पारकर था धाराली गाँव। गाँव को छूता हुआ ऊपर को गया है पर्वत शृंग नीचे अर्द्धचन्द्राकार देवदार वन और उसके ऊपर के पूरे पर्वत को ही मानो किसी ने बर्फ़ की चादर ओढ़ा दी हो। प्रथम भोर का उजाला हीरे की द्युति सा चमक रहा था।

धाराली से निकलते-निकलते दिन चढ़ आया था। आसपास के पाँच व्यक्ति माताजी से मिलने आये थे। किसी प्रकार माताजी के आने की खबर उन तक पहुँच गयी थी। इसलिए प्रणाम करने तथा सहज-सरल दो-चार कुशल-क्षेम की बातें करने और माताजी से आशीर्वाद लेने चले आये थे।

दियानाथ ने हड़बड़ी मचाई, "माताजी, नौ बज गये हैं। मुझे लौटना भी है।"

प्रभु ने कहा-"माताजी, आप एक अर्से बाद आयी हैं। अब लोगों का आना तो रुकेगा नहीं। लौटते समय सम्भव हो तो दो-एक दिन रुक जाइएगा।"

"हाँ, वही ठीक रहेगा।" कहकर माताजी उठ गयीं।

धाराली पार होते ही शाक्य की ओर देखकर माताजी ने पूछा–"यहाँ की गंगा को देखा?"

"जी माताजी, कल आँधी-बारिश में यहाँ से पहले तो कुछ नहीं देखा। पर यहाँ गंगा का पाट काफी चौड़ा है। ऐसी नदी तो बिहार, बंगाल और झारखंड में देखी है। केवल रेत ही रेत। मानो रेत की नदी हो और उसके बीच से बह रही हो पतली सी जलधारा।"

"तुमने ठीक ही देखा, यह नदी गह्वर झाला से शुरू हुआ है और सामने आने वाले जंग्ला तक है। यह भी प्रकृति का विचित्र खेल है। पुराने दिनों का इतिहास ढूँढने से पता चलता है कि सन् 1803 में सितम्बर महीने में हिमालय की इस उपत्यका में एक भयंकर भूकम्प हुआ था। हरशिल के पहले झाला नामक एक छोटी जगह है। सम्भवत: वहीं पहाड़ पर विराट भूमि-धँसान से गंगा का पथ रुद्ध हो गया। जलस्रोत रुक जाने से झाला से लेकर जंग्ला तक एक विशाल झील बन गयी।"

"किसी ने क्या उस झील को देखा था?"

"ज़रूर देखा होगा। किन्तु उसका कोई लिखित विवरण नहीं है, जो कुछ भी पता चलता है, वह केवल अँग्रेजी के विवरण और जनश्रुतियों से।"

"उसके बाद उस झील का क्या हुआ?"

"गंगा के पानी ने इकट्ठा होकर जब विराट आकार धारण किया तो एक समय ऐसा आया कि पत्थरों का बाँध पानी के प्रचंड दबाव को सह न पाया या फिर किसी और भूकम्प से प्रकृति का वह बाँध टूट गया और विशाल झील का पानी अपने प्रबल वेग में दोनों किनारों के मिट्टी, पत्थर और पेड़-पौधों को बहा ले गया। इस प्रकार निश्चिह्न हो गयी वह झील और निर्मित हुई यह नदी-उपत्यका।"

गाड़ी चलाते-चलाते दियानाथ ने कहा–"यह कहानी कभी किसी से नहीं सुनी।"

कुछ चुप रहने के बाद माताजी ने कहा, "कोई सुनना नहीं चाहता, इसलिए नहीं बताती।"

शाक्य ने हँसते-हँसते कहा–"कॉलेज में पढ़ाते-पढ़ाते यह अनुभव मुझे भी हुआ है। अब तो स्कूल, कॉलेज, यूनिवर्सिटी, हर जगह लड़के-लड़कियाँ परीक्षा में जितना भर आवश्यक है, उतना भर सीखना चाहते हैं। उससे अधिक का उनमें कोई आग्रह ही नहीं होता।"

शरण्या के होंठों के किनारे पर हँसी फूट उठी। बोली–"हम भी वही करते थे।"

इसी बीच दियानाथ ने बताया कि जंग्ला आ गया।

सड़क के किनारे मिलिटरी की छावनी। एक के बाद एक टीन के घर। बड़े-

बड़े अक्षरों में लिखा था 'आईटीबीपी'। वर्दी पहने कुछ लोग घूम रहे थे। दियानाथ ने ही बताया कि वे इंडो-तिबेतियन बॉर्डर पुलिस के जवान थे। चीन ने जब तिब्बत पर कब्जा कर लिया तब से यह सुरक्षा बल भारत-तिब्बत सीमान्त की सुरक्षा का काम कर रहा है। उसने बताया कि उसके एक बड़े भाई भी इस सुरक्षा बल में नौकरी करते हैं तथा अभी वह नेलौंग की सीमान्त चौकी पर हैं। सर्दियों में जब सब कुछ बर्फ़ से ढँक जाता है, तब भी उन लोगों को वहाँ रहना पड़ता है। बड़ा कष्टमय जीवन है उन लोगों का।

शाक्य ने जवाब दिया-"वे लोग कष्ट झेलते हैं तभी तो देश के सौ करोड़ लोग निश्चिन्त होकर सो पाते हैं।"

इसके बाद किसी ने और कोई बात नहीं की। फिर से पहाड़ से सटता हुआ सँकरा रास्ता। नीचे सँकरी गहरी खाई में अपने आप में मगन बह रही थी गंगा। सड़क के किनारे कैसे-कैसे विचित्र वृक्ष। अधिकांश वृक्ष सुदीर्घ। बीच-बीच में दूर पहाड़ से रुपहले फीते जैसे झरने नीचे की ओर उतर रहे थे। एक मोड़ घूमते ही शरण्या की दृष्टि सड़क के किनारे मील के पत्थर पर पड़ी। लिखा था गंगोत्री बारह किलोमीटर। क्षण भर में मन में एक बार फिर चिन्ता जाग उठी। कल से एक बार भी दादाजी की याद नहीं आयी। वह व्यक्ति जिन्हें कभी देखा नहीं, उनकी खोज में भटकना। खोजते-खोजते कई बार ऐसा लगा है कि एक अजाने व्यक्ति की खोज क्यों? क्या केवल पिताजी की अतृप्त आत्मा की शान्ति के लिए? एक दिन उसी इच्छा को सम्बल बनाकर घर से निकली थी। हिमालय के इस अंचल में गंगा के किनारे घूमते-घामते अब ऐसा लगता है मानो उस इच्छा का गाढ़ा रंग कुछ फीका-सा हो गया है। अब तो जैसे केवल खोजने के लिए ही खोज हो।

सड़क के किनारे एक सफेद रंग का मन्दिर था जिस पर बड़े अक्षरों में लिखा था 'भैरवनाथ का मन्दिर'। कुछ पूछने से पहले ही माताजी बोली-"भैरव द्वार-रक्षक हैं, स्वयं शिव के अनुचर। पाप का दमन करना ही उनका काम है। काशी में भैरवनाथ का सबसे बड़ा मन्दिर है।"

"आप इस मन्दिर में पहले आ चुकी हैं?" शाक्य ने प्रश्न किया।

"हाँ, बहुत वर्ष पूर्व गुरुजी के साथ आयी थी। तब मन्दिर इतना बड़ा न था। छोटा-सा मन्दिर था, और धर्मशाला थी। उत्तरकाशी से ही पैदल चलकर आने का रास्ता था। यहाँ जब आकर पहुँची तब तक शाम हो आयी थी। उस समय गंगोत्री का रास्ता इतना निरापद न था। रास्ते के दोनों ओर घना जंगल। जन्तु-जानवरों का डर था, अतः और आगे जाने का साहस न हुआ तो भैरव घाटी की धर्मशाला में आकर ठहरी। तीर्थयात्रियों का एक दल और कुछेक साधु ठहरे हुए थे। चौकीदार गुरुजी को पहचानता था। उसने एक कमरे की व्यवस्था कर दी। सारा दिन पैदल

चलने की थकान के कारण नींद आ गयी थी। अचानक लोगों के शोरगुल से नींद टूट गयी। आखिर माजरा क्या है। जाकर देखा कि एक तीर्थ यात्री बीमार हो गया था। उसे उल्टियाँ और दस्त हो रहे थे। उसके संगी-साथी ही उसके साथ नहीं रहना चाह रहे थे। बल्कि बीमारी की हालत में उसे घर से निकालना चाह रहे थे। उस व्यक्ति में उठने तक की हिम्मत नहीं थी। पानी-पानी कहकर वह कराह रहा था और कोई उसे दो बूँद पानी देनेवाला न था। गुरुजी बिना कुछ कहे उस व्यक्ति को हमारे कमरे में उठा लाये। सारी रात उसके गन्दे कपड़ों को साफ किया। भोर होते न होते उसकी मृत्यु हो गयी। कोई उसकी मृत देह नहीं छूना चाह रहा था। धर्मशाला के चौकीदार, गुरुजी और मैंने, हम तीन लोगों ने मिलकर उसकी देह को उठाकर गंगा में बहा दिया। उस व्यक्ति के पास एक झोला था। किसी ने उस झोले में हाथ नहीं दिया। मैंने खोलकर देखा उसमें अनेक कच्चे रुपये (सिक्के) थे। मैंने पूछा-"इतने रुपयों का क्या होगा? गंगा में बहा दूँ? गुरुजी ने वे रुपये चौकीदार को देकर कहा कि जो भी गरीब तीर्थ यात्री आयें उनके भोजन की व्यवस्था उन रुपयों से की जाए।"

शरण्या ने अस्फुट स्वर में कहा, "आश्चर्यजनक व्यक्ति।"

शाक्य को देवप्रयाग में खरीदी अखंडानन्द जी की किताब याद हो आयी। बैग से किताब निकालकर कहा-"इस किताब में पढ़ा है मैंने। सभी ने एक बीमार तीर्थयात्री को त्याग दिया था तो केवल अखंडानन्द जी ने अकेले उसकी सेवा की।"

दियानाथ ने श्रद्धा में दोनों हाथ जोड़कर शीर्ष पर लगाये और कहा, "वास्तव में ऐसे लोग ही साधु थे। आज साधु कहाँ, सिर्फ़ गेरुआ वस्त्र पहने कुछ लोग हैं।"

शाक्य व शरण्या ने कोई मन्तव्य नहीं किया। बगल में माताजी बैठी थीं। वे भी तो संन्यासिनी थीं। कुछ कहने पर उनके मन पर भी आघात लग सकता था।

काफी देर तक किसी ने कोई बात नहीं की। अन्ततः माताजी ने नीरवता को तोड़ते हुए कहा, "गेरुआ पहनने से ही क्या कोई साधु बन जाता है। वह तो बाहरी आवरण है। महत्व तो मन का, मन के भावों का होता है। यथार्थ साधु तो इस गंगा की भाँति होता है जिसका समान प्रवाह, पहाड़, समतल भूमि, नगर, ग्राम, श्मशान सर्वत्र है। कितनी गन्दगी उसके सीने के ऊपर से बहती है फिर भी गंगा पवित्र है, पुण्यसलिला है।"

छब्बीस

गाड़ी बहुत धीमे चल रही थी। रास्ता टूटा-फूटा था, बीच-बीच में बड़े-बड़े गड्ढे। गाड़ी में बैठे सभी लोग स्थिर थे। बहुत चौड़ी सी एक जगह पार होते ही दियानाथ

ने नमस्कार की मुद्रा में माथे पर हाथ छुआया और तेज आवाज़ में बोल उठा–"गंगा मैया की जय, गंगा मैया की जय।"

मन में एक विचित्र आवेग-सा उठा और अनजाने में ही शाक्य, शरण्या व माताजी एक साथ बोल उठे–"जय, गंगा मैया की जय।"

जब शाक्य की दृष्टि सामने के विशाल तोरण पर पड़ी। उसके बगल में ही कुछ गाड़ियाँ खड़ी थीं। माताजी ने शान्त स्वर में कहा, "हम गंगोत्री पहुँच गये।"

शाक्य काफी देर से चुप था। उसे सब कुछ आश्चर्यजनक-सा लग रहा था। जिस दिन घर छोड़कर चला था उस दिन उसने एक बार भी यह नहीं सोचा था कि गंगा के किनारे-किनारे एक दिन वह पहुँच जाएगा गंगा के उद्‌गम-मुख तक; कितने ही अनुभवों से भर उठेगी उसके जीवन की झोली। उसे अब न तो किसी के प्रति कोई क्षोभ है और न ही विद्वेष।

शरण्या भी शान्त थी। दादाजी की खोज में एक दिन घर से चली थी। आन्तरिक इच्छा से कहीं अधिक था कर्तव्य का भार। पहाड़ के अन्तराल में गहरे नीले आसमान की ओर देखकर उसे महसूस हुआ कि पिताजी के पत्र का मिलना उसके लिए अच्छा ही हुआ। चौबीस वर्षों से अनजान-अचीन्ही पृथ्वी को वह चिह्न पाई।

निर्जन पहाड़ी रास्ता पार कर गाड़ी ने गंगोत्री की सीमा में प्रवेश किया। दोनों ओर मकान थे। देखकर ही लग रहा था कि होटल हैं, पर कोई ताम-झाम नहीं, बिलकुल साधारण। थोड़ी-सी खाली जगह पर है गंगोत्री बस-अड्डा। वहाँ कुछ गाड़ियाँ खड़ी थीं। उन्हीं के पास दियानाथ ने गाड़ी खड़ी की। धूप झिलमिला रही थी। बादलों का नामो-निशान न था। कुछ थोड़े से लोग थे। एक-एक कर सभी गाड़ी से उतरे। रास्ते के एक किनारे खाने-पीने की होटल थी। और दूसरी ओर बड़े-बड़े अक्षरों में लिखा था 'गंगोत्री स्वास्थ्य केन्द्र'। दियानाथ गाड़ी से सामान उतार रहा था। दो कम उम्र लड़के सामने आये–"होटल चाहिए बाबू?"

शाक्य के कुछ कहने से पहले ही माताजी बोली–"हमें होटल नहीं चाहिए, बेटा।"

शरण्या माताजी के पास आकर खड़ी हुई। इन दो दिनों में वह काफी सहज हो गयी थी। उसने माताजी से पूछा–"हम लोग कहाँ ठहरेंगे, माताजी?"

"पहले काली कमली धर्मशाला चलते हैं, वहाँ रामप्रसाद जी हैं। वहाँ जगह न मिली तो अन्य किसी आश्रम में ठहरेंगे। आओ मेरे साथ।"

शरण्या समझ गयी कि माताजी किसी होटल में जाना नहीं चाहतीं। दियानाथ ने कहा–"हम यहीं प्रतीक्षा करते हैं, माताजी। कमरा तय हो जाएगा तो सामान ले आएँगे।

बस अड्डे से सीधे पतला-सा रास्ता था। दोनों ओर दुकानें थीं। मोदी की,

पूजा के सामान की, खाने-पीने की, गरम कपड़ों की। एसटीडी बूथ था। कहीं कोई भीड़ न थी। अधिकांश दुकानदार माताजी को पहचानते थे। देखते ही सभी हाथ जोड़कर प्रणाम करते। हाथ उठाकर सभी को आशीर्वाद दे रही थीं माताजी। शरण्या को अच्छा लग रहा था। कुछ लोग तो माताजी के साथ-साथ उसे भी प्रणाम कर रहे थे।

''कैसा लग रहा है?'' शरण्या की ओर मुँह घुमाकर माताजी ने पूछा।

बच्चों की तरह खुश हो उठी शरण्या और कहा-''बहुत अच्छा लग रहा है।''

''जब मैं पहली बार गंगोत्री आयी थी तो कुछेक दुकानों और दो धर्मशालाओं के अतिरिक्त कुछ नहीं था। गंगा के उस पार एक के बाद एक साधुओं की कुटियाँ थीं। धार्मिक लोगों और तीर्थयात्रियों को छोड़कर कोई यहाँ आता न था। हाँ, उस वक़्त रास्ता इतना सहज न था। बड़ा कष्टकर था पैदल रास्ता।''

बड़ा सफेद तोरण पारकर सामने था सफेद पत्थरों का गंगोत्री मन्दिर। चौड़ा चबूतरा। साफ-सुथरा वातावरण। मन्दिर से प्राय लगती हुई थी पहाड़ की दीवार। कदम-कदम पर कुछ दूर तक थे घर-मकान और ऊपर था देवदार वन। वृत्त की तरह पहाड़ों ने चारों ओर से घेर रखा था।

माताजी ने शरण्या का हाथ अपने हाथों में लेकर मृदु स्वर में कहा, ''आओ, माता के दर्शन कर आएँ।''

सीढ़ियाँ चढ़कर मन्दिर के बरामदे में दो व्यक्ति आ गये। सामने गाँव से स्त्री-पुरुषों का एक दल पूजा के लिए आया हुआ था। माताजी को देखते ही उन लोगों ने रास्ता छोड़ दिया। कदम दर कदम बढ़ती गयी शरण्या। सफेद पत्थर का मन्दिर। कहीं कोई वैभव नहीं, न अपनी छाप छोड़ने की कोई चेष्टा। मन्दिर में सर्वत्र शान्ति और स्निग्धता। मूल गर्भगृह के चारों ओर बरामदा। सामने दरवाज़ा। मूल मन्दिर के अन्दर हलकी-सी रोशनी। सबसे पहले बेदी पर माँ गंगा की मूर्ति पर नज़र पड़ती है। सुनहरी आभा। बगल में एक ओर थीं काले पत्थर की यमुना और दूसरी ओर थीं सफेद पत्थर की देवी सरस्वती। सामने हाथ जोड़े बैठे थे राजा भगीरथ, मानो सभी देवियों की स्तुति-वन्दना कर रहे हों। घी का दीया जल रहा था। और भी कुछ देव-देवियों की मूर्तियाँ थीं। दरवाज़े के पास एक पुजारी बैठे थे, सामने सजी थी पूजा की थाली।

हाथ जोड़कर कुछ क्षण चुपचाप खड़ी रही शरण्या फिर उसकी दोनों आँखों में उतर आयी जलधार। उसका समस्त अन्तर एक अकुलाहट से व्याकुल हो उठा। कितनी अनजान राहों से होकर पहुँची थी वह माता गंगा के पास और वह भी केवल अपने दादाजी को खोज निकालने के लिए। उस खोज का क्या अन्त नहीं होगा?

क्या नहीं मिल पाएँगे उसके खोये हुए दादाजी। सीने में दुख, यन्त्रणा और अपराध की ग्लानि लेकर तिल-तिल कर अपना अन्त कर लिया था पिताजी ने। उनकी अतृप्त आत्मा आज भी हो सकता है, भटक रही हो। सगर राजा की सन्तानों की तरह क्या उनकी मुक्ति नहीं होगी?

मृदु स्पर्श पाकर शरण्या ने मुँह घुमाया। पास खड़ी थीं माताजी। धीमे स्वर में शरण्या ने पूछा-"क्या खोज नहीं पाऊँगी दादा जी को?"

प्रसन्न स्नेहिल भाव से माताजी ने कहा-"माता से प्रार्थना करो। यदि तुम्हारे दादाजी जीवित हैं तो, मैं कहती हूँ, तुम अवश्य खोज पाओगी। चलो, हम फिर आएँगे।"

मन्दिर से नीचे उतरते ही कानों में आवाज़ आयी-"माताजी! आप!"

शरण्या ने मुँह घुमाया। दाहिनी ओर मन्दिर कमेटी का ऑफिस था। सामने बरामदे में खड़े थे दीर्घ डील-डौल वाले एक बुजुर्ग व्यक्ति। माताजी ने भी उन्हें देख लिया था। दोनों हाथ उठाकर बोल उठीं-"प्रणाम भरोसाराम जी!"

"परसों ही उत्तरकाशी में आपके आश्रम के रघुनाथ से भेंट हुई तो मैंने कहा था कि बहुत दिन हो गये, माताजी गंगोत्री नहीं आयीं।"

"आप सबकी इच्छा थी, सो चली आयी।" मुस्कराते हुए माताजी ने कहा।

"कहाँ ठहरी हैं?"

"अभी तक कहीं नहीं। सोचती हूँ कालीकमली धर्मशाला में ठहरूँगी।"

भरोसाराम जी ने सिर हिलाया-"पर कालीकमली धर्मशाला तो बन्द है। मरम्मत का काम चल रहा है। आप मेरे यहाँ चलें। पहली मंजिल पर नया कमरा बनवाया है। अभी तक कोई वहाँ नहीं ठहरा, पहली बार आप ठहरेंगी।"

माताजी ने शरण्या की पीठ पर हाथ रखते हुए कहा, "मेरे साथ दो जन और हैं।"

"कोई असुविधा नहीं। आप लोगों का सामान कहाँ है?"

"बस स्टैंड पर। दो जन खड़े हैं वहाँ।"

भरोसारामजी ने ऑफिस-घर के बरामदे में खड़े एक व्यक्ति से कहा-"माताजी के साथ दो जन आये हैं, वे बस स्टैंड पर खड़े हैं, उन्हें मेरे घर ले आओ।"

वह व्यक्ति जब चला गया तो भरोसाराम जी बोले-"आइए माताजी!"

ऑफिस घर पार होकर एक रास्ता नीचे की ओर उतर गया था। कुछ दूर बढ़ते ही गंगा थी। शरण्या रुक गयी। अप्रशस्त थी जलधारा। किसी छोटी नदी से भी छोटी। किन्तु छोटे-छोटे कंकड़ों और बोल्डरों के ऊपर से प्रबल वेग से बह रहे जलस्रोत और उसके प्रबल गर्जन से सीने में कम्पन्न हो रहा था।

आगे बढ़ गयीं माताजी। गंगा के किनारे लम्बा चबूतरा बना था। घाट। छोटे-

छोटे कंकड़ों के ऊपर से होते हुए गंगा के किनारे जाकर खड़ी हुईं और नीचे झुककर गंगा को स्पर्श किया। शरण्या देख रही थी माताजी के चेहरे पर कितनी गहरी श्रद्धा और भक्ति का भाव था। शरण्या ने भी जलस्पर्श किया। बर्फ़ की तरह ठंडा, ठिठुरन भरा। क्षण भर में ही उँगलियाँ मानो सुन्न हो गयीं। कुछ देर खड़ी रहने के पश्चात् लौटीं माताजी और धीरे-धीरे बोली–"गंगोत्री में आते ही मैं जैसे स्वयं को खो देती हूँ।"

शरण्या कोई जवाब नहीं देती। लगता है कि चारों ओर के उस वातावरण में उसने भी स्वयं को कहीं खो दिया। सामने गंगा पार करने के लिए एक छोटा-सा सेतु था। उस पर चढ़ते ही नीचे बह रहे जलस्त्रोत पर दृष्टि पड़ी जो विशाल-विशाल पत्थरों पर अपने प्रबल वेग से आघात कर रहा था। और फिर किसी फिरकी की तरह गोल-गोल घूमता दौड़ा जा रहा था। गंगा के किनारे-किनारे एक के बाद एक कुछ होटलों के मकान थे और दूर पर था बर्फ़ से ढँका पर्वतश्रृंग। अनजाने में ही शरण्या के मुँह से निकला–"कितना सुन्दर है।"

बगल से भरोसाराम बोले–"ठीक ही कहा, बेटी! गंगा के ऐसा सौन्दर्य और कहीं नहीं है। यह भगीरथ की तपोभूमि है।"

माताजी ने कहा–"मैं परिचय करा दूँ। यह शरण्या है, कानपुर से आयी है। बहुत ही भली लड़की है। और भरोसाराम जी यहाँ की मन्दिर-कमेटी के प्रधान हैं। बड़े विद्वान हैं और मेरे साथ इनका प्रायः चालीस वर्षों का परिचय है।"

बातें करते-करते सेतु पार कर सभी नीचे उतर आये। गंगा के किनारे-किनारे कुछ आगे जाकर एक पुराना-सा मकान था। सामने बरामदा था।

खुली सीढ़ी पहली मंजिल को गयी थी। आगे-आगे भरोसाराम जी थे जो सीढ़ी पर चढ़े। अगल-बगल में तीन कमरे थे। एक अभी पूरा बनकर तैयार नहीं हुआ था। काफी बड़ी खुली छत थी और नज़र के सामने था गंगोत्री का मन्दिर। मन्दिर के शीर्ष पर पीतल का घट बैठाया हुआ था, जो सूर्य के आलोक में चमक रहा था। सामने गंगा किनारे बैठकर कुछ लोग पूजा कर रहे थे। कुछ दूर पर दो पहाड़ों के बीच से मुड़ गयी थीं गंगा। छत की रेलिंग थामे चुपचाप खड़ी थी शरण्या।

इसी बीच शाक्य और दियानाथ आ गये। माताजी ने शरण्या को पुकार कर पूछा–"तुम लोगों को एक कमरे में क्या असुविधा होगी?

शरण्या समझ गयी कि माताजी के कमरे में किसी और के रहने से उन्हें ध्यान-जप में असुविधा होगी इसीलिए पूछ रही थीं। पर शाक्य के साथ एक कमरे में रहने में कोई दुविधा नहीं थी। इन कुछ दिनों में वह शाक्य को अच्छी तरह पहचान गयी थी। हालाँकि वह यह समझती हैं कि किसी भी व्यक्ति को पूर्णतः जानने-समझने के लिए पाँच दिन का समय बहुत कम होता है। फिर भी विश्वास, उसकी शक्ति

तो कम नहीं होती। उसने सहज भाव से उत्तर दिया–''हमें कोई असुविधा न होगी, माताजी। हम एक कमरे में रह पाएँगे।''

सत्ताईस

गंगा के किनारे से लगते हुए कुछ घर। पत्थरों की दीवारें। टीन के छप्पर। चारों ओर पौधों-लताओं की बाड़। कुछ अपरिष्कार परिवेश। सामने रस्सी पर टँगे थे सफेद कपड़े। चबूतरे के एक ओर एक बेदी पर छोटे-बड़े, नाना आकार के त्रिशूल गड़े थे।

गंगा के किनारे-किनारे एक के बाद एक आश्रम और साधुओं की कुटियाँ थीं। सभी आश्रमों में घूमकर यहाँ आए थे शाक्य व शरण्या। कहीं भी नैताल से आये किसी साधु का पता नहीं चला। अन्त में एक जन ने बताया था कि एक कुटिया और थी, कुछ दूरी पर गंगा के किनारे। उसके बाद और कुछ नहीं था।

पाइन वृक्षों के जंगल के बीच से एक पगडंडी थी पहाड़ की ढलान पर। सूखे झरे पत्ते बिछे थे उस पर। ढालू जमीन पर लता की तरह फैले और गुलाब की झाड़ियाँ थीं जिनमें ढेर सारे गुलाब खिले थे। ये पौधे किसी ने लगाये नहीं थे। प्रकृति ने अपने हाथों से रचा था इस बगीचे को। शाक्य-शरण्या दोनों सावधानी से चल रहे थे। रास्ते के चारों ओर कैसी भयमिश्रित अजीब सी निस्तब्धता छाई थी। काफी दूर तक जाकर पतली पगडंडी गंगा किनारे की कुटिया के सामने आकर शेष हो गयी थी। कुछ आगे जाकर गंगा भी मुड़ गयी थी। विशाल अंचल था जिस पर छोटे-छोटे कंकड़-पत्थर बिखरे पड़े थे। दोनों पैदल बढ़े जा रहे थे। दरवाज़े के सामने पहुँचकर शरण्या ने पुकारा–''कोई है?''

इन दिनों में असंख्य साधुओं के पास जा-जाकर शरण्या काफी सहज हो गयी थी। दो-तीन बार पुकारने के बाद कमरे के भीतर से एक साधु निकलकर बाहर आये। रूखा चेहरा, कमर पर कपड़े का एक टुकड़ा लपेटे, नंगे पैर, वटवृक्ष की लटकती जड़ों जैसी लम्बी-लम्बी जटा, चेहरे पर कोमलता का कहीं कोई चिह्न नहीं।

शरण्या को देखते ही साधु की दोनों आँखें धधक उठीं। उन्होंने भयंकर दृष्टि से शरण्या की ओर देखा। उस दृष्टि के सामने कुछ सिकुड़-सिमट गयी शरण्या। अपनी समस्त नारी सत्ता से वह समझ गयी कि साधु की दोनों आँखें उसकी देह पर स्थिर थीं। उसके कुछ कहने के पूर्व ही वह साधु कर्कश स्वर में चीखे–''यहाँ किसलिए आयी? ये रंडी का घर नहीं है। भाग यहाँ से।''

थरथर काँप उठी शरण्या। साधु की बातें छुरी के फल की तरह उसके सीने में धँस गयी थीं, आग की चिनगारी की तरह दो कानों से होते हुए उसे भीतर तक

झुलसा रही थीं। वह लगभग दौड़ती हुई बाहर निकल आयी। शाक्य कुछ दूर पर ही खड़ा था। शरण्या की ओर देखते ही चौंक उठा। उसका चेहरा आषाढ़ के घने काले बादलों की तरह धम-धम कर रहा था.

दमित उत्तेजना में शाक्य ने पूछा-"क्या हुआ?"

शरण्या ने कोई जवाब नहीं दिया। तेज़ कदमों से चलती रही। शाक्य ने अनुभव किया कि ऐसा कुछ अवश्य घटित हुआ जिसने क्षण भर में शरण्या को अव्यवस्थित कर दिया। क्या था वह? दादाजी की कोई खबर या कि कुछ और? इतने दिनों से उसने शरण्या को जो देखा और समझा है, वह इतना शीघ्र विचलित होनेवाली लड़की नहीं। एक बार मन में आया कि साधु से ही जाकर पूछे। कुछ कदम आगे बढ़ाते ही देखा कि साधु गेट के पास आकर खड़ा था। कुछ कहने के पूर्व ही शाक्य की ओर देखकर चीख उठा-"भाग यहाँ से। साला औरत के साथ मजा लूटने आया है।"

सुनते ही गुस्से से फट पड़ा शाक्य-"हम लोग यहाँ मजा लूटने नहीं, एक साधु को ढूँढने के लिए आए।"

इतना कहकर वह और रुका नहीं। उसे लगा कि ऐसे गन्दे चरित्र वाले साधु से बात करना ही व्यर्थ था। सामने की ओर मुँह घुमाया तो देखा कि काफी दूर जा चुकी थी शरण्या। उसने उसकी ओर तेज़ी से कदम बढ़ाए।

दिन ढलने को आया। गंगा घाट पर अभी भी लोग स्नान कर रहे थे। पहली मंजिल के बरामदे में बैठी थीं माताजी। लगभग दौड़ते-दौड़ते शरण्या आयी। उसे देखते ही माताजी ने पूछा-"दादाजी का कुछ पता चला?"

कुछ बोलने से पहले ही फूट-फूट कर रो पड़ी शरण्या। फौरन माताजी ने आगे बढ़कर स्नेह से उसे अपने पास लाकर बैठाया और पूछा-"क्या हुआ?"

सिसकते हुए शरण्या ने कहा-"नदी किनारे एक साधु की कुटिया पर गयी थी। कुछ पूछने से पहले ही उन्होंने बड़ी गन्दी भाषा में गाली-गलौज की। आज तक किसी ने मुझसे इतनी गन्दी भाषा में बात नहीं की।"

माताजी ने शरण्या की पीठ पर हाथ रखा और बड़े स्नेह से समझाया-"आँखें पोंछो। कोई तुमसे गन्दी बात कहेगा तो क्या तुम गन्दी हो जाओगी। तुम्हारे सामने यह जो गंगा माता बह रही हैं, उनमें कितने लोग कितनी गन्दगी डालते हैं परन्तु क्या कोई उन्हें अपवित्र कर पाया?"

सीढ़ियाँ चढ़कर शाक्य ऊपर आया। माताजी की बात उसने भी सुन ली थी। उसने फौरन कहा-"उन साधु का चेहरा जितना भयंकर था, उनकी बातों में भी उतना ही रूखापन था।"

सामान्य हँसी माताजी बोली-"वास्तव में, ये सब साधु मानव-समाज व संसार से भिन्न होते हैं। सारा जीवन केवल साधना और तपस्या करते रहते हैं। इनके

जीवन में माया-ममता, प्रेम-प्रीति का कोई स्थान नहीं। इन्हें कभी किसी से कुछ नहीं मिला इसीलिए घर-गृहस्थी वाले लोगों को ये देखते ही बर्दाश्त नहीं कर पाते और भयंकर उग्र हो उठते हैं। उनकी बातों पर ध्यान मत देना और न बुरा मानना।''

शाक्य बोला, ''एक बात कहूँ, माताजी। अधिकांश साधु स्त्रियों को बर्दाश्त नहीं कर पाते। पास जाते ही दुर-दुर करते हैं।''

माताजी के होंठों के कोने पर विचित्र हँसी फूट उठी। पहले की तरह ही सहज भाव में वे बोली-''दरअसल वे भूल जाते हैं कि पृथ्वी के हर साधु का जन्म किसी न किसी नारी के गर्भ से हुआ है। साधुओं की बात छोड़ो। यह बताओ कि दादाजी का कुछ पता चला?''

उत्तर शाक्य ने दिया-''इधर जितने भी साधुओं के आश्रम व कुटियाँ थीं, सबमें पता कर लिया। नैताल से कोई नहीं आया।''

''सूर्यकुंड की ओर गये थे?''

''नहीं, माताजी।''

माताजी उठ खड़ी हुईं। ''चलो, मैं तुम लोगों को ले चलती हूँ। भरोसाराम जी से कहूँगी कि वे पता लगाएँ कि दो-चार दिनों में कोई नैताल से आया था या नहीं। छोटी जगह है, पता लगाने में असुविधा नहीं होगी।''

ब्रिज के बगल से चढ़ाई-उतराई का रास्ता था। बीच में चल रही थीं माताजी। उनके दोनों ओर थे शाक्य और शरण्या। कुछ दूर जाकर रास्ता मुड़ गया था। कुछ छोटी-छोटी दुकानें थीं। एसटीडी बूथ था। उसके बाद ही नज़र पड़ी, दो पहाड़ों के बीच से उतरी एक छोटी-सी नदी। सामान्य जल था। पत्थरों के ऊपर से बही जा रही थी। स्रोत प्रबल था। माताजी ने बताया, यह केदारगंगा है। सामने जाकर गंगा में मिलती है। नदी के ऊपर जो छोटा-सा ब्रिज था, उसे पार कर एक पतली-सी पगडंडी थी जिसके बगल में सरकारी बंग्लो और उसके विपरीत एक आश्रम था। कुछ विदेशी साहब-मेम बैठे थे। माताजी रुक गयीं। एक बार चारों ओर नज़र दौड़ाकर बोली-''यहीं थी मेरे गुरुजी की कुटिया। उन दिनों ये सारे घर-मकान न थे, घना जंगल था। शाम के बाद घर से बाहर निकलने का किसी में साहस न था। भालुओं का भयंकर उपद्रव था। एक बार तो मैं भालू के सामने ही पड़ गयी थी परन्तु उसने कुछ नहीं किया। गुरुदेव ने मजाक में कहा-''औरत समझ कर उसने छोड़ दिया।''

शाक्य-शरण्या भी हँस पड़े। आगे बढ़ने पर एक और आश्रम था। लम्बा-सा बरामदा। विशाल डीलडौल वाले एक वयस्क साधु कुछ बोल रहे थे। सामने कुछ स्त्रियाँ-पुरुष बैठे थे, जो साधु की बातें सुन रहे थे। उन्हें पीछे छोड़कर आगे बढ़ गयीं माताजी। चलते-चलते ही साधु की उँगलियों पर शाक्य की नज़र पड़ी। चारों उँगलियों में सोने की अँगूठी, जिनके बीच में पत्थर जड़े थे।

शरण्या ने पूछा–"इन साधु बाबा का नाम क्या है?"

"मुझे ठीक से पता नहीं। पहले इन साधुजी को कभी देखा नहीं।" माताजी ने कहा।

सामने का रास्ता अब नीचे की ओर गया था। हवा में प्रबल गर्जन की आवाज़ सुनाई दे रही थी। रास्ता सँकरा था। कुछ आगे जाते ही सभी थम गये। सामने अपूर्व सुन्दर एक दृश्य था। केदार गंगा और गंगा के मिलित जलस्रोत की असंख्य धाराएँ एक प्रशस्त पत्थर के ऊपर से प्रबल वेग से तीस–चालीस फुट नीचे पटकनी खाकर गिर रही थीं। हवा में बिन्दु–बिन्दु जलकण थे और थी फेनिल जलराशि। प्रबल जलस्रोत से पत्थर पर गड्ढे हो गये थे। हवा में बह रहे जलकणों पर सांध्य सूर्य की किरणों से इन्द्रधनुषी रंगों की बहार छायी हुई थी।

स्तम्भित थे शाक्य शरण्या। प्रकृति के नयनाभिराम आश्चर्यजनक स्वरूप को भर नज़र निहार रहे थे।

"इसी का नाम सूर्यकुंड है", माताजी के कंठस्वर में गहरी श्रद्धा फूट उठी। प्रसन्नता की प्रतिमूर्त की भाँति माताजी ने कहा, "युग–युगान्तरों से लोगों की धारणा है कि स्वर्ग से उतरी गंगा को यहीं महादेव ने अपनी जटाओं में धारण किया था। यहाँ आकर खड़े होते ही लगता है कि प्रवहमान गंगा का पूर्ण रूप देख पा रहे हैं। और कहीं भी जाओ वह बद्रीनाथ हो या केदारनाथ, तिरुपति हो या रामेश्वर, द्वारका हो या वैष्णोदेवी, "सब जगह एक मन्दिर, एक देवता ही सत्य है। किन्तु यह गंगा, इसकी असंख्य शाखा–प्रशाखा, गोमुख की गुफा, झरनों की धारा, नदी के हर तीर, हर घाट, साधुओं की कुटियाओं, मन्दिरों, सर्वत्र गंगा ने स्वयं को सीमा से असीम में प्रसारित किया है। यही वह जगह है जहाँ गंगा स्वर्ग से उतरकर आयी थीं। यह स्वर्ग और मर्त्य की मिलन भूमि है। यहीं से गंगा भारत के एक अंचल से दूसरे अंचल में दौड़ी जाती हैं।"

स्तब्ध था शाक्य। उसे लगा कि माताजी ठीक ही कह रही थीं। सभी मन्दिरों में देवता चहारदीवारी में बन्दी हैं, परन्तु इस गंगा–पथ पर हरिद्वार से लेकर ऋषिकेश उत्तरकाशी, गंगोत्री, सर्वत्र माँ गंगा का मन्दिर चिरउन्मुक्त है जिसके सिर के ऊपर नीला आकाश है, चारों ओर हिमालय के तुषार श्रृंग और चीड़ वृक्षों के वन हैं। गंगा पत्थरों के बन्धन में बँधी नहीं। वह अपार–अनन्त हैं।

सरसराती हवा में घनी ठंड का स्पर्श था। इसी बीच पहाड़ की गोद में उतर आया था अँधेरा। नम हवा में एक विचित्र–सी गन्ध थी। जल कल्लोल के शब्द के अतिरिक्त कहीं कोई आवाज़ नहीं थी। उस निस्तब्धता में कहीं खो गया शाक्य। हठात् किसी कलख से उसका ध्यान टूटा। पर्यटकों का एक दल आया था, उसी का कोलाहल था।

माताजी ने मुख घुमाकर कहा–''चलो, मन्दिर चलते हैं।''

मन्दिर के बगल में ही था भरोसाराम जी का ऑफिस-घर। पूरे कमरे की फर्श पर चादर बिछी थी। दीवार पर टँगी पुरानी तस्वीरों के अलावा कमरा खाली था। एक ओर बैठने के कुछ आसन थे, वहीं बैठे थे शाक्य, शरण्या और माताजी। सामने बैठे थे भरोसाराम जी। सभी के लिए चाय आयी। गिलास भर चाय जिसमें से तुलसी की खुशबू आ रही थी। चाय पीकर शरीर की सारी थकान चली गयी। भरोसाराम जी ने पूछा–''गंगोत्री में कैसा लग रहा है?

शाक्य व शरण्या एक साथ बोल उठे–''अपूर्व!

मृदुस्वर में माताजी बोली–''इसीलिए तुम लोगों को यहाँ आने के लिए कहा था।

शाक्य ने कहा–''ऋषिकेश में जर्मनी के एक व्यक्ति से परिचय हुआ था। उनके बड़े भाई ने यहाँ आकर कहा था, 'मोस्ट ब्यूटीफुल प्लेस ऑफ द वर्ल्ड।''

''उन्होंने सही कहा था'', भरोसारामजी बोले, ''इस गंगा का एक-एक समय एक-एक रूप होता है। मैं जब पहली बार अपने पिताजी के साथ आया था, उस समय उम्र थी आठ वर्ष। फिर साठ वर्ष बीत गये। कभी नहीं लगा कि गंगोत्री पुरानी हो गयी है।''

दिन शेष हो रहा था। कमरे में भी उजाला कम हो गया था। एक जन ने आकर बत्ती जला दी। बन्द खिड़की से बह रही हवा के साथ ही गंगा के जलकल्लोल की आवाज़ आ रही थी। माताजी ने कहा–''भरोसारामजी, आपको एक उपकार करना होगा। शरण्या यहाँ अपने दादाजी की खोज में आयी है। बहुत दिनों पहले संन्यास लेकर उन्होंने घर-बार त्याग दिया था।''

''कहाँ हैं, तुम्हारे दादाजी?''

''कहाँ हैं, यह तो पता नहीं। हाँ, सुना है नैताल में एक बंगाली साधु हैं। वहाँ गयी थी तो सुना कि कुछ दिन पहले वे यहाँ आये हैं।''

चुप रहकर भरोसाराम जी ने कुछ याद करने की चेष्टा की, फिर बोले–''हाँ, नैताल के दो साधुबाबा यहाँ आये हैं। दो दिन पहले मुझसे भेंट हुई थी।''

''कहाँ हैं वे?'' उत्तेजना में शरण्या की आँखें चमक उठीं।

''वे कहाँ हैं यह तो मुझे नहीं मालूम। पर कल तुम्हें खबर दे दूँगा।''

शरण्या की आँखों में आशा-निराशा की छाया उभर आयी, जो शाक्य की नज़रों से न बच पाई। दादाजी के प्रसंग को शरण्या भूल जाए इसलिए उसने कहा–''इस गंगोत्री के विषय में कुछ बताइए न।''

भरोसाराम जी ने एक तकिये पर टेक लगाई, एक बार सबकी ओर देखा फिर

बोले–''पुराण कहते हैं कि महाराज भगीरथ यहीं तपस्या कर गंगा को मर्त्यलोक में लेकर आये थे। तुम लोग आज के युग के लड़के-लड़कियाँ, हो सकता है, यह बात मानना न चाहो इसलिए एक वैज्ञानिक की बात बताता हूँ। दूर अतीत में इस गंगोत्री तक एक विशाल हिमनद था। उस हिमनद की बर्फ़ के गलने से गंगा का जन्म हुआ। यह लगभग तीन करोड़ वर्ष पूर्व की बात है। धीरे-धीरे यह हिमनद अठारह किलोमीटर दूर पीछे गोमुख गुफा तक चला गया।''

शाक्य ने पूछा–''यह गंगोत्री नाम कहाँ से आया?''

''यहाँ गंगा का प्रवाह उत्तर दिशा की ओर है अर्थात् गंगा उत्तरी। उसी से शब्द बना गंगोत्री। जहाँ तक पता चला है, अभी जहाँ मन्दिर है वहाँ पत्थर की एक बहुत बड़ी शिला थी। मान्यता यह है कि उस पत्थर पर ही बैठकर भगीरथ ने तपस्या की थी। उस वक़्त लोग उस शिला की ही पूजा करते। सम्भवत: सन् 1790 से 1800 के बीच ग्वालियर के महाराज दौलत राव सिंधिया ने एक छोटा-सा मन्दिर बनवा दिया। पुराने लेखों के अनुसार सन् 1803 में यहाँ एक भयंकर भूकम्प आया जिसमें मन्दिर ध्वंस हो गया। उसके बाद सन् 1813 में गोरखा सेनापति अमरसिंह थापा ने यहाँ एक छोटा मन्दिर बनवाया। प्राय: सौ वर्षों तक उसी मन्दिर में पूजापाठ हुआ।''

''तो फिर अभी का मन्दिर किसने बनवाया?''

''पुराने मन्दिर की अवस्था जब खराब हो गयी तब पुजारियों के अनुरोध पर जयपुर के महाराजा सवाई मानसिंह द्वितीय ने सन् 1922 में यह मन्दिर बनवाया तथा उस समय सिमवाल परिवार के पाँच भाइयों भगीरथ, गणपति, मंगतराम, दयाराम और सीताराम को पूजा का भार दिया गया। वंशवृद्धि के कारण आज यह पूजा का भार पन्द्रह परिवारों पर है। बारी-बारी से प्रत्येक परिवार का एक व्यक्ति पूजा करता है। मन्दिर की जो आय है, वह सभी आपस में बाँट लेते हैं।''

''एक बात पूछूँ? यहाँ के मन्दिर में जो पाँच हैं, वैसे तो एकमात्र इस्लामी स्थापत्य में होते हैं।''

''तुमने ठीक ही कहा।'' भरोसाराम जी बोले, 'इससे पहले भी मुझसे कई लोगों ने यही बात पूछी थी। पता है, मुझे क्या लगता है? मुझे लगता है कि इस मन्दिर का जिन्होंने निर्माण किया, वे सभी राजस्थान से आये थे। हो सकता है लम्बे समय तक मुस्लिम कारीगरों के साथ उन्होंने स्थापत्य का काम किया हो। या फिर यह भी हो सकता है कि वे कारीगर मुसलमान रहे हों। बहरहाल जिन हाथों से इस मन्दिर का निर्माण हुआ वे मुसलमानों के हाथ रहे हों या हिन्दुओं के, सभी माता गंगा की सन्तान थे।''

एक पुजारी ने कमरे में प्रवेश किया। उन्होंने रंगीन ज़रीपाड़ की धोती, रंगीन

कुर्ता पहना था और माथे पर चन्दन का तिलक था। नीचे झुककर भरोसाराम जी को उन्होंने कुछ कहा। साथ ही साथ वह उठे और माताजी से कहा–"चलिए माताजी, अब आरती शुरू होगी।"

सभी आकर मन्दिर के चबूतरे पर खड़े हुए। प्रायः सात बज रहे थे। अभी भी चारों ओर हलका उजास था। इस समय कोलकाता में रात का अँधेरा होता है। चारों ओर छितराये हुए थे कई लोग। थोड़ा आश्चर्य हुआ शाक्य को। सुबह जब वह आया था तब इतने लोगों को नहीं देखा था। मन्दिर का घंटा बज उठा। माइक पर गीत बजने लगा। झाँझ की आवाज़ गूँज उठी। एक पुजारी जी ने दीपाधार लेकर कुछ क्षण मन्दिर में आरती की फिर बाहर निकल गये और बरामदे में खड़े होकर गंगा की ओर मुख कर उन्होंने काफी देर तक आरती की।

शाक्य को लगा कि यह वन्दना मन्दिर की देवीमूत की न होकर प्रवहमान गंगा की थी, जो गंगा सभी भारतवासियों के लिए वास्तव में मातृस्वरूपा थीं। जो सन्तानों का केवल लालन-पालन ही नहीं करतीं बल्कि उन्हें अकल्याण व पाप से मुक्त भी करती हैं।

सभी शान्त व स्थिर थे। अधिकांश लोग हाथ जोड़े खड़े थे और गंगा वन्दना चारों ओर गूँज रही थी। झाँझ व घंटा ध्वनि के बीच स्तब्ध शान्त थी शरण्या। उसके मन में किसी के प्रति किसी भी प्रकार का क्षोभ नहीं था, दुख नहीं था। न कोई चाह थी न ही कुछ पाने की व्याकुलता। एक विचित्र आनन्दमय वातावरण था।

आरती समाप्त हुई। फिर निस्तब्धता छा गयी। केवल उपस्थित लोगों का मृदु कोलाहल। सभी ने स्वयं को गरम कपड़ों से आपाद मस्तक ढँक रखा था, हालाँकि उतनी ठंड नहीं लग रही थी। तीन जन भरोसारामजी के ऑफिस घर के बरामदे में आ गये। बाकी लोग एक-एक कर लौट गये।

"आज बहुत लोग आये।"

भरोसाराम जी मृदुस्वर में कहा–"कल गंगादशहरा है। देश भर से लोग यहाँ आएँगे। पूरा गंगोत्री अंचल लोगों की भीड़ से भर जाएगा।"

माताजी मुस्कराईं–"हम यहाँ बहुत अच्छे समय में आये। युग-युगान्तर से लोगों की मान्यता है कि गंगा दशहरे के दिन माता गंगा मर्त्यलोक में आयी थीं।"

हठात् उनकी नज़र शरण्या पर पड़ी जो शान्त दृष्टि से मन्दिर की ओर देख रही थी। उसके हाथों को थामकर माताजी ने अपनी ओर खींचते हुए पूछा–"क्या सोच रही हो?"

अचानक जैसे नींद से जगी हो, शरण्या ने मुँह उठाकर माताजी की ओर देखा। कुछ बोलना चाह कर भी बोल न पाई। एक गहरा आवेश और दोनों आँखों में थी मुग्धता की छाया जिसने मातृस्नेह की तरह, भोर के कुहासे की तरह मन को आच्छादित

कर रखा था। वह केवल इतना भर कह पाई–"बहुत अच्छा लग रहा है।"

यह अच्छा लगने का भाव सभी के मन पर छाया था। कोई कुछ नहीं बोल रहा था।

अट्ठाईस

शाक्य की नींद टूट गयी। कमरे में इतना अँधेरा था कि कुछ नज़र नहीं आ रहा था। हाथ बढ़ाकर सिर के पास रखी टॉर्च को जलाया। दीवार-घड़ी में चार बजे थे। बगल के बिस्तर पर सिर से पैर तक रजाई लपेटे सो रही थी शरण्या। शाक्य उठकर बैठा। ठंड से सिहर उठा। स्वेटर पहन कर ही सोया था। सिर पर टोपी पहन बदन पर गरम चादर लपेट ली। दरवाज़ा खोलकर बाहर आते ही उसे लगा कि वह किसी परी-कथा के संसार में पहुँच गया था। दो पहाड़ों के बीच की खाली जगह में अर्द्धचन्द्र नज़र आ रहा था। पहाड़ की चोटी पर जमी बर्फ़ पर चन्द्र किरणें चमक पैदा कर रही थीं। और नीचे देवदार वृक्षों की टहनियों से होता हुआ चाँद का उजास छिटका पड़ रहा था भगीरथी के जल पर, दोनों किनारों के उसके पत्थरों पर, रेत पर और गंगोत्री मन्दिर के शिखर पर।

उसकी तन्मयता तब टूटी जब नीचे के रास्ते पर उसने कुछ लोगों के दल को जाते देखा। उस पार के घाट पर भी कुछ लोग थे। हड्डियाँ तक कँपा देनेवाली ठंड में भी सभी गंगा के किनारे बैठकर स्नान कर रहे थे। याद आया, भरोसाराम जी ने बताया था कि आज गंगा-दशहरा था। इसी दशमी की तिथि पर गंगा स्वर्ग से उतरकर इस पृथ्वी पर आयी थीं। इसीलिए करोड़ों लोगों के लिए आज का दिन बहुत पवित्र था। हज़ारों मील दूर से आकर लोग गंगा-स्नान करते हैं, इस आशा में कि जीवन के समस्त पापों से उन्हें मुक्ति मिलेगी। यह वह दिन है जब गंगोत्री से लेकर गंगा-सागर तक गंगा के हर घाट पर लोग स्नान करते हैं।

कुछ सोचता है शाक्य। कमरे का दरवाज़ा बन्द कर धीरे-धीरे नीचे उतर आया। नीचे बरामदे के बगल में थोड़ा-सा ढँका हुआ चबूतरा था। और सामने गंगा की ओर चट टँगा हुआ था। सात-आठ पुरुष-स्त्रियाँ गुड़ी-मुड़ी होकर वहाँ बैठे थे। शरीर पर कम्बल लपेटे हुए थे और पास ही पोटलों-पोटलियों का अम्बार लगा था। बीच में आग जल रही थी और उसके गिर्द बैठकर सभी आग ताप रहे थे। दो-चार कदम बढ़ाते ही सभी प्राय: एक साथ बोल उठे–"नमस्ते बाबूजी। आइए।"

इतना आन्तरिक आह्वान सुनकर शाक्य को अच्छा लगा। आगे बढ़कर उनके पास जाकर वह बैठ गया। ठिठुर रहे हाथों को उसने आग की ओर बढ़ा दिया।

कितना मधुर था वह उत्ताप।

"आप लोग कहाँ से आये?" उसने पूछा।

"बुन्देलखंड से।"

"कब आये?"

"कल रात में। कोई होटल नहीं मिली तो यहीं सो गये।"

चौंक उठा शाक्य। इतने कड़ाके की ठंड में लगभग खुली सी इस जगह में इन लोगों ने पूरी रात बिता दी केवल गंगा-स्नान करने के लिए?

"आप कहाँ से आये बाबूजी?" उन्होंने पूछा।

"मैं, कोलकाता से।"

एक बुजुर्ग व्यक्ति ने सिर हिलाया-"हाँ, नाम सुना है। बहुत बड़ा शहर है। हमारे गाँव के दो आदमी मजूरी के लिए वहाँ गये थे।"

"आप लोग क्या करते हैं?"

बड़ा सहज उत्तर था-"मजूरी। सड़क बनाने का काम।"

जानी-पहचानी तस्वीर आँखों के सामने तैर गयी, "रास्ते के किनारे पिच की गाड़ी। रोड-रॉलर। टायर की चप्पलें पहने काम कर रहा स्त्री-पुरुषों का एक समूह।

"चाय पिएँगे, बाबूजी?"

इतनी ठंड में चाय। मुस्कराते हुए शाक्य ने कहा-"दीजिए!"

आग के पास रखे अल्यूमीनियम के पात्र से अधमैले से एक गिलास में एक जन ने चाय उड़ेल कर दी। बड़े सहज भाव से, बिना किसी दुविधा के शाक्य ने चाय ले ली। कॉलेज का एक अध्यापक और सड़क के किनारे काम करनेवाले मजदूर कोलकाता शहर में अगल-बगल बैठकर चाय पी रहे हैं इसकी तो कभी कल्पना भी नहीं की जा सकती। किन्तु यहाँ, गंगा के किनारे, सारे व्यवधान व भेद मिट गये थे। और उपजी थी एक भेदभाव रहित घनिष्ठता। ये स्थान वास्तव में देवताओं का आँगन था और बिना ठीक से धुले उस विवर्ण गिलास की चाय थी सचमुच मानो देवता का प्रसाद।

धीरे-धीरे दिन का उजाला फैल रहा था। सभी उठ खड़े हुए।

"आप लोग कितने दिन ठहरेंगे?" शाक्य ने पूछा।

"स्नान और पूजा-पाठ के बाद लौट जाएँगे।"

साम्ने सड़क से कुछ लोग जा रहे थे। ग्रामीण थे। सामने पड़ते ही बोल उठे-"गंगा मैया की जय।"

शाक्य समेत सभी ने एक स्वर में अभिवादन का उत्तर दिया-"गंगा मैया की जय।"

रुका नहीं शाक्य, आगे की ओर बढ़ गया। गंगा के ऊपर के झूलापुल को पार

कर घाट की ओर छितरा कर स्त्रियाँ-पुरुष स्नान कर रहे थे। स्नान कर एक महिला चली आ रही थीं। अनजाने में ही उनकी ओर शाक्य की नज़र पड़ी। लगा कि महिला को कहीं देखा है। असाधारण सुन्दरी थीं वह महिला। खिले गुलाब जैसा खिला-खिला रूप था उनका। कमर से लिपटा तौलिया छातियों के ऊपर से होता हुआ एक कन्धे पर पड़ा था। पीठ खुली थी। घुटने से नीचे पैरों तक गोरी सुडौल टाँगें। कमर के ऊपर नाभिमूल, छाती, कन्धे, गला देखकर लग रहा था मानो किसी महान शिल्पकार द्वारा गढ़ी कोई प्रस्तर-प्रतिमा हो। खुले कन्धे पर बालों के कुछ गुच्छे छितराये पड़े थे। उनकी चाल में भी आश्चर्यजनक लावण्य और माधुर्य फूटा पड़ रहा था।

शाक्य के बगल से जाते समय आमना-सामना होते ही महिला सामान्य मुस्कराईं। फौरन शाक्य ने हाथ जोड़कर कहा-"नमस्कार।"

साफ बांग्ला में महिला ने अभिवादन का उत्तर दिया-"नमस्कार।"

वह ठंड से काँप रही थीं। तेजी से द्वार अभी-अभी ही खुला था। कुछ लोग पूजा के लिए एकत्र हुए ही थे। पुजारी-पुरोहितों की व्यस्तता शुरू हो गयी थी। शाक्य को अच्छा लग रहा था। यहाँ पंडों का कोई उत्पात न था। सभी अपनी खुशी से पूजा कर रहे थे। अभी पिछले ही दिन भरोसारामजी ने बताया था कि मुखबा गाँव के अधिकांश लोग अभी तक केवल खेतीबारी और इस मन्दिर में पूजा-पाठ कर ही अपना गुज़ारा करते थे। अब समय बदल रहा था। कुछ महीनों की आय से सालभर गुज़ारा नहीं चलता, इसलिए लोग अन्य पेशों में, माहवारी बँधी नौकरियों की ओर जा रहे थे।

मन्दिर में पूजा-पाठ के अलावा गंगा-घाट पर भी पूजा हो रही थी। वहाँ भी पुरोहितों-पुजारियों का एक दल पूजा-पाठ करा रहा था। अधिकांश ग्रामीण नहा-धोकर भीगे कपड़ों में ही चबूतरे पर बैठे थे और उनके सामने थे पुजारी-पुरोहित। एक जगह एक राजस्थानी व्यक्ति से बहसा-बहसी शुरू हो गयी थी। पुरोहित की दक्षिणा थी पचास रुपये। कोई बीस से अधिक देने को तैयार न था। अन्ततः तीस पर सौदा पटा। पुरोहित एक-एक व्यक्ति के सिर पर हाथ रखकर कुछ मन्त्र बड़बड़ाता, फिर कमंडल से जल छींटता। बस हो गयी सारे पापों से मुक्ति। फिर हाथ लम्बा बढ़ा देता। दक्षिणा लेकर कुर्ते की जेब में रख चला जाता अगले यजमान के पास। एक मिनट में एक आदमी की पूजा समाप्त, फिर अगले की बारी। लोगों के चेहरों पर श्रद्धा और भक्ति की छाया नज़र आ रही थी। लोगों के मन में सहज-सरल विश्वास था इसलिए पुरोहितों-पुजारियों के छल पर उनकी नज़र नहीं पड़ती थी।

दिन का उजाला अब चारों ओर फैल चुका था। पहाड़ के शिखर पर जमीं बर्फ़ अभी भी चमक रही थी। कहीं-कहीं कुहासे का झीना आवरण हवा में थरथर काँप रहा था। लोगों की भीड़ बढ़ रही थी। धीरे-धीरे जाग रही थी गंगोत्री। दुकानें

खुल गयी थीं। भिखारी कपड़ा बिछाकर सड़क के दोनों ओर बैठ गये थे। कौन नहीं था वहाँ। स्त्री-पुरुष। साधु, शिशु।

घर की ओर जाते-जाते रुक गया शाक्य। घाट से थोड़ी सी दूर पर खड़ी थी वह महिला जिसे सुबह देखा था। अब किन्तु वह बिलकुल भिन्न साज में थी। सफेद चिकन का काम किये पूरी बाँह के ब्लाउज के साथ हलके नीले रंग की साड़ी। सुनहले सूत का काम किया हुआ पाड़। माथे पर लाल बिन्दी। गले में सफेद पत्थर की माला। पीठ पर फैले थे मुलायम रेशमी बाल। देखकर ही लगता है कि उनकी काफी देखभाल की गयी होगी। एक अपूर्व सुषमा उनमें से फूट रही थी। चारों ओर के वातावरण में वह महिला देवलोक से उतरी कोई अप्सरा लग रही थीं। शाक्य की दृष्टि में कुछ मुग्ध भाव-सा था। उसे स्वयं पर ही आश्चर्य हो रहा था। कभी किसी महिला की ओर उसने इस दृष्टि से नहीं देखा था। शायद मुग्धता से अधिक उसे कौतूहल था। पूजा समाप्त हो गयी थी। उस महिला ने पुरोहित को दक्षिणा देकर, झुककर प्रणाम किया। शरीर का अपरूप गुप्त सौन्दर्य मानो अपनी ही सुषमा से प्रस्फुटित हो उठा था। धीरे-धीरें वह महिला घाट से ऊपर चली आयीं। कुछ हाथों की दूरी थी मात्र। सिनेमा-थिएटर के प्रति कभी उसे कोई विशेष लगाव न था फिर भी शाक्य ने पहचानने में भूल नहीं की। वह बांग्ला सिनेमा की सुविख्यात नायिका सुचन्दा सेन थीं। सामने जाकर उसने कहा-"एक बात पूछूँ?"

सुचन्दा हँसीं-"पूछने की कोई बात नहीं है। मैं सुचन्दा सेन हूँ।"

शाक्य को थोड़ी शर्म-सी महसूस हुई, उसने हड़बड़ाकर कहा, "मैं अधिक सिनेमा नहीं देखता, फिर भी आपको देखकर कुछ पहचाना-पहचाना लग रहा था। दरअसल कोलकाता के सिनेमाघरों में जिनकी फ़िल्म देखी है...।"

शाक्य की बात पूरी होने से पहले ही सुचन्दा ने चुटकी लेते हुए कहा- "उसे यहाँ गंगोत्री में गंगा स्नान करते देखेंगे, यह सोचा भी नहीं था।"

हँसते हुए शाक्य ने कहा-"जी। पर पहले आप कोई गरम कपड़ा ओढ़ लें वरना सर्दी लग जाएगी।"

घाट के पास रखे बैग से सुचन्दा ने शॉल निकालकर ओढ़ ली।

"पता है, स्नान से पहले मैं सोच रही थी कि इतनी ठंड में स्नान कैसे करूँगी, परन्तु बदन पर पानी डालते ही जैसे तृप्ति मिल गयी।"

सामने चाय की दुकान थी। शाक्य ने पूछा-"चाय पिएँगी?"

"चलिए, चाय पीने के बारे में तो मैं भी सोच रही थी।"

दोनों अन्दर गये। दुकान में ग्राहक कोई नहीं था। खिड़की के पास खाली कुर्सियों खींच कर बैठ गये दोनों। कम उम्र एक लड़का चाय बना रहा था। शाक्य ने उसे इशारे में दो कप चाय लाने को कहा।

"आप कहाँ रहते हैं?"

"श्यामबाजार के पास। एक कॉलेज में पढ़ाता हूँ। हरिद्वार आया था शान्त वातावरण का उपभोग करने परन्तु घटनाचक्र से किसी के साथ परिचय हुआ और फिर गंगा के किनारों पर घूमते-घूमते कल यहाँ पहुँचा।" लगभग एक ही साँस में इतना कुछ कह गया शाक्य। दुकानदार दो गिलासों में चाय दे गया। एक गिलास सुचन्दा की ओर बढ़ाते हुए उसने पूछा-"आप क्या यहाँ घूमने आयी हैं?"

अचानक सुचन्दा का मुख गम्भीर हो उठा, विषाद की एक छाया उभर आयी। कुछ देर चुप रहकर उन्होंने धीरे-धीरे कहा, "मेरा बेटा बहुत बीमार है। प्रायः सभी डॉक्टरों ने जवाब दे दिया है। उसके स्वस्थ होने की कोई उम्मीद नहीं।"

"क्या हुआ है आपके बेटे को?"

"उसके सिर की कई नसें सूखती जा रही हैं। उसे कोई अनुभूति नहीं। अभी उम्र चार वर्ष है। उसमें उठकर बैठने तक की हिम्मत नहीं। ऐसे कितने दिन जीवित रहेगा पता नहीं। उसी के लिए यहाँ आना हुआ।"

सुचन्दा की दोनों आँखों से आँसू ढुलक पड़े। शाक्य चुपचाप देखता रहा। इतने दिनों तक सिनेमा-थियेटरों में नायिकाओं की आँखों में आँसू देखता आया है, किन्तु आँखों के सामने नायिका की आँखों में आँसू...। कहाँ है आपका बेटा?" उसने धीरे से पूछा।

"कोलकाता में माँ के पास। जानते हैं मुझे हर समय लगता है कि मेरे पापों के कारण ही मेरे बेटे की यह अवस्था है। सुबह गंगा के जल में स्नान करते-करते मैंने कहा-"हे माता, मेरे पापों के कारण मेरा पुत्र क्यों कष्ट पा रहा है, उसे मुक्ति दो। पता नहीं माँ मेरी गुहार सुनेंगी या नहीं।"

शाक्य क्या कहे, समझ नहीं पाता। यह भी मानो फ़िल्म का एक दृश्य हो। कुछ ग्रामीण लोग दुकान में आये तो दोनों उठ गये। शाक्य ने पूछा-"आज क्या यहाँ ठहरेंगी?"

सुचन्दा ने सिर हिलाकर कहा, "नहीं, अभी ही सामान समेटकर निकल पड़ूँगी। गाड़ी है। यहाँ से सीधे दिल्ली। भोर में फ्लाइट है। शाम को शूटिंग है। नयी फ़िल्म है-प्रथम प्रेम।"

सुचन्दा ने घड़ी देखी। और फिर कहा-"चलती हूँ। नमस्कार।"

सरकारी टूरिस्ट लॉज की ओर बढ़ गयीं सुचन्दा।

चुपचाप उन्हें जाते हुए देखता रहा शाक्य। जीवन भी कितना विचित्र है। कल स्टूडियो के फ्लोर में मेकअप में नायिका के वेश में प्रेम के संवाद बोलेंगी सुचन्दा। नाचेंगी, गाएँगी, हँसेंगी। हज़ारों वाट के बल्वों की रोशनी में आँसुओं का कोई चिह्न नज़र नहीं आएगा और रात को जब मेकअप पोंछकर बेटे के सिर के पास जाकर

खड़ी होंगी सुचन्दा उस वक़्त जीवन के नाटक का एक अलग ही दृश्य होगा।

जीवन एक ही है। परन्तु कितने विचित्र हैं उसके रूप।

उनतीस

भरोसाराम जी बरामदे में खड़े थे। शाक्य और शरण्या को देखते ही बोले–"तुम लोग एक बार दंडी आश्रम हो आओ। नैताल से जो साधु लोग आये हैं, वहीं हैं।"

"आज क्या आपसे भेंट हुई थी?" दबी हुई उत्कंठा थी शरण्या के स्वरों में।

"नहीं, मुझे किसी ने खबर दी। केदार गंगा पार कर थोड़ा आगे जाते ही है दंडी आश्रम।"

शाक्य को याद आया कि पिछले दिन वहीं उसने अँगूठी पहने, मोटे डीलडौल वाले एक साधु को देखा था। वह बोला, "जी, हम अभी ही वहाँ जाते हैं।"

माताजी के कमरे का दरवाज़ा बन्द था। शायद ध्यान में बैठी थीं। रास्ते में, गंगा के किनारे असंख्य लोगों की भीड़। झुंड के झुंड लोग अभी भी आ रहे थे। पूरा गंगोत्री क्षेत्र मानो किसी उत्सव में डूबा था। रास्ता पारकर ऊपर की ओर एक खुली चाय की दुकान थी। विदेशी स्त्री-पुरुषों का एक दल वहाँ गाँजा पी रहा था। साथ में दो साधु भी थे। इस देश के अधिकांश लोगों की ही तरह साधु भी अब विदेशियों को देखते ही उनके बीच जा जुटते हैं। पुल पार कर थोड़ा आगे जाते ही आश्रम था। दरवाज़े पर कोई नहीं था। तलाश में इधर-उधर देखते ही किसी ने पूछा–"किसी को ढूँढ रहे हैं?"

गेट के पास एक छोटा-सा कमरा था। ऊपर लिखा था सरकारी निःशुल्क आयुर्वेदिक चिकित्सालय। खुली खिड़की के पास एक सज्जन बैठे थे। चिकित्सालय के चिकित्सक होंगे। शाक्य ने कहा, "हम दो साधुओं को ढूँढ रहे हैं, वे नैताल से आये हैं।"

चिकित्सक कमरे से बाहर आये और बोले, "हाँ, नैताल आश्रम के दो साधु आये तो थे, मिलते ही बातें करते। परन्तु कल वे गोमुख चले गये।"

'वे क्या बंगाली थे", शाक्य ने पूछा।

"यह तो मुझे ठीक से पता नहीं। दरअसल गंगोत्री में अभी इतनी भीड़ है और जो साधु निर्जनता में रहना चाहते हैं, वे यहाँ नहीं रुकते। गोमुख के रास्ते पर दो-एक आश्रम हैं। नैताल के महाराज वहाँ भी हो सकते हैं।"

शरण्या ने शाक्य की ओर देखा। करुण, उदास चेहरा। अस्फुट स्वर में बोली–"गंगोत्री में आकर भी दादाजी से भेंट न हो पाई।"

शरण्या के हाथ को हलके से अपने हाथ में लेकर शाक्य ने कहा, ''जी छोटा न करो। मेरा मन कहता है कि दादाजी से तुम्हारी भेंट होगी ही।''

''आप लोग कहाँ से आये हैं?''

''मैं कोलकाता और ये कानपुर से। हम एक साधु को ढूँढ रहे हैं। वो इनके दादाजी हैं।''

चिकित्सक ने उन्हें भीतर बुलाया। शाक्य ने कोई आपत्ति न की। छोटा-सा कमरा। दीवार आलमारी में सजी हुई दवा की शीशियाँ। दो बेंचें बिछी थीं जिन पर अगल-बगल बैठे दोनों। सामने चिकित्सक का टेबल था। बातें शाक्य ही कर रहा था और चिकित्सक चुपचाप उसकी बातें सुन रहे थे।

''चलिए, मैं आपको एकजन के पास ले चलता हूँ, सभी उन्हें बंगाली बाबा कहते हैं। मेरी पोस्टिंग यहाँ तीन वर्षों से है। इस दरम्यान बहुत सारे साधुओं को देखा। लगभग सभी में कमोबेश नाम, यश, अच्छे कपड़ों, अच्छे भोजन, अच्छे घर के प्रति मोह है। किन्तु ये बंगाली बाबा बिलकुल अलग हैं। इन्हें किसी चीज़ की चाह नहीं। ये किसी के पास नहीं जाते। इनके पास कोई आता है तो जीभर कर आशीर्वाद देते हैं। साल भर यहीं रहते हैं।''

बड़ा आश्चर्य हुआ शाक्य को। पूछा, ''सर्दियों में जब सारा अंचल बर्फ़ से ढँक जाता है, तब वे कैसे रहते हैं?''

''मैंने पूछा था तो उन्होंने कहा था, सब ईश्वर की इच्छा।''

''कितनी दूर रहते हैं बंगाली बाबा?''

''इस आश्रम के पीछे। अभी घर में ही हैं। चलिए, आप लोगों को ले चलता हूँ।''

बड़ा-सा आश्रम था। चौड़ा चबूतरा, चारों ओर कमरों से घिरा। एक मंजिला। सामने मन्दिर था। आश्रम पार कर पहाड़ की ढलान पर एक लकड़ी का कमरा था। टीन का छप्पर और लकड़ी से घिरा बरामदा। सब कुछ जीर्ण। एक ओर कुछ सूखी लकड़ियाँ थीं। एक अधमैला गेरुआ कपड़ा झूल रहा था। नीचा सा लकड़ी का दरवाज़ा था। सामने जाकर चिकित्सक बाबू ने पुकारा-''बाबा, बाबा।''

दो बार पुकारते ही कमरे से निकलकर आये बंगली बाबा। छोटा-सा डीलडौल। पीला अंगरखा, सफेद दाढ़ी, सिर पर कपड़ा लपेटे। मैला-सा रंग। गले में झूलती ताबीज। इसके अतिरिक्त अलग से नज़र आने लायक कुछ न था। बिलकुल आम साधु जैसे थे वे।

''तुम लोगों का मंगल हो।'' मृदु स्वर में बंगाली बाबा ने कहा।

शरण्या समझ रही थी कि वह उसके दादाजी नहीं थे। फिर भी उनके दर्शन कर उसे अच्छा लगा। उसने झुककर उन्हें प्रणाम किया और कहा-''बाबा, मैं अपने

दादाजी को ढूँढते-ढूँढते इतनी दूर आयी हूँ। आशीर्वाद दें कि मैं उन्हें ढूँढ पाऊँ।''

''माँ गंगा से प्रार्थना करो। वे ही तुम्हारी मनोकामना पूर्ण करेंगी।''

शाक्य चुपचाप बंगाली बाबा की ओर देख रहा था। उनके व्यक्तित्व में आडम्बरहीन एक सरलता फूटी पड़ रही थी। लकड़ी के फर्श पर प्लास्टिक बिछा था। उसी पर सभी बैठ गये। बगल के पहाड़ की झाड़ियों से मृदु सुगन्ध हवा के साथ बह कर आ रही थी। वह सुगन्ध किसी फूल या किसी लता की थी। शाक्य व शरण्या को वहाँ बैठाकर चिकित्सक बाबू चले गये। कहीं कोई रोगी न गया हो।

शाक्य ने प्रश्न किया-''आप यहाँ कब से हैं बाबा?''

''बहुत दिनों से। जब घर छोड़ा तब बीस वर्ष का था। उसके बाद साठ वर्ष हो गये। तीस वर्षों तक विभिन्न जगहों में घूमा। तीस वर्षों से यहीं हूँ, और कहीं नहीं गया।''

''बंगाल में आपका घर कहाँ था?''

मुँह उठाकर अस्फुट स्वर में बोले, बंगाली बाबा, ''वे सारी बातें अब याद नहीं करना चाहता।''

शाक्य समझ गया कि पूर्वाश्रम की बातें बंगाली बाबा नहीं करना चाहते इसलिए पूछा, ''सर्दियों के दिनों में चारों ओर कैसा लगता है बाबा?''

''जिधर देखो सब सफेद ही सफेद। जिस दिन अधिक बर्फ़ गिरती है उस दिन माँ गंगा भी बर्फ़ के नीचे ढँक जाती हैं।''

शाक्य को याद आया। हरिद्वार के एक होटल में बर्फ़ से ढँकी गंगोत्री की तस्वीर देखी थी। देखकर लगता था मानो किसी ने कैनवास पर सफेद रंग का प्रलेप लगाकर टाँग दिया था। उसने पूछा, ''सर्दियों के समय यहाँ कैसे रहते हैं? उस समय तो मन्दिर भी बन्द रहता है, और लोग भी नहीं आते।''

बंगाली बाबा ने धीर स्वर में कहा, ''उस समय बहुत सुन्दर होती है गंगोत्री। दीपावली के दिन मन्दिर बन्द हो जाता है। दो-चार दिनों में यहाँ से सारे लोग दुकानें, होटल, धर्मशाला आदि बन्द कर नीचे चले जाते हैं। थोड़ी-थोड़ी कर ठंड बढ़ती रहती है। बीच-बीच में बर्फ़ भी गिरती है। दिन के समय बर्फ़ नहीं रहती, धूप पड़ने पर गल जाती है। जनवरी महीने में पूरा इलाका बर्फ़ से ढँक जाता है।''

''तब क्या आप घर से बाहर नहीं निकलते?''

बंगाली बाबा ने उत्तर दिया-''घर से बाहर तो निकलना ही पड़ता है। पीने के लिए पानी चाहिए, कपड़े धोने के लिए पानी चाहिए, और कामों के लिए भी पानी चाहिए। अधिकांश समय गंगा भी बर्फ़ से ढँक जाती है। तब उसके ऊपर से पैदल पार हुआ जा सकता है। किन्तु बर्फ़ के नीचे तब भी पतला जल-स्रोत बहता चलता है, बर्फ़ हटाकर पानी लेना पड़ता है। कई बार तो ऐसा भी होता है कि पानी

निकलकर घर ले जाते-जाते बर्फ़ हो जाता है।''

चुपचाप सुन रहा था शाक्य। अब उसने पूछा-''तब आप क्या करते हैं?''

''आग जलाकर बर्फ़ गलानी पड़ती है।''

''आग कैसे जलाते हैं?''

''पूरी सर्दियों के लिए लकड़ियाँ जमाकर घर में रखनी पड़ती हैं। केवल लकड़ियाँ नहीं, खांने-पीने का सामान भी रखना पड़ता है। यहाँ के लोग जाते समय आटा, मैदा, तेल, सूजी, चीनी, चाय, दूध सब कुछ ले जाते हैं।''

''आपके इस घर के सामने बर्फ़ नहीं गिरती?''

''गिरती है। ज्यादा जमा हो उससे पहले ही कुदाल से हटाना पड़ता है तो आने-जाने लायक रास्ता बन जाता है। असल में जब बर्फ़ गिरती है तो बहुत नर्म होती है। फिर धीरे-धीरे जम कर सख्त हो जाती है। किन्तु अधिक दिनों तक तो बर्फ़ जमी नहीं रहती। बर्फ़ गिरती है, गल जाती है, फिर गिरती है। दोपहर के समय, जहाँ बस रुका करती है, वहाँ धूप रहती है। दो-चार साधु, जो यहाँ रहते हैं, सभी वहाँ जाकर बैठते हैं, ईश्वर की चर्चा होती है। फिर घर लौटकर भागवद्गीता पढ़ता हूँ या फिर बैठे-बैठे देखता रहता हूँ कि कैसा अखंड स्वरूप है भगवान का।''

''इतनी ठंड में कष्ट नहीं होता?''

शरण्या की ओर निगाह फेरी बंगाली बाबा ने और उसके कौतूहल को अनुभव किया। फिर पूर्ववत प्रसन्न भाव से बोले-''कष्ट माने तो इस शरीर का कष्ट। और शरीर के बारे में यदि सोचूँ तो ईश्वर के बारे में कब सोचूँगा? इसके अलावा सब कुछ अभ्यास की बात है। हम सर्दियों के कपड़े पहनते हैं। सिर पर टोपी लगाते हैं। पैरों में जूते पहनते हैं। परन्तु यहाँ दो-एक साधु थे जो सब समय निरावरण रहते थे।''

शरण्या के स्वर में आश्चर्य था-''बर्फ़ में भी वे कोई कपड़ा नहीं पहनते थे? आपने उन्हें देखा था?''

''हाँ! यहीं महर्षि कृष्णाश्रम देखा था। वे 104 वर्षों तक जीवित रहे। इसी गंगोत्री में रहते थे। बहुत दिनों पहले जब वे पहली बार गंगोत्री आये तो लोगों ने अवाक् विस्मय से देखा कि एक आश्चर्यजनक साधु नंगे बदन और नंगे पैर बिना किसी कष्ट के बर्फ़ पर चल रहा था। बर्फ़ के ऊपर ध्यानस्थ था। कभी वह साधु पैदल चलते-चलते गोमुख पार होकर तपोवन चला जाता था तो कभी और गहरे जहाँ चारों ओर बर्फ़ ही बर्फ़ थी। वह साधु महाराज क्या खाते, कहाँ रहते किसी को ज्ञात न था। वे बीच-बीच में गंगोत्री उतर आन्ते। अक्षय तृतीया से दीपावली तक जब गंगोत्री मन्दिर खुला रहता, मन्दिर के पुजारी उन्हें भोजन देते। कभी वे भोजन ग्रहण करते और कभी परम उपेक्षा से कहीं अन्यत्र चले जाते। वे कभी किसी से

कोई बात नहीं करते। ऐसे ही दिन बीतते रहे। एक बार गंगोत्री के पार आकर उन्होंने डेरा डाला। पंडों ने उनके लिए एक कुटिया बना दी। सारा दिन वहीं ध्यानस्थ रहते। कभी गंगा के बर्फ-गले पानी में घंटों डुबकी लगाते रहते। और वे वैरागी संन्यासी नहीं थे। कोई प्रणाम करता तो प्रसन्नमुख नीरवता से उसे आशीर्वाद देते। धीरे-धीरे उन साधु महाराज की ख्याति फैली। उनके भक्तों की संख्या बढ़ी। वे अपना काम स्वयं करते। बातें नहीं करते। कोई प्रश्न करता तो बगल में रखी स्लेट पर उत्तर लिख देते और आने के समय दो-चार मखाने या किशमिश हाथों में रख देते। हाथ उठाकर आशीर्वाद देते उनके चेहरे और आँखों में एक अद्‌भुत प्रशान्ति झलकती थी। जो भी आता वह तृप्त हो जाता। पुष्प के पराग की तरह चारों ओर उनकी ख्याति फैल रही थी। एक दिन मदनमोहन मालवीय आये। उनकी इच्छा थी कि महृष के हाथों बनारस हिन्दू विश्वविद्यालय के शिव-मन्दिर की प्राण-प्रतिष्ठा हो। कृष्णाश्रम महाराज राजी हो गये। काशी में उनके आते ही लोगों की भीड़ लगने लगी। कितने लोगों ने कितने ही उपहार उनके चरणों में भेंट किये। कृष्णाश्रम जी ने उन उपहारों को देखा तक नहीं। उनके लिए सोने और मिट्टी में कोई फ़र्क़ न था। मन्दिर में शिवमूृत की प्राण-प्रतिष्ठा हुई। कुछ धनी भक्त मूल्यवान उपहार लेकर आये और उन्हें अपने घर ले जाने की प्रार्थना की। कुछ विरक्त हो कृष्णाश्रम जी ने कहा-"मैं क्या कोई वस्तु हूँ जो मुझे पैसे देकर खरीद रहे हो। रात के अँधेरे में बिना किसी को कुछ कहे निकल पड़े और लौट आये गंगोत्री।"

ऐसे आश्चर्यजनक महात्मा पुरुष थे कृष्णाश्रम महाराज जिन्होंने क्षुधा-तृष्णा, शीत-बर्फ, यहाँ तक कि शारीरिक बार्धक्य, जरा इत्यादि सब कुछ को जय कर लिया था। उस समय उनकी उम्र सौ से अधिक थी। प्रतिदिन दो बड़ी बाल्टियों में गंगाजल गंगा से निकाल पहाड़ पर अपनी कुटिया में ले जाते। किन्तु इन सबसे भी अधिक आश्चर्यजनक थी एक और घटना। उन दिनों वर्षाकाल था। गंगोत्री के पहाड़ों पर भी भूमिधसान हुआ। जहाँ बैठकर कृष्णाश्रम जी ध्यान कर रहे थे, देखा गया कि ठीक उनके सिर के ऊपर का पहाड़ टूटने लगा था। सभी दौड़े आये। गुरुजी जल्दी चलिए। किसी भी क्षण आप पर विपत्ति आ सकती है। कृष्णाश्रम जी बिन्दु मात्र भी विचलित हुए बिना बोले जो ईश्वर की मर्जी होगी, होगा। मैं कहीं नहीं जाऊँगा।

थोड़ी देर बाद ही शुरू हुई पत्थर-वर्षा। प्राणों के भय से सब भागे। कुछ समय बाद पत्थर-वर्षा रुकी तो सब दौड़े आये, देखा पत्थरों के नीचे दबे पड़े थे कृष्णाश्रम। उन्हें निकाला गया। शरीर लहूलुहान था। अस्फुट स्वर में सिर्फ़ इतना कहा कि गंगा-किनारे उन्हें लेटा दिया जाए तो ताकि वे अपनी आराध्य गंगा के दर्शन कर सकें। बड़े से बड़े डॉक्टर आये परन्तु उन्होंने दवा को छुआ तक नहीं केवल ईश्वर के ध्यान में मगन रहे। बाईस दिनों बाद सभी ने विस्मित दृष्टि से देखा

कि वे पूर्ण रूप से स्वस्थ हो उठे थे। बाद में जो भी उनके सान्निध्य में आया, वह उनके स्नेहिल स्पर्श से विमुग्ध हो गया। सन् 1969 में महात्मा कृष्णाश्रम अपनी प्रिय गंगोत्री देवभूमि से ईश्वरलोक सिधार गये।

स्तब्ध व निर्वाक् था शाक्य। एक गहरी तृप्ति का अहसास था। जीवन में ऐसे व्यक्ति का सान्निध्य, हो सकता है, अब कभी प्राप्त न हो। मन में जाग उठी एक जिज्ञासा।

''एक बात पूछूँ बाबा? आप लोगों ने ईश्वर को पाने के लिए घर-बार त्याग दिया। जो सांसारिक है, हज़ार बन्धनों में जकड़े हैं, उन्हें ईश्वर कहाँ मिलेंगे?''

बंगाली बाबा के मुख पर मृदु मुस्कान फैल गयी। प्रसन्न कंठ से वे बोले– ''ईश्वर क्या कोई वस्तु हैं, जो सड़क के किनारे पड़े मिल जाएँगे या किसी दुकान से खरीद कर मिलेंगे। वे और कहीं नहीं बल्कि वे तो स्वयं तुम में ही हैं। तुम्हारे मन, प्राण, देह, सब कुछ में वे एकात्म हैं।''

''तब जो लोग मन्दिर जाते हैं, पूजा-पाठ करते हैं...''

''असल में साधारण मनुष्य अपने आपमें ईश्वर को अनुभव नहीं कर पाता इसीलिए मन्दिर जाता है, मस्जिद जाता है, गिरजाघर जाता है, पत्थर पर सिर रगड़ता है।''

इसके बाद कोई कुछ नहीं बोलता। उठ खड़े होते हैं बंगाली बाबा। कमरे में जाकर कुछ इलायचीदाना और सूखे बादाम ले आये। हाथ बढ़ाकर प्रसाद ग्रहण किया शाक्य व शरण्या ने। दोनों के सिर पर हाथ रखकर निःशब्द आशीर्वाद दिया बंगाली बाबा ने। यह एक अपूर्व अनुभूति थी। आँखें छलछला आयीं।

तीस

''माताजी, हम गोमुख जाएँगे।''

आमने-सामने बैठे थे शाक्य-शरण्या और माताजी। माताजी ने शरण्या की ओर देखा। कहा–''ज़रूर जाओ। अब तो रास्ता सहज है। कोई असुविधा नहीं होगी। कब जाने का तय किया है?''

''असुविधा न हो तो कल ही जाना चाहते हैं।''

''भरोसाराम जी से कहो। वे सारी व्यवस्था कर देंगे। तुम लोगों के साथ एक गाईड की और कुछ गरम कपड़ों की दरकार होगी।''

शाक्य ने कहा–''अभी मन्दिर जाने पर भरोसाराजी मिल जाएँगे।''

दबे स्वर में शरण्या बोल उठी, ''पता नहीं दादाजी मिलेंगे या नहीं।''

शाक्य ने अनुभव किया कि सब कुछ के बावजूद शरण्या के मन में दादाजी के मिलने का दर्द निःशब्द बढ़ रहा था। उसने कोई जवाब नहीं दिया और कमरे से निकल आया। दिन ढल गया था। गंगा के घाट पर अभी भी लोगों की भीड़ थी। सारा दिन ही लोग आते रहे थे। ऑफिस घर में देखा, भरोसारामजी कुछ लोगों के साथ बातें कर रहे थे। शाक्य समझ गया कि वे सभी विशिष्ट लोग थे।

शाक्य पर दृष्टि पड़ते ही भरोसाराम जी ने पूछा–''सब घूम-धाम कर देखा?''

''जी हाँ। हम कल गोमुख जाने के बारे में सोच रहे हैं। क्या करें?''

''ठीक है, मैं दिलीप को बोल देता हूँ। बहुत अच्छा लड़का है, तुम लोगों को कोई असुविधा नहीं होगी, बस एक परमिशन लेने की बात है। बस-स्टैंड के पास वनविभाग का दफ्तर है, वहाँ चले जाओ, सब हो जाएगा।''

शाक्य अब और नहीं रुका। पूरे मन्दिर में लोगों का रेला लगा था। बड़ी लम्बी लाइन थी। बाहर की दुकानों में भी काफी भीड़ थी। वर्ष के यही कुछ महीने थे जब यहाँ खरीद-बिक्री होती थी। एक फोन की दुकान थी, वहाँ भी कई लोग खड़े थे। हर किसी को अपने परिजनों से बात करने की जल्दी थी। एक साहब दुकानदार को रुपये दे रहा था। शाक्य रुक गया। साहब के मुँह घुमाते ही वह लगभग चीख पड़ा–''हलो ह्यूमोर!''

ह्यूमोर ने शाक्य को देख लिया। आगे बढ़कर दोनों हाथों से उसे थामते हुए मुस्कराकर कहा–''अभी दो दिन पहले ही मैं तुम्हारे बारे में सोच रहा था।''

''इसीलिए तो मुलाकात हो गयी। पर तुम ठहरे कहाँ हो?''

''सामने के एक लॉज में। आओ मेरे साथ।''

कुछ आगे जाकर ही लॉज था। पीछे खुला बरामदा था जहाँ कुर्सियाँ बिछी थीं। दोनों बैठ गए। ''तुम यहाँ कब आये?'' ह्यूमोर ने पूछा।

''कल। हठात् ऋषिकेश छोड़कर देवप्रयाग जाना पड़ा। तुम्हें बताने का समय ही नहीं मिला। वहाँ से टिहरी फिर उत्तरकाशी होते हुए कल यहाँ पहुँचा। कल गोमुख जाऊँगा।''

''तुम गोमुख जा रहे हो। मैं भी चलूँगा तुम्हारे साथ उस जगह जहाँ मदर गंगा का जन्म हुआ। एक किताब में पढ़ा था कि इट्स मोस्ट ब्यूटीफुल प्लेस।''

हँस दिया शाक्य। ह्यूमोर के लिए तो सब कुछ ही ब्यूटीफुल है।

''तीन दिन पहले न्यूयॉर्क से मेरे एक मित्र विलियम ने मेल किया तो मुझे तुम्हारी याद आयी।''

''हठात् मेरी याद क्यों आयी?''

''विलियम वाङ्शगटन पोस्ट पत्रिका के टूर्स एंड ट्रैवेल्स विभाग का एडिटर है। तुमने वाशिंगटन पोस्ट का नाम तो अवश्य सुना होगा। अमेरिका की सबसे विख्यात

पत्रिका है। उसके लिए मैंने कई बार लिखा। वे गंगा के बारे में बहुत इंटरेस्टेड हैं। उन्होंने मुझसे गंगा के बारे में लिखने के लिए कहा है। शुरू से अन्त तक।

शाक्य ने ह्यूमोर के हाथ पर हलके से चपत लगाते हुए कहा–''यह तो अच्छी खबर है। तुम लिखो।''

ह्यूमोर ने सिर हिलाया। ''यह मेरे लिए सम्भव नहीं। तुम्हारी गंगा पृथ्वी की अन्य नदियों से बिलकुल अलग है। इस नदी के साथ तुम्हारी सभ्यता, संस्कृति, इतिहास, पुराण, लोगों का जीवन कुछ इस प्रकार जुड़ा है कि किसी बाहरी व्यक्ति के लिए गंगा के बारे में लिख पाना सम्भव नहीं।''

शाक्य को लगा कि ह्यूमोर ठीक ही कह रहा था। इतने दिनों तक स्वयं उसने भी गंगा को एक पवित्र नदी के रूप में ही देखा था। मात्र कुछ दिनों से वह गंगा के किनारे–किनारे घूमा है और इसी में उसका पूरा जीवन–दर्शन बदल गया। घूमते–घूमते असंख्य लोगों के संस्पर्श में आकर उसे अनुभव हुआ है कि गंगा की बहती धारा मानो भारत की आत्मा का सम्पूर्ण स्वरूप हो। उसने धीरे–धीरे कहा–''तुम ठीक ही कह रहे हो ह्यूमोर, मैं जितना ही गंगा को देख रहा हूँ, उतना ही मुग्ध होता जा रहा हूँ। पहले मैं कुछ नहीं जानता था। अब थोड़ा बहुत जानने के बाद मुझे लग रहा है कि मेरी जानकारी कितनी कम है।''

ह्यूमोर कुछ देर स्थिर होकर शाक्य की ओर देखता रहा। उसे लग रहा था कि दुनिया के कितने ही देशों में वह गया है, कितने ही लोगों के सम्पर्क में आया है किन्तु शाक्य से परिचय के बाद उसे महसूस हुआ कि गंगा की ही तरह यह व्यक्ति भी औरों से कुछ भिन्न है। उसने मजबूती से उसका हाथ थामा और गहरे आत्मविश्वास के साथ कहा–''तुम लिखोगे न शाक्य?''

शाक्य चौंक उठा। वह वाशिंगटन पोस्ट सरीखी विश्वविख्यात पत्रिका के लिए लिखेगा।

''असम्भव।'' लगभग चीख उठा शाक्य, ''स्कूल–कॉलेज के नोट और परीक्षा में प्रश्नों के उत्तर लिखने के अलावा मैंने कभी कुछ नहीं लिखा।''

''इसीलिए तुम लिख पाओगे।''

''तुम ऐसा कैसे कह रहे हो। मैं ठहरा विज्ञान का छात्र। साहित्य का मैं क्या जानूँ?''

''ह्यूमोर ने अत्यन्त शान्त स्वर में कहा, ''मैंने बहुत सारे विख्यात लेखकों की जीवनी पढ़ी है, उनमें से बहुतेरे साहित्य के व्यक्ति नहीं थे। कई ने तो स्कूल–कॉलेज का चेहरा तक नहीं देखा था। हठात् लिखना शुरू किया और फिर पृथ्वी के विख्यात लेखक हो गये।''

हँस दिया शाक्य, ''तुम कह रहे हो कि मैं भी पृथ्वी का विख्यात लेखक बन

जाऊँगा?"

कुछ भीर हो गया ह्यूमोर और बोला, "कल क्या होगा यह आज किसको पता।"

चुप होकर शाक्य ने कुछ सोचा। उसे अपनी माँ की याद आयी। माँ-बाबूजी के साथ वह पुरी गया था। लौटने पर उसने पुरी के बारे में लिखा था, जिसे पढ़कर माँ ने कहा था, "तू बहुत अच्छा लिखता है। बीच-बीच में लिखाकर। लिखते-लिखते ही देखेगा कि तू काफी कुछ लिख पाता है। आज ह्यूमोर की बातों में उसे माँ की प्रतिध्वनि सुनाई दी। मन के सारे संशयों को झटककर उसने कहा, "मैं लिखूँगा ह्यूमोर। मैं लिखूँगा।"

ह्यूमोर लगभग चीख उठा, "मैं जानता था, तुम लिखोगे। मैं आज ही तुम्हारे बारे में विलियम को मेल कर देता हूँ। तुम्हारे लेख का शीर्षक क्या होगा?"

हँस दिया शाक्य और बोला, "लिखने का कुछ ठीक हुआ नहीं और तुम शीर्षक बताने की बात कर रहे हो।"

"अरे शीर्षक ही तो असल है, जिसे केन्द्र कर पूरा लेख लिखा जाएगा।"

"तुम ही सोचकर बताओ।"

कुछ देर सोचने के बाद ह्यूमोर ने कहा-"मुझे तो एक शीर्षक जँच रहा है-प्रवाहिणी गंगा। तुम्हें पसन्द न हो तो बताओ।"

अभिभूत हो उठा शाक्य कि उस जैसा नगण्य व्यक्ति यह काम करेगा।

दिन ढल गया था। राह चलते लोगों का कोलाहल सुनाई दे रहा था। सामने पहाड़ पर सूर्य की तिरछी किरणें पड़ रही थीं और ऊपर था गाढ़ा नीला आसमान। लग रहा था जैसे धरती की सारी नीलिमा आसमान में समा गयी थी। नीचे थी देवदार वन की हरियाली। कैसा अपूर्व सुन्दर दृश्य था। एक गहरी परितृप्ति से शाक्य ने कहा-"मैं लिखूँगा। जो देखा है, सुना है, अनुभव किया है, सब लिखूँगा। एक दिन जब मैं, तुम इस धरती पर न होंगे, यह गंगा तब भी बहती रहेगी। कौन जाने गंगा की ही तरह तुम्हारा दिया हुआ नाम बाद की पीढ़ियों में जिन्दा रहेगा।"

इकतीस

भोर में ही शरण्या की नींद टूट गयी थी, और शाक्य भी उठ गया था। फिर भी निकलते-निकलते देरी हो गयी थी। गाइड दिलीप को ही पहुँचने में आठ बज गये। वह यही कोई चालीस के आसपास का होगा। मामूली-सा डीलडौल, सिर पर टोपी, बदन पर मोटा कोट और हाथ में लाठी। आते ही वातावरण में हँसी घोलते हुए

बोला, ''थोड़ी देर हो गयी।''

भरोसाराम जी धमकी के स्वर में बोले–''कल पैसे ज्यादा मिले तो नशा भी ज्यादा हो गया। क्यों?''

मुँह दबाकर हँसा दिलीप। माताजी भी कमरे से निकल आयीं। दिलीप ने फौरन प्रणाम किया। उसके सिर पर हाथ रखकर माताजी ने आशीर्वाद दिया और पूछा–''अच्छा है तो दिलीप?''

''जी, माताजी।''

''मेरे ये दो बच्चे पहली बार गोमुख जा रहे हैं। देखना इन्हें कोई असुविधा न हो।''

हड़बड़ा कर शाक्य ने कहा–''मेरा एक साहब मित्र भी गोमुख जाएगा। कल रात उससे भेंट हो गयी।''

दिलीप ने गंगा की ओर देखकर प्रणाम की मुद्रा में हाथ जोड़े–''कोई चिन्ता न करें माताजी। गंगा मैया की दया से कोई असुविधा नहीं होगी।''

भरोसाराम जी ने कहा, ''विपप्ति समझ में आये तो कोई जोखिम मोल मत लेना।''

माताजी ने शाक्य से पूछा–''कहाँ है तुम्हारा साहब मित्र?''

''वो होटल में है। निकलकर उसे बुला लेंगे।''

''तो फिर और देरी न करो।''

प्रणाम कर सभी निकल पड़े। पिछले दिन इस समय आसमान साफ और चमकदार था जबकि आज हलकी बदली छायी थी। हिमालय की प्रकृति भी बड़ी विचित्र है। अभी उजाला है, अगले ही पल अँधियारा।

शाक्य ने शरण्या की ओर देखा। उसने चूड़ीदार पहन रखा था। बदन पर मोटा स्वेटर, सिर पर स्कार्फ और हाथों में दस्ताने, जो उसने कल ही बाजार से खरीदे थे। गंगा पार आकर शरण्या ने शाक्य से कहा–''तुम साहब को बुला लाओ, मैं मन्दिर जा रही हूँ।''

''दिलीप भी मन्दिर गया दुर्गम पहाड़ी यात्रा पर जाने से पहले माँ गंगा का आशीर्वाद लेने।''

ह्यूमोर तैयार ही था। शाक्य को देखते ही बोला, ''कल रात तुम्हारे बारे में विलियम को मेल कर दिया। देखते हैं, क्या जवाब आता है।''

''तुम मुझे लेखक बनाकर ही दम लोगे।'' हँसते हुए शाक्य ने कहा।

हाथ में लाठी, पीठ पर रकसैक लेकर निकल आया ह्यूमोर। बाजार में लोगों की भीड़ तो थी पर कल जैसी नहीं। दो-एक दुकानदारों ने हाँक लगाई–''बाबूजी, पूजा नहीं करेंगे?''

"करेंगे। गोमुख से लौटकर।" शाक्य ने जवाब दिया।

शरण्या व दिलीप मन्दिर के बरामदे में ही खड़े थे। शाक्य ने परिचय कराया तो भारतीयों की तरह दोनों हाथ उठाकर ह्यूमोर ने नमस्कार किया। शरण्या ने भी हाथ जोड़े। अब दिलीप ने हड़बड़ी मचाई, "चलिए बाबूजी, काफी दूर जाना है।"

मन्दिर के बगल से एक टूटी-फूटी सीढ़ी ऊपर की ओर गयी थी जिसके एक ओर कुछ घर थे या यों कहें कि यहाँ बच रहे लोगों का अस्थायी घर-संसार था। फिर सीढ़ी पार कर रास्ता था। सामने साइन बोर्ड पर लिखा था 'गंगोत्री नैशनल पार्क'। उसके नीचे लिखे थे कुछ नियम, निर्देश। किसी भी जंगल में जाने पर इन नियम-निर्देशों का पालन करना पड़ता है। चार लोग थे, सभी के हाथ में लाठी थी। शाक्य व शरण्या का सामान दो बैगों में भरा था और दोनों बैगों को दिलीप ने अपनी पीठ पर ले लिया था।

आसमान की बदली धीरे-धीरे छँट रही थी। पूरी गंगोत्री उपत्यका आँखों के सामने थी, "मन्दिर, गंगा, घर-मकान, टेलीफोन टावर, वृत्त की तरह पहाड़ों का घेरा। शाक्य ने अनुभव किया कि वे लोग क्रमशः ऊपर चढ़ रहे थे। सहज, स्वच्छन्द रूप से ही वे चल रहे थे। पॉकेट से ह्यूमोर ने मैप निकाला, देखकर बोला, "हम अभी दस हजार चार सौ फिट की ऊँचाई पर हैं। यहाँ से हम कहाँ जाएँगे?"

दिलीप ने कहा-"यहाँ से हम चौदह किलोमीटर दूर भुजबासा जाएँगे। वहाँ आज की रात बिताकर कल गोमुख जाएँगे। और चार किलोमीटर रास्ता है। फिर वहाँ से सीधे लौट आएँगे गंगोत्री।"

शान्त भाव से चल रही थी शरण्या। उससे कुछ आगे था दिलीप। शरण्या ने उससे पूछा-"भाई साहब, इस रास्ते पर गाड़ी नहीं चलती?"

"फॉरेस्ट डिपार्टमेंट की मनाही है। पहले यहाँ काफी जंगल था, जन्तु-जानवर थे। मनुष्य ने आधे पेड़-पौधे काट डाले। यदि गाड़ी चलती तो जो थोड़े-बहुत हैं वे भी नष्ट हो जाते। इसके अलावा इस रास्ते का कुछ ठीक नहीं। आज अच्छा देख रही हैं, लौटते समय देखेंगी कि रास्ते का नामोनिशान नहीं है। वर्ष के सिर्फ़ तीन महीने इस रास्ते पर लोग चलते हैं, बाकी समय सब सुनसान रहता है।"

शाक्य ने सोचा कि चलो अच्छा हुआ इस रास्ते पर गाड़ी नहीं चलती। इसी बहाने प्रकृति की कुछ रक्षा हो जाती है।

गंगा के किनारे से सटता हुआ रास्ता था। हालाँकि कोई खास चढ़ाई नहीं थी फिर भी दम फूल रहा था। समतल से काफी ऊँचाई पर था इसलिए ऑक्सीजन की कमी थी। ह्यूमोर के कन्धे पर कैमरा झूल रहा था। वह बीच-बीच में फोटो उतारता चल रहा था। उसे देखकर शाक्य को आश्चर्य हो रहा था। कितनी प्राणशक्ति थी उसमें। हठात् वह रुक गया और दिलीप से प्रश्न किया-"इस पहाड़ पर कोई जन्तु

नहीं है?''

दिलीप उसकी अँग्रेजी समझ न पाया तो शाक्य ने दुभाषिये का काम किया। चलते-चलते ही दिलीप ने बताया, ''पहले यहाँ अनेक जानवर थे-काला भालू, पहाड़ी चीता, भराल, पहाड़ी बकरी, आइबेक्स, कस्तूरी मृग।''

शरण्या ने मुँह घुमाया और पूछा-''तुमने कस्तूरी मृग देखा है?''

''हाँ, देखा है। दो बार। एक बार डोलिताल से लौट रहा था, शाम हो गयी थी। एक पेड़ के नीचे एक जोड़ा कस्तूरी मृग खड़े थे। और दूसरी बार इसी रास्ते पर देखा था।''

''देखने में कैसा होता है कस्तूरी मृग?''

''छोटे हरिण जैसा। सींग नहीं होते। पूँछ नहीं होती। दिन के समय घने जंगलों में छिपे रहते हैं। शाम और भोर के समय दिखाई देते हैं। पहले इस पहाड़ के जंगल में कई कस्तूरी मृग थे। नर मृग के पेट में खुशबूदार एक वस्तु पायी जाती है, उसी के लालच में लोगों ने इन मृगों को मार डाला।''

हठात् दिलीप रुक गया। गंगा के उस पार उसने उँगली के इशारे से दिखाया, एक गुफा थी और उसके पास ही कुछ बड़े पेड़ थे। उसने कहा-''पिछले साल उस पेड़ के नीचे एक जोड़ा भालुओं को देखा था, साथ में उनका बच्चा भी था।''

शरण्या बोल उठी-''हम कुछ नहीं देख पाएँगे?''

शाक्य को हँसी आ गयी, बोला, ''कहाँ देखना चाहती हो, सामने या दूर?''

फौरन हाथ हिलाया शरण्या ने-''नहीं, नहीं, दूर से ही देखूँगी।''

''भाग्य में होगा तो आप ज़रूर देख पाएँगी।'' दिलीप ने कहा।

कुछ पहाड़ी लड़के पीठ पर बस्ता लिए जा रहे थे। दिलीप ने कुछ कहा। उन्होंने उसका जवाब अपनी भाषा में दिया।

''कहाँ जा रहे हैं वे?'' शाक्य ने प्रश्न किया।

''लाल बाबा के आश्रम में। आज रात हम वहाँ रहेंगे। चौदह किलोमीटर वे यह भारी बोझ लेकर चलेंगे और जो मजूरी मिलेगी उसे लेकर घर लौटेंगे।''

शाक्य ने कहा, ''पहाड़ी लोगों का जीवन बड़ा कष्टकर जीवन होता है।''

दिलीप ने हामी भरी। कहा-''पहले तो जीवन और भी कष्टकर था। आज तो काम करने पर पैसे मिलते हैं, परन्तु पहले न काम था, न पैसे।''

कुछ बोलते-बोले रुक गया शाक्य। घोड़े पर चढ़कर चार जन जा रहे थे, दो पुरुष, दो महिलाएँ। साथ में सईस था। पिछले दिन गंगोत्री में उसने उन्हें देखा था। रास्ता छोड़कर सभी एक किनारे खड़े हो गये। वे लोग गोमुख जा रहे थे। पहाड़ के मोड़ पर वे नज़रों से ओझल हो गये। शाक्य ने घड़ी देखी। प्राय: एक घंटा वे पैदल चल चुके थे। बीच में दूर पहाड़ की बर्फ़ से ढँकी चोटी नज़र आयी। दिलीप ने

बताया कि बाईं ओर की चोटी थी मातश्रृंग, बीच वाली का नाम था सुदर्शन और दाहिनी ओर वाली का थेलू।''

सुबह के हलके उजाले का अपूर्व दृश्य था। छोटा एक मोड़ घूमते ही चेकपोस्ट था जहाँ गंगोत्री नेशनल पार्क में प्रवेश का अनुमति-पत्र जमा करना पड़ता है। पिछले दिन गंगोत्री वन-विभाग के दफ्तर से शाक्य ने अनुमति-पत्र लिया था। नीचे गंगा के किनारे छोटा-सा आश्रम था जिसके द्वार पर लिखा था 'अमृत-घाट आश्रम'।

शरण्या ने शाक्य की ओर देखकर कहा-''मैं इस आश्रम में जाऊँगी। नैताल आश्रम के साधु यदि यहाँ हुए तो।''

''चलो, हम लोग भी चलते हैं।''

आगे बढ़ गयी शरण्यां। आश्रम के बरामदे में एक साधु बैठे थे। शरण्या को देखते हाथ जोड़कर कहा-''हरिओम। आइए माँ। आप कहाँ से आयी हैं?''

''कानपुर से। मैं एक साधु को ढूँढ रही हूँ। वे नैताल आश्रम में रहते हैं।

''नैताल आश्रम के महाराज यहाँ थे परन्तु कल वे चले गये।''

इसी बीच शाक्य व ह्यूमोर भी आ गये थे। शाक्य ने कहा-''तब तो रास्ते में ही हमारी भेंट होगी।''

ह्यूमोर ने प्रश्न किया, ''महाराज आप कब से इस आश्रम में हैं?''

साधु ने अँग्रेजी में जवाब दिया, ''चौदह वर्षों से। जब मैं यहाँ आया था तब गुरुजी जीवित थे।''

''क्या नाम आपके गुरुजी का?''

''गंगादास बाबा फलाहारी। प्राय: नब्बे वर्षों तक जीवित रहे और उनमें भी पचास वर्षों तक केवल फल खाकर जीवित रहे।''

शाक्य को स्मरण हो आया, माताजी ने गंगादास बाबा के बारे में बताया था कि वे एक महान साधु थे। उसने कहा-''अपने गुरुजी के बारे में कुछ बताइए न।''

हाथ जोड़कर प्रणाम की मुद्रा में सिर से छुआए साधु ने। मन ही मन प्रणाम किया और बोले-''बाबा के जीवन की कोई विशेष जानकारी नहीं मिलती, किन्तु हाँ, किशोरावस्था पार करते ही उन्होंने घर त्याग दिया और घूमते-घामते गंगोत्री पहुँचे। यह प्राय: सत्तर-पचहत्तर वर्ष पहले की बात है। यहाँ एक छोटी-सी कुटिया को गंगादास बाबा ने अपनी साधनापीठ बनाया। कोई आता-जाता नहीं था। बाबा सारा दिन ध्यान करते और गंगा का दर्शन करते। अपनी कुटिया और गंगा-तीर के अतिरिक्त कहीं नहीं जाते, यहाँ तक कि गंगोत्री में भी नहीं आते थे। बहुत सुन्दर था उनके आश्रम का नाम-''अमृतघाट।''

''मैंने बाबा को पन्द्रह वर्ष पहले देखा था। गंगोत्री से गोमुख की ओर पैदल जा रहा था कि हठात अमृत घाट आश्रम पर दृष्टि पड़ी। भीतर जाते ही देखा कि

पत्थर के ऊपर बैठे थे एक महात्मा। प्रणाम करते ही उन्होंने आशीर्वाद दिया। कुछ क्षण मैं उनके पास रहा। एक आश्चर्यजनक आनन्द की अनुभूति से अन्तर भर उठा। कितना गहरा आकर्षण था उनमें। साल भर बाद मैं फिर उनके पास गया। समझा कि वह देख नहीं पाते थे। बहुत दिन हुए उनकी दृष्टि शक्ति खो गयी थी। परिचय देते ही पहचान गये। मैंने अनुभव किया कि वे अपनी बाहरी आँखों से नहीं देखते थे। उनकी दृष्टि तो आन्तरिक दृष्टि थी जिसके आलोक में वे विश्व चराचर को देखते थे।''

शाक्य ने प्रश्न किया–''आप यहाँ क्यों आये थे?''

कुछ देर चुप रहकर साधु ने कहा–''मैं दिल्ली का आदमी, इंजीनियर था। घर-गृहस्थी थी, किन्तु शान्ति से अधिक अशान्ति की यन्त्रणा इतनी कि दम घुटता था। बिलकुल ऊँट के काँटे चबाने जैसे कि रक्त भर रहा है फिर भी चबाना पड़ रहा है। एक दिन सब छोड़-छाड़कर निकल पड़ा। घूमते-घूमते यहाँ पहुँचा। महात्माजी को देखकर अच्छा लगा। उनके साथ रामजी थे। दो दिनों बाद अनुभव हुआ कि महात्माजी की सेवा ही राम जी की सेवा थी। रामजी स्वयं इस प्रकार उनकी सेवा ग्रहण कर रहे थे। जिस शान्ति के लिए मैं घर छोड़कर निकला था वह शान्ति मुझे यहाँ आकर मिली।

''बाबा मुझे बीच-बीच में किसी उर्दू शायर का शेर सुनाते जिसका भाव था 'हे भगवान, तुम यों ही मेरी गिरफ्त में नहीं आओगे, इसलिए मैं तुम्हें खरीद लेना चाहता हूँ। देखो, मैं मुट्ठी भर कर मोती लाया हूँ। आँसुओं के मोती। इसके एवज में तुम मेरी गिरफ्त में आओ, प्रभु!' मेरा हाथ थाम वे गंगा के किनारे जाकर बैठते। उस जलस्रोत को देखते-देखते वे ध्यानस्थ हो जाते। वे कहते कि भागीरथी की स्रोत धारा में उन्हें ओंकार की ध्वनि सुनाई देती थी।

नितान्त कौतूहल में मैं पूछता कि वह ओंकार ध्वनि हमें क्यों सुनाई देती तो वे कहते कि उसके लिए मन को साधना के स्तर पर ले जाना होगा और तब ही तुममें श्रुति-शक्ति पैदा होगी।

''आप महात्माजी के शेष जीवन के बारे में कुछ जानते हैं?''

सिर हिलाते हुए साधु ने कहा–''हाँ, जानता हूँ। बड़ी आश्चर्यजनक थी वह घटना। सन् 2000 की बीस मई को प्रतिदिन की तरह गंगा-घाट पर गये थे महात्माजी। सुदीर्घ इकहत्तर वर्षों से इसी घाट पर वे गंगा-जल से स्नान करते थे। स्नान के बाद पूजा शेष कर उन्होंने शिष्य को पुकार कर कहा, मेरा समय पूर्ण हो गया, मैं जा रहा हूँ। तुम लोग अब मेरा स्पर्श न करना। इसके बाद पत्थर की दीवार पर टेक लगाकर बैठे और चिरसमाधि में चले गये।''

साधु की बात पूरी होते ही दिलीप ने हड़बड़ी मचाई, ''बाबूजी चलिए, अभी

और बहुत रास्ता बाकी है।''

सभी निकल आये। फिर वही टेढ़ा-मेढ़ा रास्ता। सभी सहज भाव से ही चल रहे थे। जगह-जगह पर पत्थरों पर किलोमीटर में दूरी लिखी थी। ग्यारह बज रहे थे। शरण्या ने हिसाब लगाया, तीन घंटों में केवल छ: किलोमीटर रास्ता चले थे। हठात् सड़क खत्म हो गयी थी। सामने पूरे अंचल में कंकड़ बिछे थे उन्हीं पर चलना होगा। बीच में पहाड़ से एक झरना पत्थरों के ऊपर से प्रबल वेग से बह रहा था गंगा की ओर। कुछ हाथ चौड़ा था झरना, उसके ऊपर उस पार जाने के लिए किसी पेड़ की मोटी सी डाल रखी थी। सावधानी से पैर रखकर पार होना पड़ता था। एक बार पैर फिसला तो प्रबल स्रोत के जोर से बह जाना होगा कुछ सौ फुट नीचे गंगा के सीने पर। सबसे पहले ह्यूमोर पार हो गया। पत्थर के टुकड़े पर एक पैर रखकर ही पीछे लौट आयी शरण्या। बोली-''मुझे डर लगता है।''

दिलीप आगे आया, ''डर की कोई बात नहीं माँजी। मेरा हाथ पकड़कर चलिए।''

दिलीप का हाथ पकड़कर ही पार हुई शरण्या। सभी हाँफ रहे थे इसीलिए थोड़े से विश्राम के बाद फिर जारी हुई पैदल यात्रा। पेड़-पौधे कम हो रहे थे। बीच-बीच में पहाड़ रूखा सा था। पूरे रास्ते ह्यूमोर बिना कुछ बोले चल रहा था। शाक्य को लगा कि ह्यूमोर रास्ते की निर्जनता और सौन्दर्य का जी भरकर उपभोग करना चाह रहा था इसलिए चुप था। केवल शरण्या बातें कर रही थी। उसने दिलीप से पूछा-''दिलीप भाई, आप कब से इस रास्ते पर आना-जाना कर रहे हैं?''

''प्राय: पच्चीस वर्ष हो गये।''

''कभी किसी खतरे का सामना नहीं करना पड़ा?''

''अनेक बार। पर गंगा मैया की कृपा से अन्तत: बच गया। किन्तु एक बार मैं तो बच गया पर मेरे साथ जो चार जन थे, उन्हें नहीं बचा पाया।''

''क्यों? क्या हुआ था?''

''चारों कॉलेज के लड़के थे। एक महीना पहाड़ पर चढ़ना सीख कर उन्होंने सोचा कि वे सब कुछ जान गये। बोले गोमुख से तपोवन जाएँगे। गोमुख पहुँचते ही मौसम खराब हो गया। मैंने कहा भी कि अब आगे जाना ठीक नहीं होगा, पर उन्होंने ज़िद पकड़ ली कि जाएँगे ही। कुछ दूर जाकर मैं आगे नहीं बढ़ पाया और लौटना पड़ा। कुछ दूर ही आया था कि हठात् बारिश शुरू हो गयी। हम सभी ठंड से काँप रहे थे। वे लोग जाकर एक बड़े से पत्थर के नीचे खड़े हो गये। मुझे लगा कि वह पत्थर तो कभी भी लुढ़क सकता है। मैंने उनसे कहा। पर उन्होंने मेरी बात अनसुनी कर दी। मैं कुछ आगे जाकर एक पेड़ के नीचे खड़ा हुआ। ठंड लग रही थी पर वह जगह मुझे निरापद लगी। अचानक एक प्रचंड आवाज़ हुई। पानी के स्रोत के साथ

विशाल एक पत्थर पहाड़ से उस ओर लुढ़कता आ रहा था, जहाँ वे चारों खड़े थे। मैं चीखा, "भागो सभी वहाँ से। पर पत्थर गिरने की आवाज़ में मेरी आवाज़ किसी को सुनाई नहीं दी। कुछ क्षणों में ही वह विशाल पत्थर लुढ़कता हुआ नीचे वाले पत्थर पर गिरा। तीन दिनों के बाद जब मिलिट्री के लोगों ने आकर उनकी लाशों को निकाला तो कोई पहचाना ही नहीं जा पा रहा था।"

इसके बाद किसी ने कोई बात नहीं की। केवल शरण्या ने दबे स्वर में कहा–"यदि हम भी उन्हीं की तरह मर गये तो?"

शाक्य ने मन ही मन कहा–"हमारे लिए कोई नहीं रोएगा।

बत्तीस

हरियाली का समारोह शेष हुआ जा रहा था। चारों ओर शुष्क पत्थर ही पत्थर थे। पहाड़ की ढलान पर पतली सी पगडंडी थी जिस पर थे मनुष्य के पैरों के अस्पष्ट चिह्न। बीच-बीच में पत्थरों की जमावट का बन्धन ढीला हो गया था। पहाड़ के पथरीले रास्ते पर भी झुरझुरी मिट्‌टी। जरा-सी असावधानी होते ही पैर फिसल जाए। सभी सावधानी से कदम रख रहे थे। आगे-आगे चल रहा था दिलीप और उसका अनुसरण कर रहे थे तीन जन। इस रास्ते पर कितने ही दिनों से चल रहा है दिलीप। कितने ही लोगों को गंगोत्री से गोमुख लाता-ले जाता रहा है। रास्ते का लगभग हर पेड़, पत्थर, झरना उसकी प्राण सत्ता से एकात्म हो चुका है। अद्‌भुत मनुष्य है वह। बीच-बीच में बोल उठता है, 'गंगा मैया की जय'। कितना विश्वास है उसे गंगा मैया पर कि हर विपत्ति से वह उसकी रक्षा करेंगी।

एक मोड़ पार होते ही पत्थर पर लिखा था–"चिरबासा। 11810 फुट। गंगोत्री 8 कि.मी., भुजबासा 5 कि.मी.।' ह्यूमोर ने फोटो उतार ली और आगे आकर पूछा–"चिरबासा माने?"

चलते-चलते ही दिलीप ने जवाब दिया–"पहले यहाँ तक चीड़ के पेड़ थे। यहाँ के बाद चीड़ के पेड़ नहीं जन्मते, इसीलिए जगह का नाम हुआ चिरबासा।"

और कुछ कहते-कहते हठात् चुप हो गया दिलीप और खड़े होकर कुछ सुनने की चेष्टा करने लगा। कुछ क्षण बाद कुछ लुढ़ककर गिरने की आवाज़ सुनाई दी। दिलीप बोल उठा–"सामने पत्थर गिर रहे हैं।"

"तो हम लोग जाएँगे कैसे?" परम उत्कंठा में शरण्या ने पूछा।

दिलीप ने ढाढ़स बँधाया, "कोई डर नहीं माँजी, आगे जाकर देखूँ कहाँ भूमिधसान हुआ है।"

सामने थोड़ी दूर जाकर ही दिखाई दिया कि पहाड़ पर एक जगह भूमि धँस गयी थी जहाँ से कुछ भुरभुरी मिट्टी और पत्थर खिसक कर सड़क पर गिरे थे। पलक भर ऊपर की ओर देखकर दिलीप ने स्थिति का जायजा लिया। पत्थर एक साथ नहीं, कुछ रुक-रुककर गिर रहे थे। सामने की ओर आगे बढ़कर दिलीप ने कहा–"एक-एक कर दौड़कर पार हो जाएँ।"

एक ही दौड़ में पार हो गया ह्यूमोर। कुछ पत्थर लुढ़ककर गिरे। शाक्य की ओर देखकर दिलीप ने कहा–"अब आप जाइए बाबूजी, मैं माँजी को लेकर आता हूँ।"

अधिक से अधिक साठ-सत्तर फुट होगी वह जगह जहाँ भूमिधसान हुआ था। शाक्य लगभग बीचोबीच पहुँचा ही होगा कि अचानक दिलीप ने दौड़ लगाई। हरिण की तरह कुछ छलाँग में शाक्य के पास पहुँच गया और एक ही झटके में उसे खींचकर पीछे ले आया। कुछ ही सेकेंड में सामने से कुछ मन वजन का एक विशाल पत्थर लुढ़ककर नीचे गिरा।

आतंक में चीख पड़ी शरण्या। हाथ उठाकर ढाढ़स दिया दिलीप ने और कहा–"चली आइए माँजी।"

शरण्या आगे बढ़ी। उसका हाथ कसकर पकड़कर दिलीप आगे चला। लगभग दौड़कर तीनों ने धँसान वाली जगह पार की। उत्तेजना में शाक्य शरण्या दोनों हाँफ रहे थे। फौरन बैग से पानी की बोतल निकालकर ह्यूमोर ने उन्हें ग्लुकोज़ घोलकर दिया। दोनों को सहज होने में कुछ समय लगा। उनके चेहरों में तब भी आतंक की छाया थी।

"जरा-सी देर होती तो मैं पत्थर के नीचे दब जाता।"

दिलीप कुछ ऐसे हँसा मानो कुछ हुआ ही न हो। बोला, "उस पत्थर पर नज़र गयी तो लगा वह हिल रहा था और गिरने ही वाला था इसीलिए मैंने दौड़ लगाई।"

दिलीप का हाथ कसकर थामते हुए शाक्य ने कहा–"तुमने दौड़ न लगाई होती तो मैं तो पत्थर के नीचे दबा होता।"

दिलीप के मुख पर शिशु-सुलभ हँसी फूट उठी–"सब गंगा मैया की कृपा है। चलिए बाबूजी, सामने का कुछ और रास्ता बड़ा खराब है। इसका नाम है गीला पहाड़। दोपहर के बाद हवा तेज बहती है, इसलिए पत्थर लुढ़कते हैं और ऐसे समय में डर लगता है।"

सभी तेज कदमों से आगे बढ़ने की चेष्टा करने लगे। सभी हाँफ रहे थे और चेहरों पर थी दबी हुई उत्कंठा। यदि फिर कोई पत्थर गिरे। आशंका में बीचोबीच में ऊपर की ओर देख ले रहे थे। अचानक नरम पत्थर पर शरण्या का पैर फिसला,

जमीन पर गिरने से पहले ही दोनों हाथ बढ़ाकर उसे ह्यूमोर ने थाम लिया। ह्यूमोर में अगाध प्राणशक्ति थी। न उसके चेहरे पर थकान की छाप थी और न ही कोई द्विधा या संकोच। उसे अनुभव हुआ कि शरण्या चल नहीं पा रही थी तो उसने कसकर उसका हाथ पकड़कर उसे सहारा दिया।

गंगा के उस पार पहाड़ के गात पर प्रकृति की अद्भुत कलाकारी नज़र आ रही थी। विशाल पत्थरों की विचित्र आकृतियाँ, लग रहा था जैसे किसी ने बड़ी कुशलता से छेनी और बटाली से पत्थरों को आकार दिया हो और उनसे सुदृश्य नक्शा तैयार किया हो।

धीरे-धीरे सभी ने गीला पहाड़ की सीमा पार की। अब रास्ते का स्वरूप बदल गया था। लाखों-करोड़ वर्षों से जागृत हिमालय के भी कितने विचित्र-विचित्र रूप थे। कहीं अत्यन्त भयंकर तो कहीं अपरूपक सुन्दर।

सब्ज धरती के बाद शुरू हुआ था पथरीला पहाड़ी अंचल। चारों ओर अनन्त काल के प्रहरी के समान खड़ी थीं पहाड़ की चोटियाँ। स्थिर, अचल केवल प्राणवन्त गंगा बह रही थी अपने ही आनन्द में। उसके दोनों किनारों पर थे वृक्ष और झाड़ियाँ। पहाड़ की ढलान पर एक बड़े से वृक्ष की ओर इंगित करते हुए दिलीप ने कहा– ''देखिए बाबूजी भुजवृक्ष। प्राचीन काल में इसी पेड़ की छाल से लोग पोशाक बनाते थे।

सिर हिलाया शाक्य ने, ''तुमने ठीक ही कहा। तब इसे भुर्जपत्र कहते थे। प्राचीनकाल में इसी भुर्जपत्र पर लिखा जाता।नन्त

''पहले यहाँ चारों ओर भुर्जवृक्षों का जंगल था। लोगों ने सारे पेड़ काट डाले। केवल दो एक बच रहे हैं। इसके बाद किसी दिन आकर हो सकता है देखें कि यह पेड़ भी नहीं रहा। मनुष्य ऐसे ही प्रकृति को नष्ट करता जा रहा है।

रास्ते के किनारे लिखा था भुजवासा दो किलोमीटर। पैर अब मानो चलना नहीं चाह रहे थे। ह्यूमोर के चेहरे पर भी क्लान्ति की छाया दिखी। केवल दिलीप ही था जो सुबह के समान ही सहज भाव से चल रहा था। दूर नज़र आ रहे थे बर्फ़ से ढँके पर्वत श्रृंग दिलीप ने बताया कि वे थे भगीरथी एक, दो, तीन।

कौन जाने, हो सकता है, इसी रास्ते से हिमालय के इस दुर्गम पथ की यात्रा की हो महाराज भगीरथ ने। या हो सकता है कि भगीरथ नामक मनुष्य प्रतीक हो उनका जो युगों से हिमालय के इस दुर्गम-पथ की यात्रा करते रहे हैं, जो अनजाने रास्ते ढूँढते रहे हों और कितने ही अनजानों को जानते रहे हों। उन्हीं की सम्मिलित साधना शायद मूर्त हो उठी हो भगीरथ नाम में। और इसीलिए लोगों ने इस पर्वत श्रृंग त्रयी का नामकरण भगीरथ किया हो।

शरण्या ने क्लान्त स्वर में पूछा–''अभी और कितनी दूर है?''

उत्साह प्रदान करते हुए दिलीप ने कहा–"अधिक दूर नहीं, बस आ ही गये समझिए। लाल बाबा के आश्रम में पहुँचकर गरम चाय और खिचड़ी खाते ही देखेंगे शरीर एकदम चंगा हो गया।"

"लाल बाबा कौन?"

"लाल बाबा ने ही तो यहाँ आश्रम की स्थापना की थी। उनके पहले तो यहाँ कुछ नहीं था। बहुत थोड़े से लोग जो गोमुख आते, पहाड़ की गुफा में या तम्बु गाड़कर रात बिताते थे। तब यात्रा इतनी कष्टकर थी कि साधुओं के अतिरिक्त गोमुख आने का किसी को साहस ही नहीं होता था।"

आश्चर्य हुआ शाक्य को कि इतने कष्ट और मौत का जोखिम उठाकर भी लोग आते थे शायद हर विपत्ति की उपेक्षा कर लक्ष्य पर पहुँचने के आनन्द के लिए।

धूप नहीं थी। दिन ढल आया था। तीन बजे थे। दूर से समतल अंचल नज़र आ रहा था। बीच में कुछ मकान थे। वैसे ही जैसे प्रसारित समुद्र में छोटे-छोटे द्वीप हों।

दिलीप बोल उठा–"हम भुजबासा पहुँच गये। वो रहा सामने लाल बाबा का आश्रम।

शाक्य और शरण्या दोनों थककर चूर हो चुके। दोनों के पैर उठ ही नहीं रहे थे। मामूली सा रास्ता भी बड़ा लम्बा लग रहा था। ढलुआन से होते हुए सभी आश्रम के बरामदे में पहुँचे।

मध्यवयसी एक बुजुर्ग दरवाज़े के सामने आकर खड़े हुए। गेरुआ वस्त्र, शरीर पर भारी कम्बल, सिर पर टोपी। दिलीप को देखते ही बोले–"आओ दिलीप। मैंने पहले ही तुम लोगों को देख लिया। हालचाल सब ठीक है तो?"

"जी, सब ठीक-ठाक है महाराज।"

"और भी कोई है?"

जवाब शाक्य ने दिया–"प्रणाम महाराज! हम तीन जन ही आये हैं।"

"जाइए, भीतर जाइए। दिलीप, तुम इन लोगों को कोने वाले कमरे में ले जाओ। आज और कोई यात्री नहीं आया है।"

प्राय: अँधेरी-सी एक गली से होते हुए दिलीप उन्हें एक कमरे में लेकर आया। पूरे कमरे में बिस्तर बिछा था। दिलीप ने सामान उतारकर कहा–"आप लोग विश्राम करें, मैं आता हूँ।"

शाक्य और शरण्या दोनों बिस्तर पर लेट गये। ह्यूमोर बैग रखकर बाहर निकल गया। थकावट में आँखें बन्द हुए जा रही थीं। किसी ने पुकारा, 'उठिए, चाय पी लीजिए। शरीर ठीक हो जाएगा।'

शाक्य ने आँखें खोलीं, देखा वही महाराज थे और उनके हाथों में दो अल्मूनियम

के मग थे। हाथ बढ़ाकर शाक्य ने उन्हें लेकर शरण्या को आवाज़ दी। हालाँकि चाय बेस्वाद थी फिर भी गरम चाय ने शरीर की सारी क्लान्ति दूर कर दी, मानो कोई अमृतसुधा हो। इसी बीच एक जन थालियों में गरम खिचड़ी ले आया।

पैदल चलने के दौरान भूख-प्यास की बात सभी भूल गये थे। खिचड़ी देखकर याद आया कि सारे दिन कुछ नहीं खाया था। खाना समाप्त कर शाक्य निकल आया। शरण्या लेटी रही। जीवन में शायद पहली बार इतना पैदल चले थे।

दिन समापन की ओर था। ठिठुरन भरती हवा बह रही थी। बरामदे में एक किनारे कुछ घिरी हुई जगह थी जहाँ कुछ बेंचें बिछी थीं। वहाँ बैठे थे ह्यूमोर और महाराज। शाक्य पर नज़र पड़ते ही महाराज ने कहा-"आइए, आपके मित्र से बातें कर रहा था। बड़ा अच्छा लगा।"

शाक्य ने उनकी हाँ में हाँ मिलाई और कहा-"ह्यूमोर से मेरी भेंट ऋषिकेश में और फिर गंगोत्री में हुई थी। ये पृथ्वी के विभिन्न देशों में नदियों का परिदर्शन करते फिर रहे हैं। इनके पास देखने की दृष्टि भी है और अनुभव करने का मन भी।"

ह्यूमोर ने कहा-"गंगा के किनारे-किनारे मैं जितना घूम रहा हूँ उतना ही मुझे आश्चर्य हो रहा है। भारतवर्ष के लोगों का जीवन गंगा के साथ एकात्म हो गया है। ऐसा मैंने और कहीं नहीं देखा।"

महाराज बोले, "आपने सही कहा। मैं चालीस वर्षों से गंगा के किनारे रह रहा हूँ। लगता है जैसे हमारे प्राण, मन, आत्मा सब गंगा के साथ एकाकार हो गये हों।"

महाराज अँग्रेजी में ही बातें कर रहे थे। अवाक् हो ह्यूमोर ने कहा-"आप चालीस वर्षों से यहाँ हैं?"

"हाँ, जब पहली बार यहाँ आया तब सत्ताईस वर्ष का था और अब सड़सठ का हूँ।"

कुछ चुप रहकर शाक्य ने पूछा-"इतनी कम उम्र में आप यहाँ क्यों आए थे?"

धीर गम्भीर स्वर में महाराज बोले-घूमने आया था।

कुछ झिझकते हुए शाक्य ने कहा-"घूमने तो हम भी आये हैं। दो-एक दिन रहेंगे फिर लौट जाएँगे। पर आप तो यहीं रह गये।"

कुछ अन्यमनस्क हो उठे महाराज। चुपचाप कुछ देर सामने की ओर देखते रहे शाक्य ने अनुभव किया कि वे अपने अतीत पर दृष्टिपात करना नहीं चाह रहे थे। अतः उसने कहा-"महाराज, यदि असुविधा हो तो रहने दीजिए, बताने की आवश्यकता नहीं।"

महाराज ने मुख उठाकर दूसरी ओर देखते हुए कहा–''मैं जब पहली बार यहाँ आया तो उस वक़्त इंजीनियरिंग पास कर एक बड़ी कम्पनी में नौकरी करता था। विवाह को दो वर्ष हुए थे। घर में एक आठ माह का पुत्र था। हम दिल्ली में रहते थे। पिताजी नामी डॉक्टर थे। मैं कुछ मित्रों के साथ यहाँ आया था। उस समय रास्ता अत्यन्त दुर्गम था। यहाँ आकर लाल बाबा से भेंट हुई। उनकी अक्लान्त सेवा देखी। एक दिन रहा। लौटने लगा तो लाल बाबा ने कहा–''एक दिन तुझे यहाँ आना होगा। मैंने मन ही मन सोचा कि मुझे किस चीज़ का अभाव है कि सब छोड़-छाड़कर यहाँ आऊँगा। लाल बाबा को शायद मेरा भविष्य नज़र आ गया था। साल भर के अन्दर ही पिताजी का देहान्त हो गया। उसके महीने भर बाद ही माँ भी। इतना मन खराब हुआ कि पिता–माता के शेष कृत्य से निवृत्त होकर पत्नी और पुत्र को लेकर तीर्थ करने निकल पड़ा। हरिद्वार आया। कुछ दिनों बाद कुछ परिचितों से भेंट हो गयी। वे जबरन मुझे अपने साथ मसूरी ले गये। दो दिनों बाद जब लौट रहे थे तो अचानक बारिश आ गयी। पहाड़ी रास्ते पर गाड़ी का चक्का फिसला और गाड़ी खाई में। जब होश आया तो मैं अस्पताल के बेड पर था।''

''और आपकी पत्नी व पुत्र?''

''बाद में पता चला कि कोई नहीं बचा। एक महीने बाद अस्पताल से छुट्टी मिली। इसके बाद घर में नहीं रह पाया और निकल पड़ा। उन दिनों मेरी अवस्था पागलों जैसी थी। घूमते–घूमते फिर यहाँ आ पहुँचा। लाल बाबा केवल मुस्कराये, बोले–''मुझे पता था तुझे यहाँ आना ही होगा। लोगों की सेवा कर, सारे दुख-कष्ट भूल जाएगा। तब से यहीं रह गया।''

वातावरण उदासी से भारी हो उठा। किसी ने और कुछ नहीं कहा। शाक्य ने अनुभव किया कि सब कुछ खोने के बावजूद यादें बच रही थीं। लगता है कि सब कुछ नहीं मिटता।

आश्रम के मन्दिर में शंख–ध्वनि गूँज उठी। महाराज ने कहा–''आरती होगी। सभी को लेकर आइए।

अँधेरा हो रहा था। ठंड का पारा तेज़ी से कम हो रहा था। हाथ–पैर जकड़ रहे थे। हठात् शाक्य को स्मरण हुआ कि शरण्या के दादाजी के बारे में किसी से पता ही नहीं किया। आश्रम के एक जन से पूछा कि दो–एक दिनों में नैताल आश्रम के दो वृद्ध साधु यहाँ आये थे क्या?

उत्तर मिला, ''इधर कुछ दिनों में केवल तीन साधु आये थे, वह भी अयोध्या से और उनमें से कोई भी वृद्ध नहीं था।

बड़ा आश्चर्य हुआ शाक्य को। दो मनुष्य। एक ही रास्ते पर चले परन्तु कुछ दिनों में एक बार भी भेंट नहीं हुई। एक अदृश्य मनुष्य को ढूँढ निकालने में राह

चलते-चलते वे कितनी दूर पहुँच गये और अभी भी उनका कोई पता नहीं चला। और उन्हें कहाँ ढूँढें? शायद यह अच्छा हुआ कि जिन्हें ढूँढ रहे थे उनका पता नहीं चला। नैताल के साधु यदि शरण्या के दादाजी न हुए तो? उम्मीद की उस डोर का टूटना तो मृत्यु से भी अधिक मर्मान्तक होता।

आश्रम के मन्दिर में आरती शुरू हो गयी थी। कोई आडम्बर नहीं। भक्ति से अधिक प्रधान महत्त्व नियम रक्षा का था। यहाँ के हर व्यक्ति के लिए देवसेवा से बड़ी पूजा थी मानव-सेवा।

मन्दिर में प्रणाम कर सभी निकल आए। शरण्या तब भी सो रही थी। शाक्य के पुकारते ही उठ बैठी। शाक्य ने पूछा-"अब कैसा लग रहा है?"

"ठीक है। अब कोई कष्ट नहीं।"

"तो चलो, महाराज से मिल लो। अद्‌भुत मनुष्य हैं।"

एक कमरे में महाराज तथा दो व्यक्ति और बैठे थे। थोड़ी दूर पर ह्यूमोर था। शरण्या ने आगे बढ़कर उन्हें प्रणाम किया महाराज ने हाथ उठाकर आशीर्वाद दिया। खिड़कियाँ-दरवाज़े बन्द थे फिर भी कमरे में कँपकँपा देने वाली ठंड थी। एक जन मिट्‌टी के पात्र में कुछ लकड़ियाँ जलाकर कमरे में रख गया।

शाक्य ने ही बात शुरू की-"महाराज, कभी सोचा भी न था कि गोमुख के इतना करीब रात बितानी होगी।"

ह्यूमोर ने भी कहा-"मेरे लिए तो यह एक असाधारण अनुभव है।

जवाब में महाराज ने कहा-"ये सब मेरे गुरुदेव लाल बाबा के कारण सम्भव हो पाया। उन्हीं ने लाखों लोगों के लिए गोमुख की राह को सहज बना दिया।"

"लाल बाबा का असली नाम क्या था?"

"बाबा का असली नाम था लाल बिहारी दास। बंगाल की महान् सन्तान उमाप्रसाद मुखोपाध्याय श्रद्धा से उन्हें लाल बाबा कहकर बुलाते। बाद में सभी उन्हें इसी नाम से जानने लगे।"

शरीर को चादर में ठीक से लपेटते हुए शरण्या ने कहा-"उनके बारे में कुछ और बताइए न?"

हठात् गम्भीर हो गये महाराज और बोले-"इन सब महान् साधु-महात्माओं की बातें केवल कहने-सुनने के लिए नहीं होतीं। यदि उनके बताए रास्ते पर जीवन में कोई थोड़ा सा भी चल पाए तो उससे न केवल उसका बल्कि पूरे मानव-समाज का मंगल होगा। गुरुजी बार-बार एक बात कहा करते, जोकि उनके गुरु विष्णुदासजी की वाणी थी 'खाया सो तो गया और जो दिया तो वापस पाया।'

"इस बात का तात्पर्य क्या है, महाराज?"

"तात्पर्य यह है कि प्रतिदिन हम जो भी अच्छा-बुरा खाते हैं, वह अगले

दिन मल बनकर निकल जाता है। किन्तु हम जो अच्छे कर्म करते हैं उनका पुण्य फल हमारे जीवन में जमा हो जाता है।''

कभी-कभी बड़ा आश्चर्य होता है शाक्य को कि चारों ओर मनुष्य में व्याप्त लोभ, लालसा, घृणा आदि के बीच इस प्रकार के लोग, लगता है जैसे वे किसी अन्य ग्रह से आये हुए जीव हों, जिन्हें औरों के कल्याण में ही अपना कल्याण, औरों के आनन्द में ही अपना आनन्द नज़र आता हो। उसने पूछा-''लाल बाबा क्या बंगाली थे?''

''नहीं, उनके गुरु विष्णुदास जी बंगाली थे। गुरुजी का जन्म राजस्थान के जोधपुर में 13 जुलाई, 1922 को हुआ था। जन्म के बाद ही माता का देहान्त हो गया। मातृहीन शिशु का दायित्व दादी व पिता ने सँभाला। उनका मन पढ़ाई-लिखाई में नहीं लगता था। उनका मन तो साधुओं के सत्संग और भगवत्चर्चा में लगता था। एक बार बाबा परशुराम जी के साथ गुरुजी तीर्थाटन को निकले। इच्छा हुई कि गंगोत्री जाएँ। रास्ता बड़ा दुर्गम था। तब बस का रास्ता नहीं बना था। प्राय: महीना भर पैदल चलकर वे गंगोत्री पहुँचे। गंगा का मन्दिर और गंगोत्री का अपरूप प्राकृतिक सौन्दर्य देखकर गुरुजी मुग्ध हो गये। घूमते-घूमते एक दिन साधक विष्णुदास जी से साक्षात्कार हुआ। वे गंगातीर की एक गुफा में रहते थे। देखते ही गुरुजी को लगा कि इतने दिनों से अपने अन्तस्तल में वे इन्हीं को तो तलाश रहे थे। कुछ दिनों बाद घर लौट आये। पिताजी ने उन्हें संस्कृति विद्यालय में भर्ती कर दिया परन्तु गुरुजी का मन पढ़ाई में न रमा। उनके मन में हर समय तस्वीरें उभरती रहतीं गंगोत्री के पथ, घाट, मन्दिर की, वहाँ के साधुओं की और सर्वोपरि विष्णुदास जी के कुछ दिनों के सान्निध्य की। उन्हें भूल पाना तो सम्भव न था। एक दिन किसी को बिना कुछ बताए निकल पड़े। उस समय आयु मात्र अठारह वर्ष थी। साथ में थे माँ और दादी के कुछ गहने। दुर्गम रास्ता पार कर फिर से पहुँच गये गंगोत्री। उन्हें देखकर गुरु विष्णुदास जी अत्यन्त प्रसन्न हुए। उन्होंने गुरुजी को बड़े प्रेम से बुलाया, मानो उन्हें पता हो कि गुरुजी को उनके पास आना ही होगा। गुरुजी अत्यन्त आनन्दित हो घूमते-फिरते और साधु-सेवा करते। विष्णुदास जी के आश्रम में साधुओं की संख्या बढ़ती रही। उन्हें आश्चर्य हुआ कि लाल बिहारी को इतना धन कहाँ से मिल रहा है। लाल बिहारी ने उन्हें सारी बातें बताईं तो गुरु प्रसन्न हुए। एक वर्ष कट गया। विष्णुजी उन्हें लेकर कैलास, मानसरोवर गये। दीर्घ कुछ महीनों की तीर्थ परिक्रमा पूरी कर वे लौट आये। अब यात्रा गोमुख पार कर तपोवन की। बर्फ़ के प्रदेश में चारों ओर हरी घास थी, छोटे-छोटे फूल थे। सामने था शिवलिंग पर्वत। अपूर्व दृश्य था। तपोवन में गुरुजी की कुटिया थी। सन् 1943 की गुरु पूर्णिमा के दिन विष्णुदास जी ने दीक्षा दी। आनन्द से परिपूर्ण हो उठा मन, सारे बन्धन टूट गये। अब केवल ईश्वर साधना

और मानव-सेवा। कई वर्ष कट गये।

गुरुजी देख रहे थे कि गोमुख जानेवाले साधुओं और तीर्थयात्रियों को कैसे अवर्णनीय कष्ट उठाने पड़ते थे। उन्हें लगा कि उनके लिए आश्रय-निर्माण की अत्यन्त आवश्यकता थी। किन्तु गंगोत्री के उधर की सारी जगह सरकारी थी, नो-मैन्स लैंड। उन्होंने उत्तर प्रदेश सरकार के पास अर्जी दी। अनेक चेष्टा के बाद आश्रम-निर्माण की अनुमति मिली। गुरु विष्णुदास जी का आशीर्वाद प्राप्त कर सन् 1954 में भुजबासा में एक छोटे से आश्रम का निर्माण किया। 1958 में फौजी सहायता से गंगोत्री से भुजबासा तक पैदल चलने के रास्ते का निर्माण हुआ। गोमुख के दर्शनार्थी लोगों की संख्या बढ़ने लगी। केवल सिर पर छत ही नहीं, आवश्यकता थी दो समय के भोजन और प्रबल शीत से रक्षा के लिए तोषक व रजाई की भी। लालबाबा ने लगभग भिक्षा माँगकर ये सारी व्यवस्था की। उनके लिए उनके गुरु का आदेश कि 'मानव-सेवा ही माधव-सेवा है' एकमात्र परम सत्य था।

गोमुख तीर्थयात्रियों के लिए लालबाब परमआत्मीय थे। टूटी-फूटी बांग्ला भाषा में बात करते। दुर्गम रास्ता पार कर जब थके-हारे यात्री भुजबासा आश्रम पहुँचते तो बाबा कहते, "पहले गरम पानी से हाथ-मुँह धो लो, सारी थकावट चली जाएगी। फिर आत्मीय के समान थके हुए यात्रियों को आग तापने बैठाकर उन्हें गिलास भरकर गरम चाय और उबले हुए आलू देते। शाम होते ही चारों ओर बर्फ़ से ढँके पहाड़ की कनकनाती ठंड से बचने के लिए जब सभी कमरों में घुसने की चेष्टा करते तब गुरुजी ऊँची आवाज़ में कहते 'अभी अन्दर मत जाओ। गरम-गरम खाना बन गया है पहले खाना खाओ, फिर अन्दर जाकर आराम करो।' जहाँ कुछ भी उपलब्ध न होता हो, वहाँ गरम-गरम रोटी और सब्जी तब अमृत समान थी।

प्रसन्न मुख से गुरुजी ने वर्षों तक तीर्थयात्रियों की सेवा की। धीरे-धीरे आश्रम बड़ा हुआ। काम भी बढ़ा। यह तो कोई होटल नहीं, निःस्वार्थ सेवा थी। वे कहा करते मैं गुरु के आदेश के अनुसार साधुओं-सज्जनों की सेवा कर रहा हूँ। गृहस्थ तीर्थयात्रियों से धन लेता हूँ। पहले नहीं लेता था। जो जो भी दे देता ले लेता। बाद में देखा कि लोग तीर्थ करने आकर भी ठगना चाहते हैं। इस ग्यारह हजार फुट की ऊँचाई पर सामान्य-सी व्यवस्था करना भी कितना व्ययसाध्य और कष्टकर है, लोग यह नहीं सोचते हैं। सोचते कि साधु को कैसा बुद्धू बनाया और खाकर चले आये। शहर के लोग तो पैसा खर्च कर सरकारी होटल में रह सकते हैं, किन्तु साधुओं के पास पैसा कहाँ से आये। उनके लिए मुझे यह सेवा-व्यवस्था रखनी ही होगी। इसके अतिरिक्त तीर्थ पर आकर भी यदि लोगों में साधु-संगीति की इच्छा न हो तो उनका न जाना ही अच्छा। अपने बारे में वे कहते, मैं कोई संन्यासी नहीं, मैं तो गंगा माता का सेवक हूँ। दिन-रात गंगादर्शन करता हूँ, गंगापूजन करता हूँ, और जो दर्शन करने

आते हैं उनकी सेवा ही मेरे लिए गंगापूजा है।

अपने गुरु लाल बाबा की बातें बताते-बताते भाव-विह्वल हो गये थे महाराज। किसी ने कमरे में प्रवेश कर सूचना दी, भोजन का समय हो गया, सभी चलिए।

महाराज मानो किसी अन्य जगत से वास्तव जगत में लौट आये, बोले- ''हाँ, भोजन समाप्त कर सभी सो जाएँ। कल सुबह आप लोगों को गोमुख जाना है।गये

भोजन शेष हुआ। दाल, रोटी, सब्जी। इस दुर्गम अंचल में यही अमृत समान था। ठंड से हाथ-पाँव जमे से जा रहे थे। सारी खिड़कियाँ, दरवाज़े बन्द थे किसी प्रकार भोजन समाप्त कर कमरे में आ चुकी थी शरण्या। ठंड में उसकी बड़ी करुण अवस्था थी। कमरे में प्रवेश करते-करते रुक गया शाक्य, देखा महाराज दरवाज़ा खोलकर निकल रहे थे।

''इतनी ठंड में आप किधर चले महाराज?''

महाराज ने कोई उत्तर न दिया, केवल हाथ के इशारे से साथ आने को कहा। ह्यूमोर भी पास खड़ा था। उसने भी कुछ अनुभव किया और निःशब्द साथ हो लिया। सभी सिर से पैर तक गरम कपड़ों से ढँके थे और ऊपर से कम्बल भी ओढ़ा हुआ था। केवल दोनों आँखें और नाक खुले थे और वहाँ से भी ठंड घुस रही थी। आश्रम का बरामदा पार कर खुले चबूतरे पर आकर खड़े हुए महाराज। चौंक उठा शाक्य। यह कहाँ आ गया वह! सम्पूर्ण आसमान पर लाखों करोड़ों तारे छिटके पड़े थे और उनकी हलकी रोशनी के उजाले में प्रकृति मानो आलोक-अन्धकार के हजारों रंगों का खेल खेल रही थी। पृथ्वी मानो मायामय पृथ्वी थी। ध्यानमग्न ऋषि की तरह चारों ओर की पर्वतमाला पर प्रशान्ति छाई थी। लग रहा था धरती के बाहर कोई देवलोक अपने अपरूप सौन्दर्य के साथ प्रकाशमान हो।

और ऐसे अद्‌भुत वातावरण में मर्त्यलोक के तीन प्राणी न सिर्फ़ स्तब्ध और वाक्‌हीन थे बल्कि देव हिमालय की अपरूप निस्तब्धता में स्वयं को खो चुके थे।

तैंतीस

सभी उठिए। चाय बन गयी ।

दरवाज़े के सामने खड़े महाराज की पुकार से सभी की नींद टूट गयी। शाक्य ने कम्बल के भीतर से सिर निकाला। पूरे कमरे में ठंड इतनी थी कि चार-चार कम्बलों से भी रुक नहीं रही थी। लग रहा था ठंड जैसे बाहर से नहीं, भीतर से उठ रही थी। काफी देर रात तक नींद नहीं आयी थी। मन में विचित्र-विचित्र विचार चक्कर

काटते रहे, फिर कब नींद आ गयी पता ही नहीं चला।

ह्यूमोर ने मुस्कराते हुए शाक्य से कहा–''गुड मॉर्निंग!''

शाक्य ने मुँह घुमाकर हँसते हुए जवाब दिया–''केवल मॉर्निंग नहीं। आज का सारा दिन शुभ हो!''

कम्बल से निकलकर शाक्य ने पास ही लेटी हुई शरण्या की ओर देखकर कहा–''महाराज बुला रहे हैं, चाय पीने नहीं जाओगी क्या?''

कम्बल से मुँह निकालते हुए शरण्या ने कहा–''इतनी सर्दी में मैं कहीं नहीं जाऊँगी।''

''तो फिर तुम्हें यहाँ छोड़कर ही हमें गोमुख जाना होगा।''

''हाँ, हाँ, ठीक है। यहाँ आकर भी तो दादाजी से भेंट न हुई। आगे जाकर क्या होगा।''

''कहीं शरण्या दुखी न हो उठे इसलिए शीघ्र ही बोला शाक्य–''किसने कहा कि दादाजी से भेंट नहीं होगी। मेरा मन कहता है कि वे हमें मिलेंगे ही। अब उठ जाओ। गोमुख जाने के लिए तैयार भी तो होना होगा।''

कोई जवाब न देकर शरण्या ने फिर कम्बल से मुँह ढँक लिया। शाक्य समझ गया कि शरण्या ठंड में उठना नहीं चाह रही थी। दिसम्बर महीने में परीक्षा के बाद वह खुद भी तो रजाई से निकलना नहीं चाहता था। माँ आकर एक बार-दो बार पुकारती फिर जोर से रजाई खींच लेती और हँसती।

पल भर को शाक्य ने चारों ओर देखा, कमरे में कोई नहीं था। ह्यूमोर बाहर चला गया था। शाक्य ने झुककर शरण्या के कम्बल का एक किनारा पकड़ा और एक झटके में खींचकर हँसते हुए बोला, ''अब भी न उठी तो ठंडा पानी डाल दूँगा।''

उठ गयी शरण्या। रात को सभी गरम कपड़े पहने-पहने ही सो गये थे। दोनों हाथ सीने पर बाँधकर शरण्या बोली–''उफ! कितना ठंडा है।''

''बाहर चलोगी तो देखोगी कि ठंड नहीं लग रही।''

दिलीप हाथों में चाय का पात्र और गरम रोटी लेकर कमरे में आया–''लीजिए माँजी। अब निकलना भी है।''

सभी बाहर आये। धूप नहीं थी। कनकनाती ठंड थी और उस पर हवा तेज चल रही थी। रात को बर्फ़ गिरी थी। गलने के बावजूद अभी भी यहाँ-वहाँ जमी थी। महाराज ने कहा–''सामान रख जाओ। लौटते समय यहीं खा-पीकर जाना।''

कुछ अनिच्छा के बावजूद शरण्या तैयार हुई और शाक्य की ओर देखकर बोली–''मैं क्या गोमुख तक जा पाऊँगी?''

शाक्य के कुछ कहने से पूर्व ही महाराज बोले–''क्यों नहीं जा पाओगी। अब छोटे-छोटे बच्चे भी गोमुख जाते हैं।''

शरण्या ने कुछ मुँह बनाते हुए कहा–"बहुत ठंड है।"

"अभी ठंड लग रही है, पर थोड़ी देर बाद धूप निकलने पर देखोगी कि ठंड नहीं है। तब बहुत अच्छा लगेगा। तुम लोग गोमुख जा रहे हो, पर इच्छा तो मेरी भी हो रही है कि तुम लोगों के साथ चलूँ।"

"तो चलिए न महाराज। बहुत अच्छा लगेगा।" शाक्य ने कहा।

"मैं गया तो तुम्हारे समान गोमुख-पथ के यात्रियों की सेवा कौन करेगा।"

"तब तो आपको गोमुख के दर्शन नहीं होते होंगे।"

महाराज बोले–"जब कोई नहीं रहता तो चला जाता हूँ। कितनी ही बार गोमुख हो आया हूँ। लगता है जैसे माँ के दर्शन कर रहा हूँ। एक अपूर्व आनन्दानुभूति है वह भी जिसे शब्दों में बयान नहीं किया जा सकता। अनुभव करना होता है। हमारे पुराण कहते हैं कि हिमालय के ऊपर जो हिमाच्छादित अंचल है, वहाँ की बर्फ़ के गलने पर गंगा का जन्म होता है। वह ब्रह्मलोक है जहाँ मर्त्यलोक के किसी भी व्यक्ति का वास नहीं। उसके बाद गोमुख में जन्म लेकर गंगा हिमालय का सीना चीरकर चलती हैं। उसके दोनों किनारों पर ऋषि-मुनियों की तपस्थली है। फिर है हिमालय का वह सीमान्त प्रदेश जहाँ अरण्यमय प्रकृति गंगा मर्त्य पर उतरीं। वह मर्त्यलोक है फिर गंगा बह चलती हैं समतल प्रदेश में जहाँ शत-सहस्र लोगों का वास है। उसका नाम है आर्यावर्त।"

थोड़ा-सा चुप रहकर महाराज बोले–"पुराण की ये सारी बातें आज के मनुष्यों के लिए बेकार हैं।"

शाक्य ने उनकी बात की ताईद करते हुए कहा–"आपने ठीक ही कहा महाराज, समय के परिवर्तन के साथ मनुष्य की सोच में भी परिवर्तन हो गया है।"

महाराज ने पूर्ववत सहज भाव से आगे कहा–"अभी मनुष्य की सचेतनता बढ़ी है। विज्ञान ने उसे एक नयी दृष्टि दी है। भारत के अतीत की शिक्षा की बनिस्बत यूरोप-अमेरिका की शिक्षा यहाँ के लोगों को अधिक आकर्षित करती है। किन्तु 'गंगा' नाम का जो गहरा आकर्षण है वह पुराने दिनों के समान आज भी अक्षुण्ण है।"

थोड़ी सी देर की निस्तब्धता को तोड़ते हुए दिलीप ने कहा–"अब हमें निकलना होगा।"

महराज बोले–"अब और देरी मत करो। तुम लोगों की यात्रा शुभ हो गंगा मैया की जय।"

सभी ने समवेत स्वर में कहा–"गंगा मैया की जय।"

आश्रम से निकलकर रास्ता दक्षिण की ओर था। प्रकृति की विचित्र करामात थी कि गोमुख से गंगा उत्तरवाहिनी थी। गंगोत्री के बाद से ही गंगा ने दक्षिण की

ओर मोड़ लिया था।

ह्यूमोर ने बैग से एक पुस्तक निकाली। बड़े जिज्ञासु होते हैं ये लोग, सब कुछ जानना चाहते हैं। केवल घूमना-फिराना और देखना ही नहीं, जानना भी इनका लक्ष्य है। उसने शाक्य से कहा-''यहाँ लिखा है कि हिमालय के इस हिस्से में जो सब पर्वत हैं, उनसे लुढ़कते हुए जो बर्फ़ का स्रोत आया है, उससे कुछ हिमनद बने हैं और उनमें सबसे बड़ा है यह गंगोत्री-हिमनद, जिसकी लम्बाई प्राय 26 किलोमीटर और चौड़ाई 5 किलोमीटर है। इसी हिमालय की बर्फ़ गलन से ही गंगा का जन्म हुआ है।

''हम क्या गंगोत्री हिमनद देख पाएँगे?'' शाक्य ने दिलीप से पूछा।

दिलीप ने नकारते हुए सिर हिलाया। फिर कहा-''सब मिट्टी, बालू और पत्थरों के नीचे दबा पड़ा है। ऊपर से कुछ समझ नहीं आता। बीच-बीच में धरती फटकर गड्ढा हो जाता है। एक बार उसमें पैर पड़ गया तो कितना नीचे चला जाएगा, उसका कोई ठिकाना नहीं। बड़ा भयंकर है वह। किन्तु गोमुख के रास्ते में वैसा अधिक नहीं है। उसके बाद का रास्ता विपत्तिजनक है।''

किसी अनजान आशंका से शाक्य का हाथ कसकर शरण्या ने पकड़ लिया। मात्र कुछ दिनों के परिचय में ही वह शाक्य पर कितनी निर्भरशील हो उठी थी। घड़ी में आठ बज रहे थे। धीरे-धीरे कुहासे का आवरण छँट कर चारों ओर धूप की आभा फैल रही थी। अचानक दिलीप चीत्कार कर उठा-''वो देखिए, शिवलिंग पर्वत।''

सभी ने मुँह फिरा कर देखा तो मानो प्रकृति के बन्द द्वार खुल गये। हजार आलोक मालाओं में झिलमिला उठा बरफावृत्त शिवलिंग। पुराण इसे शिव का आवास कहते हैं। मन्दिर के शिखर की तरह ही दीप्तिमान था शैलश्रृंग, एकदम सीधा खड़ा। बिलकुल जैसे देवाधिदेव महादेव तपस्या में मग्न हों।''

ह्यूमोर ने कैमरे से तस्वीर उतार ली।

अस्फुट स्वरों में बोल उठी शरण्या-''कैसा अपूर्व दृश्य है।''

शाक्य बिलकुल स्थिर खड़ा अपनी दोनों आँखों से सुन्दरता के विचित्र प्रकाश को निहार रहा था।

दिलीप ने अपने दोनों हाथ जोड़े और अन्तर की सम्पूर्ण भक्ति से प्रणाम किया।

एक बार फिर बढ़ चले सभी। शाक्य को स्मरण हो आया कि कुछ वर्ष पूर्व उसने शिवलिंग के बारे में पढ़ा था। बहुत दिनों की चेष्टा के उपरान्त दो बंगाली, 'बसन्त और देवाशीष' उस पर्वत शिखर पर चढ़ पाये थे। यह मनुष्य की लगन और साधना ही थी। गंगोत्री से गोमुख तक के सामान्य से रास्ते को पार करने में कैसा प्राणान्तक कष्ट होता है और यह तो गगनचुम्बी प्रायः अगम्य उस पर्वत शिखर को

स्पर्श करना था। निश्चय ही मनुष्य के साहस और साधना की कोई सीमा नहीं।

सभी निःशब्द चल रहे थे। चारों ओर के वातावरण में सभी कैसे धीर, स्थिर और शान्त लग रहे थे। पहले जैसे रास्ते नाम की कोई चीज़ नहीं थी, बस पहाड़ फोड़कर किसी ने जैसे छोटे-बड़े पत्थर पूरे अंचल में बिछा दिए हों। सावधानी से चलना पड़ रहा था। बीच-बीच में पतले झरने बहे जा रहे थे। दिलीप बार-बार सावधान कर रहा था-''मेरे पीछे आइए।''

पत्थरों पर छलाँग लगा-लगाकर जाना पड़ रहा था। कोई पेड़ न था। फिर भी अंचल प्राणहीन नहीं लग रहा था। दिन बढ़ने के साथ-साथ धूप भी तेज हो रही थी। भीतर पसीना आ रहा था। शाक्य ने गरम पोशाक खोल दी। वह हाँफ भी रहा था और थकान भी महसूस हो रही थी। रास्ते के किनारे सभी रुक गये। थोड़ा-सा विश्राम किये बिना चला नहीं जा रहा था।

तीन कम उम्र लड़के जा रहे थे। सामने आते ही बोल उठे-''गंगा मैया की जय।''

लड़कों के आगे जाते ही शाक्य ने ह्यूमोर की ओर देखकर पूछा-''तुमने तो अनेक नदियाँ देखी हैं। है कोई और नदी जिसे लोग 'माँ' कहते हों?''

ह्यूमोर सोचने लगा। शाक्य उसे देख रहा था। थोड़ी-सी दूरी पर एक पत्थर पर पीठ टिकाए आँखें बन्द कर बैठी थी शरण्या। दिलीप भी बैठ गया था। ह्यूमोर ने जवाब देते हुए बताया-''एक समय रशिया की वोल्गा नदी, जो उस देश की सबसे बड़ी नदी थी, को प्राचीन काल के लोग मत बोदानिया कहते थे, जिसका अर्थ होता है देश की माँ। इजरायल की जोर्डन के अलावा एक और छोटी नदी है 'बयनी'। दोनों किनारों के लोग आज भी उसकी माँ के समान श्रद्धा करते हैं। और नील नदी तो गंगा के समान ही उस देश की सभ्यता व सांस्कृतिक जीवन के साथ एकात्म हो चुकी है। मान्यता यह है कि नील नदी का जन्म देवी आइसिस की आँखों के पानी से हुआ। मिस्र के तीन देवता प्रमुख थे, ''ओसिरिस, आइसिस और सेल्व। इन तीन देवों में ओसिरिस को श्रेष्ठ माना जाता रहा। उनके शरीर का रंग है नील, वे मंगल और समृद्धि के प्रतीक हैं। ओसिरिस देवी आइसिस से प्रेम करते थे। उनका विवाह भी तय हो चुका था, किन्तु देवता सेल्व की इच्छा थी कि उनका विवाह देवी आइसिस से हो। इसलिए उन्होंने गुप्त रूप से ओसिरिस की हत्या कर दी और उनकी देह के टुकड़े-टुकड़े कर सारे मिस्र में छितरा दिए। इतने दुख में भी देवी आइसिस टूटी नहीं। उन्होंने ओसिरिस की देह के सारे टुकड़ों को इकट्ठा कर दैवीय शक्ति से उसमें प्राण डाल दिए। ओसिरिस का एक अंग अन्त तक नहीं मिल पाया। वह अंग उनका यौनांग, जिसे किसी मछली ने खा लिया था। देवता के आशीर्वाद से देवी आइसिस सन्तानवती तो हुईं किन्तु लोकलज्जा के डर से सन्तान को लेकर

उन्हें निर्जन, रूखे-शुष्क अंचल में जाना पड़ा। दुख से उनकी आँखों से जो अश्रुधारा बही उसी से नील नदी का जन्म हुआ। फिलि द्वीप में देवी आइसिस का मन्दिर है। मिस्र के सभी लोगों के लिए यह मन्दिर अत्यन्त पवित्र मन्दिर है। सभी की चेष्टा रहती है कि जीवन में कम से कम एक बार इस मन्दिर का दर्शन किया जाए। इस मन्दिर में किसी धर्म या वर्ण का कोई भेदभाव नहीं है। सभी प्रवेश कर सकते हैं।

शाक्य उठ खड़ा हुआ, चलते-चलते बोला, ''हमारे देश की कहानियों से काफी मिलती-जुलती कहानी है।''

ह्यूमर ने आत्ममग्न होकर कहा-''बहुतेरे वैज्ञानिक कहते हैं कि आदिकाल में पृथ्वी पर सभी मनुष्य एक समान थे। भेदभाव बहुत बाद में पैदा हुआ।''

शाक्य ने कहा-''सबसे बड़ा विभेद तो शायद धर्म का है।''

गम्भीर स्वर में ह्यूमोर ने कहा-''तुमने ठीक ही कहा। सुना है, तुम्हारे देश के कई धर्मस्थानों में एक धर्म के मनुष्य अन्य धर्म के लोगों को प्रवेश नहीं करने देते।''

शाक्य कुछ बोलते-बोलते रुक गया। अनेक दिनों पुरानी याद ताज़ा हो गयी। जिसने उसके किशोर मन को उद्वेलित किया था। वह पुरी के मन्दिर में गया था। मुख्य द्वार के बाहर एक अँग्रेज साहब खड़ा था, जिसे घेरे खड़ी थी कई लोगों की भीड़। पंडों की हठधर्मी के आगे उसकी आवाज़ दब गयी थी। थोड़ी देर बाद वह साहब भीड़ को ठेल-ठाल कर बाहर निकल आया। कौतूहल में पिताजी ने आगे बढ़कर उससे पूछा कि क्या हुआ था। साहब ने बताया कि वह तीर्थदर्शन के लिए इस देश में आया था और उसे पुरी के मन्दिर में प्रवेश करने नहीं दिया गया। बड़ा उदास और हताश दिखा उसका चेहरा। जाते-जाते वह रुक गया और पूछा था, ''जगन्नाथ का अर्थ क्या? पिताजी ने कहा था, ''जगत का नाथ यानी पृथ्वी का पिता। साहब ने पिताजी की ओर देखते हुए कहा था।'' मैं भी तो इस पृथ्वी का ही एक व्यक्ति हूँ तो क्या सन्तान के रूप में पिता के पास जाने का मुझे अधिकार नहीं? चुप रह गये पिताजी। शायद जवाब देने को कुछ था ही नहीं। केवल माँ की ओर देखते हुए उन्होंने कहा था, ''चलो, आज मन्दिर जाने का मन नहीं है।''

हठात् शाक्य के हाथ को दबाते हुए ह्यूमोर ने पूछा-''कहीं मेरी बातों से तुम्हें दुख तो नहीं हुआ?''

मानो स्वप्न से जागा हो, शाक्य ने अस्फुट स्वर में कहा-''नहीं, तुमने तो सही कहा था। अधिकांश लोग सोचते हैं कि उनका ही धर्म श्रेष्ठ है, बाकी सारे धर्म मूल्यहीन। सोचते हैं कि उनके धर्मस्थान से बड़ा धर्म स्थान और कहीं नहीं।''

इसी बीच एक छोटा-सा झरना आया। काँच-सा स्वच्छ जल, कोई मैलापन नहीं। अपनी ही रौ में बहा जा रहा था। ह्यूमोर ने अंजलि भर जल हाथों में उठाकर

आसमान की ओर उछाल दिया। सूर्य की रोशनी में बिन्दु-बिन्दु जल मोतियों की तरह चारों ओर बिखर गया। उस ओर देखते हुए ह्यूमोर बोला-"मुझे क्या लगता है, जानते हो शाक्य? धर्म किसी बाइबिल, गीता, कुरान, आबेस्ता, त्रिपिटक के कुछ उपदेशों या किसी मस्जिद, मन्दिर, गिरजा, गुरुद्वारा या सिनागॉग तक सीमित नहीं। वह तो असीम, अनन्त प्रकृति में है, मनुष्य के हृदय में है और हृदय का धर्म ही मानवात्मा का श्रेष्ठ धर्म है।

चारों ओर धूप का उजाला फैल चुका था। रास्ते के पास ही कुछ पत्थरों को सजा कर एक टूटी-फूटी कुटिया-सी थी। समझा जा सकता है, वहाँ कोई साधु रहते रहे होंगे। आज वह कुटिया परिव्यक्त है। दिलीप ने आगे आकर बताया-"यहाँ एक महात्मा रहते थे। अधिकांश समय ध्यान में लीन रहते। एक दिन स्वयं ही गंगा में देह को बहा दिया।"

दिलीप ने प्रणाम किया। कुटिया के सामने आकर ठिठक गया शाक्य। मन में एक विचित्र विचार आया। विग्रह विसर्जन के पश्चात् मन्दिर शून्य हो जाता है, फिर भी देवताविहीन मन्दिर में मनुष्य दीप प्रज्वलित करता है। इससे देवता का महात्म्य बिन्दु मात्र भी कम नहीं होता। आज वे महात्मा नहीं हैं किन्तु उनके द्वारा व्यवहृत गुफा, पत्थर का ध्यानासन तो आज भी विद्यमान है। अपने अनजाने में शाक्य ने हाथ जोड़ कर प्रणाम किया।

शरण्या ने सिर उठाकर पूछा-"और कितनी दूर?"

दिलीप ने हाथों से सामने की ओर इंगित करते हुए कहा-"बस आ ही गये। अब और ज्यादा रास्ता नहीं है। पहुँचने ही वाले हैं।"

सभी के सीने में दबी-सी उत्तेजना थी। पहुँचने ही वाले हैं सुनकर चाल में तेजी आ गयी। बाकी चारों ओर सब कुछ स्थिर था, केवल नृत्यचपला गंगा अपने आप में मगन बही जा रही थीं। अब दूर सामने गोमुख गुफा नज़र आने लगी थी।

दिलीप ने आसमान की ओर हाथ उठाकर जयकारा लगाया-"गंगा मैया की जय। गंगा मैया की जय।"

सामने छितरे पत्थरों पर से प्राय सभी छलाँग लगाकर आगे बढ़े। कितना लम्बा रास्ता पार कर अन्तत: सभी आ पहुँचे थे अपने लक्ष्य स्थल पर।

दिलीप ने सावधान करते हुए कहा-"अधिक सामने मत जाइएगा।"

कोई भी भयभीत नहीं था। सभी की आँखों में मुग्ध दृष्टि थी। शरण्या व ह्यूमोर स्थिर हो खड़े थे। एक बड़ा-सा पत्थर पार कर शाक्य कुछ और नज़दीक गया। अधिकाधिक कोई पचास-साठ हाथ की दूरी से हरिताभ बर्फ़ की गुफा से प्रबल वेग से निकलकर आ रहा था जलस्रोत। गुफा की दीवार जलरेखा से बीस-पच्चीस फुट से अधिक दूर न थी। गंगोत्री हिमनद की अन्त:सलिला जलधारा इसी

गुहामार्ग से मातृगर्भ की सन्तान की ही तरह पृथ्वी पर आविर्भूत हो रही थी। पता नहीं इसे गोमुख नाम किसने दिया, जबकि गोमुख से इसका कोई सादृश्य नहीं। हो सकता है, युगों पूर्व गोमुख की आकृति कुछ अलग रही हो। और पहली बार जिसने देखा हो उसके मन की कल्पना में गाय के मुख का सादृश्य उभरा हो।

हलकी पदचाप पर शाक्य ने मुँह घुमाया तो देखा शरण्या आकर पास में खड़ी हुई थी और उसकी आँखों में भी मुग्धता की छाप थी। सामने पत्थर के बोल्डर के ऊपर से होकर मटमैला-सा जल मुक्ति के आनन्द में दौड़ा जा रहा था। उस जल के साथ बहकर आ रहे थे। छोटे-छोटे हिम-खंड। झुककर शाक्य ने जल में हाथ दिया, वह बर्फ़ से भी ठंडा था। शरण्या के हाथ को कसकर थामते हुए उसने कहा- ''कभी सोचा भी नहीं था कि गोमुख के दर्शन कर पाऊँगा। आज यह परम प्राप्ति तुम्हारे कारण है।''

अचानक शरण्या फूट-फूट कर रो पड़ी, ''पर मुझे क्या मिला? असमय पिताजी को खो दिया, माँ को खो दिया और जिन दादाजी की खोज में इतना रास्ता तय कर यहाँ तक आयी, वे भी नहीं मिले।''

शाक्य ने उसे सान्त्वना नहीं दी। उसने अनुभव किया कि जो शक्ति शरण्या को यहाँ तक लेकर आयी है, वही उसे सारे दुख सहने की हिम्मत भी देगी।

हवा में कोलाहल गूँज रहा था, देखा कि रास्ते में जो लड़कों का दल मिला था, वही दल बर्फ़ से गले पानी में स्नान कर रहा था। एक साधु महात्मा थोड़ी दूर पर गंगा के किनारे बैठे स्थिर दृष्टि से सामने देख रहे थे। शायद गंगा का ध्यान कर रहे थे। ध्यान का इतना सुन्दर वातावरण और कहाँ मिलेगा। ह्यूमोर घूम-घूमकर तस्वीरें खींच रहा था।

शाक्य व शरण्या आगे बढ़कर वहाँ आकर खड़े हुए जहाँ वह साधु महात्मा बैठे थे। साधु पर दृष्टि पड़ते ही शाक्य ने कहा-''प्रणाम महाराज!''

साधु ने मृदु स्वर में उत्तर दिया-''तुम सब का कल्याण हो।''

एक दुबले-पतले डीलडौलवाला पुजारी-सा व्यक्ति आकर बोला, ''पूजा देंगे बाबूजी?''

''कैसी पूजा?''

''आपके परिजन जो स्वर्ग सिधार गये हैं उनके नाम से पूजा देंगे?''

ना, कहते-कहते उस व्यक्ति के मुख की ओर देखकर रुक गया शाक्य। कितनी करुण दृष्टि थी। ऐसे दुर्गम अंचल में यह व्यक्ति पूजा कराने आया है, सामान्य आय के लिए, और क्या तो आय होती होगी। कैसे चलती होगी गृहस्थी। यही सब सोचते-सोचते पूछा-''कितना देना होगा?''

''जो मर्जी हो दे दीजिएगा।''

कुछ क्षण शाक्य के मन में उथल-पुथल मचती रही। शरण्या की तरह उसके भी तो दो प्रियजन स्वर्ग सिधार चुके हैं। उसने कहा-"मैं तो कुछ लेकर आया ही नहीं। पूजा कैसे दूँ?"

झोले से छोटी एक पैकेट निकाली पुजारी ने। कुछ फूल और इलायची दाना उसने शाक्य के हाथ पर रखते हुए कहा-"बोलिए बाबूजी, आपको किसके नाम में पूजा देनी है?"

"पिताजी और माँ के नाम पर।"

"क्या नाम है?"

"पिताजी का नाम सुनील सेन और माँ का नाम कमला।"

"आपके दादाजी का नाम?"

"राधानाथ सेन।"

बुड़बुड़ाते हुए पुजारी ने कुछ मन्त्र पढ़े। थोड़ा-सा गंगा-जल शाक्य के हाथ में दिया और कहा-"बोलिए बाबू।"

पुजारी क्या बोल रहा था, शाक्य समझ पाया। चुप ही रहा। मन्त्रोच्चार शेष होने पर उसने पूजा गंगा में बहा दिए। शाक्य की आँखें नम हो आयीं अपने पिता-माता को याद कर। कोई देखने न पाये, इसलिए उसने अपना मुँह घुमा लिया।

शरण्या ने दबे स्वर में पुजारी से कहा-"मैं भी अपने पिता-माता के नाम से पूजा दूँगी।"

पुजारी ने अवाक् दृष्टि से उसे देखा। शरण्या ने समझते हुए कहा-"हाँ, दोनों अब नहीं रहे।"

"नाम बताइए।"

"पिताजी का नाम सोमनाथ मुखोपाध्याय और माँ का नाम रेशमी।

"दादाजी का नाम?"

शरण्या रुकी, कुछ सोचा और फिर कहा-"दादाजी का नाम हेमनाथ मुखोपाध्याय है किन्तु मुझे नहीं मालूम कि वे जिन्दा हैं या नहीं। बहुत दिन पहले संन्यास लेकर उन्होंने घर त्याग दिया।"

"तुमने क्या नाम बताया?"

सभी ने मुँह घुमाया, देखा कुछ हाथ दूर बैठा साधु उनकी ओर स्थिर दृष्टि से देख रहा था।

"जी, हेमनाथ मुखोपाध्याय।"

साधु कुछ भ्रम में लगा। वह धीरे-धीरे उठकर खड़ा हुआ और कुछ कदम आगे बढ़कर उसने अपलक शरण्या की ओर देखा और पूछा-"क्या नाम है तुम्हारे पिता का?"

"सोमनाथ मुखोपाध्याय। उनका देहान्त हुए एक वर्ष हो गया। उन्होंने मुसलमान लड़की से विवाह किया था इसलिए दादाजी संन्यास लेकर कहीं चले गये। उसके बाद पिताजी से दादाजी की कभी भेंट नहीं हुई। मन में वही दुख लिए उनकी असमय मृत्यु हो गयी।

साधु के कंठ से एक गहरी वेदनामय ध्वनि निकली और अनायास ही बोल पड़े–"मुझसे पहले ही चला गया सोमनाथ।"

सुनते ही चौंक उठी शरण्या। मुख उठाकर सामने खड़े साधु की ओर देखा। वे किसी पत्थर की मूरत जैसे स्थिर खड़े थे।

शरण्या फौरन बोल उठी–"तो क्या आप ही हैं हेमनाथ मुखोपाध्याय, कृष्णनगर वाले?"

साधु के मुख से कोई बोल न फूटा, केवल होंठ थरथराए और दोनों आँखों से बहने लगी अविरल अश्रुधार।

सामने खड़े व्यक्ति को पहचानने में शरण्या ने कोई भूल न की। प्रचंड भावावेग में उसका शरीर थरथर काँप उठा और चीख पड़ी वह–"दादाजी...।"

पल भर में आँखों के आगे अँधेरा छा गया। भूमि पर गिरने से पूर्व साधु ने दोनों हाथ फैलाए और परम ममता से शरण्या को सीने से लगा लिया।

चारों ओर प्रकृति उजाले में नहाई हुई थी और गंगा के जलस्रोत से उठ रहा था भैरवी का मधुर सुर!

शाक्य की डायरी

आज उत्तरकाशी आया हूँ। एक किताब में पढ़ा था कि कभी-कभी जीवन उपन्यास की ही तरह रोमांचक होता है ऋषिकेश से गोमुख फिर गंगोत्री होते हुए उत्तरकाशी लौट आना, पिछले पन्द्रह दिनों में यह सब किसी लेखक के निपुण हाथों द्वारा लिखी जीवन कहानी-सा ही तो है। साधारण से असाधारण कितने ही वर्णमय विचित्र व्यक्तियों से अदृश्य किसी नियन्ता की कारसाजी से भेंट हुई, मेल-मिलाप हुआ। कभी मुग्ध हुआ हूँ, कभी उनके प्रति श्रद्धा से सिर झुकाया है, और कभी मन उदास भी हुआ है। इन सब कुछ को लेकर ही पूर्ण हुई मेरी पथ-परिक्रमा, जिसके आदि में भी गंगा थीं और अन्त में भी गंगा। जिन्हें स्थान और काल के भेद से लोग भागीरथी भी कहते हैं, किन्तु मेरे लिए तो सब कुछ गंगा ही हैं। काल से कालान्तर तक प्रवहमान है जिनकी प्राण प्रवाहिनी धारा।

शाम होने को आयी। उत्तरकाशी की होटल के बरामदे में बैठा हूँ। सामने हैं गंगा। उस पार हैं चीड़ वृक्षों से भरे पहाड़ों की कतार। नीले आसमान पर तैर रहे हैं टुकड़ा-टुकड़ा बादल जिन्हें देखकर मुझे याद आ रही है गोमुख के रास्ते पर बर्फ़ से ढँके भागीरथी शृंग की, शिवलिंग पर्वत की। सूर्य के आलोक में कैसा अलौकिक दृश्य था। और गोमुख की गंगा ने तो अपनी करुणा धारा से सारे दुखों को विस्मृत करा दिया। शरण्या ने एक दिन कानपुर की गंगा में अपने पिता-माता के अन्तिम चिह्नों को विसर्जित कर दिया था और गोमुख में आकर पूर्ण हुई उसकी मनोकामना। स्वयं मुझे भी परम विस्मय हुआ था जब मैंने आँखों के सामने देखा था दोनों हाथों से शरण्या को सीने से लगाते हुए उस साधु को और फिर देखा था परम ममता से अपनी गोद में भर उन्हें फूट-फूट कर रोते हुए। क्षण भर में ही शरण्या की भी संज्ञा लौटी थी और उसकी आँखों से भी बह रही थी गंगा की धार। उस दृश्य से विह्वल हो उठे थे चारों ओर खड़े लोग भी। थोड़ा सा सहज होते ही शरण्या ने कहा था-
''मैं आप ही को ढूँढ रही थी दादू।''

“मेरे बारे में तुम्हें पता कैसे चला?” हेमनाथ ने प्रश्न किया।

शरण्या ने सारी बात बताई तो हेमनाथ ने कहा–“मैं नैताल आश्रम में ही रहता हूँ। मैं और बड़े महाराज गंगोत्री आये थे। बड़े महाराज की तबीयत ठीक नहीं लग रही थी तो वे नैताल लौट गये और मैं गोमुख चला आया।”

शाक्य ने कहा–“हम लाल बाबा के आश्रम गये थे, वहाँ भी आपसे भेंट नहीं हुई।”

“वहाँ सरकारी अतिथिशाला में नैताल के एक व्यक्ति काम करते हैं। वे मुझे बहुत स्नेह करते हैं। जबरन उन्होंने दो दिन अपने घर में रखा। आज सुबह ही गोमुख आया हूँ। कल नैताल लौट जाऊँगा।”

बच्चों की तरह शरण्या ने ज़िद की–“मैं भी आपके साथ नैताल जाऊँगी, आपके पास रहूँगी।”

शरण्या के सिर पर स्नेह से हाथ फिराते हुए हेमनाथ ने कहा–“मैं घर-बार त्यागकर आया हूँ। तुम मेरे पास रहोगी तो मैं फिर सांसारिक माया में जकड़ जाऊँगा।”

दिलीप ने आगे आकर कहा–“चलिए माँजी, अभी न निकले तो लौटने में रात हो जाएगी। और आसमान देखकर लगता है कि बारिश होगी।”

हेमनाथ उठ खड़े हुए और बोले–“चलो, अब देरी करना उचित नहीं। गंगोत्री जाकर बाकी बातें होंगी।”

शरण्या ने मेरी ओर देखा। मैंने देखा उसकी आँखों में वैसी ही चमक थी जैसी शिवलिंग पर्वत के शिखर पर सूर्य किरण पड़ने पर होती है। मैंने कहा–“तुम लोग चलो, मैं आता हूँ।”

मैं बढ़ गया अन्तिम बार गोमुख का दर्शन करने को। कलकल करती गुहा से निकल रही थी जलधार। माँ के दूध समान अमृतसुधा-सी। दिलीप मेरे बगल में खड़ा था। मैंने कहा–“पता नहीं अब कभी आना होगा या नहीं। आज यहाँ हूँ यह मेरे जीवन का परम सौभाग्य है।”

मेरे हाथ को थामते हुए दिलीप ने कहा–“अब तो रास्ता सहज हो गया है, फिर आइएगा।”

मैं आगे बढ़ आया। अब लौटने की बारी थी।

जब गंगोत्री लौटा तो शाम हो आयी थी। दिलीप घर लौट जाएगा। मैंने उसे सीने से लगा लिया। गंगोत्री से गोमुख तक छाया की तरह वह हमारे साथ रहा, कभी कोई असुविधा न होने दी। परम ममता के साथ हमें हर विपत्ति से दूर रखा। बार-बार हमें अनुभव हुआ कि प्रकृति की ऐसी सन्तानों का कोई जवाब नहीं। इनके सीने में है

असीम प्रेम व स्नेह। इस मामले में हम शहरियों से वे अधिक धनी हैं।

सर्वाधिक प्रसन्न हुईं माताजी। उन्होंने परम ममता से शरण्या को सीने से लगाया और कहा, ''मैं जानती थी, तुम दादाजी को ढूँढ पाओगी। यह खोज भी तो एक तपस्या थी। माँ गंगा तुम्हें खाली हाथ भला कैसे लौटातीं।''

हेमनाथ गये हैं दंडी आश्रम। हम भरोसारामजी के आश्रय में हैं। ह्यूमोर होटल में है। दो दिन की पैदल यात्रा की थकान थी, शाम को ही नींद आ गयी। सुबह टूटी नींद। हेमनाथ अब लौट जाएँगे। अन्ततः वे इस बात के लिए राजी हुए कि शरण्या उनके पास आश्रम में दो दिन रहेगी और फिर अपने घर लौट जाएगी। हेमनाथ ने मुझे भी कहा था–''तुम लोग भी चलो।''

मैं जाता। कोई असुविधा न थी। पर सुबह ही खबर मिली। ह्यूमोर ने आकर बताया कि उसकी मेल का जवाब आ गया था।

''कैसी मेल?'' मैंने पूछा।

''तुम्हें बताया तो था, वाशिंगटन पोस्ट पत्रिका में मेरा मित्र विलियम्स है। उन्हें गंगा पर लेख चाहिए। वो तुमसे बात करेगा। परसों दिल्ली ऑफिस में भेंट करने को कहा है। चिन्ता की कोई बात नहीं, मैं भी तुम्हारे साथ चलूँगा। फिर देखते हैं, क्या होता है।''

अतः मेरा रुक पाना सम्भव न था। दिन चढ़ने पर निकला कि अन्तिम बार गंगोत्री दर्शन कर लूँ। यहाँ के पहाड़, नदी, मन्दिर, मनुष्य, साधु, सब मेरे जीवन की अविस्मरणीय स्मृति बनकर रहेंगे।

कुछ गम्भीर हो गयी थी शरण्या। मैं बस में कुछ फैलकर बैठा था। नैताल में बस रुकी तो हेमनाथ उठ पड़े। शरण्या की आँखें छलछला आयीं, दबे स्वर में बोली– ''सोचा था साथ ही लौटेंगे। पता नहीं अब कब मिलना हो।''

मुझे भी सीने में शून्यता का अहसास हुआ, नीची आवाज़ में बोला, ''जब मन चाहेगा, तुम्हारे पास चला जाऊँगा और जब तुम्हारा मन चाहे मेरे पास चली आना। इतना बड़ा मकान है कोलकाता में, कोई तो नहीं है।''

कंडक्टर ने हड़बड़ी मचाई। बस से उतर गये दो जन। जहाँ तक देख पाई अपलक देखती रही शरण्या। बस मुड़ी। अब कोई नहीं दिख रहा था। धुँधला हो गया था सब कुछ।

उत्तरकाशी लौट आया। सोचा था आज ही हरिद्वार लौट जाऊँ परन्तु ह्यूमोर को उत्तरकाशी अच्छा लगा, बोला, ''जाते समय नहीं देख पाया था। सोचता हूँ आज रुक जाऊँ और घूमकर देखूँ उत्तरकाशी। कल सुबह की बस पकड़ेंगे। रात को हरिद्वार से ट्रेन। परसों सुबह पहुँचेंगे दिल्ली।

मैं अकेला होटल के बरामदे में चुपचाप बैठा हूँ। सामने बह रही हैं गंगा। मन में एक दबी-सी उत्तेजना है कि क्या मैं गंगा के बारे में लिख तो पाऊँगा। आज माँ की बहुत याद आ रही है। बचपन में माँ के साथ गंगा-स्नान को जाया करता था। माँ स्नान के लिए पानी में उतरतीं तो मैं चुपचाप बैठे देखता रहता। लहर आती तो मैं डर कर चीख पड़ता, कहाँ माँ डूब गयीं तो। माँ हँसती और कहती, ''कितना डरपोक है रे तू।...और एक दिन माँ चली गयीं। माँ के जाने का दर्द सीने पर एक बोझ-सा छोड़ गया। माँ की चिताभस्म को जब गंगा में बहाया तो लहर आयी थी और घुटने भर पानी में मैं धमक कर रुक गया था। सभी और आगे जाने को कह रहे थे। हठात् लगा जैसे माँ सामने आकर खड़ी हो। होंठों में हँसी लिए कह रही हो-''कितना डरपोक है रे तू। मैं निडर होकर आगे बढ़ गया था। अब और डर नहीं लग रहा था। गंगा और माँ एकाकार हो गयी थीं। आज यदि माँ जीवित होतीं तो अवश्य कहतीं, ''तू इतने रास्ते घूमा है, कितने ही लोगों को देखा है, उनसे मिला है, उनकी बातें लिखेगा नहीं? वे बातें तो सिर्फ़ गंगा की बातें नहीं, लोगों की बातें हैं, देश की बातें हैं, जीवन की बातें हैं।

''हाँ माँ! मैं लिखूँगा। मुझे लिखना ही होगा। अन्यथा तुम पहले की तरह कहोगी, ''तू अभी भी इतना डरपोक है रे!''

❑❑❑

णाणं
पयासयं

वीर नि.सं. 2470

भारतीय ज्ञानपीठ

ई.सन् 1944